Knaur.

Im Knaur Verlag ist außerdem folgendes Buch der Autorin erschienen:
Heißhunger

Über die Autorin:
Joanne Fedler studierte Jura und engagierte sich in ihrer Heimat Südafrika für Frauenrechte. Sie emigrierte mit ihrer Familie nach Australien, wo sie heute noch lebt. Neben Sachbüchern schrieb Joanne Fedler mehrere erfolgreiche Romane. *Weiberabend,* ihr erstes auf Deutsch veröffentlichtes Buch, stand über ein Jahr auf der SPIEGEL-Bestsellerliste.
Mehr über die Autorin erfahren Sie unter www.joannefedler.com

Joanne Fedler
WEIBER-ABEND

Roman

Aus dem Englischen
von Katharina Volk

Knaur Taschenbuch Verlag

Die englische Originalausgabe erschien 2006
unter dem Titel »Secret Mothers' Business«
bei Allen & Unwin, Crows Nest, Australien.

Besuchen Sie uns im Internet:
www.knaur.de

Neuausgabe August 2011
Knaur Taschenbuch.
Ein Unternehmen der Droemerschen Verlagsanstalt
Th. Knaur Nachf. GmbH & Co. KG, München
© 2006 Joanne Fedler
Für die deutschsprachige Ausgabe:
© 2008 Knaur Verlag.
Ein Unternehmen der Droemerschen Verlagsanstalt
Th. Knaur Nachf. GmbH & Co. KG, München
Alle Rechte vorbehalten. Das Werk darf – auch teilweise –
nur mit Genehmigung des Verlags wiedergegeben werden.
Umschlaggestaltung: ZERO Werbeagentur, München
Umschlagabbildung: Gettyimages/Shasti O'Leary Soudant
Druck und Bindung: CPI – Clausen & Bosse, Leck
Printed in Germany
ISBN 978-3-426-51085-8

2 4 5 3 1

*Dieses Buch ist allen Müttern auf der Welt gewidmet.
Wann immer du dir wie eine schlechte Mutter vorkommst
und dich vollkommen allein fühlst – du bist es nicht.
Du bist es nicht.*

Inhalt

Vorbemerkung 9
Was du über uns wissen musst 13
Das Menü 21

1 Eine Handvoll ganz normaler Frauen 23

2 Der Klettstreifen der Mutterschaft 46

3 Um der Kinder willen 67

4 Von Tellern lesen 97

5 Der Ausschlag des Pendels 121

6 Meine liebsten Dinge 140

7 Sollen sie doch Pfannkuchen essen 159

8 Das Bestechungskätzchen 182

9 Anderer Leute Angelegenheiten 198

10 Wo man die Grenze zieht 217

11 Krieg zur Hexenstunde 232

12 Mütter werden nicht krank 254

13 Was werden nur die Nachbarn sagen? 272

14 Würde, vor allem anderen Würde 289

15 Ein Buckel im Bikini 307

16 Die Vagina-Dialoge 327

17 Penis inklusive 341

18 Eine Überlebende unter uns 359

19 Der Terminator 377

20 Der Morgen danach 386

Nachwort 405
Danksagung 409
Leseprobe 411

Vorbemerkung

Im Juni 2003 arbeitete ich an einem Artikel über Andrea Yates, eine Amerikanerin, die ihre fünf Kinder in der Badewanne ertränkt hatte. Während meiner Recherche wich das Grauen, das mich zum Schreiben getrieben hatte, allmählich einer widerstrebenden Empathie. Ich schämte mich dieses Mitgefühls, denn ich verstand nicht ganz, wie meine Empörung über eine solche Tat so ein Gefühl zulassen konnte.

Während ich noch mit dieser Reaktion rang, brachen die Nachrichten von Kathleen Folbigg über die australische Volksseele herein. Eine weitere Mutter, die ihre eigenen Kinder getötet hatte, diesmal vier, über einen Zeitraum von zehn Jahren. Ich war angewidert, ließ mich aber auf den Klatsch in der Presse ein. Besonders auf die Berichte über ihre Tagebücher, in denen sie das Gefühl beschrieb, die Mutterschaft raube ihr das eigene Selbst und zerstöre ihre Persönlichkeit. Ihre Geständnisse schreckten mich auf. Nicht zuletzt deshalb, weil sie jenen Erinnerungen ähnelten, die ich schriftlich festgehalten hatte, während der besonders zermürbenden Zeiten, als meine Kinder noch klein waren.

Mein Artikel, der im Wochenendmagazin des *Sydney Morning Herald* erschien, endete mit dem Satz: »Wenn es eine

Hölle gibt, dann wird Folbigg für das, was sie getan hat, vielleicht darin schmoren. Doch zum Glück werde ich nicht diejenige sein, die ein Urteil über sie fällen muss.«

Um ehrlich zu sein, war ich sehr nervös, was die Reaktion der Leser anging. Ich erwartete, verdammt zu werden. Aber abgesehen von ein paar empörten Briefen älterer Leserinnen und Leser begegneten mir andere Mütter mit dem leisen Eingeständnis, dass keine von ihnen begierig darauf wäre, ihre Leistungen als Mutter einer genauen Prüfung unterziehen zu lassen. Zahlreiche Mütter konnten sich mit der Aussage meines Artikels identifizieren, die durchaus leicht hätte missverstanden werden können – nämlich dass die Handlungen von Müttern, die ihre Kinder töten, zwar unvorstellbar sind, ihre Verzweiflung und Einsamkeit aber nicht einmalig.

Einige Monate später traf ich mich mit einigen Freundinnen zu einer Pyjama-Party. Bei einem üppigen Festmahl – und zu vielen Daiquiris – enthüllten wir einander unsere Lebensgeschichten als Mütter, Ehefrauen, Berufstätige und als die Individuen, die wir waren, bevor wir Eltern wurden. Es gab Offenbarungen und Geständnisse, viel zu lachen, Wein, Fußmassagen und grauenhafte Filme auf DVD.

Das Drängen meiner Freundin und Agentin Jane Ogilvie spornte mich an, ein Buch über diese Insel in der Zeit zu schreiben, über jenen geheiligten Raum der Ehrlichkeit. *Weiberabend* entstand aus diesem Zusammentreffen und beschreibt die Ereignisse und Emotionen eines einzigen Abends, den acht Frauen zusammen verbringen, allein, Mann- und Kinder-frei.

Alle Gespräche in diesem Buch basieren auf tatsächlichen Gesprächen mit Frauen. Das weiß ich, weil ich eine von ihnen bin. Die Erzählerin bin ich. Ich habe die Fakten meines eigenes Lebens nicht verändert, nur die Namen meines Mannes und meiner Kinder und ein paar weitere Details, um Menschen zu schützen, die ich liebe (aber im richtigen Leben bin ich nicht so ein Miststück, ehrlich!). Die anderen Frauen sind »fiktionalisiert« – ich habe Eigenschaften mehrerer Freundinnen zu einem neuen Charakter vereint und Szenarien erfunden, die nicht unbedingt dem wahren Leben der Frauen entsprechen, die an jenem Abend dabei waren, um deren Identität zu verschleiern. Außerdem will ich damit meine kostbare Freundschaft mit diesen Frauen schützen und das Vertrauensverhältnis wahren, das diese Gespräche überhaupt erst möglich gemacht hat.

Ich habe dieses Buch geschrieben, weil ich an die Macht der Wahrheit glaube, und an die Freundschaft von Frauen. Ich habe es geschrieben, weil Muttersein unterbewertet, über-romantisiert und verdammt hart ist. Wenn du selbst Mutter bist, weißt du genau, was ich meine.

Und schließlich habe ich dieses Buch meinen Kindern zu Ehren geschrieben, meinen besten Lehrern, die mir meine ganze Unvollkommenheit vor Augen führen. Ich habe es getan, weil ich sie liebe und mir vorgenommen habe, ihnen immer die ungeschminkte Wahrheit über das Leben zu erzählen, damit sie genug Informationen haben, um für ihr Leben die richtigen Entscheidungen zu treffen.

Eine Geschichte kann man nicht auf leeren Magen genießen, deshalb ist diese hier durchsetzt mit verschiedenen köstlichen Gerichten. Sie sollen das kreative und sinnliche

Vergnügen anregen, das Frauen aus einem schönen Teller liebevoll zubereiteten Essens ziehen. Genau wie ich, hast auch du sicher schon tränenreiche und zum Schreien komische Gespräche mit Freundinnen erlebt, am Küchentisch mit köstlichem, selbst gekochtem Essen und diesem gesegneten Glas Wein ...

Alle Geschichten, die du auf den kommenden Seiten lesen wirst, sind wahr – sie sind mir entweder selbst passiert, oder irgendjemand von irgendwo hat sie mir erzählt. Aber beim Schreiben erschafft man immer eine Mischung aus Wahrheit, Imagination und Übertreibung. Wenn dieses Buch dir unangenehme Gefühle bereitet, war es nur eine Geschichte. Wenn du hier Erleichterung oder Trost findest, bitte, genieße es.

Joanne Fedler

Was du über uns wissen musst

Die Erzählerin (alias ich)
Alter: 37 (genauso alt wie Marianne Faithfulls Lucy Jordan, als ihr dämmert, dass sie wohl nie im Sportflitzer durch Paris fahren und sich den warmen Wind durchs Haar wehen lassen wird ... seufz.)
Familienstand: Seit kurzem mit Frank verheiratet, dem Vater meiner Kinder, mit dem ich seit acht Jahren zusammen bin.
Kinder: Jamie (7½) und Aaron (4).
Beruf: Schriftstellerin (ehemals Jura-Dozentin und Frauenrechts-Aktivistin).
Was mich beschäftigt: Werden unsere Kinder uns je verzeihen, dass wir ihnen Großeltern, Cousins und Cousinen geraubt haben, indem wir vor vier Jahren Südafrika verließen? Ist Australien nach den Anschlägen auf Bali noch »sicher«? Eine Kindergärtnerin bezeichnete Aaron vor kurzem als Störenfried. Atkins oder Weight Watchers? Oh, und Hautschäden durch Sonneneinstrahlung im Dekolletébereich.
Wovon ich träume: Schreiben können wie Amy Tan oder Toni Morrison und eine weltberühmte Schriftstellerin werden; innerhalb der nächsten zehn Jahre ein eigenes Haus in Sydney besitzen; ansonsten alles, was Robbie Williams ohne Hemd beinhaltet.

Bloß nicht erwähnen: Autoren unter dreißig, die Bestseller geschrieben haben; Makler und Vermieter; Krebs, egal wo.
Heimliche Allianzen: Ich weiß, das klingt schulmädchenhaft, aber Hel ist meine beste Freundin. Unter all diesen Australiern fühle ich mich manchmal als kulturelle Randgruppe.
Drei Wörter, die mich beschreiben: Mutter, Schriftstellerin, Immigrantin.

Helen (alias Hel)
Alter: 43
Familienstand: Glücklich verheiratet mit David, Inhaber von »Burly«, einer Firma, die Arbeitsoveralls herstellt (in Khaki, Marine und Grau, und ab nächstem Jahr auch in Beige).
Kinder: Nathan (6), Sarah (5) und Cameron (3). Schwanger mit Nummer vier.
Beruf: Vollzeit-Mutter.
Was mich beschäftigt: Sarah hat neulich gefragt, was es heißt, jemandem »einen zu blasen«; habe geantwortet: »Das macht der Friseur nach dem Haareschneiden« – etwas Besseres ist mir auf die Schnelle nicht eingefallen; ob wir den Weihnachtsurlaub in Byron Bay verbringen oder das Geld sparen sollen, um nächstes Jahr nach Bali zu fahren; die Fliesen um den Pool – hellbeige oder terrakottafarben? Nathans Gewicht.
Wovon ich träume: Dass David vor acht Uhr abends nach Hause kommt, nur einmal in der Woche; Jo das Rezept für ihre Salatsauce entlocken; und vielleicht, in einem früheren Leben, ein bisschen lesbischer Sex (aber das darfst du auf *keinen Fall* veröffentlichen!).

Bloß nicht erwähnen: Die Kochkünste der Schwiegermutter. Die Preise für neue Kinderschuhe. Tage, an denen die Krippe im Fitness-Studio voll ist.

Geheime Allianzen: Jo und ich leben, um zu essen, und eines Tages werden wir eine Fresstour durch Italien unternehmen. Aber ich verstehe mich mit allen gut.

Drei Wörter, die mich beschreiben: Mutter, Ehefrau, Haushälterin (und daran ist nichts auszusetzen).

Tamara (alias Tam)

Alter: 41

Familienstand: Verheiratet mit Kevin, einem Schönheitschirurgen, der auf Brustimplantate spezialisiert ist (und nein, ist es nicht offensichtlich, dass ich meine nicht habe machen lassen?).

Kinder: Zwei Jungen, Kieran (6) und Michael (7).

Beruf: Ausgebildete Heilpädagogin, derzeit als Bürokraft tätig.

Was mich beschäftigt: Wird Kieran (ein hochbegabtes Kind) in der Schule ausreichend gefordert und gefördert, so dass sein Entwicklungspotenzial maximiert wird? Steht Michaels Bettnässen in Verbindung mit Minderwertigkeitsgefühlen, weil er nicht so »begabt« ist wie sein jüngerer Bruder? (Aber darüber würde ich in seiner Gegenwart nie sprechen.)

Wovon ich träume: Dass beide Kinder sich im sportlichen, musischen, schulischen und sozialen Bereich hervorragend entwickeln; irgendwann mal mit der ganzen Familie Urlaub zu machen – Kevin ist ein Workaholic; das Prozac abzusetzen – aber ich habe es damit nicht besonders eilig.

Bloß nicht erwähnen: Gluten. Konservierungsmittel. Künstliche Zusatzstoffe in Lebensmitteln.
Geheime Allianzen: Ich habe keine – obwohl ich Dooly öfter sehe als die anderen, weil Michael und Luke gute Freunde sind.
Drei Wörter, die mich beschreiben: Mutter, Gesundheitsfanatikerin, Leserin.

Liz
Alter: 42
Familienstand: Angenehm verheiratet mit Carl.
Kinder: Chloe (6) und Brandon (3).
Beruf: Geschäftsfrau, leite meine selbst aufgebaute Werbeagentur »Craze«.
Was mich beschäftigt: Habe gerade ein weißes Schamhaar entdeckt (wie krass!); überfällig zur Mammographie (Mutter ist mit 41 an Brustkrebs gestorben); arbeite so hart, dass ich keine Zeit habe, im Garten herumzuwerkeln (dem einzig friedvollen Ort in dieser verrückten Welt).
Wovon ich träume: Dass Craze an die Börse geht; dass die Kinder zu selbstsicheren, unabhängigen, lebenstüchtigen Individuen heranwachsen; dass Lily (koreanisches Kindermädchen) uns nie verlässt (käme ohne sie nicht zurecht).
Bloß nicht erwähnen: Kindergeburtstage. Mutters Tod. Ende des Geschäftsjahres.
Geheime Allianzen: Ich war mit Fi in der Schule – wir haben zusammen schlimme Zeiten durchgestanden.
Drei Wörter, die mich beschreiben: Geschäftsfrau, Visionärin, Expertin im Delegieren.

Ereka

Alter: 40

Familienstand: Verheiratet mit Jake, unbestritten mein Seelengefährte und der beste und sensibelste aller »New Age«-Männer.

Kinder: Olivia (6) hat einen leichten Hirnschaden, und Kylie (4½) hängt noch an der Brust.

Beruf: Frei schaffende Künstlerin (das ist eher meine Rettung als ein Beruf, aber ich habe im vergangenen Jahr zwei Gemälde verkauft. Na gut, an eine Tante, aber hey, sie hat bar dafür bezahlt, und ich habe mir von dem Geld eine Gucci-Handtasche und passende Schuhe gekauft – irgendwann ergibt sich vielleicht sogar die Gelegenheit, sie zu tragen).

Was mich beschäftigt: Die 25 Kilo, die ich seit Olivias Geburt zugelegt habe; warum kein einziger dieser angesagten jungen Designer daran gedacht hat, eine Linie mit sexy Klamotten für dicke Menschen zu entwerfen; dass ich seit Olivias Geburt versuche, mich mit Jakes Familie zu versöhnen; Leute, die Mitleid mit mir haben; wie ich Kylie abstillen soll.

Wovon ich träume: Fettabsaugung; ein normales Leben; noch einmal ganz von vorn anfangen zu können (ich kann zumindest davon träumen, oder?).

Bloß nicht erwähnen: Mädchen in Bikinis (die deprimieren mich). Den Fettgehalt von Peking-Ente – manche Dinge sind es einfach wert. Fotos von mir selbst von vor zehn Jahren (da war ich dünn und wunderschön).

Geheime Allianzen: Ich habe keine – manchmal schließe ich mich selbst aus. Es ist einfach zu schwer, sich immer als Außenseiterin zu fühlen.

Drei Wörter, die mich beschreiben: Dick, Künstlerin, Mutter.

Courtney-Jane (alias CJ)
Alter: 42
Familienstand: Geschieden von Tom (alias DVS – Dieser Verdammte Scheißkerl).
Kinder: Scarlett (4) – hat ständig was zu jammern, Jorja (6) – still, eine Einzelgängerin, und Liam (8) – mein Sonnenschein.
Beruf: Anwältin für Familienrecht.
Was mich beschäftigt: Männer, die sich nicht nur von ihren Frauen, sondern auch gleich von ihren Kindern scheiden lassen; wie alle Frauen nach einer Scheidung leiden – finanziell, gesellschaftlich (und sexuell nicht zu vergessen); meine Libido, die nicht weiß, wohin mit sich selbst; grauenhafte Migräneanfälle; Nikotinentzug (habe vor 84 Tagen und 13 Stunden mit dem Rauchen aufgehört); die Lehrerin glaubt, Liam könnte ADHS haben, aber ich habe nicht die Kraft, dem nachzugehen.
Wovon ich träume: Ein Mann, der eine 42-Jährige mit drei Kindern »sexy« findet. Das war's eigentlich schon.
Bloß nicht erwähnen: Zigaretten. Überfällige Unterhaltszahlungen von DVS. Sex. Zigaretten.
Geheime Allianzen: Liz und ich sind als Einzige hier voll berufstätig, aber sie hat keine Ahnung, wie schwer es eine alleinerziehende Mutter hat. Jos linkspolitische Ansichten kann ich nicht ausstehen. Als die einzige Geschiedene bin ich hier vermutlich die Außenseiterin.
Drei Wörter, die mich beschreiben: Single, sexuell ausgehungert, Exraucherin.

Fiona (alias Fi)
Alter: 42
Familienstand: Verheiratet mit Ben (62).
Kinder: Gabriel (5) und Kirsty (17), Stieftochter aus Bens erster Ehe.
Beruf: Habe mich kürzlich als Heilmasseurin qualifiziert; leite mein eigenes Geschäft »earthtouch« (kleines »e«) von zu Hause aus.
Was mich beschäftigt: Zu viel Plastik auf dem Planeten; warum Menschen, die es sich leisten können, nicht über World Vision ein Kind unterstützen – den Leuten ist nicht klar, dass wir auf dieser Erde alle in einem Boot sitzen; ich versuche, mit Schmutz und Unordnung lockerer umzugehen, die nun mal unvermeidlich sind, wenn man mit anderen Menschen zusammenlebt.
Wovon ich träume: Ein Treffen mit dem Dalai-Lama; ein dreimonatiger Schweigeaufenthalt in einem buddhistischen Kloster in Nepal, irgendwann in meinem Leben; einen zarten ökologischen Fußabdruck auf der Erde hinterlassen – weniger Elektrizität verbrauchen, weniger konsumieren, umweltbewusster leben; eine Putzfrau finden, die so gründlich ist wie ich.
Bloß nicht erwähnen: Den Krieg im Irak. John Howard und George Bush. Versteckten Schmutz.
Geheime Allianzen: Ich kenne Liz, seit ich dreizehn war – sie hat schon immer gern Leute herumkommandiert, aber sie hat ein Herz aus Gold. Sie war es, die mich ermuntert hat, meine eigene Firma zu gründen.
Drei Wörter, die mich beschreiben: Heilerin, Beschützerin des Planeten, Sauberkeits... äh ... also schön, ...fanatikerin.

Louise (alias Dooly – benannt nach Dr. Doolittle wegen unserer vielen Haustiere)
Alter: 39
Familienstand: Verheiratet mit Max (manisch-depressiv).
Kinder: Tyler (4) und Luke (7).
Beruf: Qualifizierte Sozialarbeiterin, arbeite derzeit vier Vormittage die Woche mit Senioren.
Was mich beschäftigt: Ständige Geldsorgen – überfällige Rechnungen, die Kosten für Max' Medikamente, steigender Zinssatz – die Kinder müssen deshalb vielleicht bald auf einige Freizeitaktivitäten verzichten, vorübergehend; natürlich dieser Zwischenfall letztes Jahr.
Wovon ich träume: Ich habe eigentlich keine Träume ... Vielleicht einfach nur die Hypothek abbezahlen zu können; dass sich das alltägliche Leben leichter anfühlt; ich hätte auch nichts dagegen, zehn Kilo abzunehmen, aber das ist die geringste meiner Sorgen.
Bloß nicht erwähnen: Helens Schwangerschaft. Überfällige Impfungen der Haustiere (kann sie mir jetzt einfach nicht leisten). Diesen armen Wellensittich.
Geheime Allianzen: Tams Michael und mein Luke spielen zusammen Fußball und sind gute Freunde, deshalb sehe ich Tam öfter als die anderen.
Drei Wörter, die mich beschreiben: Fürsorglich, schokosüchtig, mehr fällt mir nicht ein.

Das Menü

Erdbeer-Daiquiris

Kanapees von Mozarellabällchen mit frischem Basilikum, sonnengetrockneten Tomaten und Kapern

Räucherlachs-Dip mit Mascarpone

Sushi (selbst gemacht)

Salat von Rote Bete, Avocado, Rucola, geröstetem Kürbis, Pinienkernen, Frühlingszwiebeln und gehobeltem Parmesan mit hausgemachtem Dressing

Thai-Curry mit Garnelen (und Koriander)

Vegetarische Lasagne (von Lily)

Pfannkuchen mit Butternusskürbis und Ricotta

Artischocken mit Balsamico-Dressing

Gefrorene Beeren mit weißer Schokoladensauce

Zabaglione

Karamell-Likör

Frische Feigen mit vier Sorten Käse und glasiertem Ingwer

Schokolade bis zum Abwinken

I

Eine Handvoll ganz normaler Frauen

Was zum Teufel glaubst du, was du da tust?«, fragt Helen, als ich anfange, ein Bündel Koriander mit meiner jüngsten Neuerwerbung zu hacken – ein wunderschönes Gemüsemesser von Victorinox aus der Schweiz, scharf wie ein Skalpell, das schneidet wie ein Traum. Ich habe eine Schwäche für Messer. Das ist eines der Dinge, die du über mich wissen musst, wenn du je zum Kreis meiner engeren Freundinnen zählen willst. Meine Freundinnen würden dir erzählen, dass ich eine tolle Köchin bin, eine faule Kuh, was das Zurückrufen angeht, und dass ich einmal nackt für einen Fotografen posiert habe. Außerdem würden sie dich amüsiert in meine jüngsten Obsessionen einweihen: Robbie Williams, alles, was Amy Tan je geschrieben hat, und der Drang, dafür zu sorgen, dass alle meine Freundinnen regelmäßig einen Pap-Abstrich machen lassen. Ich bin vor ein paar Monaten knapp am Krebs vorbeigeschrammt und betrachte diese Vorsorge jetzt als heilige Mission. Gebärmutterhalskrebs ist so leicht festzustellen und zu behandeln. Und wir haben so viel, wofür es sich lohnt, zu leben: Wir alle haben kleine Kinder.
Helen hat schon drei, und jetzt ist ihre Periode überfällig – längst überfällig. Im fortgeschrittenen Alter von dreiundvierzig, wenn unsere Gebärmutter praktisch schon als Fossil

gelten kann, bedeutet das entweder, dass die Wechseljahre etwas früh einsetzen, oder dass sie (wieder einmal) schwanger ist. In beiden Fällen weiß ich nicht recht, wie die angemessene Reaktion auf ihre Neuigkeiten aussehen sollte. Geheuchelte Freude? (Nicht einmal Robbie Williams in nassen Boxershorts könnte mich dazu bewegen, die letzte zermürbende Phase der Schwangerschaft und das Straflager der ersten paar Monate mit einem Neugeborenen noch einmal auf mich zu nehmen.) Aufrichtiger Neid? (Welche Frau würde nicht bis in alle Ewigkeit auf Koffein und gebratene Speisen verzichten, um noch einmal ihr eigenes, eben auf die Welt gekommenes Baby in die Arme schließen zu können?) Milde Gereiztheit? (Sind Sexualkunde und das Wissen um Verhütung nicht wie Fahrradfahren, oder braucht meine Freundin mal einen Auffrischungskurs?) Erleichterung? (Ich bedränge Frank wegen einer Vasektomie, seit im Januar meine Periode ausgeblieben ist – ein Hoch auf die »Pille Danach« … ähem … das kann wohl jedem mal passieren.) Vielleicht tut es erst mal aufrichtige Ambivalenz, zumindest für den Moment.

»Ich hacke Koriander für das Thai-Curry«, sage ich und rücke dem Bündel Blätter mit gnadenlosem Geschick zuleibe. Es flirtet mit mir, lässt sein nussiges Aroma aufsteigen, so dass mir das Wasser im Mund zusammenläuft. Ich schwöre, wenn Koriander ein Parfüm wäre, würde ich es benützen.

»Ich hasse Koriander«, sagt sie und schüttelt ihre schwarze Lockenmähne, die mal wieder gewaschen werden müsste. Aber wer hat heutzutage schon Zeit für solchen Luxus wie Körperpflege?

»Ja, darüber solltest du wirklich mal mit einem Therapeuten

sprechen«, erwidere ich. »Wenn man solche Probleme zu lange mit sich herumschleppt, werden sie nur schlimmer ...«

»Hab Erbarmen – ich bin schwanger«, jammert sie. »Von dem Geschmack muss ich mich schon übergeben, wenn ich keinen Braten in der Röhre habe.« Mit diesen Worten taucht sie einen Löffel in die blubbernde Kokosmilch und schlürft auf diese genießerische Art, die ich an ihr so liebe. Eines muss man über Helen wissen: Trotz ihrer unverzeihlichen Feindseligkeit gegenüber Koriander ist sie eine großartige Köchin. Sie und mich verbindet eine fast spirituelle Liebe zum Essen. Es ist schon vorgekommen, dass sie plötzlich vor meiner Tür stand, zerzaust und verschwitzt, mit drei kreischenden Kindern im Auto, um einen kleinen Behälter mit irgendwelchen köstlichen Resten abzuliefern. »Probier mal«, mehr sagt sie nicht, bevor sie wieder in ihren Kombi steigt. Und da stehe ich dann in der Tür, stecke die Nase in eine Plastikschüssel und genieße die pure Ekstase, die drei Esslöffel indonesischen Lamm-Currys oder Hühnerleberpastete auszulösen vermögen, die sie gerade gezaubert hat. Unsere Unterhaltung dreht sich meist um zwei Themen: Essen und die Kinder. Wie man den Saft eines Brathühnchens von Fett befreit; welche Nahrungsmittel oder Haushaltsreiniger die Ursache für Camerons Ekzeme sein könnten; ob Hühnerfond den Geschmack einer indischen Linsensuppe besser zur Geltung bringt als Salz; ob Aaron auf ADHS getestet werden sollte oder bloß mal eine ordentliche Tracht Prügel braucht; das Häuschen am Wasser in der Salamander Bay für die Sommerferien, oder doch die Ferienwohnung in Batemans Bay?

Helen ist geistig stabil, vernünftig, himmlisch respektlos, und in ihrem kleinen, stämmigen Körper steckt keine einzige wichtigtuerische Ader. Fröhlichkeit – diese altmodische Eigenschaft – umgibt sie wie ein unsichtbarer Umhang. Jede meiner miesepetrigen Stimmungen, ob nun von PMS, Heimweh oder den jüngsten Greueltaten meines Sohnes hervorgerufen – verfliegt in ihrer ausgelassenen Gegenwart binnen weniger Minuten. Ich vertraue ihr alle meine Geheimnisse an, und wenn ich ein »Das darfst du aber *niemandem* erzählen« vorausschicke, kann ich ziemlich sicher sein, dass sie das auch schafft. Aber ich kenne Helen, und wenn sie sich doch mal verplappert, gesteht sie mir ihr Missgeschick, bevor ich es von irgendjemand anderem erfahre. Ich muss sie dann allerdings daran erinnern, dass ein Geständnis nicht *automatisch* mit Vergebung einhergeht. Verschwiegenheit und Ehrlichkeit sind für mich zwei verschiedene Tugenden, während sie die beiden in ihrem Kopf so unzertrennlich vermischt hat wie eine *pâté* aus Frischkäse und roter Paprika.

In einem Internat wäre Helen das Mädchen gewesen, das als Haussprecherin gewählt wird. Sie nimmt die Dinge in die Hand. Sie setzt neue Trends. Und sie verkörpert Fröhlichkeit durch und durch. Sie allein ist für meinen Sinneswandel in Bezug auf Austern verantwortlich. Letzten Juli, bei unserem jährlichen, einwöchigen Urlaub ohne Männer, aber mit allen Kindern, hat sie mich mit Mini-Bloody-Marys abgefüllt. Jedes Gläschen enthielt, kaum sichtbar, eines dieser ekligen Dinger, die ich anfänglich als »Schleimklumpen« verschmäht hatte. Vielleicht hat der Wodka auch geholfen, aber am Ende des Abends verzichtete ich auf die Bloody Marys und schlürfte die Schleimklumpen pur wie himmlisches Manna. Seitdem bringt mich der bloße Anblick von schwarzem Pfeffer, einer Zitrone und Tabasco-Sauce dazu, zu sabbern wie ein Pawlowscher Hund. Helen mag zwar keine Tabasco-Sauce, aber das ist einer ihrer kleineren Fehler, den ich ihr gerne verzeihe. Beim Koriander kenne ich kein Pardon.

»Ich mache einen Extra-Topf Curry für dich, aber in den großen Topf kommt Koriander«, erkläre ich mit meiner strengsten Stimme. Ich entschuldige mich nicht dafür, ich bin nun mal sehr unflexibel, wenn es um Koriander geht. In meinen gemeineren Momenten stelle ich manchmal sogar Helens Liebe zum Essen in Frage. Wie aufrichtig kann diese Liebe schon sein, wenn man Helens Abneigung gegen dieses himmlische Kraut bedenkt, das ein kulinarisches Erlebnis auf ganz neue Ebenen hebt? »Das ist, als würde man beim Sex den Oralsex weglassen«, sage ich ihr immer. »Da würde ich lieber gleich ein Buch lesen.« Dann fängt sie an zu lachen, und glaub mir, wenn du Helen einmal lachen gehört hast, dann wirst du nach immer neuen Wegen suchen, das noch einmal hervorzurufen. Es ist ansteckend und lächerlich, und wenn ich nur ihr zügelloses, brüllendes Gelächter höre, muss ich meinerseits so sehr lachen, dass ich mir manchmal ins Höschen mache.

»Was, wenn ich einen Nachschlag will?«, fragt sie, taucht den Löffel erneut ins Curry und leckt ihn ab.

»Ich bringe genug für einen Nachschlag auf die Seite«, sage ich. »Jetzt mach dich nützlich, und stell ein paar Kerzen auf. Die anderen kommen bald.«

»Du bist eine herrische Ziege«, sagt sie und zwickt mich in

den Arm. »Und sei ja nicht geizig mit den Garnelen«, brummt sie, bevor sie in ihren ausgelatschten Stiefeln zum Schrank schlurft, die Teelichter herausholt, und sie im Wohnzimmer verteilt. Ambiente ist mir wichtig – es versteckt das Schlimmste und bringt das Beste zum Vorschein. Und heute Abend haben wir alle ein bisschen Unterstützung in Form von schmeichelndem Kerzenlicht verdient.

Diese Dinner-Partys oder Mädel-Abende hat Helen ins Leben gerufen. Mehr als jede andere von mütterlichen Pflichten belagerte Frau Anfang vierzig, die ich kenne, achtet Helen geradezu fanatisch darauf, auch Dinge zu tun, die ihr Spaß machen. In ihrem herrlichen, breiten Lächeln liegt eine Energie und Leidenschaft fürs Feiern, die man sonst nur bei Teenagern findet. Wie ich, schleppt auch Helen mehr Gewicht mit sich herum, als streng genommen notwendig wäre, aber sie geht damit genauso um wie mit einem quengelnden Kind – sie beachtet es einfach nicht. Während ich über meine schlaffen Arme fluche und festzustellen versuche, wie viel genau von meinem Fettbauch man zwischen den Fingern kneifen kann, versteckt sie ihre Röllchen, wie sie sie nennt, unter übergroßen T-Shirts und weiten Shorts. Es ist ihr einfach egal, wie sie aussieht. Mir hingegen ist es nicht egal, und deshalb leide ich.
Vor ein paar Monaten hat sie meinen Brautabend organisiert, am Tag vor meiner Hochzeit mit Frank, der seit acht Jahren mein Partner und der Vater meiner Kinder ist. Sie setzte sich über das besorgte Geschnatter der anderen hin-

weg und mietete für den ganzen Tag ein Boot, das sie dann in einem stark beanspruchten blauen Badeanzug und mit ihrem riesigen Sonnenschlapphut selbst steuerte. Sie wollte, dass ich das Steuer übernehme, als wir unter der Sydney Harbour Bridge hindurchsegelten. Und ich tat es. Sie wollte, dass wir das Boot in einer stillen Bucht vor Anker legen und köstliches Essen verzehren. Und wir taten es. Sie wollte mir für die Hochzeitsnacht das gesamte Schamhaar abrasieren. Und sie tat es. Während sie sich auf diese Tätigkeit konzentrierte, um die sie niemand beneidete, inspizierten die anderen ständig ihr Werk und riefen dazwischen: »Du hast eine Stelle vergessen!« Bedauerlicherweise trat währenddessen die Ebbe ein, und wir waren gestrandet – für die nächsten sechs Stunden. Mit Hilfe der Küstenwache und der einsetzenden Flut brauchten wir nur zwei weitere Stunden, um wieder von der Sandbank herunterzukommen. Obwohl der Bootsbesitzer, mehrere Ehemänner, ein zukünftiger Ehemann und die Wasserschutzpolizei verzweifelt versuchten, uns zu lokalisieren, ging die Sonne unter, ohne dass es zu einer einzigen Verhaftung oder Scheidung kam. Und ich habe es zu meiner Hochzeit geschafft, in einem Stück, von meinem Schamhaar mal abgesehen.
Seitdem besteht Helen auf regelmäßigen Treffen. Nach den aufregenden Ereignissen unseres »Gründungstags«, für einige von uns heute noch *der größte Spaß und der schlimmste Ärger, den wir je erlebt haben*, wagt es niemand, diese Zusammenkünfte zu verpassen. Diese Zeit ohne unsere Männer und Kinder ist so kostbar, dass auch kaum eine von uns zu spät kommt.
Heute ist ein besonderer Abend. Es wird eine Pyjama-Party.

Eine wahrhaftige, Bring-deinen-Schlafanzug-und-deine-Zahnbürste-mit-Übernachtungsparty. So etwas habe ich nicht mehr erlebt, seit ich fünfzehn war, und ich muss zugeben, dass ich ein bisschen nervös bin. Wir feiern im prächtigen Haus von Helens Eltern auf Darling Point (sie sind für einen Monat in Italien), und obwohl die Aussicht spektakulär ist, mache ich mir Gedanken, wer wo schlafen soll (es gibt nur fünf offizielle Betten in diesem Haus, und ein paar Sofas für den Rest). Ich schlafe nicht besonders gut – sieben Jahre von Kindern gestörter Schlaf bringen das mit sich. Heute braucht es nur einen leisen Furz von Frank, und ich fahre aus dem tiefsten REM-Schlaf, sitze aufrecht im Bett und frage: »Was? Wer?« Und das war's dann. Ich kann nicht wieder einschlafen. Frag nur mal meine Kinder: Ich bin eine böse Hexe, wenn ich müde bin.

Als ich die Mädels per E-Mail zu der Übernachtungsparty eingeladen habe, kamen lauter atemlose, mädchenhaft aufgeregte E-Mails zurück. Tam schrieb als Erste, dass sie gern kommen würde, aber wohl nicht über Nacht bleiben könne. CJ musste natürlich erst ihre Schwester bestechen, damit diese die Nacht bei ihren Kindern verbringt, weil sie keinen Mann hat, der mal für sie einspringen könnte. Dooly musste vermutlich auch irgendwo eine bezahlte Aushilfe suchen oder einen Gefallen von jemandem einfordern – Max kommt kaum mit sich selbst klar, von den Kindern ganz zu schweigen. Aber trotz geringfügiger logistischer Schwierigkeiten haben wir uns alle fest vorgenommen, heute Abend hier zu sein.

Wir sind eine Handvoll ganz normaler Frauen, eine Ansammlung mutiger, leidenschaftlicher, anbetungswürdiger, intelligenter Mütter. Ein paar von uns sind außerdem hoch neurotisch. Mindestens zwei von uns, soweit ich weiß, nehmen Prozac (aber Helen hat mich zur Geheimhaltung verpflichtet, denn Dooly hat ihr gesagt: »Es ist nicht offiziell, also sag nicht, du hättest das von mir.«) Es geschieht etwas, wenn wir uns auf diese Weise versammeln, frei von unseren Kindern und Lebenspartnern. Unsere Stimmen verändern sich. Sie werden schriller. Wir sitzen unbefangen und breitbeinig da und ziehen einander mit dem Zustand unserer Unterhosen auf. Unsere Witze – sofern man sie so bezeichnen kann – sind unsäglich schlecht; man kann gar nicht unterscheiden, ob wir, durch Helens Gelächter angesteckt, wegen der erbärmlichen Pointe lachen, oder weil der Witz so miserabel vorgetragen wurde. Wir kichern verächtlich über Penisgrößen (wenn Männer nur wüssten, wie wichtig die Größe wirklich ist). Und obwohl wir gern trinken würden, als wären wir dreiundzwanzig, kann sich keine von uns einen überflüssigen Kater leisten. Deshalb tanzen wir stattdessen, aber niemand wäre scharf darauf, diese misslungene Zurschaustellung bebender und zuckender Körperteile mit anzusehen. Und wir essen, als könnte allein die Völlerei uns alle wieder jung und sexy machen.

Die Bedeutung des Essens ist bei diesen Zusammenkünften nicht zu unterschätzen. Helen ist eine unersättliche Listenschreiberin und genießt die erregende Vorfreude bei der Planung des Essens. Nur den wahren Liebhaberinnen guten Essens unter uns wird die Aufgabe anvertraut, tatsächlich etwas zuzubereiten. Das sind Helen und ich. Die anderen müssen den Alkohol und die Schokolade heranschaffen.

Jede von uns hat ihr geheimes Laster. Helen hat unsäglich

viel Geld für einen riesigen Kübel Erdbeer-Daiquiri ausgegeben und eine Sammlung von Musik mitgebracht, von der ich noch nie gehört habe – darunter, man stelle sich vor, der Soundtrack des Films *Meerjungfrauen küssen besser* (»Warte nur, bis du den vierten Titel hörst«, sagt sie). Ereka wird mit fünf Joints in der Handtasche kommen und im Verlauf des Abends stündlich einen davon hervorholen. Liz wird eine Flasche Rotwein mitbringen, der offiziell als Antiquität eingestuft werden müsste. Tamara wird sicher irgendeine glutenfreie Köstlichkeit dabeihaben und sich erst auf unser lautstarkes Drängen hin bereit erklären, ihr Handy auszuschalten. Wenn sie das nicht tut, wird es noch vor dem Nachtisch ein halbes Dutzend Male klingeln – Kevin ist zwar in der Lage, aus einem Stückchen der äußeren Schamlippen eine Brustwarze zu rekonstruieren, kann aber ohne die Hilfe seiner Frau keine zwei Kinder ins Bett bringen. Dooly wird auf keinen Fall ohne Schokolade erscheinen – ich tippe auf einen schweren Schokokuchen oder Mousse au chocolat. Obwohl ich das weiß, bin ich doch nie ganz gewappnet, wenn sie dann mit einem Eimer voll Schokokonfekt vor der Tür steht – buchstäblich fünf Liter Cadbury's Favourites. Fiona wird zweifellos ihre Aromatherapie-Ausrüstung mitbringen, um uns die perfekte Mischung ätherischer Öle zuzubereiten, je nachdem, ob wir entspannt, erfrischt, beruhigt oder angeregt werden möchten. CJ wird natürlich sofort schreien, dass sie unbedingt Letzteres braucht, und uns alle dazu aufstacheln, einander die Füße zu massieren. Und sie wird Harvey dabeihaben. Er begleitet sie überallhin, und irgendwann im Lauf des Abends wird sie ihn hervorzaubern und einer von uns auf den Teller stellen, wenn diejenige gerade auf der Toilette ist. Er wird für hysterisches Gelächter sorgen und Tam womöglich zu einem verfrühten Aufbruch bewegen.

Tam kommt als Erste. Vermutlich glaubt sie, wenn sie pünktlich da ist, oder sogar etwas zu früh, wäre das ein Ausgleich dafür, dass sie später als Erste schlapp macht (da ich allerdings selbst eine ordnungsfanatische Jungfrau bin, weiß ich die Tugend der Pünktlichkeit durchaus zu schätzen). Sie trägt eine rosa Jogginghose und ein passendes rosa-weißes Sporttop. Jemand – nicht ich – sollte ihr mal sagen, dass Pfirsichrosa wirklich nicht ihre Farbe ist, bei ihrer hellen Haut und den vielen Sommersprossen. Sie ist schlank und attraktiv, aber auf eine unscheinbare Art und Weise. Sie hält nichts von Make-up, gibt aber ein kleines Vermögen – das in einem italienischen Delikatessengeschäft besser angelegt wäre – dafür aus, sich das Haar kastanienbraun färben zu lassen. Das ist doch wohl ziemlich feige, wenn man auch so aufregende Farben wie Feuerrot, Heidelbeerblau oder Karamellblond zur Auswahl hat. Aber das ist eben Tam. Sie hat die mausgraue Unauffälligkeit zur größten Tugend erhoben, was ihre äußere Erscheinung angeht.
Sie plappert wie ein Wasserfall und braucht geduldige Zuhörerinnen. Meistens geht es um ihre beiden Jungs. Wir haben alle Kinder, und dieser Abend ohne sie sollte genau das sein – eine Pause von alledem. Für Tam muss man in der richtigen Stimmung sein. Sie ist nicht gerade entspannende Gesellschaft, aber in einer großen Gruppe wie heute Abend

wird sie sich zurücknehmen. Oder wir füllen sie einfach ab. Ein Daiquiri dürfte reichen.
Sie kommt mit einer grünen Jute-Einkaufstasche herein. »Na, ist das nicht toll?«, bemerkt sie mit einer Begeisterung, die nicht einmal dem mildesten Kreuzverhör standhalten könnte. »Längst überfällig, dass wir mal wieder zusammenkommen«, zwitschert sie. »Ich kann nur leider nicht allzu lang bleiben. Morgen muss ich früh raus. Kieran hat ein Schachturnier – neulich haben sie ihn in eine höhere Gruppe versetzt, zu den Kindern bis zehn. Einige Mütter der Kinder in seiner Altersgruppe haben sich beklagt, dass ihre Kinder jegliches Selbstvertrauen verlieren, weil er sie immer in drei Zügen schlägt.«
Helen und ich ziehen die Brauen in die Höhe. »Beeindruckend«, sagt Helen. »Ein richtiges kleines Genie, dein Kieran.«
Tam lächelt. »Ich will nur, dass er glücklich ist«, sagt sie und betont das Wort »glücklich«, als sei es erst kürzlich in unsere Sprache aufgenommen worden, und sie wolle mal ausprobieren, wie es klingt. »Überflieger sind selten glücklich.«
Ich würde ihr gern sagen, dass da nichts weiter dabei ist – lass dem armen Kind ein bisschen Raum zum Atmen, und es wird sehr glücklich sein. Sie holt eine parfümfreie Handcreme aus ihrer Tasche und drückt etwas davon auf ihren linken Handrücken, bevor sie Helen und mir die Tube anbietet. Wir lehnen beide ab.
»Ach, ich weiß nicht«, sage ich. »Ich hatte immer den Eindruck, dass Einstein und Goethe ganz glückliche Menschen waren.«
»Ja, aber hatten sie Freunde?« Tam sieht uns mit großen

Augen an, zieht ihren Ehering ab und massiert die Creme in ihre gepflegten Hände – kurze Nägel, kein weiterer Schmuck.

»Genien brauchen keine Freunde. Sie sind genug mit dem beschäftigt, was in ihrem Kopf vorgeht«, sagte Helen und holt Besteck aus der obersten Schublade.

»Genies«, korrigiere ich sie, »du Genie.«

»Schon klar«, schnaubt sie. »Nicht alle von uns können so schlau sein. Manche müssen sich eben mit ihrer Schönheit zufriedengeben.« Sie zwinkert Tam zu. Tam lacht sogar leise, während sie ihren Ehering wieder an den Ringfinger steckt.

»Wie viele sind wir eigentlich?«, fragt Helen mich.

»Acht, dich eingeschlossen«, sage ich. Sie reicht mir eine Handvoll Messer und Gabeln.

Aus Tams Einkaufstasche kommen drei Dips zum Vorschein, einer mit Auberginen (ah, die Königin aller Gemüse), einer mit Oliven und Tomaten, und ein Töpfchen Zaziki. Alle drei sind Knoblauchbomben. In seltenen Augenblicken müßiger Reflexion habe ich mich manchmal gefragt, ob die sinnlichen Freuden des Lebens nicht exponentiell verringert würden ohne diese prächtige kleine Knolle in ihren gedrängten Nestern, geschmückt mit federigen weißen Hüllen. Knoblauch. Es gibt tatsächlich drei grundlegende Zutaten der wirklich guten Küche. Helen und ich sind uns nur über zwei davon uneins. Bei Knoblauch sind wir uns einig. Für mich bildet er mit Chili und Zitrone die Heilige Dreifaltigkeit, Helen zählt Ingwer und Basilikum dazu. Das ist eine ständige Quelle unterschwelliger Spannung in unserer Freundschaft.

Tam hat außerdem ein Paket Tiefkühl-Beeren und einen Block weiße Schokolade mitgebracht. »Für die weiße Schokoladensauce, die über die Beeren gegossen wird«, sagt sie. Das hat sie nur als Geschenk für uns mitgebracht, denn sie wird selbstverständlich nichts davon essen – zu viel Fett. Zu viel Zucker. Zu viel Spaß am Leben, wenn du mich fragst.
Tam verkörpert die fragwürdige Güte mütterlicher Selbstlosigkeit, die eine übertriebene persönliche Erfüllung darin findet, nur vom Rand aus zuzusehen. Es kann einem davon schlecht werden. Ich gehöre nicht zu diesen Müttern, die nur durch ihre Kinder leben. Sieben Jahre in der erbarmungslosen Sonne der endlosen Wüste »Gebe!« als Mutter haben mich spröde gebacken. Wenn Tams Gehirn auch nur für fünf Minuten aufhören würde, alles zu überprüfen, würde der pure Spaß sie umbringen.
»O Gott ...« Helen schnappt nach Luft bei der Vorstellung von eisigen kleinen Beerenkieseln, angeschmolzen, aber nur ganz leicht, von der heißen, süßen, weißen Schokosauce.
»Von Schokolade bekommt man Pickel«, sage ich zu Helen mit einem Blick auf den kleinen roten Vulkan an ihrem Kinn, der demnächst ausbrechen dürfte.
»Tatsächlich?«, erwidert sie. »Vielen Dank, dass du mich darauf aufmerksam machst. Und ich nehme an, in diesem Top sehe ich dick aus ...« Dann sagt sie zu Tam: »Ich mache gern die Sauce«, als es gerade wieder klingelt. »Machst du auf?«, bittet sie mich.
»Gerne«, sage ich. Ich lasse Tam und Helen in der Küche zurück, wo sie über das Dessert diskutieren, und überlasse es Helen, die hundert Fragen darüber zu beantworten, welche

Speisen des heutigen Abends Gluten enthalten, oder mögliche Spuren von Gluten enthalten könnten.
Gluten. Die Geißel der Menschheit. Wenn man Tam ein paar Drinks einflößt, da bin ich sicher, könnte man sie dazu bringen, Gluten für alles Mögliche die Schuld zu geben, von der Klimaerwärmung bis hin zum Rassismus. Ich wünschte, ich könnte mit derselben Gewissheit »das eine« Element im Leben finden, das alles schiefgehen lässt – und wenn man es eliminiert hätte, würden sich sofort Harmonie und Gleichgewicht einstellen. Tams Überzeugung hat mich früher ganz aus der Fassung gebracht. Nach jeder Unterhaltung mit ihr war ich zutiefst verunsichert über die Art, wie ich meine Kinder großziehe. Es ist ja nicht so, als würde sie diese Bandwürmer der Angst absichtlich in meinen Bauch einschleusen, sie kann einfach nicht anders. Helen und ich sind zu der Erkenntnis gelangt, dass Tam eine Welt braucht, die aus Ursache und Wirkung besteht. Wo Erklärungen überall unter der Oberfläche treiben wie unsichtbare, aber lebensrettende Planken, die sich jeder angeln kann, wenn er sich nur genug Mühe gibt. Und Mühe gibt sie sich, sie liest und recherchiert mit unendlicher Geduld, bis sie die Lösung oder das Heilmittel am Haken hat.
Tam hat aus ihren Kindern praktisch einen Beruf gemacht. Sie ist zwar ausgebildete Heilpädagogin (und war eine verdammt gute, nach allem, was man so hört), hat jetzt aber einen erbärmlichen, unbedeutenden Job als Büroangestellte bei einer kleinen Buchhaltungssoftware-Firma in der Stadt. Sie gibt bereitwillig zu, dass ihre Arbeit langweilig ist und sie nur ein Minimum ihrer Gehirnkapazität dabei einsetzen kann, aber die Arbeitszeiten sind ja so praktisch – sie

kann die Kinder zur Schule fahren und abholen. Ganz ohne Stress. Und über diese Stunden im Büro hinaus verlangt ihr der Job keinerlei Zeit oder Energie ab. Das ist auch besser so, denn das meiste davon geht beim Naturheilpraktiker, der Kinesiologin und all den anderen alternativen Ärzten drauf, deren Praxen sie tatkräftig unterstützt, indem sie sie wegen allem aufsucht, von einem schlechten Traum bis hin zu einer ausgewachsenen Lungenentzündung. Wir übrigen halten uns einfach sorgfältig an den Impfplan, den man vom Kinderarzt bekommt, und knallen unseren Kindern Antibiotika rein, wenn der Arzt sie verordnet. Nicht so Tam. Es ist faszinierend, wie vielfältig sich mangelndes Vertrauen in andere Menschen äußert – Tam glaubt niemandem einfach so, und wenn er vier akademische Titel vor dem Namen stehen hat. Sie erforscht jedes Thema, auf das sie als Mutter stößt, selbst, und bildet sich dann eine eigene Meinung. Dafür gebührt ihr wirklich Hochachtung. Ich hingegen bin einfach nur müde dankbar, wenn jemand im weißen Kittel mir sagt, was »in diesem Fall das Richtige« ist. Ich will es nur irgendwie erledigt haben. Es auch noch unbedingt richtig machen zu wollen, ist etwas für Leute, die sonst nichts zu tun haben.

An manchen Tagen, wenn mir das Muttersein einfach zu schwer vorkommt, tröste ich mich damit, dass ich schließlich Anfängerin bin. Ich wurde in diesen Job hineingeworfen, ohne Ausbildung, Seminare oder eine einzige bestandene Prüfung. Ich habe kein Mutterschaftsdiplom. Wenn man daran denkt, wie gründlich potenzielle Adoptiveltern unter die Lupe genommen werden – alles, von ihren Körperpflegegewohnheiten bis hin zu ihren Ansichten über körperliche Züchtigung, kann dem Okay der Behörden im Wege stehen –, kommen diejenigen von uns, die unbekümmert vom Petting zur Dilatation des Geburtskanals voranschlendern, noch geradezu leicht davon. Ich bin nicht dafür, künftige Eltern einem verpflichtenden Test zu unterziehen. Auf der anderen Seite kann man kaum leugnen, dass einige von uns viel zu neurotisch und kaputt sind, um sich vermehren zu dürfen. Manche von uns bekommen ja kaum das eigene Leben auf die Reihe, von Verantwortung für andere Menschen ganz zu schweigen.

Tam jedoch hat zweifellos ihr Diplom als Mutter erworben und sich zudem auf richtige Ernährung, Immunisierung, Erziehung und Sozialisation spezialisiert. Ständig steckt sie die Nase in ein Buch, forscht in der Bibliothek oder im Internet, durchkämmt alles nach den neuesten wissenschaftlichen Erkenntnissen und hat es geschafft, das Mäntelchen der Mutterschaft zu einem wahren Prachtgewand in Technicolor auszuschmücken. Ungefragt hält sie Vorträge über die jüngsten Theorien zu Disziplin, Sensibilität, emotionalem Wohlergehen, Gehirnentwicklung, ADHS, kindlichem Übergewicht und der Frage, wie man effektiv Grenzen setzt.

Ich höre ihr immer zu, obwohl sich mir innerlich bei diesem leicht überheblichen Tonfall, den sie dann anschlägt, die Haare sträuben. Wenn man ihren Vortrag in seine semantischen Bestandteile zerlegen würde, käme dabei heraus, dass sie uns für einen Haufen Versager hält, was die bestmögliche Förderung unserer Kinder angeht. Unserer Art der Kindererziehung – geistesabwesend, zwischen Tür und Angel, immer nur reagierend – begegnet sie stets mit leiser

Kritik. In meinen persönlich weniger gereiften Momenten denke ich mir dann aber: »Hey, ich füttere meine Kinder vielleicht mit Zeug von McDonald's und werde manchmal laut, aber wer von uns hat hier einen Bettnässer zu Hause? Hm? Ich nicht.«

Anscheinend kommt es recht häufig vor, dass Jungen mit sieben Jahren nachts noch ins Bett pieseln. Behauptet jedenfalls die Forschung. Aber Helens Ansicht nach ist Michael ein »regressives Muttersöhnchen, das am liebsten noch gewickelt werden möchte«. Da er durch seine Bettnässerei so viel Aufmerksamkeit bekommt, hat er es auch bestimmt nicht eilig, damit aufzuhören. Tam hat dieses arme Kind zur Musiktherapie, zur Kinesiologie und Craniosacraltherapie geschleift und ihn sogar zur Akupunktur überredet, »indem ich ihm die positive Wirkung erklärt und natürlich seine Ängste beschwichtigt und ihm eine Belohnung versprochen habe«. Wenn er vorher keinen Grund hatte, sich in die Hose zu machen, dann hat er jetzt ganz sicher einen.

Tams Söhne Kieran und Michael sind, oberflächlich betrachtet, geradezu Anne-Geddes-Engel. Meine Kinder kreischen und jammern, ihre hören still zu. Meine beschimpfen sich (und manchmal auch mich) als Blödmann und Arschgesicht, ihre sagen »Vielen Dank für die Einladung« und »Darf ich aufstehen?«, wenn sie den Tisch verlassen. Meine rümpfen die Nase, wenn sie irgendetwas pflanzlich Anmutendes auf dem Teller entdecken, ihre essen brav ihren Brokkoli auf und bitten sogar noch um einen Nachschlag. Kieran und Michael verstehen unter »etwas zu Naschen« Reiscracker mit Aufstrich. Bio-Erdbeeren mit Naturjoghurt. Selleriestangen mit Hummus. Während ich meinen Kindern lebenslängliches Fernsehverbot androhen muss, damit sie ihren Schwimmkurs machen, ohne der Lehrerin Wasser ins Gesicht zu spucken, absolvieren ihre einen vollen Terminplan mit Cricket, Fußball, Judo und Taekwondo – alles völlig freiwillig, versteht sich.

Das sind die langweiligsten Kinder, die ich kenne – das heißt, solange Tam in der Nähe ist. Einmal hatte ich ihre Kinder bei mir zu Hause, während Tam bei einer Elternsprechstunde war. Sie haben meinen Lutschervorrat geplündert, und Kieran hat Aarons Schmetterlingsnetz kaputt gemacht und dabei vor befriedigter Schadenfreude so über das ganze Gesicht gestrahlt, dass ich nicht wusste, wie ich es Tam sagen sollte. Ich würde wetten, dass die beiden mit sechzehn zu Adrenalinjunkies mutieren, sobald das Testosteron die Ketten von Tams eifriger Überwachung sprengt. Nur im Fall, dass Tam nicht irgendeine Studie entdeckt, die beweist, dass ein Extra-Löffel Sonnenblumenkerne im morgendlichen Müsli das Einsetzen der Teenager-Rebellion wirksam hinauszögert.

Tam spricht mit ruhiger, beherrschter Stimme mit ihren Söhnen und achtet sehr darauf, sie gleichzubehandeln. Grade so, als wären beide sehr begabt. Aber nur Kieran ist (nachdem Tam ihn auf glutenfreie Ernährung umgestellt hat) als »hochbegabt« eingestuft worden, von welchem Gremium auch immer solche Einschätzungen getroffen werden. Seitdem, Gott steh uns bei, widmet sich Tam in jeder wachen Sekunde der Mission, »sein Entwicklungspotenzial zu maximieren«. Er darf sich im Unterricht niemals langweilen. Jegliches gereizte oder unpassende Verhalten ist ein Alarmsignal und bedeutet, dass er unterfordert sein muss.

Tam fängt jeden Tag nach der Schule seine Lehrerin ab, die arme Ms. Kramer. (Sie ist ungefähr zwanzig Jahre alt, und ihr Pädagogendiplom wird vermutlich gerade noch gerahmt.) Tam verlangt von ihr eine kurze Zusammenfassung von Kierans Schultag und ist schrecklich besorgt, wenn ihr Sohn »ruhig« war, »ein bisschen überdreht« oder »verschlossen«. Zur Abholzeit erscheint Tam gerüstet mit einem Stapel kopierter Artikel über hochbegabte Kinder, die Ms. Kramer lesen soll – Ms. Kramer versenkt sie wahrscheinlich auf dem Weg zum Parkplatz im nächsten Mülleimer. Doch sie lächelt tapfer weiter und hat offenbar trotz ihrer Jugend Mitleid mit Müttern, die das Bedürfnis haben, immer noch die treibende Kraft im Leben ihrer Kinder zu sein.

Helen und ich winden uns innerlich, aber Tam lässt sich von unserer kritischen Beurteilung nicht so leicht unterkriegen. Wenn es um ihre Jungs geht, zeigt sie angesichts unseres unzureichend unterdrückten Spotts erstaunlichen Mut. CJ hat einmal hinter ihrem Rücken gesagt: »Ich finde es gut, dass sie Stellung bezieht und sich so für ihre Kinder einsetzt.« Doch darauf folgte sofort: »Aber sie sollte es wirklich lockerer angehen und Kieran zur Abwechslung mal ein ganz normales Kind sein lassen. Ich kann mir nicht vorstellen, dass ihm das schaden würde.«

»Wer weiß, vielleicht entwickelt er dann sogar so etwas wie eine eigene Persönlichkeit?«, fügte ich hinzu. Aber bitte, mein Urteil ist nicht der Weisheit letzter Schluss. Ich bin keine weise Seherin, was Kindererziehung betrifft. Ich habe gerade erst damit angefangen, schlecht informiert und unvorbereitet. Für mich nimmt Mutterschaft oft die Dimension einer endlosen Autobahn an, die sich bis weit hinter den sichtbaren Horizont erstreckt. Ohne irgendwelche Straßenschilder, die mir sagen könnten, wie weit ich schon gekommen bin oder wie viel ich noch vor mir habe. Ich kann mir nicht einmal sicher sein, dass ich genug Treibstoff habe, um die Strecke zu bewältigen, vor allem, weil ich keine Ahnung habe, wo ich eigentlich hinfahre. Ich fahre einfach nur. Wenn ich angekommen bin, werde ich es wohl merken. Inzwischen glaube ich, dass wir alle zwar die besten Absichten haben, aber dennoch alle so ziemlich auf demselben Weg sind und unseren Kindern schweren psychologischen Schaden zufügen. Sobald man diese Tatsache einfach akzeptiert, fühlt man eine ungeheure Erleichterung – fast wie bei Valium. Nicht, dass ich wüsste, wie sich Valium anfühlt.

Wenn es irgendeine von uns schafft, diese Einbahnstraße zum elterlichen Versagen zu umgehen, dann wird es Tam sein. Und ich will fair sein, sie verdient diesen Erfolg. Sie ist das kleine rote Huhn unter uns, das fragt: »Wer kommt mit zu einem Vortrag vom Ministerium für Sport und Freizeit über aktive Kinder?« »Ich nicht!«, sage ich. »Ich nicht!«, sagt Helen. »Dann gehe ich eben allein.« Und schon trabt sie mit ihrem Notizbuch los. Wenn sie zurückkommt, ist sie stets bis an die Zähne mit neuen Theorien bewaffnet: Fernsehen verursacht das Aufmerksamkeitsdefizitsyndrom. Impfungen verursachen Autismus. Zucker verursacht Hyperaktivität. Und Gluten ist einfach an allem schuld, von Depressionen bis zur Schizophrenie. Aber anscheinend ist es gerade fürs Bettnässen nicht verantwortlich.

Helen und ich haben früher unter vier Augen gewitzelt, dass Tams Mann Kevin, einer der besten plastischen Chirurgen in Sydney, der fickenswerteste aller unserer Männer sei. Er hat diesen mageren, hungrigen Sexappeal und verströmt die Arroganz von Männern, die an den Gesichtszügen von Frauen herumwerkeln und Details ausschneiden oder einsetzen, wie andere es in einem unordentlichen Word-Dokument machen. Er spricht von sich selbst in der dritten Person als »Der Doktor«, hörbar groß geschrieben – ich meine, kann man so einen Kerl überhaupt ernst nehmen? Die Tatsache, dass man sechs Monate im Voraus einen Termin vereinbaren muss, um auf seine Operationsliste für Brustimplantate oder Liftings zu kommen, fördert bei ihm wohl die Einbildung, er sei Gottes Gabe an die Frauen. Einmal hat er mich angebaggert. Zugegeben, er war betrunken und ich habe, ganz harmlos, ein bisschen mit ihm geflirtet. Aber ich hätte mich beinahe an meinem Wodka verschluckt, als er sich vorbeugte und mir ins Ohr flüsterte: »Der Doktor würde deine Brüste ganz umsonst untersuchen.« Kevin ist sexy, wenn man auf das Gefühl steht, als Beute gejagt zu werden. Aber wenn der Ehemann einer Freundin in deren Hörweite versucht, dich anzumachen, wird es höchste Zeit, sich ein anderes Ziel für den Cocktailparty-Flirt auszusuchen. Ich will auf keinen Fall, dass Tam denkt, ich stehe auf ihren Mann. Denn das tue ich nicht. Ich mag zwar selber gelegentlich Phantasien von anderen Männern haben – das ist völlig normal, oder? –, aber ich würde sie nie in die Wirklichkeit umsetzen. Ich habe Helen von der Anmache erzählt. Wir waren uns einig, dass er ein Fiesling ist. Trotzdem machen wir keine Witze mehr über

Kevin. Nicht, seit Tam vor zwei Jahren diesen (inoffiziellen) Nervenzusammenbruch hatte. Helen zufolge ging das Gerücht um, dass Kevin sie betrügt. Wer weiß? Vielleicht hat er das, aber es spielt keine Rolle. Tam jedenfalls war fix und fertig.

Seitdem nimmt sie Prozac und hat viel abgenommen. Ereka witzelt immer, dass sie es auch mal damit versuchen sollte – sie kämpft gegen überflüssige Pfunde im Wert von sechs Neugeborenen. Aber sie wird kein Prozac nehmen. Sie ist entschlossen, sich dem Leben in seiner ganzen scheußlichen Realität zu stellen und ihren Frieden damit zu machen. Tam, die sonst immer so gegen Medikamente wettert, sieht den scheinheiligen Widerspruch nicht einmal. Das gehört alles zu ihrer altruistischen Rolle – sie wirft die Pillen ja nur ein, weil sie dadurch zu einer besseren Mutter wird. Das Motto ihrer Erziehung im Pfadfinderinnen-Stil lautet, »für ihre Jungs da zu sein«.

Ich erreiche die Haustür, als es zum zweiten Mal klingelt. »Ich komme schon«, sage ich und kichere beim Gedanken daran, was mir als Motto für Helens und meine Art des Mutterseins einfallen würde: »Mami geht jetzt, seid brav.«

2

Der Klettstreifen der Mutterschaft

Vor der Tür steht Liz. Sie sieht müde, aber glamourös aus. »Wie geht es dir?«, fragt sie und küsst mich auf die Wange, ohne meine Antwort abzuwarten. Sie hält eine riesige vegetarische Lasagne in den Händen. Hausgemacht, aber nicht von ihr. Unter ihrem Arm klemmt eine Flasche Rotwein. »Umwerfender Jahrgang«, sagt sie beiläufig und deutet mir an, ihr die Flasche abzunehmen. Liz zieht einen schicken, kleinen braunen Koffer auf Rädern hinter sich her. Sie stolziert in einem veritablen Outfit herein: Keine Trainingshose, keine Jeans, sondern ein Hosenanzug aus klassischem Seidenchiffon, der an mir »Grau« wäre, an ihr jedoch »Anthrazit« ist. Um ihren Hals baumelt eine teure Kette aus Perlen in Hellrosa, Pfauenblau und Schneeweiß. Ich war zuletzt schick angezogen, als der Sohn einer Verwandten vor einem Jahr seine Bar-Mizwa feierte. Liz kleidet sich immer, als rechne sie damit, dass die Paparazzi jeden Moment auftauchen könnten. Neben ihr komme ich mir in Jeans und Pulli ziemlich schäbig vor.
Liz ist die Karrierefrau unter uns – eine Anomalie in dieser Gruppe von Vollzeit- oder zumindest Teilzeit-Müttern. Während wir uns mit dem Lebenszweck zufriedengeben müssen, erfolgreich unseren Haushalt zu leiten, leitet Liz ihre eigene Werbeagentur. Leute nennen sie »Chefin«, sie

heuert und feuert. Sie ist eine der klügsten Frauen, die ich kenne. Sie und Fiona sind seit ihrer Kindheit befreundet, und Liz wird hauptsächlich Fi zuliebe zu diesen Zusammenkünften eingeladen. Ich bin immer wieder überrascht, wenn Liz dann tatsächlich auftaucht – eine so wichtige Geschäftsfrau wie sie findet unsere Gespräche doch wahrscheinlich so spannend wie ein Mensch-ärgere-dich-nicht-Turnier. Aber interessanterweise kommt Liz sogar sehr oft, außer sie ist geschäftlich verreist. Und sie ist eigentlich eine angenehme Person, wenn auch ein bisschen rechthaberisch. Ich respektiere ihre Meinung zu so ziemlich jedem Thema, sei es der Stand des Aktienmarktes oder die Frage, ob es tatsächlich die Presse ist, die Prinzessin Diana auf dem Gewissen hat. Kindererziehung ist das einzige Thema, bei dem ich mich ihren knallharten Urteilen nicht anschließe. »Jonglieren, um Kinder und Beruf zu vereinbaren?«, hat sie einmal zu mir gesagt. »Nur Clowns jonglieren. Willst du der Clown sein, oder die Zirkusdirektorin? Das ist ganz einfach – wenn du Karriere machen willst, mach Karriere. Wenn du außerdem Mutter sein willst, such dir jemanden, der den Job für dich macht.«

Liz hat uns erzählt, dass sie nur deshalb Kinder bekommen hat, weil Carl welche wollte – vermutlich die einzige Ausnahme in ihrer sonst so makellos egozentrischen Existenz. Ich habe selbst gehört, wie sie den Mutterinstinkt als »frauenfeindliche Propaganda, durch den die Frauen ans Haus gefesselt werden sollen« bezeichnet hat. Sie behandelt ihre Kinder Chloe und Brandon wie mürrische Angestellte, die gemanagt und geführt werden müssen. Sie verlangt von ihnen, einen minimalen Kodex von Verhaltensregeln zu befolgen, den sie ausgedruckt, laminiert und innen an der Badezimmertür befestigt hat. Als Mutter hält sie sich an das in der Geschäftswelt erprobte Prinzip, dass zu große Vertrautheit nur Verachtung erzeugt. Ihre Kinder haben die Botschaft verstanden (sie sind schließlich nicht zurückgeblieben): Sei unabhängig. Chloe und Brandon können sich selbst etwas zu essen machen, sich anziehen, sich beschäftigen und auch allein schlafen legen, wenn es nötig ist. Aber Liz hat eine besondere Versicherung.

Wie die heißt? Ein Wort, vier wunderschöne Buchstaben: Lily. Lily ist aus Korea und hat ein Herz (und einen Bauch) so groß wie ein Wal. Alle Kinder blühen in ihrer Gegenwart auf, obwohl sie gebrochen Englisch spricht und man sie manchmal nicht ganz versteht – bietet sie einem gerade »Tee« an, oder fragt sie, ob einem der große »Zeh« wehtut? Ich habe Lily einmal gefragt, ob sie selbst Kinder hat. Und musste mich dann abwenden, damit sie die Tränen in meinen Augen nicht sieht, als sie mir erzählte, dass sie zwei Kinder mit fünf und sieben Jahren in Korea hat (»schöne, schöne Babys – meine«), um die sich ihre Mutter kümmert. Lilys Mann hat sich während der zweiten Schwangerschaft aus dem Staub gemacht, und sie musste ihre drei Monate alte Tochter und den zweijährigen Sohn zurücklassen, um nach Australien zu gehen und Geld zu verdienen, das sie nach Hause schickt. Seitdem hat sie ihre Kinder nicht mehr gesehen. Als sie mir das erzählte, zog sie stolz das zerknitterte Foto eines Neugeborenen aus ihrer Brusttasche. »Sehen Sie, aber sie schon groß jetzt.« In diesem Moment habe ich Liz verabscheut.

Lily wohnt bei Liz und Carl, weil deren Lifestyle das erforderlich macht. Sie steht ihnen vierundzwanzig Stunden am Tag zur Verfügung. Helen hat mir allerdings erzählt, dass Liz sie sehr gut bezahlt. Liz hat darauf bestanden, dass Lily das Autofahren lernt, hat ihre Fahrstunden und die Prüfung bezahlt, und dann noch einmal, weil Lily in der Führerscheinprüfung durchgefallen ist, und als Lily beim vierten Versuch endlich bestanden hat, hat Liz einen nagelneuen Drittwagen gekauft, mit Airbags und sämtlichen anderen Sicherheitsvorrichtungen, die man sich vorstellen kann. Jetzt fährt Lily die Kinder zu all ihren außerschulischen Aktivitäten: Cricket, Ballett, Musikstunden, Schach und Schwimmen. Ich vermute, dass nicht der gesamte Lohn heim nach Korea fließt – einmal habe ich Lily mit einer Louis-Vuitton-Handtasche gesehen, aber vielleicht war das eine abgelegte von Liz. Lily hängt mit einer blinden Loyalität an Liz, auf die schmeichlerische Art von Sklaven, die glauben, dass sie ihrem Herrn alles verdanken und ihm die Sonne aus dem Arsch scheint. Das könnte sogar stimmen. Liz ist einer dieser beneidenswerten, super-erfolgreichen Menschen, die alles haben. Aber bei ihr möchte ich nicht Kind sein.

Liz arbeitet wie besessen. Meistens kommt sie so spät von der Arbeit nach Hause, dass sie ihre Kinder nicht mehr sieht, zumindest nicht wach. Aber Carl springt für Liz ein, und Lily springt für alle beide ein. Liz lässt keinen Zweifel daran, dass ihre erfolgreiche Karriere der Dreh- und Angelpunkt für ihr Wohlbefinden und ihr Selbstverständnis ist. »Ich lebe meiner Tochter vor, was eine Frau alles erreichen kann«, sagt sie. Helen und ich wetten oft scherzhaft, dass Chloe höchstwahrscheinlich mit achtzehn heiraten, sechs Kinder bekommen und Hausfrau und Mutter werden wird.

Ich bin überzeugt davon, dass Kinder unsere tiefste Unsicherheit aufnehmen und in Treibstoff für die gnadenlose Rache umwandeln, die sie früher oder später an uns üben werden. Liz wird eine unschöne Überraschung erleben, wenn die Endabrechnung ihrer Elternschaft keinen nennenswerten Ertrag bringt, wie bei einer Bilanz, für die man einen Bonus bekommen kann. Doch man muss Liz zugutehalten, dass sie brutal ehrlich ist. Die meisten von uns sind zu sehr mit Windelwechseln beschäftigt, als dass wir uns einer eigenen Karriere widmen würden. Schon gar nicht mit solch einer Energie, wie sie es tut – Liz könnte damit eine Mondrakete abheben lassen. Aber sie sagt immer: »Ich habe zehn Jahre meines Lebens darauf verwendet, mein Unternehmen aufzubauen und mir meinen Platz in der Welt zu schaffen, und darauf bin ich stolz. Ich wollte, dass auch Kinder zu meinem Leben gehören, aber ich war nicht bereit, alles aufzugeben, um Mutter zu sein. Die Kinder müssen sich meinem Leben anpassen, nicht umgekehrt.«

Liz stellt ihren Trolley am Fuß der Treppe ab, schlüpft ins Wohnzimmer, schiebt die Lasagne auf den Couchtisch und lässt sich in den nächsten Sessel sinken, mit der geübten Eleganz einer Frau, die an die ständigen kritischen Blicke von Untergebenen gewöhnt ist. Sie ist der selbstsicherste Mensch, den ich kenne, und falls ihre Strumpfhose eine Laufmasche von der Ferse bis zum Schritt aufweisen sollte, würde sie immer noch ausstrahlen: »Das *soll* so sein.« Sie atmet seufzend aus. »Himmel, würde mir bitte jemand was zu trinken bringen?« Helen trägt gerade ein Tablett mit acht Gläsern Erdbeer-Daiquiri herein.

»Du siehst aus, als könntest du einen brauchen«, sagt Helen und reicht ihr ein Glas.

»Nein, das trinke ich nicht«, sagt Liz, »zu viel Zucker. Nur ein Glas Rotwein, bitte. Ist Fi noch nicht da?«

»Nein, wahrscheinlich schrubbt sie gerade ihre Herdplatten mit einer Zahnbürste ... aber sie kommt bestimmt, sie hat fest zugesagt«, erklärt Helen. »Ach, na los, trink einen Daiquiri – der tut dir gut.«

»Ich trinke lieber Wein, danke«, sagt sie und deutet auf mich.

Helen zuckt mit den Schultern, nimmt mir die Flasche ab und trottet von dannen, um den Rotwein aufzumachen.

»Und, habt ihr schon gehört, was unsere Fi neuerdings so treibt?«, erkundigt sich Liz.

»Nein, was denn?«, frage ich.

»Sie hat mit Kickboxen angefangen!« Liz lacht.

»Fi?«

»Ja, und nach allem, was ich höre, macht es ihr riesigen Spaß.«

»Ich kann mir Fi gar nicht bei einem so brutalen Sport vorstellen«, sagt Tam.

»So brutal ist das nicht, in dem Kurs geht es sehr beherrscht und diszipliniert zu. Sie sagt, sie wünscht sich, jemand hätte ihr schon vor Jahren gesagt, wie befriedigend es ist, diese Boxsäcke zu treten und zu verhauen«, erzählt Liz.

»Immer für eine Überraschung gut, unsere Fi«, erwidert Tam. »Ein richtiges Doppelleben, von dem wir gar nichts wissen.«

»Wir haben alle ein Recht auf ein paar Geheimnisse«, entgegnet Liz.

»Und, was ist dein Geheimnis?«, frage ich Liz.
»Vergiss die Geheimnisse, erzähl uns lieber, wie es dir geht«, sagt Tam. »Lange nicht gesehen ...«
»Ich habe einen grauenhaften Tag hinter mir«, antwortet sie. »Frag lieber nicht nach den Einzelheiten – sie sind unbeschreiblich langweilig.«
»Was für einen Millionen-Dollar-Slogan hast du dir denn heute einfallen lassen?«, frage ich sie, ziehe sacht die Folie von einer Ecke der Lasagne und zupfe ein Stückchen gebackenen Käse heraus, um zu kosten.
»Wie macht man Tampons sexy?«, fragt sie.
»Keine Ahnung, wie denn?«, entgegne ich.
»Indem man sie nicht versteckt. Sie zu einem Accessoire stilisiert«, sagt sie. »Indem man Jungs dazu bringt, sie zu verkaufen, weil alle Jungs dahin wollen, wo der Tampon hinkommt ...«
»Das ist ziemlich geschickt«, sagt Tam bewundernd.
»Ziemlich?«, entgegnet Liz und zieht eine feine Augenbraue in die Höhe.
»Sehr geschickt«, korrigiert sich Tam.
»Wer hat die Lasagne gemacht?«, frage ich.
»Was glaubst du wohl?«, erwidert sie. »Die Mutter meiner Kinder.« Sie lacht und streicht sich das perfekt geschnittene, bis auf die Wurzeln blondierte und vollendet geföhnte Haar zurück.
Lily ist nicht nur eine sehr gewissenhafte Haushälterin, sondern auch noch eine hervorragende Köchin. Liz hat sie zu einem Donna-Hay-Kochkurs geschickt, wo Lily in die geheime Kunst der perfekten Spaghetti Bolognese und Lasagne, des Brathühnchens und der Lammkoteletts mit

selbstgemachtem Kartoffelbrei eingeweiht wurde. Alltägliche Kost für die Kinder und Carl. Liz selbst isst nur Sushi und Salat zum Mitnehmen – ohne Dressing. Wenn ich irgendetwas an ihr verabscheuungswürdig finde, dann ihre Einstellung zum Essen. Für Liz ist Essen lästige Pflicht, man muss es unterwegs erledigen können, mit maximaler Effizienz, null Zucker und minimalem Aufwand, um diese Leere im Magen zu füllen, damit man sich auf das nächste Meeting konzentrieren kann. Freudvolleres Essen wie Mangos und Lychees oder frische Garnelen in Knoblauchbutter lassen sie völlig kalt (und das ist meiner Ansicht nach schon leicht psychopathisch).

»Wenn du sie jetzt noch dazu bringen könntest, mit deinem Mann zu schlafen, bräuchtest du dich um gar nichts mehr zu kümmern«, sagt Helen und reicht ihr ein Glas Rotwein, das Liz dankbar annimmt.

»Wenn ich das nur könnte ...« Liz lacht und nippt würdevoll an ihrem Glas.

Das Telefon klingelt. »Ich gehe dran«, sage ich – nicht, dass sich sonst noch jemand angeboten hätte.
Es ist Ereka. »Hör mal, Jo«, sagt sie, »ich bin wirklich mies drauf. Ich würde heute Abend lieber sausen lassen, ist das okay?«
»Das kommt gar nicht in Frage«, sage ich ihr. »Hey, Mädels«, rufe ich laut, »Ereka will uns versetzen. Wie finden wir das?«
»Auf keinen Fall!« »Das geht nicht.« »Bitte komm doch.« »Komm schon, na los!«, schallt es im Chor zurück.

»Hast du das gehört?«, frage ich.

»Ich hatte einen schrecklichen Nachmittag mit den Mädchen, Olivia war heute so wild, und ich bin müde und will nur noch ins Bett«, fährt sie fort.

»Das gilt nicht«, sage ich. »Du musst kommen. Wir haben so viel leckeres Essen, und hier kannst du dich einfach entspannen. Komm schon. Du kannst doch nicht die Pyjama-Party verpassen?«

Sie zögert. Ich reiche das Telefon an Liz weiter. »Du wirst dich besser fühlen, wenn du erst hier bist«, sagt Liz. »Du musst mal da raus. Sag Jake Bescheid, dass du gehst, steig ins Auto und komm her. Denk nicht darüber nach, tu es einfach.« Sie schweigt, während sie Erekas Antwort lauscht. »Sprich mit Tam«, sagt sie und reicht das Telefon weiter – offenbar ist ihre Geduld bereits erschöpft.

»Hallo, Ereka«, sagt Tam sanft. »Schlechten Tag gehabt?« Sie hört eine Weile zu, aber wir rufen schon im Hintergrund dazwischen: »Sag ihr, sie soll einfach herkommen!«, bis Tam sie bittet: »Ereka, wie wäre es, wenn du nur kurz vorbeischaust? Ich kann auch nicht über Nacht bleiben – du könntest doch für eine Stunde herkommen, und dann mit mir wieder gehen ... okay?«

Tam lächelt und sagt: »Dann bis gleich.« Sie gibt mir das Telefon zurück. »Ich glaube, sie kommt. Die Ärmste. Sie braucht weiß Gott mal eine Abwechslung. Dringender als wir alle.«

CJ und Dooly treffen zusammen ein. Als ich die Tür öffne, sind sie schon in eine Unterhaltung vertieft. »… hat Celine das Haus anscheinend sehr gefallen, aber es hat ein Schlafzimmer zu wenig, deswegen wollen sie sich jetzt ein Angebot für einen Umbau machen lassen …«
»Kommt rein, Mädels«, sage ich und umarme die beiden. CJ drückt mich an sich, Dooly nicht, denn der öffentliche Austausch von Zärtlichkeiten ist ihr unangenehm.
Dooly trägt einen flauschigen, orangefarbenen Schal um den Hals und fängt sofort an, sich zu entschuldigen. Weil sie zu spät kommt. Weil sie nichts vorbereitet hat. Weil sie meine beiden letzten E-Mails nicht beantwortet hat. Ihre gebeugten Schultern, das zu einem einfachen Pferdeschwanz zurückgebundene dünne Haar und der Pulli mit dem Aufdruck »ACF – Medizinische Hilfe, der Sie vertrauen können« bilden ein blasses Mosaik ihres greulich häuslichen Lebens. Sie könnte wirklich mal eine Stilberatung gebrauchen, jemanden, der an ihrer Garderobe herumzupft und ihr eine anständige Frisur und eine Gesichtsbehandlung verordnet. Ich habe immer das Gefühl, dass Dooly im Gegensatz zu Helen, der ihre äußere Erscheinung völlig egal ist, schon gern mehr aus sich machen würde, aber einfach nie dazu kommt. Mit ihrem Sozialarbeits-Job vier Vormittage die Woche, ihren beiden Söhnen, dem bipolaren Max und den ganzen verdammten überflüssigen Haustieren ist sie die am meisten beschäftigte Person, die ich kenne. Sie kommt nie dazu, zurückzurufen, sich mit mir auf einen Kaffee zu treffen, spazieren zu gehen, mit ins Kino zu kommen oder sonst irgendetwas für sich selbst zu tun. Sie ist obendrein die miserabelste Köchin, die mir je

untergekommen ist. Eine Einladung zum Abendessen bei ihr zu Hause anzunehmen fällt mir wirklich schwer – sie benutzt praktisch kein Salz, und wenn irgendetwas nicht trocken und lederartig ist, geht sie davon aus, es sei »nicht durch«. Wenn wir doch bei ihr essen, biete ich ihr oft an, mindestens zwei der geplanten Gänge zu übernehmen, und glücklicherweise ist sie damit meistens einverstanden.

Ihr Mann Max ist Rechtsanwalt (oder vielleicht sollte man richtiger sagen, er *war* Anwalt). Seine bipolare Störung wurde, glaube ich, schon diagnostiziert, bevor sie geheiratet haben. Aber wie die meisten von uns hat sie wohl die unübersehbaren Vorzeichen dafür, dass ihr Leben nicht märchenhaft glücklich sein würde, lieber ignoriert. Oder sie hat sich von Anfang an stillschweigend mit ihrer Rolle als Pflegerin eines psychisch Kranken abgefunden. Es ist schwierig, sie nicht zu bedauern, aber man könnte auch sagen: Wie man sich bettet, so liegt man.

Manchmal geht es Max so schlecht, dass er morgens nicht einmal aufstehen, geschweige denn in die Kanzlei gehen kann. Und das Ganze hat eine Art Schneeball-Effekt – je düsterer seine Stimmung und je niedriger sein Selbstvertrauen, desto weniger Steuersünder, Unterhalts-Drückeberger und Kleinkriminelle, die einen Top-Anwalt suchen, stehen bei ihm Schlange. Dooly und Max geht es finanziell sehr schlecht, das wissen wir alle, obwohl sie nie darüber spricht. Deshalb ist es mir unangenehm, dass sie diesen Rieseneimer Schokolade mitgebracht hat – er muss mindestens fünfzig Dollar gekostet haben. Vor einer Weile hat uns Tam von neuen Forschungsergebnissen erzählt, die darauf hindeuten, dass Schokolade die Ausschüttung von Endorphinen bewirkt, die uns fröhlich machen. Seitdem isst Dooly praktisch zu jeder Mahlzeit Schokolade, was auch erklärt, warum das Prozac sie noch nicht rappeldürr verschlankt hat. Ich weiß nicht recht, wie fröhlich sie durch die viele Schokolade wirklich ist. Ich glaube, sie kommt über den Schock von letztem Jahr nicht hinweg. Ich weiß noch, wie ich im Krankenhaus saß und ihre Hand hielt, am Tag, nachdem es passiert war, und sie über nichts anderes sprechen konnte als darüber, wer jetzt den Mäusekäfig sauber machen würde. Unablässig liefen ihr die Tränen über die Wangen, während sie immer wieder fragte: »Wer wird bloß daran denken, diesen Käfig sauber zu machen?« Ich fühlte mich ein bisschen mies, weil ich es nicht angeboten, aber ich verabscheue Ungeziefer, auch die domestizierte Sorte; stattdessen habe ich ihr eine Spargelpastete gebracht, mit Rosmarin, glasierten Zwiebeln und Pecorino, die ihr sehr gut geschmeckt hat.

Sofern sie den Mut dazu hätte, wäre sie besser dran, wenn sie Max verließe. Aber der gute alte Super-Klebstoff für Beziehungen namens »SCHULDGEFÜHL« hält sie bei ihm, klebt sie an seine Seite wie einen festgetackerten Anhang. Sie übermittelt ihre Trauer durch diese übertriebenen Versuche, Konversation zu machen. Wenn sie spricht, ist es, als führte sie zwei Unterhaltungen gleichzeitig – eine, die wir alle hören können, und dann das leise Flüstern, mit dem sie zu dem Teil von sich selbst spricht, den sie betrauert.

Ihre Söhne Luke und Tyler sind beinahe gleich groß, obwohl sie altersmäßig drei Jahre auseinanderliegen, und wohlmeinende Fremde treten oft ins Fettnäpfchen, indem sie sagen: »Oh, Sie haben ja Zwillinge!«, was Doolys Sorge natürlich nur verschlimmert. Luke, ihr Ältester, hat irgendeine Nahrungsmittelallergie, der Dooly seit Jahren auf die Spur kommen will. Ich glaube, inzwischen hat sie es einfach aufgegeben und hofft, Mutter Natur wird sich schon darum kümmern. Tam bearbeitet sie ständig wegen Gluten und hat einmal sogar gemutmaßt, Lukes Allergien könnten allesamt durch Impfungen verursacht sein. Man sollte doch meinen, dass Tam das für sich behalten könnte, da sie weiß, wie anfällig Dooly für Schuldgefühle ist, aber nein, sie *musste* es ihr sagen.

Ich empfinde einen gewissen Beschützerinstinkt für Dooly, genau wie für behinderte Menschen. Ich schenke offensichtlich Kranken und Schwachen stets einen freundlichen Blick oder biete ihnen an, die Tüte zu tragen oder über die Straße zu helfen. Dooly weckt denselben Drang in mir. Aber in einem anderen Leben, geprägt von anderen Entscheidungen, wäre sie vielleicht blühend gediehen. Ich vermute, dass sie eine tiefgründige Denkerin ist und einen latenten Sinn für Humor hat, den wir selten zu sehen bekommen – aber er ist da, begraben unter den Bürden ihres Daseins. Sie verschwendet keine Energie darauf, die harten Belastungen ihres Lebens zu kaschieren, und das hat so etwas bezwingend Aufrichtiges.

CJ beklagt sich schon beim Hereinkommen – sie hat Kopfschmerzen, leidet am Nikotinentzug und muss sofort auf die Toilette, bevor es ein Unglück gibt. Aber mit einer Hand umklammert sie eine billige Flasche Weißwein, mit der anderen einen Strauß himmlischer, sattgelber Tulpen. Ich liebe sie dafür, dass sie Blumen mitgebracht hat – Blumen ohne jeden Hintergedanken. Nicht pro forma, weil eben Valentinstag ist. Nicht als Entschuldigung für einen vergessenen Geburtstag. Für niemanden von uns im Besonderen, einfach nur für den schönen Tisch und zu Ehren unseres Festmahls. Über einer Schulter trägt sie eine riesige Puma-Sporttasche. Auch sie sieht ausgelaugt und fertig aus, aber das sind alleinerziehende Mütter wohl alle – noch fertiger als wir verheirateten, die zumindest die Illusion einer Unterstützung durch unsere Ehemänner haben. Sie ist eine weitere Berufstätige in unseren Reihen, und man sieht ihr den Stress an; obwohl sie Anfang vierzig ist, wird ihr früher ebenholzschwarzes, schulterlanges Haar schon grau, und Falten verleihen ihrem Gesicht Charakter. Sie hat eines von diesen Gesichtern, die man nie müde wird anzusehen, mit einem kleinen Muttermal über der Oberlippe, das in ihrer Jugend die Männer wahnsinnig gemacht haben muss. Im Gegensatz zu Tam oder Dooly strahlt CJ Sexappeal aus, auch wenn sie das selbst nicht sehen kann.

CJ hat einen anständigen Job in einer durchschnittlichen Anwaltskanzlei. Sie macht etwa dreißig »hässliche, gemeine, erbitterte« Scheidungen pro Monat und ist die Einzige von uns, die »zu haben« ist, zumindest offiziell (denn wer von uns würde nicht das eine oder andere kleine Körperteil dafür geben, dass unser »wahrer Seelengefährte« erscheint, woraufhin wir unsere bequemen Ehemänner fallen lassen würden wie heiße Kartoffeln?). CJ ist in den vergangenen vier Jahren mit einigen Männern ausgegangen, die aber entweder geschieden waren und »ungenießbar vor lauter Exfrauen-Hass«, oder die »unter den ganzen Altlasten, die sie mit sich herumschleppen, schwer zu finden sind«. Die verfügbaren Männer sind entweder auf schnellen Sex aus, um sich dann mitten in der Nacht davonzuschleichen und nie wieder anzurufen. Oder sie wollen kuscheln, bei ihr einziehen und ein gemeinsames Bankkonto eröffnen, und das alles nach der ersten Verabredung. Mit drei kleinen Kindern zu Hause, einem Babysitter, der mit schwedischer Genauigkeit pro angefangener Stunde abrechnet (und seien es zwei Minuten), und einem von ihren Schwangerschaften gezeichneten und vernarbten Bauch, meint sie, sei es leichter, einen Triathlon zu gewinnen, als Romantik aufkommen zu lassen. Trotzdem bedrängen wir sie ständig und wollen neue Geschichten hören – von Sex unter Restauranttischen, vorzeitigen Ejakulationen, Analsex-Fetischisten und pornographisch aufgeheizten Fremden. Wir leben durch sie, und sie durch uns. Meistens, sagt sie, ist das Singledasein einfach nur einsam und traurig. Was würde sie nicht für ein wenig unkomplizierte männliche Gesellschaft geben, vor allem nachts, wenn sie Kopfweh hat oder eines der Kinder hohes Fieber bekommt. Einmal hat sie uns gestanden, dass Liam zu ihr kommt und bei ihr im Bett schläft, wenn sie sich besonders einsam fühlt. Ich hoffe, ich habe mir nicht anmerken lassen, wie schräg ich das finde. Ein achtjähriges Kind ist kein Ersatz für einen Liebhaber oder Partner. Aber Trost ist wohl Trost, nehme ich an.

Mit frisch beschnittenen Stengeln stehen die Tulpen in einer Vase mitten auf dem Tisch, bis Fiona ankommt (»Entschuldigung, ich musste nur noch mal schnell durchs Haus wischen, bevor ich gegangen bin, ich hasse es, wenn ich nachts in einen Saustall komme«). Sie duftet nach Lavendel und hat so ein feuchtes Glühen an sich, als hätte sie sich den ganzen Tag lang in einer Wanne mit ätherischen Ölen geaalt. Ihre langen, welligen, kastanienbraunen Haare glänzen, ihr Gesicht ist frei von Make-up, aber ihr Teint leicht von der Sonne getönt, so dass ihre grünen Augen umso strahlender wirken.

»Und, hast du schon jemanden k. o. geschlagen?«, frage ich, umarme sie und drücke das Gesicht in ihr Haar. Zitrusduft und die Aromen von Teebaumöl und Kamille heißen mich willkommen wie ein ganzes Bündel ausgestreckter Arme. Sie ist eine Wohltat für die Sinne, in einer lockeren, türkisfarbenen Baumwollbluse, ohne BH darunter – allerdings sind ihre Brüste so klein, dass ein BH die reinste Verschwendung wäre – und einer weiten, fließenden violetten Baumwollhose. Trotz des Wetters trägt sie Riemchensandalen, und ihre Füße sehen so gesund und stark aus, als wäre sie einmal quer durch Australien gelaufen.

»Liz hat mein neues Hobby also schon ausgeplaudert?«, fragt sie lachend.

»Hier gibt es keine Geheimnisse, Rocky«, sage ich.

»Du solltest mal mitkommen, es macht wirklich Spaß«, sagt sie zu mir. »Ein tolles Ventil für Aggressionen.«

»Ich habe keine Zeit«, erwidere ich. »Außerdem kann ich einfach gemein zu Frank sein, wenn ich ein bisschen aufgestaute Wut abreagieren muss ...«

An einem Arm trägt sie einen Weidenkorb, der Inhalt ist in ein fuchsia- und scharlachrotes Tuch eingewickelt. »Öle«, sagt sie und deutet darauf. »Wir können heute Abend bestimmt ein bisschen Wellness vertragen ... Oder irre ich mich da?«

»Wie recht du hast«, sage ich und führe sie hinein. Fiona hat so eine in sich ruhende Ausstrahlung, zu der sich das Chaos meiner impulsiven Neigungen einfach hingezogen fühlt. Sie hat zwar einen Uni-Abschluss in Mikrobiologie, hat sich aber vor zwei Jahren zur Aromatherapeutin qualifiziert und führt jetzt von zu Hause aus ein sehr erfolgreiches kleines Unternehmen, dem sie den charmanten Namen »earthtouch« gegeben hat, mit kleinem »e«. Trotz ihrer heilenden Persönlichkeit strahlt sie eine leichte Reserviertheit aus, die verlockend wirkt. Ihr Sohn Gabriel ist ein exzentrischer, aber liebenswerter Junge, der immer und überall eine Mundharmonika bei sich trägt und darauf besteht, »Norton« genannt zu werden – sein selbst gewählter Spitzname; Fiona vermutet, er hat ihn von der Schachtel, in der ihre Antivirus-Software geliefert wurde und in der er bereits mehrere Generationen Seidenraupen gezüchtet hat. Fiona hat außerdem noch eine siebzehnjährige Stieftochter aus Bens erster Ehe. Ihre Beziehung zu Kirsty könnte nicht besser sein. Jede Frau, die das Herz einer Stieftochter für sich gewinnen kann, ist ein Genie. Punkt. Stieftöchter sind im Allgemeinen niederträchtige, boshafte kleine Biester, die immer Rache an der Frau planen, die ihnen »ihren Vater weggenommen« hat. Nicht so Kirsty. Sie vergöttert Fiona, sie gehen zusammen shoppen, verbringen einen Tag in einer Wellness-Oase, lassen sich das Haar föhnen und die Fingernägel maniküren, während sie Seite an Seite ihren frisch gepressten Saft aus Ananas, Wassermelone und Minze genießen. Ben, Fis Ehemann, ist Antiquitätenhändler und verbringt mehr Zeit in Übersee als zu Hause. Aber Fi lässt ihn gewähren, ohne sich zu beschweren oder ihm ein schlechtes Gewissen zu machen. Sie scheint von uns allen die Autarkste zu sein, trotz ihrer Besessenheit, ihr Haus sauber und ordentlich zu halten. Und jetzt dieser neue Kickbox-Trip.

Oft sitzt sie nur stumm unter uns, sie spricht kaum über sich oder ihre Beziehung zu Ben, während wir alle vor uns hin ratschen und regelmäßig auf vulgäre Weise die respektablen Grenzen des »zu viel preisgeben« überschreiten. In seltenen, nachdenklichen Augenblicken der Ruhe habe ich manchmal das unschöne Gefühl, dass ich ihr zu viel von mir enthüllt habe, ohne entsprechende Erwiderung. Und sie ist zwar an sich kein Mensch, der andere verurteilt, aber allein ihr Schweigen wirkt auf mich wie eine stumme Kritik.

»Du meine Güte, Fi, du riechst zum Anbeißen«, sage ich.

Sie lacht. »Ben kann den Geruch dieser ganzen Öle nicht ausstehen. Er sagt, sie würden meinen natürlichen Geruch verschleiern…«

»Das ist doch toll«, sage ich. Jeder Mann, der den natürlichen Duft eines Frauenkörpers mag, ist in meinen Augen ein Prinz. Und ganz kurz erscheint mir ein Bild von Ben vor Augen, während er es Fiona mit dem Mund macht. Ich habe noch nie in einem sexuellen Zusammenhang an Ben gedacht (er ist zweiundsechzig, Herrgott noch mal), und mir wird ein bisschen heiß, obwohl ich nicht recht weiß, ob vor Erregung oder Verlegenheit.

Ereka kommt eine Stunde zu spät. Aber mit einer kleinen Tasche Übernachtungsgepäck (nur für alle Fälle). Tapferes Mädchen. Als sie hereinwatschelt, eingehüllt in einen lavendelfarbenen Pashmina-Schal, der ihr prächtiges rotes Haar leuchten lässt, haben alle (außer Tam und Liz) schon mindestens zwei Daiquiris intus. Sie sieht ein wenig verwirrt und abgespannt aus, klimpert aber von den Ohren bis zu den Fingern, ihre dicken Handgelenke und der Hals sind mit Silber und Perlen bedeckt – ganz die Künstlerin, selbst dann noch, wenn sie todmüde ist. Sie hält schnurstracks auf den mit Essen beladenen Tisch zu und bricht beinahe in Tränen aus, als sie das ausgebreitete Festmahl betrachtet. »Oh, wow«, sagt sie. »Ich vergesse doch immer, wie göttlich es mit euch allen ist ...« Damit schiebt sie sich ein Sushi-Röllchen in den Mund. Sie wird in unserer Mitte aufgenommen wie ein verlorenes Lamm, und bald haben das Lachen, die Scherze, das Kreischen und die Albernheit die düstere Müdigkeit aus ihrem Blick vertrieben. Bereits zwanzig Minuten später steht sie draußen auf dem Balkon, einen Joint in der Hand, und die abendliche Brise bläst ihr das kupferrote Haar in verführerischen Strähnchen ins Gesicht. Sie ist wieder jung und frei und schön, nicht mehr die Mutter eines geistig behinderten Kindes. Nicht darum besorgt, wie sie einem fast fünfjährigen Kind abgewöhnen soll, weiterhin an ihren vom Stillen arg mitgenommenen Brustwarzen zu saugen. Sie ist nur ein Mädchen, mit Hoffnungen und Träumen, noch nicht vom grausamen Leben abgestraft.

Wie wir uns alle kennengelernt haben? Das ist keine besonders aufregende Geschichte. Wir haben uns in der Vorschule unserer Kinder kennengelernt und dort all diese relativ neuen Beziehungen geknüpft. Bevor ich Kinder hatte, hat mir nie jemand erzählt, dass ich durch sie einigen meiner liebsten und engsten Freundinnen begegnen würde. Kindergärten und Vorschulen sind unglaubliche Reservoirs von Frauenfreundschaften und eine stark unterschätzte Quelle neuer Verbindungen. Uns alle eint die gleiche Erschöpfung. Wir sind alle gleichermaßen belastet mit den ungeheuerlichen Belanglosigkeiten, die die Sorgen um kleine Menschen mit sich bringen. Das gleiche niederschmetternde Gefühl, als Mutter versagt zu haben, wenn unsere Kinder stehlen, andere quälen oder anscheinend viel zu lange nicht aus dem Trotzalter herauswachsen, nagt an unserer verfallenden Selbstachtung. Wir sind Schwestern, die den gleichen Kampf ausfechten, still und jede für sich allein. Hinter jeder unserer geschlossenen Vorstadt-Haustüren verhallen die gleichen Schlachtrufe nach Gleichberechtigung und Anerkennung unseres Wertes als menschliche Wesen.

Die Verbindung zu anderen Müttern gibt mir Trost, durch das Wissen, dass ich mich zwar manchmal in meiner kleinen Kernfamilie schrecklich allein fühle, niedergedrückt von der Verantwortung für das Wohl meiner Kinder, ihre Ernährung und ihre emotionale, spirituelle und moralische Erziehung betreffend – aber ich bin nicht allein in meiner Einsamkeit. Unsere persönlichen Traumata isolieren uns und geben uns das Gefühl, von der restlichen Welt abgeschnitten zu sein. Aber ich weiß jetzt, dass diese Traumata in Wahrheit universelle Zustände sind und dass uns nur geschlossene Türen von einem Gefühl der Gemeinschaft abschneiden. Und von der Erkenntnis, dass wir alle durch den Klettstreifen der Mutterschaft miteinander verbunden sind. Mir ist jetzt klar, dass Mutterschaft auch ein brisantes politisches Terrain ist, auf dem viele von uns unwissentlich, aber dennoch unbestreitbar Mythen über das Muttersein am Leben erhalten. Aber ich weiß auch, dass wir alle insgeheim davon träumen, die Ungerechtigkeit mit dem Vorschlaghammer aus diesen Mythen herauszuprügeln. Oder sie in Fitzelchen zu zerhacken, mit einem skalpellscharfen Victorinox-Messer, das schneidet wie ein Traum.

3

Um der Kinder willen

Den Mittelpunkt des Esszimmertischs, der mit einem meiner fuchsiaroten Saris bedeckt ist, bildet eine fayanza. Was zum Kuckuck ist eine *fayanza*, denkst du jetzt wahrscheinlich. Eine *fayanza* ist ein prächtiges Symbol der Großzügigkeit und Gastfreundschaft, erfunden von den Griechen. Das ist eine Servierplatte von der Art, die man braucht, wenn man besonders viele Gäste hat – die Sorte Platten, die der Party-Service benutzt und die zu Anlässen wie Hochzeiten und Bar-Mizwas aus dem Schrank geholt werden. Liz und Carl haben mir diese wunderschöne weiße Platte zur Hochzeit geschenkt. Carl ist Grieche und hat das Leben seiner Kinder nicht nur mit seinem exotischen Nachnamen bereichert (Chloe und Brandon Stern-Nikolaos), sondern auch meiner Küchenausstattung diesen mediterranen Touch verliehen. Anscheinend besitzt jede gute griechische Ehefrau eine *fayanza*. »Die sechs, die ich zur Hochzeit bekommen habe, verstauben ganz hinten in meiner Speisekammer«, hat Liz mir einmal eingestanden. Aber sie hat mir nie welche davon angeboten, obwohl sie weiß, dass sie in meiner Küche des Öfteren zum Einsatz kämen.
Heute Abend bildet meine *fayanza* die Leinwand für eines meiner Meisterwerke in Salat. In manchen Dingen bin ich schüchtern, aber trotz aller Bescheidenheit muss ich sagen,

dass ich niemanden kenne, der einen besseren Salat machen kann als ich – nicht einmal Helen. Unter dem Strich sieht es bei Salaten so aus: Man hat es, oder man hat es nicht. Das ist wie blaue Augen. Schlanke Gene. Rhythmusgefühl. Man kann keinen Salat machen, indem man einfach ein Rezept befolgt. Genau wie Mutterliebe, ist auch Salatmachen purer Instinkt. Wenn ich Helen sage, es gehöre »ein Hauch Paprika« dran, fragt sie: »Ein Teelöffel?« »Nein, ein Hauch«, sage ich. Und dann stemmt sie die Hände in die Hüften und sieht mich mit diesem Blick an. Sie begreift die Welt nur in messbaren Mengen, glaubt nicht an Gott und hält Astrologie für ganz großen Quatsch. Die spirituelle Erziehung ihrer Kinder hat sie ganz offiziell an mich delegiert. »Erzähl ihnen nur keine Lügen«, sagt sie.
»Ihnen zu erzählen, dass es einen Gott gibt, ist keine Lüge«, sage ich.
»Wenn du es nicht beweisen kannst, ist es gelogen«, sagt sie.
Ich habe ihr bis heute nicht verziehen, dass sie Nathan erklärt hat, es gebe keine Zahnfee, als er sie danach gefragt hat. »Was hätte ich denn tun sollen? Er hat mich gebeten, ihm die Wahrheit zu sagen.« Das und ihre Abneigung gegen Koriander, ihre seltsamen Maßstäbe dafür, was richtig ist, und ihre Fähigkeit, die Welt in öder Präzision auf die vier Himmelsrichtungen zu beschränken, sind so ziemlich ihre einzigen Fehler.
In der Mitte der *fayanza* liegen fünfzehn dicke, dunkelrote Baby-Rote-Bete-Scheiben. Ringsherum breiten sich hauchdünn geschnittene Avocado-Fächer aus. Um es in einen

meiner Salate zu schaffen, darf eine Avocado nicht einmal einen Ansatz von Matschigkeit zeigen, sie muss schön fest sein und diese nussig-gelbe Aloe-Farbe haben. Einer Avocado, die hinter diesen Kriterien zurückbleibt, steht ein Guacamole-Schicksal bevor, das einen solchen Mangel an Perfektion großzügig verzeiht. Dann kommt ein Kreis aus leicht angebräuntem Kürbis, beträufelt mit Olivenöl, extra vergine, und etwas frischem Zitronenthymian. Ein Ring Rucola, unbekümmert und würzig, breitet als Nächstes seine Blätter schamlos in alle Richtungen aus. Über den ganzen Salat verteilen sich wie vom Winde verwehte Blüten makellose Ringe violetter Bermudazwiebeln, frisch gehobelter Parmesan und geröstete Pinienkerne. Außerdem habe ich – in einer Anwandlung dekorativer Extravaganz – ein paar gelbe, orangefarbene und rote Kapuzinerkresse-Blüten aus meinem Garten darüber verstreut. Das Dressing schließlich ist selbst gemacht (vergiss jegliche balsamischen Bemühungen, die man für dreifünfzig fertig in der Flasche kaufen kann). Das Rezept meiner Salatsauce ist ein Geheimnis. Helen hat mehr als einmal versucht, es mir abzupressen, aber ich mache ihr lieber ein Fläschchen davon mit, ohne allzu viel darüber zu verraten, und ich habe ihr versprochen, ihr das Rezept in meinem Testament zu vermachen. Nur so viel sei gesagt: Es besteht aus dreizehn Zutaten, darunter reduzierter Balsamico-Essig. Beim Kochen verringert die »Reduktion« ein wenig das Volumen, bereichert aber die Substanz. Meine Salatsauce wird also mit einem kräftigen Schuss dicken, köstlichen Balsamico-Sirups zubereitet.

»Himmel, so viel Essen«, sagt Liz von ihrem Platz aus und reckt den Hals, um den Tisch zu sehen, an den ich noch

letzte Hand lege, während ich darauf warte, dass die Lasagne im Herd heiß wird.
»Was kümmert es dich?«, erwidere ich. »Wir können uns glücklich schätzen, wenn du noch vor Mitternacht an einem Salatblatt knabberst.«
»Ich finde es einfach übertrieben«, gibt sie zurück.
»Das ist ja der Sinn der Sache«, sage ich und lege Servietten in dunklem Türkis und Bernsteingelb neben das aufgefächerte Besteck.
»Hat jemand Kopfschmerztabletten dabei?«, fragt CJ und rappelt sich auf dem Sofa hoch. »Ich habe bestialisches Kopfweh.«
»Meine Eltern haben sicher welche im Medizinschränkchen«, sagt Helen und will aufstehen.
»Lass nur, irgendwo in meiner Handtasche sind ein paar«, sagt Dooly und wühlt in den Tiefen ihrer riesigen Mary-Poppins-Schultertasche herum – aus der sie einmal ein komplettes Werkzeugset zum Vorschein brachte, als wir zusammen im Park waren und ich scherzhaft fragte, ob jemand einen Schraubenzieher hätte, damit ich Aarons Stützräder festziehen könne. Sie wirft sich die Enden des orangeroten Schals über die Schultern. Er ist jämmerlich schlecht gestrickt, mit großen Löchern und krummen Enden. Das kann unmöglich ein modisches Accessoire sein. Ich weiß nicht, warum sie ihn nicht zu den Mänteln im Flur gehängt hat, als sie angekommen ist.
»Wunderbar«, sagt CJ. »Ich nehme an, es hat niemand eine Zigarette für mich?«
»Nein, aber ich habe einen Tampon, damit kannst du es ja mal probieren«, sagt Dooly und reicht ihr die Tabletten.

»Nein, danke, gepresste Watte ist kein Ersatz für das gute alte Nikotin ...«, entgegnet CJ.

»Ich habe auch noch ein paar Klatschzeitschriften dabei, mit denen ich schon fertig bin«, sagt Dooly und zieht sechs eselohrige Magazine aus der Tasche, die aussehen, als hätten sie die letzten Monate in Doolys Badezimmer verbracht. Sie sind voll trivialer Unterhaltung, mit glamourösen Promis auf den Titelseiten, ein wahres Klatschfestival über die Trennung von Brad und Jen, Angelinas jüngste Adoption, Russells neuesten Wutausbruch und Paris' schärfstes Paar Sandalen. Dooly wirft sie zwischen den Sofas auf den Boden. *Die Garderobe der Stars: Wer hat 4000 Paar Schuhe?*, lese ich auf der obersten Titelseite, und obwohl ich mich selbst dafür verachte, ist meine Neugier geweckt. Ich würde sie zwar nie selbst kaufen, nehme gebrauchte Zeitschriften aber gerne an, wie ein Gesellschaftsraucher, der seine Zigaretten immer nur von anderen schnorrt. Niemand sonst stürzt sich darauf. Nur Dooly und ich stehen dazu, dass wir uns gelegentlich im Promi-Klatsch suhlen.

»Wenn du erst etwas gegessen hast, geht es dir sicher besser«, tröstet Fiona CJ.

»Und da wirst du reichlich Auswahl haben«, bemerkt Liz und befingert ihre Perlenkette.

»Ich persönlich finde, dass nicht genug zu essen da ist«, sagt Helen und zwinkert mir dabei zu.

»Ich meine, wie viel kann ein Mensch schon essen, bevor es unangenehm wird?«, fährt Liz fort und nippt an ihrem Wein.

»Satt zu sein ist noch lange kein Grund, mit dem Essen

aufzuhören«, sage ich und gieße ein Päckchen feine Cracker um den Räucherlachs-Dip herum.

»Wirst du deine Tochter auch nach diesem Grundsatz erziehen?«, fragt Liz, und ihre strahlend blauen Augen blinzeln in meine Richtung. Mit dieser spektakulären Augenfarbe braucht sie sich eigentlich nicht so stark zu schminken.

»Allerdings. Essen ist eine der tröstlichsten Errungenschaften der Post-Neandertaler-Zivilisation«, sage ich mit dem Mund voll Cracker und Mascarpone. »Gott, ist das himmlisch ...«, murmele ich.

»Also, das ist der todsichere Weg zu einem übergewichtigen und deprimierten Teenager«, erklärt Liz spitz und streicht die Perlen ihres passendes Armbandes zurecht, die sich um ihr schmales Handgelenk schmiegen.

»Zumindest wird sie keine Magersüchtige, die sich vor dem Essen fürchtet«, sage ich und gehe vom Tisch voller Essen zurück ins offene Wohnzimmer, um einen Teller Kanapees herumzureichen – Mozzarellabällchen, frisches Basilikum, sonnengetrocknete Tomaten und ein, zwei Kapern, aufgespießt auf Zahnstochern. »Futter ist dein Freund, kein Feind«, erkläre ich, indem ich das Zitat aus *Findet Nemo* abwandle. Die Anspielung versteht Liz natürlich nicht – wann hätte sie Zeit haben sollen, sich mit ihren Kindern *Findet Nemo* anzusehen?

»Und fett ist traurig, nicht glücklich«, erwidert Liz und nimmt ein Mozzarella-Spießchen zwischen die dunkelroten Fingernägel. »Wie zum Teufel kriegst du die hin?«, fragt sie und untersucht das Kanapee.

»Mit viel Liebe«, sage ich.

»Mir wäre es lieber, wenn Nathan deine Essensphilosophie nicht zu Ohren kommt«, sagt Helen zu mir und nimmt sich drei Kanapees auf einmal.

»Machst du dir immer noch Sorgen um sein Gewicht?«, fragt Tam und hält ein Spießchen in die Höhe, um es auf verstecktes Gluten zu untersuchen.

»Na ja, den anderen Kindern fällt es jetzt auf, und sie fangen an, ihn zu hänseln«, sagt Helen mit vollem Mund.

»Die arme Maus«, bemerkt Dooly. »Die sehen ja interessant aus«, sagt sie zu mir, nimmt sich jedoch kein Mozzarella-Spießchen. »Aber ich muss mir meinen Appetit aufsparen ...«

»Wofür?«, frage ich. »Für schlechte Zeiten?«

Sie kichert. »Ich will mich nicht an gesundem Zeug satt essen, wenn so viel Schokolade auf mich wartet ...«

»Warum ziehst du nicht diesen Schal aus?«, frage ich sie. »Ist dir nicht heiß?«

»Schon, aber ich habe Luke versprochen, dass ich seinen Schal den ganzen Abend lang tragen werde«, sagt sie verlegen. »Er hat ihn ganz allein gestrickt ... Na ja, ich habe ihm ein bisschen dabei geholfen.«

»Tja, er ist aber nicht hier«, sage ich. »Er wird es nie erfahren – behaupte doch einfach, du hättest ihn den ganzen Abend lang getragen.«

»Das könnte ich nicht«, sagt Dooly.

Ich zucke mit den Schultern. »Ich bin sicher, es gibt irgendeinen medizinischen Fachausdruck für dein Leiden«, sage ich zu ihr. »Zwanghafte Ehrlichkeit, oder irrationaler Wahrheitswahn.«

»Ich würde mir keine Sorgen wegen Nathan machen«, sagt

Fiona zu Helen. »Er wächst ja noch – das ist nur Babyspeck.«
»Der sich allmählich in Kinderfett verwandelt«, sagt Helen. »Du solltest ihn mal auf dem Fußballplatz sehen, sein Bauch wabbelt und seine Oberschenkel reiben sich aneinander, es ist jämmerlich.«
»Klingt ganz nach mir«, sage ich.

»Alle glauben, nur Mädchen müssen sich Sorgen machen, dass sie nicht zu dick werden, aber ich sage euch, Jungs können genauso grausam sein«, sagt Helen.
Ich lächle Helen grimmig an – mein Sohn Aaron ist einer dieser »Jungs«. Das ist eine Schande, der ich trotz geschickten Leugnens aber nicht ausweichen kann: Ich habe ein Kind hervorgebracht, das (man möge mir den Gebrauch von Schubladen verzeihen) ein kleines Ekel ist und andere Kinder schikaniert. Ich tröste mich manchmal mit Tierdokus im Discovery Channel. Löwen jagen Gazellen. Krokodile verschlingen Giraffen. Grausamkeit bedeutet in der Natur Überleben. Mein Sohn ist ein Jäger, der die Schwachen und allzu Sanftmütigen erschnüffelt und aussortiert, die Kinder, die nie Schwierigkeiten machen, tun, was ihnen gesagt wird, tadellose Manieren haben und ihre Schokolade mit jedem teilen, der sie darum bittet. Erklärungen, was »inakzeptables Verhalten« bedeutet, kommen bei Aaron nicht an – ich vermute, es würde ebenso viel nützen, der Katze einen strengen Vortrag zu halten, weil sie diesen Vogel getötet hat.

Vor ein paar Monaten bekam ich einen Anruf von Gretchen Oates, seiner Vorschullehrerin. Sobald mein Herz aufgehört hatte zu hämmern (es war kein Anruf von der Sorte »Wir haben den abgetrennten Finger gefunden« oder »Keine Sorge, er atmet noch«), bat sie mich, »vorbeizukommen, damit wir uns mal über Aaron unterhalten können«. Am selben Nachmittag bekam ich zehn Minuten lang in einer Art Vorwort zu hören, was für ein »nettes, lebhaftes, kluges und selbstbewusstes« Kind er doch sei; das wirkte auf meine Nerven nur wie ein Trommelwirbel, und tatsächlich, dann kam es – er hänselt andere Kinder, stichelt gegen die weniger Selbstbewussten, und »weidet sich an ihrem Leid«. Ich muss scharlachrot geworden sein. Ich habe mir angehört, wie Gretchen seine Unverschämtheit schilderte, seine Wutausbrüche, sein jähzorniges Temperament und seine gemeine Art, und plötzlich entfuhr es mir: »Genauso behandelt er mich auch.«

»Tja, dann schikaniert er auch Sie«, sagte Gretchen. »Also, wer ist der Boss – Sie oder Ihr vierjähriger Sohn?«

Als sie es so in Worte fasste, brauchte ich auf diese demütigende Erkenntnis unbedingt ein Gefühl entschlossener Stärke. Also behauptete ich entschieden: »Ich natürlich.« Aber die Wahrheit wäre ein gequiektes »Mein vierjähriger Sohn« gewesen.

»Hast du schon versucht, Nathan glutenfrei zu ernähren?«, schlägt Tam Helen vor, als sie mit einem großen Glas – ist das zu fassen? – Wasser aus der Küche kommt.

»Ich habe versucht, Zucker und Fett wegzulassen, aber wisst ihr, wie viele Lebensmittel verstecktes Fett oder Zucker enthalten? Er fühlt sich so elend. Er vermisst ja nicht nur das Eis, die Schokolade und die Chips. Er darf auch viele angeblich ›gesunde‹ Sachen nicht mehr essen – die Müsliriegel, die Schokofrüchte. Er fühlt sich im Moment wirklich schlecht behandelt«, sagt Helen und fährt sich mit der Hand über die Lippen.

»Warum bringst du ihn nicht mal zu einem Ernährungsberater?«, schlägt Tam vor. Sie nippt an ihrem Wasser, als wäre es ein verdammter Martini.

»Ach was, das finde ich übertrieben. Ich muss nur mit der gesunden Ernährung und dem Sport weitermachen«, sagt Helen. »Will noch jemand eines von diesen köstlichen Dingern?«, fragt sie und deutet auf den Teller mit den Kanapees.

»Bedien dich«, sagt Liz, die ihr Spießchen immer noch unberührt in der Hand hält. »Du musst den Anfängen wehren«, fährt sie fort. »Sonst wächst er zu einem dicken Teenager heran, und dann hast du wirklich ein Problem.«

»Ich weiß, das macht mir ja solche Sorgen«, sagt Helen. Nur noch zwei Kanapees sind übrig.

»Jedes Mal, wenn er einen Nachschlag verlangt oder irgendwelchen Mist isst, musst du ihm sagen, dass er später dick und unglücklich sein wird«, sagt Liz. Ich werfe einen Blick zur Balkontür und bin erleichtert, dass Ereka, die zu der Bezeichnung »dick« einiges zu sagen hätte, außer Hörweite ist.

»Ach, hör auf, Liz, das ist viel zu hart. Er ist doch erst fünf, Herrgott noch mal«, sage ich.

»Sechs«, korrigiert mich Helen.

»Fünf, sechs … er ist fast noch ein Baby«, sage ich.

»Gute Angewohnheiten kann man nicht früh genug annehmen«, erklärt Liz.

»Du bist ein Essensfaschist. Und die letzten beiden hebe ich für Ereka auf«, sage ich und sehe Helen an, die alle aufessen würde, wenn ich sie ließe.

»Aber ich habe keine dicken Kinder«, sagt Liz.

»Ich auch nicht«, wende ich ein. »Und ich trichtere ihnen nicht ein, dass Essen etwas Schlechtes ist.«

»Ja, aber deine Kinder essen nichts«, gibt Liz zurück.

»Nur Aaron«, wehre ich ab. »Und er isst *schon*. Nur zwei Sachen und nicht gerade regelmäßig, aber er isst.«

»Ich war ein dickes Kind«, sagt Tam.

Alle sehen sie an.

»Das kann ich mir kaum vorstellen«, sagt Dooly sanft. Sie hat Schweißperlen auf der Stirn und der Oberlippe. Ich wünschte, sie würde endlich diesen verdammten Schal ausziehen.

»Ich bin nie in die Mannschaften gewählt worden und hatte in der Schule nie einen Freund. Mein Spitzname war Stämmchen – wegen meiner Beine wie Baumstämme. Es war eine Qual, ich zu sein.«

Einen Moment lang empfinde ich fast so etwas wie Mitgefühl für Tam.

»Seht ihr?«, sagt Liz.

»Und was ist dann passiert?«, fragt Helen.

»Ich habe als Teenager, na ja, eine Essstörung entwickelt und ziemlich viel abgenommen. Während der Schwangerschaften habe ich alles wieder zugenommen, und jetzt esse ich gerade genug, um gesund zu bleiben«, sagt sie. Kein Wort von ihrem Nervenzusammenbruch oder dem Prozac, das sie immer noch schluckt und mit dem man wie von selbst abnimmt. Aber ich nehme an, niemand muss die anderen darauf hinweisen, wenn ein Elefant gefurzt hat.

»Siehst du?«, sage ich zu Liz, noch ein wenig verblüfft über die Enthüllung von Tams geheimer Vergangenheit. Wie selten wir die früheren Jahre der jeweils anderen erkunden, die vor unserer Begegnung an der Wegkreuzung »Mutterschaft« liegen. Was für Mädchen waren wir? Was für Blockaden haben unser Teenager-Dasein zu einem Elend gemacht? Waren wir knackig und verführerisch? Linkisch und verzweifelt? Die Ballkönigin oder das Mauerblümchen, mit dem niemand tanzen wollte?

»Da hast du sicher eine Menge durchgemacht«, sagt Dooly mit ihrer Sozialarbeiterinnen-Stimme, die dem Gegenüber versichert: »Ich habe dich gehört, ich nehme deinen Schmerz ernst.« Sie lockert den Schal, so dass er nur noch lose um ihre Schultern drapiert ist.

»Jetzt geht es mir gut«, sagt Tam mit forschem Lächeln. »Ich habe ein paar düstere Jahre durchgemacht, aber jetzt geht es mir gut.« Die Wiederholung macht mich nervös, denn es klingt, als protestiere Tam zu viel. »Also, was ich wegen Nathan eigentlich sagen wollte: Du solltest Essen nicht pathologisieren. Genau das hat meine Mutter bei mir gemacht – zum Schluss war ich völlig neurotisch wegen allem, was mir über die Lippen kam. Bestärke einfach gute Essgewohnheiten, aber lass Nathan ab und zu auch mal Junk-Food essen.«

Junk-Food? Ich kann es nicht glauben, dass ich gerade gehört habe, wie sie für ungesundes Zeug spricht, und sei es nur als gelegentliche Belohnung.

»Ja, genau das versuche ich auch. Aber ich muss mir jedes Mal auf die Zunge beißen, wenn er um eine zweite oder dritte Portion bittet«, sagt Helen.

»Du willst ihn unbedingt Dickerchen nennen, oder?«, sagt Liz. Endlich steckt sie sich das Kanapee in den Mund.

»Wag es ja nicht!«, fährt Tam empört auf.

»Ich mache doch nur Spaß«, sagt Liz kauend. »Ich weiß, dass ich kaltherzig bin, aber offene Grausamkeit ist nicht mein Stil.«

»Gluten«, beharrt Tam erneut.

»Ja, ich werde darüber nachdenken«, sagt Helen.

»Wenn alle im Haushalt ihre Ernährung umstellen, muss er sich daran gewöhnen. Vielleicht bittet er nicht mehr so oft um einen Nachschlag, wenn es Linseneintopf mit gedämpftem Spargel gibt«, sagt Fiona. Sie hat ihre Sandalen ausgezogen und massiert sich mit geübter, Reflexzonen-ausgebildeter Präzision die Zehen.

»Du kennst meinen Sohn nicht …«, sagt Helen lachend. »Aber das ist eine gute Idee. Um seinetwillen würde ich das sogar machen. Allen irdischen Freuden entsagen …«

»Wo wir gerade davon sprechen, wer möchte noch einen Erdbeer-Daiquiri?«, fragt CJ, bewaffnet mit der Schüssel und einem Schöpflöffel.

»Immer rein damit«, befiehlt Helen und streckt CJ ihr Glas entgegen.

»Alkohol?«, fragt Tam mit hochgezogenen Augenbrauen. Ihr Wasserglas ist leer und wird sicher bald nachgefüllt.

»Das vierte Baby«, sagt Helen. »Es wird irgendwie damit klarkommen müssen.«

»Du solltest ihm aber die besten Chancen bieten«, sagt Tam. »In deinem Alter liegt das Risiko, ein Kind mit Down-Syndrom zu bekommen, bei eins zu dreißig.« Das sagt sie im Flüsterton, obwohl Ereka immer noch außer Hörweite auf

dem Balkon steht und sich vom Wind und der Nachtluft liebkosen lässt.
»Ach, lass sie doch«, sagt CJ. »Würde bitte jemand Tam einen Daiquiri einschenken, bevor wir uns einen Vortrag anhören müssen?«
»Nein, ich möchte nichts, wirklich«, sagt Tam und hält schützend eine Hand über ihr leeres Glas.
»Mann, neulich habe ich eine saukomische Geschichte gehört«, sagt Helen. »Wahrscheinlich ist es nur ein moderner Mythos, aber was habe ich gelacht. Eine Frau war bei der Fruchtwasseruntersuchung und hat auf das Ergebnis gewartet. Sie hat bei dem Arzt angerufen, aber die Arzthelferin war nicht da, und die Aushilfe, die ans Telefon ging, war Ausländerin und konnte kaum Englisch …«
»Ist so was nicht immer furchtbar?«, sagt CJ. Ich werfe ihr einen eisigen Blick zu.
»Was denn?«, sagt sie. »Ich habe doch nichts gegen Ausländer. Aber wenn du den ganzen Tag mit Leuten zu tun hättest, die nicht mal richtig Englisch sprechen …«
»Kann ich meine Geschichte zu Ende erzählen?«, fragt Helen.
»Fang jetzt nicht *damit* an, CJ«, sage ich.
»Na ja, hier in Australien sprechen wir nun mal Englisch, und wenn Leute hierher kommen wollen, sollten sie dann nicht wenigstens unsere Sprache sprechen?«, erwidert CJ.
»Ja, dann sollten wir auch gleich darauf bestehen, dass alle weiß und heterosexuell sind – genau wie wir«, sage ich sarkastisch.
»Ach, komm schon von dem hohen Ross runter«, erwidert sie grob, »du verdammte Liberale.«

Und in diesem Moment finde ich an CJ so gar nichts mehr anziehend, erotisch oder in sonstiger Hinsicht. Ein antirassistisches Bewusstsein gehört nicht zu ihren Stärken, und ich weiß, wenn wir einen halbwegs angenehmen Abend miteinander verbringen wollen, müssen wir Themen wie Flüchtlinge und Asylbewerber, illegale Einwanderer und den Nahostkonflikt irgendwie umgehen. Im Gegensatz zu den Freundschaften, die ich an der Universität geknüpft hatte, haben die Beziehungen zu den Müttern der Freunde meiner Kinder keine politische Geschichte, ihnen fehlt dieser Kontext, auf den sich Vertrautheit mit anderen Menschen oft gründet.
Ich weiß nicht, auf welche Seite sich diese Frauen hier schlagen würden, wenn es darum ginge, BHs zu verbrennen. Ich würde mich bei keiner von ihnen (außer Fiona) darauf verlassen, dass sie nicht vielleicht doch Howard gewählt hat oder gar für George Bush ist. Unsere Einigkeit beruht schlicht und einfach darauf, dass wir alle Mütter sind. In diesem Punkt bieten wir eine geeinte Front. Der Rest ist ein Minenfeld. Ich schlucke meinen Abscheu gegen CJs Kommentar herunter wie einen ungewürzten, zu lang gekochten Bissen von Doolys Essen. CJ hat einen Universitätsabschluss, Herrgott noch mal. Da würde man eigentlich erwarten, dass sie es besser weiß. Keine der anderen springt mir bei. Nicht einmal Fiona. Alle hier scheuen sich vor der Konfrontation. Wozu lernt man denn Kickboxen, wenn man die tollen Tritte und Schläge dann nicht einsetzen kann, um CJ zum Schweigen zu bringen?
»Also, jedenfalls«, fährt Helen fort, »fragt die Frau, ob das Testergebnis der Fruchtwasseruntersuchung schon da ist

und ob das Baby gesund ist, und die Aushilfe sagt: ›Ich schaue im Computer.‹ Sie geht weg, kommt bald darauf wieder ans Telefon und sagt: ›Tut mir leid, ist kaputt.‹ Die Frau ist natürlich fix und fertig. Sie ruft ihren Mann an, und alle regen sich schrecklich auf. Dann stellt sich heraus, dass nur der Computer kaputt war. Ihr Testergebnis war völlig normal. Ist das zu fassen?«

»Den Arzt hätte ich bis aufs letzte Hemd verklagt«, sagt CJ. »Wegen seelischer Grausamkeit.«

Wir anderen lachen. Dooly nicht so richtig, denn ihr beruflicher Impuls, das Opfer zu lieben, schwankt nur minimal im Sturm unseres leicht ekelhaften Humors. Die Daiquiris zeigen allmählich Wirkung. Wir fühlen uns frei zu scherzen, weil Ereka uns nicht hören kann. Trotzdem ist die Geschichte komisch. Es ist ja so angenehm, wenn man die Freiheit hat, über solche Witze zu lachen, nicht wahr? Ich erinnere mich gut an die ängstlichen Wartezeiten während meiner ersten Schwangerschaft, als sich plötzlich herausstellte, dass mein Baby möglicherweise in die traurige Statistik Ungeborener mit Tay-Sachs-Syndrom eingehen könnte. Mukoviszidose. Spina bifida. Selbst, nachdem all diese Untersuchungen durchgeführt waren und wir das Dokument in Händen hielten, das uns eine Wahrscheinlichkeit von 1:283 für das Down-Syndrom und 1:528 für Spina bifida bescheinigte, konnten wir die unheimliche Möglichkeit, dieses »was, wenn doch?«, nie ganz abschütteln. Egal, wie viele Tests gemacht werden, sie können einem nie die eindeutige Sicherheit geben, dass man selbst nicht die »eins« in der Gleichung »eins zu zweihundertdreiundachtzig« ist. Irgendjemand muss es ja sein. Wir alle erhoffen dasselbe Ergebnis. Ein normales Baby. Mit Augen, die sehen können. Mit Ohren, die hören. Ohne Gaumenspalte. Makellos. Die einzige Sorte Baby, die wir alle haben wollen. Aber darüber reden wir nicht. Jedenfalls nicht vor Ereka. Olivia, ihre älteste Tochter, hat einen Hirnschaden, dessen volles Ausmaß noch nicht bekannt ist. Wenn ich manchmal mitten in der Nacht wach liege, weil mich das überwältigende Gefühl, was im Leben alles schiefgehen kann, nicht schlafen lässt, dann denke ich an Ereka. Alles, was sie wollte, war eine Hausgeburt. Sie hat so darum gekämpft, Jake dazu zu überreden. Wie konnte dann alles so furchtbar schiefgehen? Es kam zu einem Sauerstoffmangel, und sie erreichten das Krankenhaus zu spät, um eine dauerhafte Schädigung noch zu verhindern. Unsere zerbrechlichen Welten können so beängstigend schnell in Stücke bersten. Wenn es um dieses Thema geht, bewahren wir alle etwas unaussprechlich Heiliges. Eine geteilte Trauer darüber, wie leicht Humpty Dumpty von seiner Mauer fallen kann. Und für jene von uns, die zum Glück gesunde Kinder haben, kommt noch eine Art »Schuldgefühl des Überlebenden« hinzu. Ein schlechtes Gewissen wegen unserer unaussprechlichen Erleichterung darüber, dass es nicht uns getroffen hat.

Ereka kommt von draußen zurück. Sie lächelt. Sie wirkt gefasst und windzerzaust. »Es ist herrlich da draußen«, sagt sie, und in ihrer Stimme liegt ein leichtes Summen. Ich versuche mir vorzustellen, wer sie war, bevor Olivia gebo-

ren wurde. Hat sie tiefer aus dem Bauch heraus gelacht oder schon immer ein wenig flach? Ich frage mich, ob das Unbekannte sie früher erschreckt oder neugierig gemacht hat; und ob sie als Kaugummi kauendes Schulmädchen, als Teenager im selbst gebatikten Zigeunerlook oder als leicht verrückte, mit Farbe bekleckste Künstlerin jemals innegehalten hat, weil die Vorahnung eines Lebens, das an ein »behindertes Kind« gefesselt ist, einen Schatten über ihr jugendliches Glück warf. Ich habe sie erst vor zwei Jahren kennengelernt, da war Olivia schon vier. In einem Augenblick seltener, wahrer Vertrautheit mit ihr durfte ich einen Blick auf einige ihrer Bilder werfen – viele Selbstporträts und ein umwerfendes Gemälde von Olivia in Blautönen, »weil sie bei der Geburt so blau war«, erschreckend und von eigenartiger Schönheit. Ganz Frida Kahlo.
»Die habe ich für dich aufgehoben«, sage ich zu Ereka und deute auf die beiden restlichen Kanapees.
»Oh, vielen Dank«, sagt sie, greift dankbar zu und hält jedes in einer von Silber beschwerten Hand. »Und, wie fühlst du dich, Helen?«, fragt Ereka mit dem Rauschen des Windes noch in der Stimme.
»Ein bisschen besser«, sagt sie. »Ich esse nicht mehr nur Nougat und Cheeseburger. Inzwischen habe ich mich zu Kentucky Fried Chicken und Pizza Hawaii vorgearbeitet.«
»Du siehst gut aus«, sagt Ereka.
Helen lächelt breit, ganz ohne Arg oder falsche Sentimentalität. »Irgendjemand muss es ja tun«, sagt sie lachend.
Ereka lächelt, aber dünner. »Du meine Güte, die sind göttlich«, sagt sie, kaut und schluckt. »Manchmal vergesse ich, wie lecker Essen schmecken kann …

Wer kommt mit mir essen?«, fragt sie dann und geht klimpernd zum Tisch.

Helen und ich antworten sofort: »Wir kommen«, und gesellen uns zu ihr.

»Hey, Mädels«, sage ich und versuche, die anderen zusammenzutreiben. »Wer möchte schon etwas essen?«

Keine der anderen beachtet mich. Fiona massiert CJs linke Hand und versucht, irgendwelche »Druckpunkte« zu finden, die gegen ihre Kopfschmerzen helfen sollen, Liz blättert in einer *Glamour*, Dooly neben ihr schleckt gerade die letzten Reste Erdbeer-Daiquiri aus ihrem Glas. Meine Freundinnen lümmeln im Wohnzimmer von Helens Eltern auf den bequemen Sofas herum. Dämmriges Licht berührt alles, was das Auge sieht.

Genau dieser Meerblick, diese weite Wasserfläche, die bis zum Horizont reicht und dahinter versinkt, hat es mir an vielen Tagen möglich gemacht, ruhig und gesammelt zu bleiben, wenn ich das Gefühl hatte, in ein tiefes, dunkles Loch abzurutschen, weil ich mich unerträglich nach meiner Heimat sehne. Diese Frauen sind für mich ein Familienersatz geworden, seit wir vor drei Jahren Südafrika verlassen haben. Diese Freundschaften sind alles, was mich vor völliger Isolation und unerträglicher Einsamkeit bewahrt. Ein warmes Gefühl der Dankbarkeit für ihre tröstliche Gegenwart steigt in mir auf.

»Also habe ich irgendwann nachgegeben und Tyler ein Plastik-Maschinengewehr gekauft«, höre ich Dooly zu Liz sagen. »Jetzt rennt er im Haus herum und rattert mit dem Ding auf alles los.«

»Das wird ihm schon nicht schaden«, sagt Liz und klappt

gemächlich die Zeitschrift zu. »Lass ihn sich jetzt austoben, dann wird er später nicht mit einem echten Maschinengewehr McDonald's überfallen.«

Dooly seufzt, nicht ganz überzeugt, und wickelt ein Ende des Schals um ihr Handgelenk. »Aber der Lärm macht Max wahnsinnig. Du weißt ja, dass seine Medikamente seine Sinne empfindlicher machen.«

»Dann kauf ihm auch eins«, sagt Liz und nippt an ihrem Wein. »Wahrscheinlich hätte das eine therapeutische Wirkung.«

Dooly lacht leise. »Ja, das ist mal eine Idee …«

Liz ist vollkommen selbstbesessen. Neben Dooly wird das extrem deutlich. Wenn Liz spricht, befiehlt sie damit: »Hört mir zu«, und strahlt deutlich aus, dass sie Gehorsam erwartet. Wenn man den ganzen Tag in einer hierarchisch gegliederten Umgebung verbringt, wo jedes Wort, das man sagt, notiert wird, wo jeder Wunsch befolgt wird und jedes Stirnrunzeln irgendeinem Angestellten die Woche verdirbt, ist das wohl so etwas wie Fruchtwasser fürs Ego. Liz wird mit ständiger Bestätigung verwöhnt. Sie steht im Mittelpunkt, Leute reden über sie, überlegen sich gut, wie sie sie ansprechen, fürchten ihre Kritik, gieren nach ihrem Lob. Sie hat es nie nötig, sich zu rechtfertigen. Jeder Gedanke, der ihr durch den Kopf treibt, ist möglicherweise Gold wert.

Dooly hingegen plappert ein wenig zögerlich, als erwarte sie Widerspruch oder rechne mit Ablehnung. Ihre Ideen hält sie meist verborgen, aber wenn sie uns eine davon mitteilt, ist sie meist tiefgründig und durchdacht, wie ein zusammengerolltes Meisterwerk, an dem sie seit Jahren still gearbeitet hat. Es ist beinahe so, als fürchte sie sich davor, allzu viel von ihren inneren Kostbarkeiten zu zeigen, weil sie geplündert und gestohlen werden könnten. Nach allem, was sie durchgemacht hat, kann ich das verstehen. Als wir vor zwei Monaten das letzte Mal ausgiebig miteinander telefoniert haben, hat sie mir gestanden: »Wenn ich mich nicht um die Kinder kümmern müsste ... Am liebsten würde ich einfach verschwinden ... Ich weiß, dass Max mich braucht, aber er käme schon zurecht. Nur kann man nicht einfach weglaufen und sich verstecken, wenn man Kinder hat, oder?«

»Du meinst, du würdest dich gern von Max scheiden lassen?«, fragte ich.

Sie brachte es nicht über sich, das auszusprechen. »So etwas in der Art«, seufzte sie.

»Ist es nicht besser für Kinder, zwei glückliche Zuhause zu haben als ein unglückliches?«, fragte ich.

»Nein. Zumindest kann ich so tun, als sei ich glücklich, aber wir alle können nicht so tun, als seien wir eine Familie, wenn wir getrennt leben«, sagte sie. »Ich bleibe wegen der Kinder bei Max. Zumindest vorerst.«

Eine glückliche Ehe – was ist das eigentlich? Wir verlieben uns in jemanden, wenn wir nur ganz oberflächlich wissen, wer derjenige ist – und wer wir selbst sind. Sechs Jahre später hast du zwei Kinder und eine Angewohnheit, die du deinen Ehemann nennst. Ich weiß, dass Ereka und Jake etwas anderes verbindet als den Rest von uns, Liebe vielleicht. Ich glaube, Helen und Fiona sind zufrieden. Bei Liz bin ich nicht sicher – Carl gehört zu der produktiven Maschinerie, die in ihrem Leben arbeitet. Und ihr Leben *ist* die Arbeit. Und wir alle wissen, dass auch Tam nur um der Kinder willen bei Kevin bleibt. Er ist ein großartiger Brötchenverdiener. Und sie hat große Pläne für ihre Jungs.

Von meinem Platz am Esstisch aus höre ich Tam im Wohnzimmer einen ihrer Monologe über Gehirntumore anstimmen. CJ muss sie nach den neuesten Erkenntnissen der Migräneforschung gefragt haben. Helens Ansicht nach sind sowohl CJ als auch ich »quengelige Hypochonder«. Ich vielleicht – Hypochonderin, meine ich, nicht quengelig. Aber zumindest habe ich eine Verbündete. CJ und mir graut einstimmig vor dem großen K. Das ist eine so lähmende und verzehrende Phobie, dass wir beide sehr regelmäßig zu allen möglichen Ärzten rennen, um uns beruhigen zu lassen, dass das Nasenbluten, der kleine Hubbel am Oberarm, die unregelmäßige Verdauung oder die Bauchkrämpfe nicht »Es« bedeuten: Die Grauenhafte Krankheit, Die Uns Aus Dem Leben Reißen Und Unsere Kinder Mutterlos Zurücklassen Wird. Ich weiß, was CJ insgeheim befürchtet – dass ihre Migräne ein Symptom für einen Hirntumor sein könnte, und dass sie noch vor ihrem dreiundvierzigsten Geburtstag sterben muss. Ich eile an ihre Seite, den Teller fest umklammert.

»Müssen wir wirklich über Hirntumore sprechen?«, werfe ich ein. »Wo wir doch so viel anderes zu diskutieren haben, zum Beispiel die Garnelen, das Sushi, den Lachsdip?«

»Dich wird das sicher auch interessieren, Jo«, sagt Tam.

»Ich bezweifle nicht, dass es mir schlaflose Nächte bereiten wird«, sage ich, will jetzt aber trotzdem hören, was sie über Hirntumore weiß. Ich bin unersättlich neugierig und im gleichen Maße paranoid, ein Angst-Junkie, der keinem angebotenen Schuss widerstehen kann.

»Man konnte drei Faktoren bestimmen, bei denen wissenschaftlich bewiesen ist, dass sie Hirntumore verursachen«, fährt Tam fort. »Erstens, Mobiltelefone.« Ich schreibe innerlich eine Notiz an mich selbst: »Dringend Freisprechanlage besorgen.«

»Ich war immer schon der Meinung, dass die Dinger krebserregend sein müssen«, sagt CJ, deren rechte Hand sich nun in Fionas therapeutischen Klauen befindet. »Und ich hänge praktisch ständig am Handy – bestimmt hat es bei mir schon viel Schaden angerichtet.«

»Ja, Handys sind wirklich nicht gut für das Gehirn, all diese elektromagnetische Strahlung«, bestätigt Tam.

»Das ist immer noch umstritten«, wirft Liz ein.

»Was sind der zweite und dritte Faktor?«, frage ich.

»Der zweite Faktor ist zu geringe Flüssigkeitszufuhr. Die Wissenschaftler sagen, man müsse reichlich Wasser trinken, um sicherzustellen, dass das Gehirn immer mit ausreichend Liquor umspült wird.« Das erklärt wohl Tams Ausflug in die Küche. Ich nehme an, im Lauf des Abends wird sie den Wasserhahn noch öfter aufsuchen. Vielleicht sollte ich mittrinken. Ich hoffe ja immer, dass irgendjemand mal einen motivierenderen Vorschlag macht, beispielsweise: Essen Sie mehr Pommes oder trinken Sie mehr Rotwein. Nehmen Sie mindestens einen Erdbeer-Daiquiri pro Tag zu sich. »Und Nummer drei?«, frage ich in der Hoffnung auf eine umwerfende Erkenntnis.

»Künstlicher roter Farbstoff in Lebensmitteln.«

»Du machst wohl Witze«, mischt Helen sich ein, mit einem hochbeladenen Teller in der einen und einer Gabel in der anderen Hand. »Wer nimmt denn so viel künstlichen roten Farbstoff auf, dass der sich überhaupt auswirken kann?«

»Und warum nur rot?«, frage ich. »Was ist mit den blauen, gelben und grünen Smarties?«

»Meine Kinder trinken dieses rote Sirupzeug eimerweise«, mischt sich Liz nun in die Unterhaltung ein.

»Das ist nicht gut«, sagt Tam. »Dieses Zeug ist pures Gift.«

»Du willst doch nicht ernsthaft behaupten, dass ich mir bei all den künstlichen Geschmacksverstärkern und Konservierungsmitteln, dem Passivrauchen, der Umweltverschmutzung, der UV-Strahlung und sonstigen Umweltgiften, mit denen unsere Kinder in Kontakt kommen, einzig und allein Sorgen darum machen muss, wie viel roten Sirup sie trinken?«, schnaubt Liz verächtlich.

»Das ist wissenschaftlich erwiesen«, sagt Tam. »Und zumindest eine Sache, die du kontrollieren kannst.«

»Das ist Blödsinn, Tam«, sagt Liz. »Wir können gar nichts kontrollieren. Kontrolle ist eine Illusion. Darüber solltest du vielleicht mal nachdenken. Und du auch, CJ«, sagt sie mit einem Nicken in CJs Richtung. »Migräne kommt oft von dem Zwang, alles kontrollieren zu wollen. Du musst dich nur mal entspannen. Unsere Kinder werden aufwachsen, so oder so, und auf diesen Prozess haben wir herzlich wenig Einfluss.«

Liz' Kommentar entstammt entweder einer tiefen Einsicht in die Beziehungen, die wir als Mütter zu unseren Kindern erschaffen, oder der Bequemlichkeit ihrer egozentrischen Denkweise. Sie lässt bei jeder Gelegenheit heraushängen, dass sie frei von ihren Kindern ist, indem sie »dem Problem mit viel Geld und einem Kindermädchen begegnet«, wie sie sich ausdrückt. Im Gegensatz zu uns anderen strahlt sie eine beneidenswerte Selbstsicherheit aus, sie trägt ihre Freiheit zur Schau als jemand, der nicht von den wenig glamourösen Bedürfnissen kleiner Menschen versklavt wird. Während wir anderen kleine Körper in Kindersitze schnallen und wieder herausheben, aufräumen und hinterhertragen, in der Vorschule Obstmahlzeiten schnippeln, Disziplin und ab und zu eine kleine Umarmung fordern, etwas vom Grinch vorlesen, der Weihnachten gestohlen hat, leitet sie wichtige Meetings und entwirft Werbekampagnen, die Leute dazu bringen sollen, mehr Geld für Badezimmerfliesen, Strumpfhosen und Einweg-Rasierer auszugeben. Sie behauptet, der Schlüssel zum Erfolg sei einzig und allein, den richtigen Menschen zu finden, an den man etwas delegieren kann.

Einmal hat sie sogar ihren Narzissmus in das ohnehin schon überfüllte Schaufenster von mütterlicher Großmut und Opferbereitschaft hineingequetscht. »Wenn ich nicht meinem Herzen und meiner Leidenschaft folgen würde«, hat sie mal zu mir gesagt, »wäre ich ein deprimierter, unerfüllter Mensch. Was für eine Mutter wäre ich denn dann?« Wir anderen beneiden sie insgeheim für diese Entscheidung. Diesen Neid schwingen wir als Waffe von unserem moralischen hohen Ross aus. *Wir* sind richtige Mütter. *Sie* bezahlt Lily dafür, dass sie einen Partyservice und professionelle Entertainer für die Geburtstage der Kinder engagiert. Sie selbst könnte eine Backform oder eine selbst gekochte Mahlzeit nicht mal erkennen, wenn sie ihr vor die Haustür scheißen würden.

Aber ihre Logik ist stringent, Liz ist so absolut rational, was all das angeht – Mutterschaft ist das Gegenmittel für jegliche Illusion von Kontrolle. Wie Robbie Williams es so drängend ausdrückt: »Watch me come undone« (jederzeit gern, Robbie).

»Wir haben vielleicht nicht alles unter Kontrolle«, sagt Fiona, »aber haben wir nicht die Verantwortung, uns zumindest zu bemühen, die bestmögliche Umgebung für unsere Kinder zu schaffen?«

Ich nicke. Tam ebenfalls. Verantwortung. Krebs ist das einzige andere Wort, bei dem ich innerlich so zusammenzucke. Verantwortung für das Wohl unserer Kinder. Ihre Sicherheit. Ihre seelische Gesundheit. Wenn unsere Kinder eine lebensbedrohliche Krankheit haben, sollten wir das lieber bemerken. Nein, noch besser ist es, sich einen Vorsprung zu verschaffen und schon die frühesten Anzeichen zu erkennen. Es liegt bei uns als Müttern, sich um die fiebrigen Infektionen, die Wut und die Verletzungen zu kümmern, mit der diese Welt unsere Kinder treffen wird. Wenn wir nicht achtsam genug sind, oder abgelenkt von allem möglichen, einem unhöflichen Bankangestellten oder der hässlichen Scheidung unserer besten Freundin, werden unsere Kinder leiden. Sie könnten sogar sterben. CJs Liam ist mit fünf Monaten beinahe erstickt, als sie ihn allein ließ, sicher auf dem Boden mit einem Baby-Gym über ihm. Sie stand unter der Dusche, als sie ein Würgen hörte, aus dem Bad stürzte und entdeckte, dass er ein Bein des Baby-Gyms hochgehoben und sich in den Mund gestopft hatte. Das Leben unserer Kinder und das Versprechen, das in ihrer Unschuld liegt, hängen von unserer niemals erlahmenden Wachsamkeit ab, von den Entscheidungen, die wir für sie treffen, und den Opfern, die wir um ihretwillen bringen.

Manchmal spüre ich einen beinahe erstickenden Schmerz in der Brust, wenn ich an die größten Entscheidungen denke, die wir je getroffen haben. Da war dieser Augenblick der Klarheit, der unser aller Schicksal eine neue Wendung gab und den Lauf unseres Lebens für immer veränderte. Jamie war damals erst 18 Monate alt. Uns war bewusst, dass Vergewaltigungen in Südafrika an der Tagesordnung sind, aber nicht, wie nah bei uns. Wenige Augenblicke, nachdem ich erfahren hatte, dass Leah, meine beste Freundin, überfallen und von mehreren Männern vergewaltigt worden war, stand ich vor Jamies Bettchen, von Schluchzen geschüttelt. Jedes Mal, wenn ich ihre Windel wechselte und ihre winzige Vulva abwischte, überwältigte mich die Trauer um das, was diese Männer geraubt hatten – nicht nur meiner wunderschönen Freundin, sondern auch der Unschuld und Reinheit meiner ganzen Welt. Drei Jahre später saßen Frank und ich im Flugzeug nach Australien, wie betäubt von unseren enttäuschten Hoffnungen, dass »sich in Südafrika alles bessern« würde. Frank war ein paarmal zu oft nach Hause gekommen und hatte mich dabei ertappt, wie ich weinte, weil die Zeitungen von einem weiteren vergewaltigten Baby berichtet hatten. »Du darfst das nicht so persönlich nehmen«, sagte er dann und versuchte, mich zu trösten. Spät in der Nacht, wenn die Angst am schlimmsten war, flüsterte ich Frank zu: »Bring uns hier raus.« Und das tat er auch.

Wir haben für unsere Kinder ein Leben gewählt, in dem Großeltern, Tanten, Cousins und Cousinen fehlen, weil ich nicht mit meiner Angst um ihre Sicherheit leben konnte. Sosehr wir das Land und seine Menschen liebten, die in

Südafrika herrschende Gewalt war ein zu großes Risiko – ob für meine Kinder oder meine geistige Gesundheit, konnte ich nicht recht sagen. Erfüllt von einer Trauer, von der ich glaubte, ich würde sie nie überwinden, packten wir unser Leben ein, gaben unsere hoch bezahlten Jobs auf, unser fantastisches Kindermädchen (und ihre ganze Großfamilie, die wir mit unterstützten), unser Land, unsere Nationalhymne und unsere Heimat. Um der Kinder willen.

Niemand hat mich vor der Depression gewarnt, die mich als Immigrantin in einem fremden Land überkommen würde, das doch so tröstlich sicher war. Um hierherzukommen, opferte ich mein hart erarbeitetes Selbstgefühl als angesehene Anwältin auf meinem Fachgebiet, Gleichberechtigung und Frauenrechte, damit unsere Kinder im gelobten Land der niedrigen Gewaltverbrechensrate aufwachsen. Afrika war meine Heimat, mit all seinen Verheerungen, mit Aids, Armut und seiner qualvollen Geschichte der Apartheid. Und wie ein Kind, das aus den verheerenden Zuständen in seiner gewalttätigen Familie gerettet wird, sehnte ich mich immer noch nach der Vertrautheit meines gestörten Zuhauses. Meine wohlgeordnete, kultivierte Pflegefamilie unterstrich nur noch die brutale Fremdheit.

Ich war völlig reduziert (aber nicht im bereichernden Küchensinn). Ich war ein Schatten meines früheren Selbst. Ein Scheibchen. Eine Joanna julienne, fein abgeschnitten vom kräftigen Stück meiner akkumulierten Identität. Mir wurde nun klar, welche Folgen diese Aufopferung hatte – der Verlust meiner persönlichen Geschichte, meines beruflichen Status, meiner Position in der Welt, von Freundschaften, Netzwerken, unausgesprochenen Verbindungen zu Menschen, Orten, Gerüchen. Alles, was übrig blieb, war die Mutter in mir.

An manchen Tagen schluchzte ich untröstlich vor mich hin, ohne Grund, den ich hätte benennen können. Ich *musste* eine gute Mutter sein. Das war alles, was mir geblieben war. Ich bemühte mich, meinen Kindern das Gefühl zu vermitteln, dass ihr Leben *reich*, *erfüllt* und *großartig* sei, dass es ein Privileg sei, so weit weg von den hohen Mauern, den Ungerechtigkeiten Afrikas aufzuwachsen. Aber an den meisten Tagen versagte ich kläglich, weil meine Verzweiflung für diese kleinen Augen viel deutlicher war als die leeren Worte, die mir über die Lippen kamen.

Meine Universitätsabschlüsse waren in Australien nichts wert, ich galt als für nichts qualifiziert. Frank musste sein Jura-Examen noch einmal machen. Ich kaufte ein, kochte, putzte und bemutterte. Manchmal drohte unsere Beziehung an den Nähten zu bersten, weil sowohl ich als auch er das Gefühl hatten, am meisten aufgegeben zu haben und die ganze Last unserer Auswanderung allein tragen zu müssen. An manchen Abenden, wenn wir uns nach einem hitzigen Streit wieder versöhnt hatten, schlichen wir uns ins Kinderzimmer und betrachteten unsere schlafenden Kinder. »Deshalb sind wir hierhergekommen«, erinnerte er mich dann. Und diese einfache Feststellung, die Tatsache, dass das richtig war, tröstete mich. Was war schon mein eigenes Glück, gemessen an der Sicherheit meiner Kinder?

Meine Kinder werden nie wissen, wie schön es ist, nach dem Kindergarten von einer Großmutter abgeholt zu werden, um Eis zu essen oder Enten zu füttern. Frank und ich werden die nächsten zehn Jahre wohl ohne Essen in romantischen Restaurants überleben müssen, denn unser Budget gibt nicht genug her für einen Babysitter, und es gibt keine Großeltern, die in die Bresche springen könnten. Wir werden unsere Geburtstage trotzdem feiern, und wenn wir uns dazu einen ganzen Haufen Freunde ausleihen müssen. Wir werden nach vorn schauen, nicht zurück, uns auf das Positive konzentrieren und nicht dem Verlorenen hinterhertrauern. Ein tapferes Gesicht aufsetzen. Um der Kinder willen.

Ich bin tief in nostalgischen Gedanken verloren, als ich Fionas kraftvolle Hände auf meinen Schultern spüre.

»Alles in Ordnung, Jo?«, fragt sie. Die anderen sind alle schon an den Esstisch umgezogen, ohne mich.

»Bestens«, sage ich. »Kann ich dir einen Teller bringen? Was möchtest du essen?«

»Aber sicher will ich essen. Was kannst du mir denn empfehlen?«

Dank der Ablenkung unseres Festmahls gelingt es mir, mich aus dem Griff des Selbstmitleids zu befreien und mich in die großzügigen Freuden guter Freundinnen und guten Essens hinübergleiten zu lassen.

4

Von Tellern lesen

Ich lasse den Blick über mein Königreich schweifen. Vom Kopf der Tafel aus kann ich meine sieben Freundinnen sehen, und ihre Teller. Einige haben sich nicht zurückgehalten, sondern ihre Teller mit Bergen von Essen beladen, als wäre dies das letzte Abendmahl. Andere, vorsichtiger, kalorienbewusst, haben eher symbolische Häppchen von den Platten auf ihre Teller transferiert und nehmen nur halbherzig an diesem uralten Ritual des Festessens teil. Ich weiß, dass ich eine Nervensäge sein kann, wenn ich Menschen füttern will. Ich bringe als mildernden Umstand vor: Ich bin eine jüdische Mutter. Mein innerstes Wesen ordnet an, dass ich Menschen mit Essen glücklich machen muss.

Aber nicht jeder zieht dieselbe Befriedigung aus dem Essen wie ich. Manche Menschen finden Essen offenbar ebenso aufregend wie den morgendlichen Besuch im Badezimmer. Liz zum Beispiel. Ich empfinde die Tatsache, dass sie dem Essen völlig gleichgültig gegenübersteht, als Makel ihrer Persönlichkeit. Ich hege grundsätzlich den Verdacht, dass eine lauwarme Reaktion auf meine Kochkunst nur ein Symptom wesentlich tieferer und dunklerer Unzulänglichkeiten ist. Einer seelischen Knauserigkeit. Einer sinnlichen Schäbigkeit. Und ich suche bei ihr ständig nach diesen unverzeihlichen Schwächen. Ich kann ihre Fähigkeit, sich selbst entschlossen an die erste Stelle zu setzen und ihre Kinder gut versorgt, aber bestimmt an ihrem Platz zu halten, intellektuell nachvollziehen und sogar widerwillig bewundern. Viel stärker wiegt jedoch mein stummes Urteil über sie: dass sie nicht fähig ist, sich der Aufgabe (dem Glück und dem Grauen), ihre Kinder aus vollem Herzen zu lieben, ganz und gar zu öffnen. All das erkenne ich an dem einen Sushi-Stück in einem Löffelchen Sauce auf ihrem Teller. Schließlich kann ich aus Tellern lesen.

Und dann ist da Dooly, die immer noch diesen lächerlichen Schal trägt – wie kann jemand unbeschwert essen, wenn er zwei wollene, fransige Schalenden hinter sich herschleift? Ihr Teller ist ein Chaos aus Häppchen, die sie hastig aufgeladen hat, ohne sich zu überlegen, was auf dem Teller wo hinkommen soll. Das Thai-Curry läuft in den Dip, und der Salat ist willkürlich über ihren Teller verteilt. Sie isst, als hätte sie es eilig, und sobald sie ein paar Bissen gegessen hat, füllt sie ihren Teller wieder nach, als müsse sie sich vor seiner Leere schützen. Eines weiß ich über sie – sie wird alles halb aufgegessen liegen lassen, als könnte sie es nicht ertragen, zu sehen, dass alles weg ist. Sie isst stumm, nur ab und zu taucht ein zufriedenes Murmeln zwischen zwei Bissen auf. Aber ob sie durch den Maschendrahtzaun ihrer Ablenkung und Unsicherheit wirklich schmeckt, wie göttlich dieses Essen im Vergleich zu ihren Kochkünsten ist, kann ich nicht sagen.

»Wie macht sich Lukes Arm?«, fragt Helen Dooly.

»Der Gips kommt in fünf Tagen runter«, sagt sie und schluckt eine Riesenportion Curry hinunter.

»Und das ist das ... zweite Mal, dass er sich etwas gebrochen hat?«, fragt Ereka.

»Das dritte Mal«, sagt sie und nickt. »Ich kenne kein Kind, das so viele Unfälle hat. Ihr wisst ja, dass er sich schon bei der Geburt die Schulter ausgerenkt hat, nur bei dem Versuch, an einem Stück herauszukommen. Außerdem hat er mich dermaßen aufgerissen – das war der Dammriss des Jahrhunderts.« Ich erschauere und stelle mir Doolys Perineum vor, zusammengeflickt wie eine Patchwork-Decke.

»Ihr haltet wohl Aktien des Childrens' Hospital«, neckt Fiona, lehnt sich zurück und schaut uns allen beim Essen zu.

»Wenn die uns in der Notaufnahme schon ankommen sehen, schicken sie ein Begrüßungskomitee mit einem ›Herzlich willkommen!‹-Banner«, sagt Dooly und verzieht das Gesicht. Und, schwupps, jawohl, da hängen die Schalfransen im Thai-Curry. Dooly zieht sie schnell heraus und wischt sie mit einer Serviette ab.

»Meine Kinder haben sich noch nie einen Knochen gebrochen«, sagt Liz.

»Was für eine Mutter bist du denn, dass du deine Kinder ohne Knochenbrüche großziehst?«, scherzt Helen.

»Du hast Glück – ich dachte immer, Jungs wären genetisch dazu veranlagt, sich mindestens ein paar Knochen zu brechen«, sagt CJ. »Wir hatten bis jetzt ein gebrochenes Schienbein und einen gebrochenen Zeh«, sagt sie und schiebt sich einen Bissen Lasagne in den Mund.

»Gebrochene Knochen sind besser als abgebrochene Zähne«, sagt Liz. »Chloe ist letzten Monat beim Sportfest gestürzt und hat sich einen Zahn abgebrochen, einen bleibenden, wohlbemerkt. Mit wäre es lieber, sie hätte sich einen Arm oder ein Bein gebrochen, das heilt zumindest wieder. Aber ein Zahn – das ist so offensichtlich, so schwer zu verbergen.«

Unsere Fassungslosigkeit richtet sich auf Liz wie Scheinwerferlicht.

»Dir wäre es lieber, wenn sie sich ein Bein gebrochen hätte, als sich einen Zahn abzubrechen?«, fragt Fiona.

»Natürlich«, sagt Liz. »Gebrochene Beine heilen zusammen. Wir mussten ihren Zahn überkronen lassen, aber er ist immer noch nicht perfekt, man sieht, dass er nicht echt ist.«

Fiona schüttelt nur den Kopf. Richtet nicht einmal eine spitze Bemerkung gegen Liz. Wo ist denn nun dieser Killer-Instinkt der Kickboxerin?

»Na und?«, mischt sich Helen ein. »Nichts und niemand ist perfekt, und zumindest hatte sie keine Schmerzen.«

»Schmerzen vergehen. Aber ein gewinnendes Lächeln wird sie noch lange brauchen«, sagt Liz und spießt ein Sushi-Röllchen mit der Gabel auf. So kultiviert sie auch sein mag, Sushi isst sie immer noch wie ein Anfänger.

»Ist das nicht ein bisschen ... oberflächlich, Liz?«, fragt Fiona. Doch der Stachel in ihren Worten wird auf der Stelle gemildert. »Das war natürlich nicht persönlich gemeint, ich will nicht unhöflich sein ...«

Liz kaut ausgiebig und schluckt, bevor sie antwortet: »Es ist nur aufrichtig, das ist alles«, sagt Liz. »Wir behaupten gern, das Aussehen wäre nicht so wichtig, und solange unsere Kinder nicht leiden, ist alles in Ordnung. Ich sage euch, wann Kinder wirklich leiden – wenn sie als Teenager irgendwie nicht dazugehören. Und sie machen sich ständig

Gedanken um ihr Aussehen. Schönheit ist ein großer Vorteil in diesem Alter, wenn sie so verletzlich sind.«
Diese Schmährede müssen wir erst einmal verdauen. Es ist schwierig, eine Diskussion gegen Liz zu gewinnen. Sie hat so ziemlich alles durchdacht.
»Ich würde meinen Kindern lieber die harte Realität des Lebens ersparen. Sie sind so klein und unschuldig, warum sollten wir das verderben?«, fragt Tam.
»Manche Kinder werden in die harte Realität des Lebens hineingeboren«, sagt CJ bitter. »Meine machen sich da keine Illusionen. Dafür hat schon ihr Vater gesorgt.«
Der »Vater«, CJs Exmann, ist der Dämon, auf den wir alle gern in anti-männlicher Wut eindreschen. Keine von uns hat Tom je persönlich kennengelernt, aber das hindert uns nicht daran, wüst über ihn herzuziehen; er ist ein Bastard, ein Scheißkerl, ein Arschloch, ein mieses Schwein und was uns sonst noch alles einfällt, als Refrain der Unterstützung für unsere Freundin CJ.
Zusammen mit Ereka, Helen und mir könnte CJ ein Weltklasse-Team bilden, wenn Essen als olympische Disziplin anerkannt würde. Von uns Vieren ist CJ die Einzige, durch die das Essen einfach hindurchwandert, ohne diese aufgepolsterten Spuren an Po, Oberschenkeln und Bauch magnetisch anzuziehen, mit denen die Köstlichkeiten verkünden: *Ich war hier.* Das pure Adrenalin muss an ihren Fettreserven fressen wie eine zersetzende Säure.
CJ schaut manchmal »spontan« bei uns zu Hause vorbei, zufällig genau zur Essenszeit und mit allen drei Kindern, um sich eine Einladung zu einem richtig selbst gekochten Familienessen zu erschleichen – denn das verkörpert all die

Sehnsucht und Enttäuschung, die sie darüber empfindet, was aus ihrem Leben geworden ist. Es ist, als sei sie unfähig, zu Hause eine anständige Mahlzeit zu kochen, weil der Ehemann, die sicher verdiente Miete und der ganze andere Glückliche-Familien-Kram nicht so ist, wie er sein sollte. Für CJ ist Kochen eine scheußliche Aufgabe am Ende eines langen Tages, wenn noch Unterlagen für den Gerichtstermin vorzubereiten sind und die hungrigen Kinder kreischen wie ein Trio tollwütiger Affen. Unter diesen Umständen würde selbst Nigella Lawson eine Pizza bestellen.

CJ und ihre Kinder leben hauptsächlich von so praktischtröstlichen Dingen wie Pizza, Chinesisch und Toast. Es gibt kein McDonald's-Spielzeug, das ihre Kinder nicht besitzen, und ihre kulinarische Toleranz beschränkt sich auf Pommes, Burger und Chicken Nuggets. Sie ist die Königin der Fixprodukte und hat einmal geprahlt: »Ich kann meinen Kindern in vier Minuten eine Mahlzeit auf den Tisch zaubern, dank meiner Mikrowelle«, woraufhin ich stellvertretend für sie in Depressionen versank. Letztes Jahr war sie ganz begeistert von dem Plan, ein Kochbuch mit schnellen, einfachen Rezepten für berufstätige Mütter zu schreiben – sogar Liz hat behauptet, das sei eine gute Idee und das Buch würde sich millionenfach verkaufen. Jedes Rezept basierte auf irgendeiner Dose – Maisbrei, Hühnersuppe, Bohnen, kombiniert mit Kartoffeln, Würstchen, Nudeln, Käse oder Ei. Aber sie ist nie dazugekommen, es zu schreiben, und jetzt verstaubt die Idee im Regal, zusammen mit all ihren Träumen von regelmäßigem Sex und »sie lebten glücklich bis zum Ende ihrer Tage«.

Jeden ersten Sonntag im Monat veranstalte ich einen

Koch-Marathon, um den Tiefkühler zu füllen, und wenn ich daran denke, mache ich einen Extra-Tupper selbst gekochter Bolognese-Sauce für CJ. Das ist eine epische Aktion mit fünf Stunden köcheln lassen, magerem Hackfleisch, frisch gepresstem Sellerie- und Karottensaft, Tomatenpüree und einem Schuss Worcestersauce. Nicht leicht zu machen, aber himmlisch zu essen.

CJ, verwickelt in zahllose Frustrationen, ist eine Pflückerin; sie kann sich nicht auf den vollen Teller vor sich konzentrieren, sondern streckt immer wieder den Arm aus, um sich etwas von den Platten auf dem Tisch zu nehmen, hier eine Rote Bete von der *fayanza*, dort ein Scheibchen Avocado oder ein Stück Räucherlachs, das aus dem Dip hervorlugt. Sie isst wie ein Kamel an der letzten Oase, das sich für die wasserlosen Tage einen Vorrat anlegen muss.

»Meine Kinder mussten sich eben abhärten«, fährt CJ fort. »Ich weiß nicht, ob ihnen das helfen wird, später besser mit dem Leben zurechtzukommen. Liam ist der Einzige, der seine Gefühle wirklich ausdrücken kann. Und danach zu schließen, wie er sie in der Schule ausgedrückt hat, wird er vielleicht Ritalin nehmen müssen.«

»Gib ihm kein Ritalin«, sagt Tam zu CJ.

CJ zuckt mit den Schultern. »Wir werden sehen …«

Dann beginnt Tam eine private Unterhaltung mit CJ über die Gefahren und langfristigen Auswirkungen, die damit einhergehen, wenn man seine Kinder unter Drogen setzt.

»Zumindest sind unsere Kinder jetzt alle in einem Alter, wo sie sprechen können. Als Gabe noch klein war, hat es mich wahnsinnig gemacht, dass ich nicht dahinterkam, was er brauchte. Wir waren dann immer beide frustriert«, sagt

Fiona. Ich blicke zu ihr und nicke. Wenn Fiona spricht, höre ich immer besonders aufmerksam zu, weil sie nur selten ihre Meinung äußert. Normalerweise ist sie damit zufrieden, still unter uns zu sitzen – und einfach da zu sein.
Dooly nickt ebenfalls. »Ihr wisst ja, dass Tyler gern brüllt, na ja, und so war er schon immer. Als er etwa fünfzehn Monate alt war, und noch nicht sprechen konnte, habe ich drei Stunden gebraucht, bis ich dahinterkam, dass er sich die Hand am Bügeleisen verbrannt hatte und das nicht einer seiner üblichen Schreikrämpfe war.« Sie tut sich noch etwas Lasagne auf und fischt gezielt nach den Auberginen. Der Schal liegt nun auf ihrem Schoß, zu einem orangeroten Häufchen zusammengeknüllt. Ich verstehe nicht, warum sie warten musste, bis er schmutzig geworden war, bevor sie ihn endlich abgelegt hat. Jetzt wird Luke den ganzen Winter lang nach Kokosmilch riechen.
»Bei Olivia muss ich immer noch Gedanken lesen«, sagt Ereka. »Aber«, fügt sie hinzu, um die Trostlosigkeit ihrer Worte ein wenig abzubiegen, »ich werde allmählich richtig gut darin.« Sie nimmt sich Salat, vor allem die dicken Roten Bete, deren sattes Fuchsienrot auf den Rucola und den Parmesan abgefärbt hat. Ereka hat mir einmal erzählt, dass sie aus Roten Beeten selbst Wasserfarbe hergestellt und für einige ihrer Gemälde verwendet hat. Sie und ich sind gar nicht so verschieden in unserer Art, die Welt zu betrachten – sie beurteilt alles nach seiner Brauchbarkeit auf einer Leinwand, und ich in einem Rezept.
»Ich will den zusätzlichen Druck nicht, ständig auf Intuition oder einen sechsten Sinn angewiesen zu sein, um herauszufinden, was meinen Kindern zu schaffen macht«, sagt

Liz. »Ich sage Chloe und Brandon immer, dass sie *Worte* gebrauchen und mir *sagen* müssen, wo das Problem liegt, denn man kann alles Mögliche von mir behaupten, aber eine Gedankenleserin bin ich nicht.«

Am Tisch wird allgemein zustimmendes Gemurmel hörbar, dass das vermutlich eine vernünftige Methode sei. Tam, die ihren Vortrag über die medikamentöse Behandlung von Hyperaktivität abgeschlossen hat, entschuldigt sich und geht in die Küche, um den leeren Mascarpone-Behälter aus dem Müll zu fischen und nachzusehen, ob der Käse Spuren von Gluten enthält. Als sie mit einem frischen Glas Wasser an den Tisch zurückkehrt, nimmt sie sich Salat, und man kann nur vermuten, warum sie so sorgfältig den gehobelten Parmesan meidet. Ist Parmesan nicht ein Milchprodukt, und keine Glutenquelle? Sie greift bei der Lasagne zu und bedankt sich leise für die Auberginen anstelle der Nudelblätter, »die einfach mörderisch für den Magen sind«. Für Tam ist Essen ein Minenfeld, durch das man sich hindurchmanövrieren muss, und kein Bad aus Milch und Rosenblüten, in das man genüsslich eintauchen kann. Es fällt ihr so schwer, Spaß zu haben und etwas zu genießen – wie sollen die Geschmacksknospen auch ordentlich feiern, wenn die Sorge um Hautirritationen, Laktose oder, Gott behüte, rote Lebensmittelfarbe ständig wie ungeladene Gäste die Schlemmer-Party stören?

»Woher wusstest du, dass das Gluten schädlich für Kieran ist?«, fragt Helen Tam und nascht beiläufig von ihrem schamlos beladenen Teller. Hel ist so ziemlich der einzige Mensch, den ich kenne, der ohne eine Spur von Scham ganze Scheiben Räucherlachs pur verschlingen, riesige Löffel voll Nutella direkt aus dem Glas schlecken und die Garnelen aus dem Curry picken kann, statt das alles mit dem üblichen Häppchen Brot oder Reis zu verdünnen, wie es der zivilisierte Anstand verlangt.

»Versuch und Irrtum – ich habe einfach verschiedene Nahrungsmittel aus seiner Ernährung ausgeschlossen, bis ich eine radikale Verbesserung in seinem Wohlbefinden festgestellt habe.«

»Du musst die Entschlossenheit und Geduld einer Heiligen besitzen«, sagt Ereka voll aufrichtiger Bewunderung. Tam zuckt mit den Schultern, erglüht aber dennoch bei diesem Kompliment.

Ereka hat diese großzügige Art, denn ihr eigener Schmerz ist nicht in Bitterkeit umgeschlagen. Ihre Körperfülle steht ihr, sie passt zu ihr, denn Großzügigkeit nimmt nun einmal nicht die Gestalt eines kantigen Skeletts an. Sie lobt jedes Gericht mit »Oh!« und »Ah!« und hat zu jedem Gang etwas Gutes zu sagen, über die prächtigen Farben, den Duft, die Präsentation. Für Menschen wie sie schufte ich gern den ganzen Tag am heißen Ofen. Als Teenager hat mich meine Obsession, meinen Seelenpartner zu finden, in die Stromschnellen der Enttäuschung getrieben – ich traf einen pickligen Jungen nach dem anderen, aber nicht einer von ihnen mochte ABBA, las Rilke oder konnte mein Sternzeichen erraten. Noch im flachsten Gewässer konnte ich der Erlösung ja nur näherkommen – jeder verworfene Kandidat brachte mich Dem Richtigen einen Schritt näher. Einen ganzen Sumpf voller Frösche zu küssen, war unerlässlich in diesem Eliminationsprozess. Genauso könnte ich an diesem Esstisch die Gleichgültigkeit aller anderen

mit gutmütiger Resignation hinnehmen, denn Ereka ist ja da, die ultimative Lösung auf der Suche nach dem perfekten Gast. Sie ist die Sinnlichkeit in Person, schließt die Augen, um die seidige Konsistenz der Roten Bete in ihrem Mund wahrhaft zu schmecken, die kreidige Kühle eines rohen Champignons zwischen ihren Zähnen, das Bersten einer Zuckererbse, wenn man darauf beißt. Jeder, der wie Liz glaubt, fett könne nicht schön sein – seht einmal Ereka beim Essen zu.
»Stillst du Kylie immer noch?«, fragt Tam sie.
Ereka nickt müde.
»*Du* bist die Heilige«, sagt Tam. »Das ist erstaunlich.«
Ich halte den Mund. Wenn irgendjemand anderes hier ein Vorschulkind noch stillen würde, hätte ich eine Menge dazu zu sagen. Wenn ein Kind formulieren kann: »Mami, wäre das nicht der angemessene Zeitpunkt, deine Brust hervorzuholen und mir etwas zu trinken zu geben?«, dann ist es höchste Zeit, damit aufzuhören. Aber in Erekas Fall gelten andere Maßstäbe. Wir alle halten uns mit Kritik sehr zurück. Wer sind wir schon, dass wir uns ein Urteil über sie erlauben könnten? Insgeheim haben wir das Gefühl, dass Ereka über den Gesetzen der Mutterschaft steht, die für uns andere gelten.
Fiona hat sich zurückgehalten und gewartet, bis sich alle bedient haben, bevor sie sich in die Nähe des Essens gewagt hat. Sie hat eine Anmut an sich, als fühle sie sich ohnehin reich und erfüllt genug, und das verleiht ihrem mangelnden Drang, sich sofort Essen aufzutun, eine gewisse Würde. Entweder ist das die Zurückhaltung wohlerzogenen Maßhaltens, oder Selbstbeherrschung, getarnt als Höflichkeit. Sie würde

niemals als Erste einen Kuchen anschneiden oder die Oberfläche einer dampfenden Pastete aufschlitzen. Sie strahlt eine Aura von »es ist immer genug da« aus, die ich mir zu gerne mal ausborgen würde, um den Impuls meines *carpe-diem*-Appetits zu zügeln – in Kooperation mit Helen stachelt er mich nur zu oft dazu an, viel zu viel zu essen. Fiona zieht eine gutmütige Freude daraus, uns dabei zuzusehen, wie wir uns auf das Essen stürzen, und lässt sich dann von uns beraten, was »göttlich«, »göttlicher« oder »am göttlichsten« schmeckt. Wenn sie sich etwas nimmt, dann wie im Märchen von Goldlöckchen und den drei Bären – nicht zu viel, und nicht zu wenig. Eine genau richtige Portion. Und sie vergisst dabei nicht, Helen und mir für unsere Arbeit zu danken.

Sie ist die einzige Mutter unter uns, die sich dafür entschieden hat, nur ein Kind zu bekommen, und sie besteht darauf, dass er »nur ein« Kind ist, und kein »Einzelkind«, eine Bezeichnung, die ein wenig nach Verzweiflung klingt. Während die meisten von uns es kaum erwarten konnten, das zweite, manche das dritte, in Helens Fall nun sogar das vierte Kind zu bekommen, »bevor die Älteste in die Schule kommt«, »bevor der Jüngste aus den Windeln raus ist«, »bevor die Eierstöcke den Geist aufgeben« oder »bevor die Wechseljahre, das Alter oder der Tod uns zuvorkommen«, war für Fiona Gabriel völlig ausreichend.

»Was, wenn er sterben würde?«, habe ich sie einmal gefragt. »Würdest du es dann nicht bereuen, dass du nicht noch ein Kind bekommen hast?«

Sie hat mich mit verständnislos gerunzelter Stirn angesehen. »Ich glaube nicht, dass ein weiteres Kind es mir leich-

ter machen würde, über seinen Tod hinwegzukommen – du etwa?«, hat sie gefragt.
Nein, natürlich nicht. Wir sind keine Meeresschildkröten, die Nachkommen im Übermaß ausbrüten müssen, um sicherzugehen, dass es zumindest ein oder zwei von ihnen bis ins Wasser schaffen. Fiona hat recht. Man kann kein Kind ersetzen. Und doch – eins ist so eine verletzliche Zahl. Fiona scheint mit dem, was sie hat, glücklich und zufrieden zu sein. Sie jagt keinen Trugbildern nach oder vermittelt den Eindruck, als würde sie etwas verpassen. Sie ruht in sich, und nur ihre masochistische Besessenheit, was ihr sauberes Haus angeht, und ihre gelegentlich auffällige Passivität in größeren Gruppen verraten, dass sie alles andere als beneidenswert reif und geistig stabil ist.
Und was ist mit mir? Ich liebe es, Menschen zu bekochen, die mir etwas bedeuten, etwa ein Festessen für meine Freundinnen zuzubereiten. Das wirkt so großmütig, nicht? Aber wenn Leute mein Essen nicht zu schätzen wissen, verkrieche ich mich in melancholischem Selbstmitleid. Ich fühle mich ungeliebt, nicht wertgeschätzt. Mein Selbstwertgefühl hängt zum Großteil von einem erfolgreich hochgegangenen Soufflé und der Perfektion einer Lammkeule ab, mit knuspriger Kruste und zartem rosa Fleisch darunter. Ich bin dazu fähig, mitten unter der Woche eine Wachtel mit Walnüssen und Salbei zu füllen, mal eben ein Feigenpüree für die Lammkoteletts oder Mango-Salsa für Mais-Rucola-Pastetchen zu zaubern. Ich mache mir immer viel Mühe, selbst wenn ich allein esse.
Jene, die am stärksten von meinen Eigenheiten betroffen sind, haben mich als »besessen« und »vereinnahmend« be-

zeichnet und mir gesagt, ich würde es »total übertreiben« und sei »eine Perfektionistin«. Frank hat sich in Bezug auf unsere Beziehung schon öfter beklagt – ganz gleich, was er tue oder beitrage, »es ist nie gut genug«. Das ist, streng genommen, nicht wahr – ich esse durchaus gern getoastetes Käsesandwich mit Tomaten, aber wenn doch frisches Basilikum und Wasabi-Mayonnaise da sind, erscheint es mir unklug und trotzig, so sparsam zu sein.

Frank und ich streiten oft über Kleinigkeiten. Ob man das Sushi vom Japaner beispielsweise aus dem Plastikbehälter isst, in dem man es geholt hat, oder ob man es auf einen meiner exquisiten Sushi-Teller legen und mit den hölzernen Stäbchen essen sollte – mit Perlmutt-Intarsien am Griff. Frank sieht das so: Wenn man aus dem Plastikbehälter isst, hat man ein Teil weniger abzuspülen. Ich sehe es so: Ich würde lieber hungern, statt Sushi aus einem Plastikbehälter zu essen. Ich will Schwimmkerzen und Frangipani-Blüten. Damit schmeckt das Sushi noch besser. Jedes Mal, wenn wir Sushi vom Japaner holen, klammere ich mich an die Hoffnung, dass es dieses Mal anders sein wird. Ich werde das Sushi betrachten, zusammengequetscht in diesem Plastikding, und mir denken: »Wie hübsch sich das auf der smaragdgrünen Servierplatte in Blattform machen wird ... oder vielleicht auf der steingrauen quadratischen ...« Dann beobachte ich aus dem Augenwinkel in wachsender Verzweiflung, wie Frank mit den Fingern nach einem Stück Sushi greift (so muss er nicht mal die Essstäbchen spülen), während ich vom Gedanken geplagt werde, dass meine Einschätzung in Sachen Seelenpartner womöglich doch nicht ganz zutreffend war. In solchen Momenten ziehe ich mich

in den unerschütterlichen Glauben zurück, dass Robbie Williams niemals Sushi aus dem Plastikbehälter isst.
Ich spüre dann, wie sich in mir ein Sturm zusammenbraut. »Lass es gut sein«, ermahne ich mich. »Vergib ihm, denn er weiß nicht, was er tut.« Aber es nützt nichts. Ich platze mit irgendeiner gemeinen, rachsüchtigen Bemerkung heraus und beschuldige ihn, ständig Abkürzungen und grundsätzlich den leichteren Weg zu nehmen. Der Schönheit im Leben absichtlich auszuweichen. Nur Funktion wahrzunehmen, nicht Poesie. Verwundert schleudert er Anschuldigungen zurück. »Wie kannst du behaupten, ich würde es mir leicht machen? Ich habe dich schließlich geheiratet, oder nicht?« Ich fauche ihn an, ich denke nicht, dass diese Beziehung funktioniert. Er trottet davon, um *Seinfeld* zu gucken. Und wenn die Leere und Sehnsucht in mir unendlich groß werden, frage ich mich, warum ich nicht meine erste Liebe geheiratet habe, Etain, den Künstler, oder Francesco, meinen italienischen Liebhaber, oder warum ich nicht einfach Single geblieben bin, verdammt (ich war doch glücklich, oder nicht?), wenn ich schon die Scheidung geplant und im Geiste den gemeinsamen Besitz aufgeteilt habe, kommt er wieder herein (Jerry und George haben ihn mit ihrer dämlichen Paranoia aufgeheitert) und sagt (das sagt er immer): »Es tut mir leid, ich will nicht mit dir streiten. Ich liebe dich und will nur, dass du glücklich bist.«
An großzügigen Tagen sage ich dann: »Komm her«, und er küsst meine Hand, meinen Nacken, drückt sich an mich, und ich knabbere an seinem Hals und wir schlafen zur Versöhnung miteinander. Aber wenn der Geschirrspüler kaputt

ist oder ich wegen meines nächsten Buches noch nichts von meiner Agentin gehört habe oder Aaron mich schon um vier Uhr nachmittags zur Rotweinflasche getrieben hat, dann werfe ich ihm über den Rand des Buches hinweg, das ich gerade lese, einen kühlen Blick zu und sage: »Schön, dann gute Nacht.« Dann lege ich mein Lesezeichen, ein laminiertes Gedicht von Jamie (»Ein Gedicht an meine Mutter«) in mein Buch, knipse das Licht aus und lasse ihn da stehen. Verwirrt und einsam. Genau das, was er verdient. Verdammter Sushi-aus-dem-Plastikbehälter-Fresser.

Bitte glaubt mir, dass ich früher nicht so ein Miststück war. Bevor ich Kinder bekam, nannte Frank mich in gewissen Momenten »sexy Miststück«, aber das ist etwas ganz anderes als nur Miststück. Die Neigung zum Flirten, die mir in meiner Jugend nicht abzuerziehen war, wurde immer durch meine hundertprozentige Diplomatie ausgeglichen. Um jeglichen postkoitalen Missverständnissen vorzubeugen, pflegte ich, noch bevor das Kondom ausgepackt war, meine Liebhaber davon zu unterrichten, dass sie nach dem Sex wieder gehen würden. Wenn ich doch mal zum Spaß einen hinhielt, ließ ich ihn immer sehr sanft fallen. Ich habe nie jemanden gedemütigt, beschimpft oder absichtlich verletzt, obwohl einem die Männer ja zahllose Gelegenheiten dazu bieten. Mit vielen meiner Exfreunde bin ich heute noch gut befreundet. Andere schicken ab und zu eine verführerische E-Mail, die mich dann wochenlang aufrechterhält – ein Akt der Güte, der mich in dem dringend benötigten Glauben lässt, ich hätte in diesem schlaffen, schlabbernden, fleischigen Umhang, den ich einst meinen Körper nannte, noch so etwas wie Sexappeal.

Die Wahrheit ist: Nachdem ich Kinder bekommen habe, ist irgendetwas mit mir passiert. Falten sind auch an meiner Persönlichkeit erschienen, zusammen mit den Dehnungsstreifen und grauen Haaren. Vor der Mutterschaft habe ich – abgesehen von feministischer Empörung und gelegentlichem Fluchen beim Autofahren – nie die Beherrschung verloren oder geglaubt, ich könnte in der Lage sein, in boshafter Absicht jemanden zu verletzen, den ich liebe. Aber drei Monate nach Aarons Geburt merkte ich, dass ich verfolgt und ausgespäht wurde. Meine Darstellung als Mutter wurde von einer weiteren Persönlichkeit hinter den Kulissen beobachtet. Jamie kämpfte mit dem galileischen Grauen, nicht der Mittelpunkt des Universums zu sein, und eines Abends weigerte sie sich, ins Bett zu gehen. Ich bat und bettelte und machte damit alles nur noch schlimmer. An welchem Punkt genau der Vorhang vor dem Chor meiner Dämonen plötzlich hochgezogen wurde, weiß ich ehrlich gestanden nicht mehr. Jedenfalls hob ich sie hoch und schleuderte sie (ja, schleuderte) aufs Bett. Ich hörte eine Stimme kreischen. »Geh jetzt schlafen!!!« Das konnte doch nicht ich sein? In Jamies schreckgeweiteten Augen erhaschte ich einen Blick auf mein Spiegelbild. Und bekam es ebenfalls mit der Angst zu tun.

Zugegeben, ich bekam damals nur drei Stunden Schlaf, Aaron litt unter Koliken, es hatte zwei Wochen lang ununterbrochen geregnet, und ich war kaum aus dem Haus gekommen. Ich war ein bisschen ausgefranst an den Rändern. Aber das sind nur Ausreden, nicht wahr? Ausreden für Gewalt und Missbrauch. Kinderschänder benutzen sie (»Ich wurde als Kind auch sexuell missbraucht«). Vergewaltiger benutzen sie (»Mein Vater war ein homosexueller Transvestit und hat an Nagetieren experimentiert«). Frauen, die ihre Kinder umbringen, benutzen sie ebenfalls (»Ich bekam nur drei Stunden Schlaf, mein Kind litt unter Koliken, es hatte zwei Wochen lang ununterbrochen geregnet, und ich war kaum aus dem Haus gekommen«).

Sträfliches Verhalten kriecht oft aus einem Rattennest guter Ausreden hervor. Solche Ausreden erklären zwar unsere Handlungen, aber sollen sie uns von der Schuld entbinden? Wie das Bild eines Strandes im Sonnenuntergang auf den Hochglanzseiten eines Reisekatalogs, so sah die Mutterschaft vorher aus. Ein vollkommenes Paradies kindlicher Niedlichkeit und friedvollen Miteinanders. Aber dann kam ich dort an, und das Wasser war zu kalt, in den Tiefen trieben sich Quallen herum, und der Sand war einfach überall. Als die Mutterschaft die Gestalt einer realen Beziehung mit einem anderen Menschen annahm, dessen Gedanken, Wünsche und Eigenschaften nicht mit meinen übereinstimmten, löste sich das friedliche Bild rasch auf. In hilflosem Entsetzen sah ich zu, wie der Mensch, der ich einmal gewesen war, allmählich erodierte.

Mein Vorsprechen für diese Rolle war beeindruckend gelaufen. Ich war sicher, das mit links zu schaffen. Aber im Verlauf der Tag für Tag stattfindenden Vorführungen begann mir die Rolle »Die Perfekte Mutter« zu entgleiten. Ich kannte den Text in- und auswendig. Ich hatte die Rolle der Mutter geübt, wie Cosette sie in *Les Misérables* in dem Lied *In meinem Schloss* beschreibt – die Mutter, die Schlaflieder singt, für alle Kinder Zeit hat und immer sagt: »Ich hab dich furchtbar lieb.«

An guten Tagen *kann* ich diese Mutter sein. Wenn die

Legosteine nicht über das ganze Haus verstreut sind, wenn Aaron nicht in seiner Begierde nach dem untersten T-Shirt ganze Haufen ordentlich gefalteter Wäsche zerwühlt hat und das »Maaamiii!«-Geheul nicht alle drei Minuten wie vom Band ertönt. Ich kann diese Rolle durchaus überzeugend spielen. Ganz früh am Morgen sind üblicherweise meine besten zwanzig Minuten. Nachdem ich aufgewacht, mir eine Tasse Kaffee gekocht und meine E-Mails abgerufen habe, kommt Aaron noch ganz schläfrig und warm aus dem Bett und kuschelt sich auf meinen Schoß, um geknuddelt zu werden. Wir nennen das »den Lieblingsteil des Tages«. Ich sage schmeichelnde Dinge zu ihm, wie etwa »Wer ist der schönste kleine Junge auf der Welt?«, und »Meine Augen haben dein Lächeln vermisst, während du geschlafen hast«, und er erwidert, »Ich mag dein Gesicht« und »Du bist die beste Mami auf der Welt«.

Aber sobald er von meinem Schoß springt und das Gewicht seines kleinen Körpers meine Perfektion nicht mehr fest an ihrem Platz hält, schlüpft sie mir durch die Finger wie ein zu stark gefüllter Heliumballon. Ich frage mich, wie das Frühstück heute laufen wird. Bewusst mahne ich mich, geduldig zu sein, wenn er erst Toast mit Erdnussbutter will, dann doch lieber Müsli, und es sich noch weitere drei Male anders überlegt. Ich esse den Toast, ein wenig unglücklich, weil ich nie die Hoffnung aufgebe, meinen Tag irgendwann mit der besonderen Special-K-Extra-Energie beginnen zu können (nur 1 % Fett, reich an Protein und Geschmack, mit Apfel und einem Hauch Zimt). Aber ich kann es nun mal nicht sehen, wenn Nahrung verschwendet wird, schon gar nicht, weil Sansiwes kleines Gesicht von dem World-

Vision-Foto an unserem Kühlschrank herablächelt. Aaron isst zwei Löffel Müsli, um sich dann zu beschweren, er sei satt und habe Bauchweh. Ich seufze, stelle die Schüssel auf den Boden, damit die Katzen die Milch trinken, und sage ihm, er solle sich anziehen. Er sagt, er will Saft. Mit leicht genervter Stimme sage ich: »Wir können aber keinen Saft trinken, wenn wir unser Frühstück nicht aufgegessen haben, nicht wahr?« Ich hole tief Luft. Ich warte darauf. Und es kommt. Es kommt immer. Sein Zorn. Seine Gemeinheit. »Du bist die blödeste Mami auf der Welt«, verkündet er. »Ich hasse dich.«

Ich spüre, wie meine Stimme, mein Blutdruck und meine Wut darum ringen, wer zuerst explodieren darf. Ich befehle ihm. »Geh. Und. Zieh. Dich. An.« Er hält stand, die Hände in die Hüften gestemmt, und kreischt mich an: »NEIN. MACH. ICH. NICHT.« Ich zähle bis zehn. Ich denke daran, ruhig zu atmen. Ich wende mich ab. Aber in Wahrheit würde ich ihn am liebsten packen und schütteln und ihm sagen, was für ein abscheulicher kleiner Scheißer er ist. Aber ich tue es nicht. Ich schließe die Augen und denke daran, dass sich in einer Stunde, und dann bis drei Uhr nachmittags, jemand anderes mit ihm herumärgern darf. Stumm danke ich Gott für Kindergärten und Vorschulen, die Müttern wie mir eine Pause von der irrationalen und unbesiegbaren Tyrannei eines Vierjährigen verschaffen.

Ich sage niemals zu Aaron »Ich hasse dich auch«, aber ich denke es. Ich denke das sogar oft. Ich denke daran, wie ich es hasse, von einem kleinen Menschen derart beschimpft zu werden. Ich denke mir, dass ich erwachsener sein sollte. Ich denke daran, diese ruhige, völlig beherrschte Stimme anzu-

wenden, wie Gretchen Oates: »Also, Aaron, warum benutzen wir nicht lieber unsere Sprache? Wollen wir mal darüber nachdenken, ob Schreien und Toben uns glücklich macht und wir dadurch bekommen, was wir wollen?« Dann denke ich daran, wie ich dieses dumme »wir« verabscheue. Diese Ausdrucksweise will ich eigentlich nur in folgendem Satz verwenden: »Wir wollen doch mal eines klarstellen: Ich bin ein menschliches Wesen. Beschimpf mich nicht wie den letzten Dreck, während ich *deine* Wäsche falte, *dein* Frühstück mache und *deine* Lunchbox mit Sachen fülle.«
Bevor wir das Haus verlassen, verliere ich noch dreimal die Beherrschung. Weil Frank den Müll nicht rausgebracht hat. Weil Jamie die Zahnpastatube nicht zugeschraubt hat. Weil *ich* hier alles allein machen muss.
Manchmal erlebe ich auch einen guten Morgen. Meistens zufällig gerade dann, wenn ich nachts mal genug geschlafen habe. Oder nicht meine Tage habe. Oder wenn ich mich an diesem Tag auf etwas freuen kann, das nichts mit den Kindern zu tun hat – eine Massage, einen Friseurtermin, vielleicht sogar mit Föhnen, oder einen Kaffee mit Helen. An manchen Tagen schaffe ich sogar volle vierundzwanzig Stunden, ohne zu schreien, zu drohen oder die Beherrschung zu verlieren. Das sind zufällig meistens gerade die Tage, an denen die Kinder nicht müde und nörgelig sind, an denen sie zusammen spielen und nicht versuchen, einander oder den Katzen ernsthaften körperlichen Schaden zuzufügen. Vielleicht ist es einfach so, dass sie ruhig sind, wenn ich ruhig bin, und dass ich ruhig bin, wenn sie ruhig sind – aber keiner von uns will den Anfang machen.
Doch meistens bin ich zu meiner größten Schande nicht

wie diese engelsgleiche Frau in Cosettes Lied. Ich bin eine elende, erschöpfte, reizbare, schrille, nörgelnde, schwitzende Frau im beinahe mittleren Alter, die herumrennt, denn Aaron muss mit diesem hartnäckigen Husten zum Arzt, Jamie halbwegs regelmäßig zum Schwimmkurs, und beide Kinder müssen pünktlich zur Schule, dort muss im Fundbüro nach Jamies verlorener Mütze gesucht werden (ich kaufe ihr auf keinen Fall eine neue – sie verliert ständig irgendwas und wird sonst nie lernen, den Wert von etwas zu schätzen), die Kinder von der Schule wieder nach Hause gefahren, das Abendessen (darunter etwas, das Aaron zu essen bereit ist) gemacht und die beiden dann ins Bett gebracht werden (glücklich und zufrieden). Das ist eine verdammt lange »To-do-Liste«, jeden Tag. Ruhe und Sanftmut halten dieses Rennen oft nicht bis zum Schluss durch.

Ob ich denn nicht selbst Kinder wollte? Aber natürlich wollte ich. Ich war geradezu krankhaft mütterlich, und das schon beunruhigend früh – ich habe von meinem Taschengeld Babykleider gekauft und gesammelt, für die Babys, die ich eines Tages bekommen würde. Ich habe umsonst den Babysitter gespielt – ich fand es einfach herrlich, diese winzig kleinen Wesen im Arm zu halten, sie zu füttern, an ihren zarten, flaumigen Köpfchen zu schnuppern, und ihnen kleine Liedchen vorzusingen, die mir wie von selbst aus der Kehle sprudelten. Mit einer verdrehten Logik fürchtete ich, dass mein sehnlicher Wunsch, Mutter zu werden, von Unfruchtbarkeit zerstört werden sollte (wie bei Sarah in der Bibel).

Aber in einem Punkt war ich sicher: Ich würde warten, bis ich neunzig bin, wenn ich nur eines Tages mit meinen eigenen kostbaren kleinen Babys belohnt würde. Genau wie Sarah.

Nach beiden Geburten war ich völlig high vor postpartaler Euphorie. Ich lächelte Fremde mit steinernen Mienen an, brachte endlich Geduld für Senioren am Steuer auf und widerstand mit Leichtigkeit diesem kleinlichen »Nun fahr schon« oder »Grüner wird's nicht, Opa«, so erfüllt war ich von dem Gefühl, dass Engel mich berührt hatten. Franks Bemerkung, der Tiger sei endlich von einer winzigen Person in Windeln gezähmt worden, klang wie eine Lobrede. Ich wollte Kinder, oh ja. Und wenn ich jetzt die Wahl hätte, würde ich keinen einzigen Tag ohne sie sein wollen. Mein Herz blutet vor aufrichtigem Mitleid mit allen, die keine Kinder haben oder bekommen können. Aber nach sieben Jahren ist die Romantik so ziemlich verflogen. Jetzt haben meine Kinder die Mami in mir geweckt, die nicht ganz so entzückend ist, wie ich gehofft hatte. Sie kann ein ziemliches Miststück sein.

Ich habe gehört, dass es bei Beziehungsproblemen klüger sei, Geld in eine Haushaltshilfe zu investieren statt in eine Eheberatung. Das hat so etwas wunderbar Pragmatisches. Mit einer ordentlichen Hilfe im Haushalt, mit einem mütterlichen Maultier, das mir die Last des häuslichen Alltagstrotts abnimmt, würden sich all meine Unzulänglichkeiten und gereizten Ausbrüche vielleicht in Luft auflösen. Dann könnte ich diese Perfekte Mutter sein und mich auf die bestmögliche Erziehung konzentrieren, mit meinen Kindern basteln und malen, ihnen gute Bücher aus der Bibliothek vorlesen oder ihnen Geschichten erzählen, ohne mich ständig fragen zu müssen, wann ich auch mal ein bisschen

Zeit für mich haben werde. Vielleicht hat Liz doch die einzig wahre Lösung gefunden.

Zeit für mich. Das scheint ein so bescheidener Wunsch zu sein, nicht? In dieser Gruppe von schizophren belasteten Müttern, die abwechselnd Heilige und Miststücke sind, hat jede solche bescheidenen Bitten, die uns zu besseren Müttern machen würden – nichts Großartiges, nur eine Stunde am Samstag, um zum Pilates zu gehen, oder ab und zu ein Kinobesuch mit Popcorn, einer großen Cola und einer Tüte Karamellbonbons.

Ich finde es ehrfurchtgebietend, wie viel in dieser Welt von Frauen auf ihren Schultern getragen wird – ohne Fanfarenstöße, Lobreden, Belohnung oder Anerkennung. Sie kümmern sich einfach weiter, kochen Mahlzeit um Mahlzeit, falten Maschinenladung um Maschinenladung Wäsche zusammen, fahren Runde um Runde zum Schultor und zurück und bewältigen Hunger, Müdigkeit und Krankheit mit gutmütiger Gelassenheit und einer Art erschöpfter Hingabe.

Der Teller, den ich in der Hand halte, ist leer. Den ganzen Tag habe ich bei meinen umständlichen Vorbereitungen Essen gekostet und mich auf das Festmahl gefreut. Jetzt, da es auf dem Tisch steht, hat sich mein Appetit angewidert abgewandt, und das idyllische Panorama von Köstlichkeiten erscheint mir irgendwie alles andere als einladend. Trotzdem fällt mir keine einzige Ausrede dafür ein, wunderbares Essen nicht zu essen. Also lade ich mir den Teller voll.

Aber dieser Antiklimax ist niederschmetternd.

5

Der Ausschlag des Pendels

»Also, Helen, hättest du lieber einen Jungen oder ein Mädchen?«, fragt CJ und lehnt sich zurück. Sie hat den obersten Hosenkopf geöffnet. Ihr kleiner Bauch – das einzige Pölsterchen an ihrem drahtigen, schlanken Körper – ragt rund zwischen den Schößen ihrer weißen Bluse hervor und lässt deutlich die silbrigen Dehnungsstreifen aus ihren Schwangerschaften erkennen.
»Wenn es wieder ein Junge wird, tausche ich ihn um«, sagt Helen und löst Garnelenfleisch aus der Schale.
Mir geht es ganz ähnlich. Ich bin sehr stolz darauf, eine Tochter zu haben. Nach Jamies Geburt feierte ich die Tatsache, dass sie ein Mädchen war, mit einer Tochter-Party, zu der nur Frauen eingeladen waren. Frank war geradezu erleichtert, dass ihm das erspart blieb. »Ganz wie du willst«, sagte er und packte seine Golfschläger ein. Frank ist tolerant, was meine seltsamen Rituale angeht, solange er dabei außen vor bleibt – von Weihrauch wird ihm schlecht, und er interessiert sich nicht für die »besonderen Kräfte« meiner Kristalle, weil sie »den Schlafzimmerschrank auch nicht stemmen können«.
Jede Frau, die ich zu dieser besonderen Feier einlud, brachte Jamie ein Symbol ihrer Weiblichkeit mit; ich hatte alle um ein Geschenk gebeten, das möglichst kein Geld kosten

durfte. Eine schenkte Jamie den ersten Topf, den sie auf der Töpferscheibe geschaffen hatte – er war etwa so groß wie ein Fingerhut. Eine andere schenkte ihr ein winziges Unterhöschen mit Leoparden-Print. Einige vermachten ihr Rezepte, die seit Generationen in ihren Familien weitervererbt wurden. Eine schenkte einen Steckling von einem Baum, den wir im Garten einpflanzten und der immer noch jedes Jahr eine wahre Explosion von rosa Blüten hervorbringt. Passenderweise im April, wenn Jamie Geburtstag hat.

Wir bildeten einen Kreis um Jamie, und meine liebste Freundin Matty, eine afrikanische *sangoma*, bat jede von uns, reihum ihren Namen zu nennen, den Namen ihrer Mutter und ihrer Großmütter. Dann rief sie die Geister all dieser Frauen an und bat sie, Jamie zu beschützen, solange sie zur Frau heranwächst. Es war eine Versammlung von alten Weibern, Müttern, jungen Frauen, Teenagern und kleinen Mädchen, die zusammen ein uraltes Ritual feierten – zu Ehren aller Frauen, die andere Frauen gebären, großziehen und lieben. Frank hätte sich vor Verlegenheit gewunden.

»Was hast du gegen einen weiteren Jungen?«, fragt Tam und wischt an einem Saucenfleck auf ihrem rosa Trainingsanzug herum. »Jungs sind etwas Wunderbares.«

»Ich hab schon zwei«, sagt Helen. »Ich hätte lieber noch ein Mädchen, vielen Dank.«

Die arme Tam. Ich glaube ja, dass alle Frauen sich insgeheim sehnlichst eine Tochter wünschen. Das soll nicht heißen, dass ich Frauen mit zwei oder drei Söhnen bemitleide, die behaupten: »Ich wollte wirklich nur Jungs.« Selbsttäuschung ist ein ganz legitimer Trostspender. Dooly tut mir schrecklich leid. Es muss schwer sein, zu wissen, dass sie es nicht noch einmal versuchen kann. Ich hatte eben einfach nur Glück. Jamies Ankunft rief bei Frank und bei mir Erleichterung hervor. In meinem Fall lösten sich alle Sorgen über das Geschlecht weiterer Nachkommen in Luft auf. Und Frank war vermutlich froh, dass ich mich jetzt vielleicht zufriedengeben würde – brauchen wir wirklich mehr als zwei Kinder?

Als ich zum zweiten Mal schwanger war, brach mir beim Ultraschall schier der kalte Schweiß aus. »Was waren das für Knötchen zwischen den Beinen?« »Keine Sorge, nur ein Penis und zwei Hoden.« KEINE SORGE? Tagelang wand ich mich, hin- und hergerissen, doch schließlich freundete ich mich mit dem Gedanken an, dass ich einen Sohn bekommen würde. Vielleicht würde er ja zu einem verweichlichten, Gedichte lesenden Bücherwurm heranwachsen. Ja, ein liebenswerter Schlappschwanz. Ein leidender Künstler. Womöglich schwul, mit hervorragendem Geschmack für Mode und wahrem Flair in der Küche. Eine Art mädchenhafter Junge. Aber offensichtlich habe ich das Bestellformular nicht richtig ausgefüllt und deutlich gemacht, was ich mir vorgestellt hatte. Denn ich bekam das andere Modell geliefert.

Ich erziehe Jamie so, wie ich atme – ohne darüber nachdenken zu müssen, ohne große Anstrengung. Ich spüre einfach ihre Faszinationen, Ängste oder Sorgen. Ich spüre ein Band, das mich mit ihr verbindet, uralt und dauerhaft. Aaron erziehe ich eher so, wie ich Fahrrad fahre – mit großem Unbehagen und dem ständigen Wunsch, endlich absteigen zu dürfen. Ich werde wohl nie begreifen, warum er weint, wenn Lachen angebracht wäre, und lacht, wenn er weinen müsste. Meine Ruhe scheint ihn wahnsinnig zu machen, meine Wut bringt ihn zum Kichern. Mich mit dem Kopf zu rammen, ist bei ihm anscheinend eine Geste der Zuneigung; furzen ein Wettkampfsport, der gemeinsam am meisten Spaß macht; meinen zarten, mühsam gehegten Wicken mit dem Schwert die Köpfe abzuschlagen, eine gesunde Aktivität an der frischen Luft; und die grässlichen Monster und Bestien auf seinen Yu-Gi-Oh-Karten sind offenbar »cool«. »Bekommst du davon denn keine Alpträume?«, frage ich fürsorglich. Er schnaubt verächtlich und drückt sie fester an sich. Ohne sie kann er erst gar nicht schlafen. Jeden Tag kämpfe ich mit dem rätselhaften Rubik-Zauberwürfel seiner Wut, etwa wenn der Erdnussbutter-Toast klebrige Spuren an seinen Fingern hinterlässt. »Leck doch die Finger ab«, schlage ich vor. »Nein! Ich will nicht«, brüllt er. Ich biete ihm eine Serviette an. »Du sollst das machen!«, kreischt er. »Ich denke, du kannst dir schon selbst die Finger abwischen«, schlage ich vor. »Ich bin doch noch so klein«, sagt er. »Und ich esse *nie wieder* Erdnussbutter!« Als wäre das eine Art Bestrafung für mich. Männliche Logik.

Es gibt aber auch tröstliche Momente in dieser Schule des Geschlechterkampfs. Ich nehme Franks morgendliche Erektion (die stets in *meine* Richtung zeigt, als sei es *meine* Aufgabe, dieses Problem zu lösen) nicht mehr persönlich – weil Aaron genauso aufwacht. Mit der Hand in der Hose herumzulaufen und sich im Schritt herumzufummeln scheint ein männlicher Instinkt zu sein und nicht von schlechten Manieren auf Franks Seite zu zeugen. Ich erkenne endlich an, dass es bei Jungs einen gewissen Punkt gibt, ab dem sie Reden als Belästigung einstufen. Nur Gewalt kann sie dann beruhigen. Manchmal muss ein Junge einfach niedergerungen werden, man muss ihm den Kopf auf den Boden schlagen und ihn in den Bauch treten, und dann sind alle zufrieden. So lange habe ich also gebraucht, um Rugby zu verstehen.

»Mit Jungen hast du es jetzt schwerer, aber später leichter«, sagt Tam, die den Fleck durch Herumreiben nur schlimmer gemacht hat. »Mädchen mögen ein Sonnenschein sein, wenn sie klein sind, aber warte, bis sie in die Pubertät kommen ...« Ich höre da einen Hauch rachsüchtiger Schadenfreude heraus.

»Kann man das wirklich so generalisieren?«, fragt Fiona sanft. Sie hat ein Stück gerösteten Kürbis aufgespießt, so dass drei Gabelzinken oben herausragen. »So viele Faktoren haben Einfluss darauf, wie sich unsere Kinder entwickeln – zum Beispiel, ob sie das erstgeborene oder das mittlere Kind sind; ob sie mit ihren Vätern aufwachsen; was für Mütter wir sind ...« Ihre Stimme erstirbt. Sie saugt das Stück Kürbis von der Gabel. Da hat sie ein gutes Argument gebracht. Ich wünschte nur, sie hätte es mit mehr Überzeugung vorgetragen. Bevor Tam dazu kommt, ihre »Jungen sind am Besten«-Position zu behaupten, mischt sich CJ ein: »Wisst ihr was?«

»Was denn?«, fragt Fiona ermunternd.

»Ich bin mit den Mädchen viel strenger als mit Liam.« Sie blickt zu uns auf. »Das will ich eigentlich gar nicht, aber sie nerven mich auf eine Art, wie er es einfach nicht tut.«

Es herrscht Schweigen.

CJ fährt fort: »Ich kritisiere viel mehr, wenn die Mädchen unhöflich oder rücksichtslos sind, wisst ihr? Aber wenn Liam so ist, denke ich mir nur, Jungs sind eben so.«

»Darauf müssen wir sehr achten«, sage ich. »Wenn wir von Mädchen erwarten, manierlich und damenhaft zu sein, während Jungs sich wie Rabauken aufführen dürfen, verstärken wir damit nur die alten Stereotype. Damit setzen wir Mädchen unter Druck und entlassen Jungen aus ihrer Verantwortung.« Obwohl ich noch vor ein paar Minuten keinen Appetit hatte, habe ich es geschafft, einen fast vollen Teller leer zu essen.

»Ja, aber ich kann nicht anders«, sagt CJ. »Gefühle sind nun mal Gefühle.«

»Ich weiß, was du meinst«, sagt Helen. »Mir ist es zum Beispiel total unangenehm, wenn Sarah sich da unten anfasst, aber wenn die Jungs sich in die Hose greifen, ist das irgendwie süß.«

»Das ist ausgesprochen freudianisch«, bemerkt Tam und klopft leise mit der Gabel auf den Tisch.

»Wie meinst du das?«, fragt Helen und greift nach dem Lachsdip.

»Mütter sind mit ihren Töchtern strenger als mit ihren Söhnen, weil Frauen ihre Gefühle über sich selbst – ihre Unsicherheit, Minderwertigkeitsgefühle, Schwächen und Hoffnungen – auf ihre Töchter projizieren«, erklärt Tam. »Deshalb haben Mütter eine sehr enge Bindung zu ihren Söhnen. Das ist die am wenigsten komplizierte familiäre Beziehung.«

»Ach ja?«, fragt Helen, die nicht ganz folgen kann.

»Du solltest wirklich mal das Buch von Nancy Friday lesen,

Wie meine Mutter«, sagt Tam. »Das ist Pflichtlektüre für Mütter von Mädchen.«

»Vielleicht im nächsten Leben«, sagt Helen.

Ich werfe einen raschen Seitenblick auf Dooly. Seit ihrer Fehlgeburt sind erst zwei Monate vergangen. Bei einer unserer früheren Zusammenkünfte hat sie tatsächlich mal gestanden, wie verzweifelt sie auf ein Mädchen hoffte. Ich hatte damals ein spontanes Ritual angeregt – wir haben alle die Hände auf ihren schwangeren Bauch gelegt und dem Baby alles Gute gewünscht. Ein paar Tage später setzte eine so starke Blutung ein, dass sie nur durch eine radikale Hysterektomie gestoppt werden konnte. Und einfach so war alles vorbei. Ich vermute, allein das Wissen, dass unsere Gebärmutter da ist und allmonatlich ihr blutiges Nest neu auskleidet, ist tröstlich und beruhigend. Wie dieser besondere Schatz, den wir alle als Kinder versteckt haben, weil wir auf den richtigen Augenblick warten wollten, um ihn hervorzuholen – selbst wenn er bis dahin verrostet und nutzlos geworden sein sollte.

Hast du je bemerkt, wie Frauen den Schmerz einer Fehlgeburt ertragen? Das steht in krassem Gegensatz zu den Übertreibungen, zu denen Männer neigen, wenn sie leiden – da stellt ein Husten gleich eine »Lungenentzündung« dar, und ein Leistenbruch »unerträgliche Qualen«. Gelegentlich habe ich von Helen erfahren, dass eine der Mütter in der Vorschule unserer Kinder eine Fehlgeburt hatte. Aber meist hatte ich diese Frau am selben Morgen erst auf dem Flur getroffen, wir hatten einander müde zugelächelt, so im Vorbeigehen. Ihr Schmerz war ihr nicht anzusehen, und ihr Verlust hinderte sie nicht daran, die Obstmahlzeit zur

Verfügung zu stellen, wenn sie laut Plan an diesem Tag damit dran war. Alle Mütter bewahren ihre Kinder vor allzu viel Wissen und leugnen großmütig ihre innere Welt voller Schmerzen. Wie der Vater in Roberto Benignis Film *Das Leben ist schön*, der seinem Sohn zuliebe so tut, als sei ihre Gefangenschaft in einem deutschen Konzentrationslager ein ausgefeiltes Spiel, so erfinden wir alle harmlose Szenarien, um unseren Kindern die Welt zu erklären. Wir weinen heimlich. Trauern hinter verschlossenen Türen. Sagen »Krebs«, »Krieg«, »Terrorismus« nur im Flüsterton. Beten erst um ihre Gesundheit und Sicherheit, wenn sie schon schlafen. Kein Wunder, dass wir alle so erschöpft sind, verdammt. Es ist sehr anstrengend, ständig lügen zu müssen.

Jetzt lauscht Dooly dem Gespräch, wie schön es ist, Mädchen großzuziehen, und über Helens Schwangerschaft, die Hoffnung auf ein neues weibliches Leben verspricht. Sie trägt ein blasses Lächeln zur Schau. Sie lacht, wenn wir lachen, nickt und gestikuliert, aber die Spuren ihres Verlustes trennen sie von uns wie durch eine verkohlte Brandschneise.

»Der Name Cassandra gefällt mir«, sagt sie plötzlich leise.
»Das ist ein wunderschöner Name«, sagt Helen. »Darf ich ihn haben, wenn es ein Mädchen wird?«
Dooly zögert, aber nur ganz kurz. »Natürlich«, antwortet sie lächelnd. »Ich kann ihn ja nicht mehr brauchen.« Ich versuche, Helens Blick aufzufangen. Das war verdammt unsensibel.
»Einfach so?«, frage ich.
»Einfach so was?«, fragt Helen zurück.

»Möchtest du nicht noch ein bisschen über den Namen nachdenken?«
»Warum? Der Name gefällt mir«, sagt Helen.
Ich zuckte mit den Schultern. Im Gegensatz zu Gwyneth Paltrow habe ich sehr sorgfältig die logischen Konsequenzen jedes einzelnen Namens bedacht, die Frank und ich für unsere Kinder in Betracht gezogen haben. Die Verantwortung, einen Namen für eine Person auszusuchen, die ihre Zustimmung nicht geben kann, kam mir ungeheuer groß vor; man sucht jemandem einen Namen aus, der nicht umgetauscht werden kann wie ein schlecht sitzendes Kleid, auf den diese Person bis in alle Ewigkeit hören muss und der eines Tages in ihren Grabstein gemeißelt werden würde. Ich fand den Klang von Namen wie Opal, Willow oder Amber schön, für ein Mädchen. Frank schüttelte den Kopf.
»Keine Mineralien, keine Pflanzen«, sagte er schlicht. »Einfach ein netter, ganz normaler Name. Nichts Ausgefallenes.« Obwohl er das Gegenteil behauptet, hat er sich mit seinem eigenen Namen immer noch nicht ganz angefreundet – Sinatra ist für seine Mutter das, was Robbie Williams für mich ist, und ich glaube, er findet es entwürdigend, auf diese Weise ungefragt in die Fantasien seiner Mutter einbezogen worden zu sein.
»Meine Schwester hat ihrem Baby immer noch keinen Namen gegeben«, sagt Fiona. »Und es ist schon fünf Monate alt.«
»Wie nennen sie es denn?«, fragt Helen und streckt sich nach der Sushi-Platte. Ich reiche sie ihr entgegen.
»Das Baby«, sagt Fiona.
»Das ist lächerlich«, sagt Helen. »Ich verstehe gar nicht,

was da groß dabei sein soll. Man sucht einfach einen Namen aus, der einem gefällt, und gut ist. Das arme Kind wächst jetzt in dem Glauben auf, es hieße ›Das Baby‹.« Sie legt drei Sushi-Röllchen auf ihren Teller und gibt mir die Platte zurück.
»Möchtest du denn wissen, was es wird?«, fragt Liz.
Mütter gehören entweder zum Typ »Muss es wissen« oder »Will es nicht wissen«. Jene, die alles planen müssen, und andere, die Überraschungen lieben. Das ist wie bei diesen Psycho-Tests in den Zeitschriften, die Helen so toll findet. Was ist Ihnen lieber? A) eine bestätigte Buchung oder B) sich etwas suchen, wenn Sie angekommen sind? Sind Sie A) anal gestört und besessen von Kontrolle oder B) spontan und abenteuerlustig? Vor einer Weile hat Tam uns von neuesten Forschungsergebnissen erzählt, die einen Zusammenhang herstellen zwischen Angststörungen bei Kindern und Müttern, die sich für eine vorausgeplante Kaiserschnittgeburt zu einem praktischen Termin ihrer Wahl entscheiden, statt alles dem Zufall und Mutter Natur zu überlassen. Aber Liz hat nur verächtlich geschnaubt. Wenn ihre Kinder überängstlich sind, ist das Lilys Problem.
»Ich kann warten«, seufzt Helen glücklich.
Helen strahlt eine gewaltige Zufriedenheit aus. Überflüssige Sorgen liegen ihr so fern wie überflüssiges Aufstylen. Sie akzeptiert einfach die Höhen und Tiefen des Lebens und gibt sich niemals eingebildeten Schreckensszenarien hin, wozu ich leider ständig neige. Nichts bringt sie aus der Fassung. Sogar mit dieser Schwangerschaft – ungeplant wie sie ist – wird sie auf ihre robuste, unverzagte Weise locker fertig. Wenn sie es austrägt, wird sie dann schon dahinterkom-

men, wie sie es lieben und großziehen kann. Wenn sie es verliert, wird sie auch damit fertig werden. Sie amüsiert sich immer königlich über mich, weil ich gleich in Panik gerate, wenn Jamie über Bauchschmerzen klagt. »Gib ihr einfach ein Glas Wasser, oder ein Paracetamol«, sagt sie gutmütig, während ich überlege, wohin ich jetzt sofort mit Jamie zum Ultraschall gehe, und ob unser Knochenmark wohl kompatibel ist. Während die meisten von uns schaudern, wenn unsere Kinder über Kopfschmerzen klagen, sie zur Computertomographie schleifen und ihnen Blut abnehmen lassen, bringt sie die ihren einfach früh ins Bett. »Müde«, behauptet sie. Das ist ihre ständige Erwiderung auf sämtliche Probleme, die mit Kindern zu tun haben, und wenn sie in einem Punkt gnadenlos ist, dann in ihrem unerschütterlichen Beharren darauf, dass Kinder früh ins Bett müssen. Ihre Kinder liegen jeden Abend um halb acht im Bett und schlafen ein. Ohne, dass sie sich dazulegt.

Ja, ich gebe es zu, ich bin eine Mutter, die sich abends zu ihren Kindern legt. Tams Forschung erklärt dies zu einer der zehn Todsünden der Mutterschaft. Aber eigentlich fing es ganz harmlos an. Als Neugeborenes war Jamie so klein, dass sie auf einem Kissen in meine Armbeuge passte, wo sie während der Nacht problemlos an meiner Brust trinken konnte. Aber als sie anfing, sich herumzudrehen (»kluges Mädchen!«), wurde die Bettkante zum Abgrund, also wurde Jamie in die Mitte des Bettes verlagert. Frank beschwerte sich über diesen Keil zwischen uns, aber für mich war sie »die Butter, die das Sandwich zusammenhält«. Wenig später schlief sie tief und fest in ihrer Lieblingsstellung, auf der Seite, und trat mich in den Bauch und Frank in die Hoden, während Frank und ich uns an die Bettkante klammerten. Als Aaron zur Welt kam, erschien mir unser großes Doppelbett dann doch zu klein für vier. Frank, der Menschenansammlungen ohnehin nicht schätzt, wurde es im Bett zu stressig. Er zog sich auf den Wohnzimmerboden zurück, um endlich in Ruhe schlafen zu können. Ich schaffte es tatsächlich irgendwann, die kleinen Leute aus unserem Bett in ihre eigenen zu verfrachten. Aber da war es schon zu spät.

Daher ist es keine Überraschung, dass ich mich, obwohl Jamie jetzt siebeneinhalb und Aaron vier Jahre alt ist, immer noch zu ihnen ins Bett lege, damit sie einschlafen. An den meisten Abenden schätze ich diese kurze Zeit der Nähe und Verbundenheit, wenn sich kleine Arme um meinen Nacken schlingen und kleine Finger mit meinem Haar spielen und gewaltiges Gähnen zu tiefen Atemzügen wird. Das gibt mir die Chance, mich von allen erzieherischen Untaten des Tages reinzuwaschen. Ich kann sie durch meine Liebe wieder näher zu mir heranholen und sie stumm für alle Ungerechtigkeiten, die ich ihnen zugefügt habe, um Verzeihung bitten. Ich kann hoffen, dass sie all die Reizbarkeit vergessen, das Anschnauzen und Schreien, für das sie doch nichts konnten, und das mehr mit gehäuft auftretenden Ärgernissen zu tun hatte, wie etwa, dass Frank gestern Abend so spät nach Hause gekommen ist, dass die Ladung weißer Wäsche mit rosa Schlieren von weiß Gott was verfärbt ist oder dass ich das Kapitel, an dem ich gerade arbeite, irgendwie nicht richtig hinbekomme. Zumindest weiß ich eines: So erbärmlich ich mich tagsüber vielleicht verhalten habe, meine Kinder sind glücklich eingeschlafen, in dem Wissen, dass

sie unglaublich geliebt werden. Aber an vielen Abenden wünsche ich mir auch eine Abkürzung, damit ich endlich weitermachen und die Wäsche zusammenlegen kann, oder das Gedicht schreiben, das mir die ganze Zeit über im Kopf herumgeht, oder mein Abendessen aufessen, oder auf der Toilette in Ruhe das große Geschäft erledigen, zu dem ich schon den ganzen Tag lang nicht gekommen bin, jemanden anrufen oder Franks Anwesenheit zur Kenntnis nehmen.
»Ich habe eine sehr wissenschaftliche Methode, mit der man herausfinden kann, ob es ein Junge oder ein Mädchen ist«, sage ich zu Helen.
»Sag schon«, erwidert sie.
Ich stehe vom Tisch auf, suche meine Handtasche und hole einen kleinen purpurroten, mit Pailletten besetzten Beutel heraus – die Überlebensausstattung von meiner Mutter mit mehreren Pflastern, Nadel und Faden, einem Schweizer Taschenmesser mit Pinzette zum Entfernen von Bienenstacheln, einer kleinen Flasche Teebaumöl, das man bei Schnittverletzungen, Prellungen oder Insektenstichen anwenden kann, eine kleine Nagelschere für abgebrochene Zehennägel und ein verwickeltes Stück Schnur, von einem Jojo oder einem Drachen. Und ein Pendel.
Frank bezeichnet mein Pendel als eines meiner »Esoterik-Quatsch-Accessoires«. Lach du ruhig, aber Pendeln ist eine uralte Kunst, die nach demselben Prinzip funktioniert wie Kinesiologie: Das Wissen unseres Körpers drückt sich in Energie aus, die schneller ist als unsere Rationalität. Die Energie wird durch ein Pendel interpretiert und sichtbar gemacht, das für eine positive Antwort in die eine Richtung ausschwingt, und für eine negative in die andere Rich-

tung. Das ist eine verblüffende, aber unwiderlegbare Tatsache. Helens Körper kennt das Geschlecht ihres Babys, und mit Hilfe des Pendels werden wir acht es auch bald kennen.

Das Pendel ist meine Party-Nummer – eine Unterhaltungseinlage, die nichts mit dem Ausziehen irgendwelcher Kleidungsstücke zu tun hat. Ich rechne mit Spott und Verachtung. Vor allem von Leuten wie Liz. Helen wird mir sagen, ich soll mir das Pendel da hinstecken, wo die Sonne nicht hinscheint. Mit meiner purpurnen Pailletten-Tasche kehre ich zum Tisch zurück.

»Was hast du da?«, fragt Tam und beugt sich neugierig vor.

Ich sage nichts, sondern hole ein kleines Beutelchen hervor, öffne das goldene Band und nehme das Pendel heraus. Ich halte es an der Schnur und lasse das zwiebelförmige kleine Ding herunterbaumeln. Sofort beginnt es zu schwingen.

»Was zum Teufel ist das?«, fragt Helen.

»Das ist ein Pendel«, sagt Tam.

»Was stellt das Ding mit mir an?«, fragt Helen und hält schützend die Hände vor ihren Bauch.

»Damit wird sie dich hypnotisieren, so dass du wieder mit David schlafen willst«, spottet CJ.

»Tu es weg«, heult Helen.

»Wie funktioniert das?«, fragt CJ.

Ich erkläre es. Knapp. Und sehr wissenschaftlich.

»Aber wenn Helen es gar nicht wissen will?«, wirft Ereka ein. Eine vorsichtige Geste im Sinne der Überraschung.

Wir alle sehen Helen an.

»Möchtest du es denn wissen?«, fragt Ereka.
»Ich glaube sowieso nicht an diesen Kram«, sagt Helen übertrieben verächtlich, »also kann es sagen, was es will, mir ist das egal.«
»Es funktioniert wirklich«, beharre ich.
»Nicht, wenn man nicht daran glaubt«, erwidert Helen.
»Doch, auch dann«, sagt Tam. »Also tu es nicht, wenn du nicht sicher bist, ob du es wissen möchtest.«
Jetzt sieht Helen mal, wie das ist. Vor ein paar Monaten, als sie Rasierer und Rasierschaum hochhielt und mich von meinen Freundinnen umzingeln ließ, um mir das Schamhaar abzurasieren, hätte ich wohl kaum die Spielverderberin geben und betteln können: »Muss das wirklich sein?« Schon als ich diese Rasierklinge in der Sonne glitzern sah, wusste ich, dass es wochenlang jucken und kratzen würde, weil die Haare nachwuchsen. Aber es war der Druck, meinen Freundinnen ihren Spaß zu gönnen und ihre Erwartungen zu erfüllen, der mich dazu brachte, meine Unterhose auszuziehen und sie über mich herfallen zu lassen. Damit es später eine Geschichte zu erzählen gibt. Damit wir uns lachend daran erinnern können: »Weißt du noch, wie wir Jo vor ihrer Hochzeitsnacht die Muschi rasiert haben?« Damit dieser Tag zu einer der Legenden unserer Freundschaft werden konnte, eine Geschichte über die Liebe und die Verrücktheit, die uns zusammenhält.
Jetzt ist Helen in dieser Lage. Wenn sie »nein« sagt, verdirbt sie damit diesen Augenblick. Zum ersten Mal in den vielen Jahren, die ich sie kenne, wirkt sie unsicher. Aber ich genieße meine Rache gar nicht so, wie ich gedacht hätte.

»Du kannst das Ding fragen, was du willst«, sagt sie. »Die Chance, dass es recht hat, steht fifty-fifty ... das ist gar nicht mal übel.« Sie hat sich überwunden. Sie wird es tun.

»Du musst dich auf den Boden legen«, behaupte ich (das habe ich mir nur ausgedacht, aber he, sie hat mich auch gezwungen, mich auf das Deck dieses Bootes zu legen, und das ohne Unterwäsche).

»Ach, Herrgott noch mal, Jo«, jammert sie, schiebt aber ihren Stuhl vom Tisch zurück und steht auf.

»Wo soll ich mich hinlegen?«

»Wo du willst«, sage ich.

Sie geht hinüber ins Wohnzimmer, und wir folgen ihr. Sie legt sich auf den Teppich. Wir drängen uns dicht um sie zusammen. Ich halte das Pendel über ihren Bauch und schiebe ihr Top hoch.

Sie zieht es wieder herunter. »Nicht meinen Hängebauch angucken«, sagt sie. Helen bezeichnet diese dicke Falte aus Fett und Haut, die über unseren Kaiserschnittnarben hängt, als »den Hängebauch«. Der Hängebauch ist zum großen Teil verantwortlich für unsere Frühpensionierung in Sachen Sexappeal. Die meisten von uns haben irgendeine Form von Hängebauch, wenn nicht gar einen richtig ausgewachsenen Sackbauch. »Ich gucke deinen Hängebauch nicht an«, sagt sie. »Ich biete nur dem Pendel eine möglichst direkte Verbindung zu deinem Baby.«

»Das Pendel kann doch verdammt noch mal durch meine Kleider schauen«, sagt Helen.

»Ich wusste gar nicht, dass du dich mit so was beschäftigst«, sagt Dooly zu mir, neugierig und unsicher. »Mir ist das irgendwie unheimlich.«

»Das ist keine schwarze Magie oder so«, sage ich und sehe zu, wie das Pendel zu schwingen beginnt.
»Was sagt es denn?«, fragt Helen.
»Erst müssen wir herausfinden, was ›ja‹ und was ›nein‹ heißt«, sage ich. »Zeig uns, was ›ja‹ heißt«, weise ich das Pendel an. Langsam kommt es zur Ruhe und bewegt sich dann gegen den Uhrzeigersinn im Kreis.
»Kreiseln?«, fragt Fiona.
»Lass ihm noch einen Moment Zeit«, sage ich.
Nach ein paar Sekunden schwingt das Pendel unverkennbar von links nach rechts.
»Seitwärts«, stellt CJ fest.
Die Stimmung ist nun ernster geworden.
»Haben das alle gesehen?«, frage ich. Dann stoppe ich das Pendel mit der freien Hand.
»*Du* musst die Richtung geändert haben«, sagt Helen.
»Ich habe überhaupt nichts getan«, sage ich. »Hier, versuch du es mal.« Ich reiche ihr das Pendel.
Sie nimmt es und hält es über ihren Bauch.
»Frag es, was ›ja‹ bedeutet«, sage ich.
Sie wirkt verlegen, sagt aber nichts.
Das Pendel beginnt, vor und zurück zu schwingen. Wir hocken alle da und beobachten sie. Sie bleibt stumm. Das Pendel bewegt sich in immer größeren Bögen, doch nach ein paar Sekunden wird es langsamer, schlägt einen kleinen Kreis im Uhrzeigersinn ein und schwingt bald stark von links nach rechts.
Helen macht große Augen. »Oh. Mein. Gott«, sagt sie.
Ich lache. Ich habe schon oft erlebt, wie ein Skeptiker blass wird, wenn das Pendel auf einmal die Richtung wechselt.

»Du hast die Frage stumm gestellt«, sage ich zu ihr.

Sie verzieht das Gesicht. »Das ist unheimlich. Das gefällt mir nicht.«

Die Atmosphäre knistert nun geradezu vor Spannung.

»Frag das Baby, ob es ein Mädchen ist«, sagt Dooly.

Helen hält das Pendel nun mit neuer Ehrfurcht in der Hand. Dieses Mal fragt sie laut: »Ist mein Baby ein Mädchen?«

Schweigend starren wir wie gebannt das Pendel an. Es bewegt sich lange gar nicht.

»Vielleicht ist es sich noch nicht sicher«, sagt Helen.

»Warte nur ab«, sage ich.

Wir warten. Und das Pendel beginnt sich zu bewegen, langsam, aber unübersehbar. Bald schwingt es in kräftigen Bögen aus. Hin und her. Rechts, links.

»Das sieht für mich nach einem Nein aus«, sagt Fiona sanft.

»Noch ein Junge«, sagt Dooly und atmet erleichtert auf; der Name ihres Babys, Cassandra, verbleibt nun sicher im Reich der Dinge, die hätten sein können.

Meine Kehle ist ein wenig eng, mich zwickt das Gewissen. Ein Geheimnis zu verraten, eine Katze aus dem Sack zu lassen, die nicht herausgelassen werden wollte, ist eine Treulosigkeit, die man nicht wiedergutmachen kann.

»Es tut mir leid«, sage ich zu Helen.

»Dämliches Pendel«, schimpft Helen. »Ich glaub sowieso nicht daran.«

»Jungen sind großartig«, schwärmt Tam.

»Ja, ja«, sagt Helen. »Ich hol mir noch was zu essen.« Sie rappelt sich auf und streckt sich mit den Händen im Kreuz, bevor sie zurück zum Esstisch schlurft. Der Rest folgt ihr, eine nach der anderen.

Ich bleibe auf dem Boden hocken, das Pendel noch in der Hand.

Als Tam aufsteht, sagt sie zu mir: »Manche Dinge bleiben besser im Ungewissen.«

Allein im Wohnzimmer, gestehe ich mir ein, dass Tam recht hat. Ungewissheit ist eine Art Hoffnung. Aller Glauben beruht auf Nicht-Wissen. Und als Mütter brauchen wir jedes Gramm davon. Wer bin ich, dass ich die Seifenblasen zerplatzen lasse, die diesen Optimismus bewahren, und sei er noch so illusorisch?

Ich bin eine Idiotin. Die einzige Lösung ist, jetzt die Artischocken aufzufahren.

6

Meine liebsten Dinge

Wenn Rote Beten die intensivsten aller Gemüse sind, wie Tom Robbins im ersten Absatz von Pan Aroma schreibt, dann sind Artischocken die nachtragendsten. Sie erfordern, dass man sich von Anfang an voll engagiert. Man muss bereit sein, bei einer Artischocke aufs Ganze zu gehen, und zwar schon bei der ersten Verabredung. Ich rede hier nicht von der zerteilten, entblätterten Variante in Salzlake, die man im Glas kaufen kann. Ich meine die frischen, rosigen Knollen von der langstämmigen Sorte, die man nur beim Gemüsehändler bekommt. Die, die man kochen muss, genau richtig und lange, aber ja nicht zu heftig (Artischocken verzeihen keine mangelnde Aufmerksamkeit für Details). Die, die man nur genießen kann, wenn man sich die Mühe eines Dressings macht, in das unbedingt Knoblauch, ein Schuss Balsamico-Essig, Olivenöl und vielleicht ein wenig gehacktes Basilikum oder Koriander hineingehören, oder sogar ein, zwei Anchovis, wenn einem gerade danach ist.

Artischocken lassen sich nicht drängeln. Man muss Geduld haben in dem Begehren, an ihre zarten Herzen zu kommen. Auf eine Artischocke geht man keinesfalls spontan, ungeschickt oder zögerlich zu – man muss einen festen Plan haben. Jedes Blatt einer Artischocke kann man ge-

nießen, bis das Herz enthüllt ist. Da liegt es, geschützt von einem Ring stacheliger Härchen, den man vorsichtig abschaben muss, bis nur noch das köstliche kleine Häppchen Fleisch daliegt, das jungfräuliche Artischockenherz.
Du hast inzwischen vermutlich erraten, dass ich meine Artischocken normalerweise allein esse. Frank besitzt nicht die innere Stärke, sich auf dieses kapriziöse, überempfindliche Gemüse einzulassen. »Zu viel Arbeit«, sagt er wegwerfend. »Iss du sie ruhig selber.« O ja, wenn ich sämtliche Blätter für ihn esse, das Herz herauspule und in eine exquisite Sauce tunke, wird er den Mund aufmachen und es essen. Jetzt mal ehrlich, welcher Mann würde nein zu einem Artischocken-Quickie sagen? Aber er hat es sich nicht verdient, und er glaubt, nur weil er mit einer Artischocken-Fanatikerin verheiratet ist, könnte er Artischockenherzen essen, wann immer er will. Männer können ja so grob sein. Um eine Artischocke wahrhaft würdigen zu können, muss man sich schon die ganze Arbeit machen.
Artischocken sind etwas Magisches, und jede Anstrengung wert, wenn man sich zurückhalten und auf den Genuss ein wenig warten kann. Sie enthalten einen Stoff, der einen süßlichen Hauch im Mund hinterlässt und den Geschmack von allem verstärkt, was man danach isst. Ist das nicht ungeheuer großzügig? Ich liebe Artischocken aus jedem nur erdenklichen Grund, nicht zuletzt deshalb, weil ich sie, in Olivenöl gebraten, in einem Straßencafé in Rom gegessen habe, als ich Anfang zwanzig war und die Welt vor Möglichkeiten wimmelte (von niedlichen Italienern ganz zu schweigen), und ich dachte, ich hätte das Paradies geschmeckt. Artischocken sind göttlich. Und heute Abend habe ich sie mit

einer Sauce aus Zitronenschale, Rosmarin-Sesam-Öl, Kapern, Petersilie, Knoblauch und Reisweinessig zubereitet.
Ich habe sie auf einer Platte arrangiert wie Blumen, dazwischen Zitronenschnitze, und in der Mitte eine Glasschüssel mit dem Dressing. Also trete ich nun mit Artischocken an den Tisch, als Symbol der Versöhnung. Ich gehe zuerst zu Helen. »Oh, davon will ich welche«, japst sie. Sie verzeiht mir sofort, denn ich überziehe ihre Artischocken übertrieben großzügig mit Dressing. Ich grinse erleichtert, und sie macht sich über die äußeren Blätter her, als hätte sie das ganze Jahr lang nichts gegessen. Die Mädels haben sich alle um Fiona gedrängt (Dooly trägt diesen orangeroten Schal jetzt wie eine Schärpe um die Hüfte) und betrachten Fotos von Kirsty in ihrem formellen, schwarz-roten Kleid, das sie etwa sechs täuschende Jahre älter aussehen lässt und leicht zu der irrigen Annahme führen könnte, sie sei für männliche Verführer zum Abschuss freigegeben. Ich erschauere. Jamie ist nur … schluck … neun Jahre von diesem Tag entfernt, allerhöchstens.
»Wie isst man die?«, fragt Dooly, die aufgeblickt hat und an ihrem kleinen goldenen Ohrring herumspielt.
»Man löst die Blätter einzeln ab und tunkt sie in die Sauce«, sage ich. »Und dann zieht man mit den Schneidezähnen vorsichtig den weichen Teil vom Blatt.«
Dooly verzieht das Gesicht. »Zu viel Arbeit.«
»Ich versichere dir, das sind sie wert.«
»Das sind sie ganz sicher nicht«, sagt Liz. »Artischocken werden allgemein überschätzt«, ergänzt sie und reicht die Fotos weiter.
Ich greife mir an die Brust. »Vergib ihr«, stöhne ich, »sie ist

wirklich ein netter Mensch, wenn man sie erst besser kennenlernt ...«

»Das habe ich gehört«, sagt sie. Und dann zu Fiona: »Sie sieht so erwachsen aus.«

»Ich weiß, es ist beängstigend«, erwidert Fiona. »Ben konnte sie so gar nicht ansehen.«

»Liz, sei mal ehrlich: Hast du überhaupt schon mal eine Artischocke gegessen?«, frage ich.

»Ja ... ein- oder zweimal«, sagt sie und lehnt sich auf ihrem Stuhl zurück. »Das ist nur Gefummel und Sauerei. Die aus dem Glas mag ich ganz gern.«

»Sie hatte die Diamantohrringe und den Anhänger an, die ich bei meiner Hochzeit mit Ben getragen habe«, erklärt Fiona. »Ihre Mutter war gar nicht glücklich darüber – sie wollte, dass Kirsty Perlen trägt, aber Kirstys Informationen zufolge sind ›Perlen total out‹ ...«

»Teenager!« Liz schnalzt mit der Zunge. »Wir sollten ihnen gleich die Weltherrschaft übertragen – anscheinend wissen sie ja alles besser.«

Ich schließe die Augen und seufze. Solidarisch lege ich Helen eine Hand auf die Schulter.

»Versuch nicht vom Thema abzulenken, Liz. Du bist Anti-Artischockistin, gib es zu«, fordere ich.

»Ich gestehe«, sagt sie milde lächelnd.

»Du tust uns sehr leid«, sage ich, »denn du verpasst den köstlichsten Geschmack der Welt.«

»Ja, Artischocken gehören zu meinen liebsten Dingen im Leben«, sagt Helen, saugt an einem Blatt und winkt dann damit Liz zu.

Liz kichert und amüsiert sich über unsere Ernsthaftigkeit.

»Ich wüsste nicht, welches Nahrungsmittel es auf meine Liste der liebsten Dinge schaffen sollte«, sagt Liz. »Ein Wochenende im Wellness-Hotel; zwei Dutzend Rosen; vier Wochen in der Toskana ... so etwas gehört für mich zu den liebsten Dingen.«

»Macht die Fotos nicht schmutzig«, sagt Fiona hastig, und ihr Anflug von Panik verrät, wie verhasst ihr Schmutz und Unordnung sind. »Ben hat sie noch nicht gesehen ...« Ereka schiebt die Fotos zu Fiona zurück, bevor sie nach einer Artischocke greift.

»Aber was ist mit gebratener Ente mit Ananas, oder Mousse au chocolat mit Karamellsauce?«, fragt Ereka. »Du meine Güte, ich bin an einem Punkt im Leben angelangt, wo alles, was ich mir in den Mund schieben kann, zu meinen liebsten Dingen gehört«, fügt sie hinzu.

Ich nicke energisch. Nachdem ich als Kind *The Sound of Music* gesehen hatte, begann ich eine Liste mit meinen liebsten Dingen auf der Welt zu führen – das fühlte sich an wie ein Schatz, den ich ab und an wieder hervorholen konnte, wie einen magischen Goldklumpen. Diese Liste war mein Balsam gegen die sporadische Verzweiflung, dass es nichts Schönes mehr gab, das mich bewegen konnte.

Ich begann meine erste Liste mit dem Titel »Jungen, die ich heiraten will«, als ich sechs war. Norman Formans Name stand ganz oben drauf (ich fand es toll, wie sich dieser Name reimte). Er war eine der beiden Elfen in unserer Schulaufführung von »Die Elfen und der Schuhmacher«. Ich fand sein Lispeln zauberhaft. Ich war fasziniert von seinen Beinen in dieser grünen Strumpfhose, und seiner leicht heiseren Stimme, die sang: »Bei Nacht, bei Nacht, wir näh'n im Kerzenschein, ein jeder Streich macht ihn reich, ach, wie ist das fein!« Jedes Jahr wurden diesem Katalog neue Namen hinzugefügt und alte gestrichen. Ich bin sicher, dass diese Liste bei einem wirklich gründlichen Frühjahrsputz irgendwo unter den Schätzen aus meiner Kindheit auftauchen würde.

Dann kam »Jungen, die ich geküsst habe«, etwas ausführlicher mit Namen und Ort. »Schön« (ankreuzen oder durchstreichen). »Okay« (ankreuzen oder durchstreichen). »Eklig« (ankreuzen oder durchstreichen). Später kam noch eine Spalte mit einem Kreuzchen für »Zunge« hinzu. In meinen Teenagerjahren führte ich eine Liste mit dick machenden Nahrungsmitteln und jenen, die ich essen konnte, ohne mir Gedanken darüber zu machen, wie sie sich auf das Aussehen meiner Beine in kurzen Turnhosen auswirken würden. Als Nächstes kam meine »Jungen, denen ich einen geblasen habe«-Liste, angeregt von meiner besten Freundin Meredith, die eine solche Liste schon jahrelang führte, ehe ich damit anfing, und die nie begriff, warum sie als Schulschlampe verschrien war.

Als Jamie zur Welt kam, begann ich die »Meilensteine«-Liste: Jamie lächelt (7 Wochen); Jamie steckt sich die Hand in den Mund (10 Wochen); Jamie versucht, sich auf die Seite zu drehen (13 Wochen); Jamie isst ------------- so viel Banane (13 Wochen und 2 Tage); Jamie lacht laut (4 Monate); Jamie sagt »Mamamamababababa« (7 Monate).

Helen ist auch eine Listenschreiberin, aber ihre sind »To do«-Listen und führen sämtliche alltäglichen Aufgaben auf, die erledigt werden müssen, und diktieren ihr sogar, bis wann. Ich finde solche Listen abstoßend und entmutigend. Ich mag lieber historische Listen von all den Dingen, die ich getan und bereits abgeschlossen habe. Meine Listen sind eine persönliche Inventur meiner selbst, meine Art, Dinge festzuhalten, die vergehen. Sie sind außerdem kleine Zugeständnisse an den schleichenden Gedächtnisverlust – das Anästhetikum des Lebens und der beste Verbündete einer Mutter. Denn seien wir doch mal ehrlich: Es ist keine zufällige Laune der Natur, dass unsere Erinnerung fast vollständig ausgelöscht wird: an die Übelkeit infolge der Epiduralanästhesie, die Schmerzen der Geburt und die bittere Erschöpfung, wenn man (zum fünften Mal binnen fünf Stunden) aufwacht, um ein kreischendes kleines Würmchen zu säugen. Ansonsten würden wir uns nie bei dem Gedanken ertappen, dass es vielleicht schön wäre, noch eines zu bekommen? Wenn wir uns daran erinnern könnten, wären wir alle wie Fiona. Eines ist genug, danke sehr. Erneute Mutterschaft gründet auf dem Gebot »Du sollst vergessen«. Das Vergessen ist sozusagen eingebaut; während unsere Liebe und Hingabe für diese kleinen Bettwanzen wächst, verblassen die masochistischen Hürden, die wir für sie überwinden mussten, im Nebel des »ach, damals«.

»Also, abgesehen von Artischocken, was sind deine liebsten Dinge?«, fragt Helen und saugt an einem weiteren Artischockenblatt.

»Ich weiß, was ich am *wenigsten* mag«, mischt sich CJ ein. Auch sie hat sich eine Artischocke genommen und schiebt sie nun auf ihrem Teller herum, weil sie sich ihres Eröffnungszugs noch unsicher ist.

»Was denn?«, fragt Dooly.
»Einkaufen mit Kindern«, sagt CJ. Wir alle murmeln zustimmend.
Sie fährt fort: »Ich könnte Geld darauf wetten – sobald ich zwanzig Minuten in der Schlange gewartet und die Kinder mit Lutschern abgelenkt und die Reiscracker schon mal aufgemacht habe und sie mit meinem Schlüsselbund, der Geldbörse und den Tampons habe spielen lassen, die natürlich alle irgendwann auf dem Boden landen – sobald ich also an der Reihe bin, brüllt Scarlett aus voller Kehle: ›Ich muss aufs Klo. Jetzt gleich.‹« CJ attackiert die Artischocke, indem sie die schützenden Blätter in großen Klumpen absäbelt. Ich kann kaum hinsehen.
»Tam, gibt es nicht irgendeine neueste Forschung, die nachweist, dass das Einkaufen von Lebensmitteln auf Kinder entwässernd und abführend wirkt?«, frage ich.
Tam verzieht das Gesicht. »Na ja, Einkaufen wird in der Positiven Erziehung als eine dieser ›risikobehafteten‹ Situationen betrachtet«, erklärt sie. »Man muss sich vorher einen Plan zurechtlegen, um so etwas zu verhindern.«
»Gestern war ich mit Cameron einkaufen, und mitten im vollen Supermarkt hat er aus voller Kehle geschrien: ›Ich hasse dich, du bist die schlimmste Mami der Welt‹«, erzählt Helen. »Ich hatte ihm gerade gesagt, dass er kein Eis haben durfte, dabei hatte er noch den halben Hamburger und ein Happy-Meal-Spielzeug in der Hand. Der kleine Scheißkerl.«
»Wahrscheinlich war er müde«, sagt Tam.
»Das ist mein Spruch«, belehrt Helen sie.
»Ich finde Restaurantbesuche mit Kindern am schlimms-

ten«, sagt Ereka, die geübt und lässig eine Artischocke entblättert. »Denn wenn das Restaurant keine abgeschlossene Spielecke hat, weit genug von der nächsten Straße entfernt ist und Chicken Nuggets und Pommes für weniger als vier Dollar zum Frühstück, Mittag- und Abendessen serviert, warum es überhaupt erst versuchen?«

»Restaurants sind etwas für schöne Menschen«, sagt CJ, »kinderlose, manikürte, Mineralwasser trinkende schöne Menschen. Nichts für uns.« Sie wendet sich mir zu. »Würdest du mir die ganzen Blätter abmachen, damit ich das Herz probieren kann?«

Ich würde ihr gern vorhalten, dass sie eine makellose Artischocke bis zur Unkenntlichkeit verstümmelt hat. Aber ich nehme ihren Teller und entferne sanft die Überreste des schützenden Blattwerks.

»Wenn ich in ein Restaurant gehe, suche ich mir immer einen Tisch, für den die jüngste, sanfteste Bedienung zuständig ist, weil ich genau weiß, dass ich König Kunde heraushängen und sie glauben machen muss, es sei völlig normal, alle drei Minuten wieder an den Tisch gerufen zu werden«, sagt CJ. »Einmal, um statt der Rühreier auf Toast einen Muffin zu bestellen. Zum zweiten Mal, um das wieder rückgängig zu machen, weil wir nun doch die Rühreier wollen. Und das dritte Mal, damit sie die Rühreier ungegessen wieder mitnimmt – ›wir bezahlen natürlich dafür, aber können wir stattdessen bitte einen Muffin haben?‹ – und weil wir heiße Schokolade bestellen möchten – ›nur eine, aber in zwei Bechern, bitte‹.«

Sie beobachtet meine Aktion auf ihrem Teller mit gelassenem Blick.

»Und dann, damit sie den Salzstreuer aus der Schokolade fischt«, fügt Ereka hinzu.

»Und mit dem Wischmopp anrückt!«, kröne ich das Ganze.

Wir alle kichern.

»Dabei gehe ich so gern in Restaurants essen ...«, jammert Helen.

»Kinder-Geburtstagspartys. So etwas mache ich nicht mehr«, sagt Liz. Sie hat sich Wein nachgeschenkt und nippt langsam daran.

»Deine Kinder feiern aber doch Partys«, sagt Helen gedankenlos.

»Outsourcing«, sagt Liz. »So etwas findet in meinem Haus nicht mehr statt. Es ist nicht meine Vorstellung von einem netten Nachmittag, die Gastgeberin für eine Horde kleiner Menschen zu spielen, die total überdreht vor lauter Zucker und künstlichen Farbstoffen, Schokoglasur auf meine Möbel schmieren, Saft auf meinem Teppich verschütten und sich am Ende noch über die Lutscher beschweren, weil ›Jasper einen roten gekriegt hat, und so einen will ich auch‹.«

»Ich finde Kindergeburtstage zu Hause ganz schön«, sagt Dooly leise und lässt den Blick umherschweifen, auf der Suche nach – was wetten wir? – Schokolade.

»Die Leidensfähigkeit des menschlichen Geistes überrascht mich immer wieder«, sagt Liz.

»Müde Kinder kann ich auf den Tod nicht ausstehen«, sagt Helen. »Meine Kinder schaffen es sogar, müde aufzuwachen. Und wisst ihr, woher ich das weiß? Wenn sie in Tränen ausbrechen, weil ich irgendetwas anderes gesagt habe als ›ihr dürft den ganzen Tag lang Fernsehen und Mist essen‹.«

»Oder Kindern Augentropfen verabreichen«, sagt Fiona. »Jetzt mal im Ernst, es muss doch eine andere Möglichkeit geben, eine Bindehautentzündung zu behandeln. Warum hat nicht längst jemand einen Sirup dagegen erfunden, der nach Schokolade schmeckt?«

Wir glucksen zustimmend. Ich reiche CJ ihren Teller; das Artischockenherz, von den Härchen befreit, erwartet sie.

»Danke«, sagt sie. Sie greift nach dem Herz, tunkt es in die Sauce und kaut. »Gut …«, sagt sie. Obwohl unsere Sprache über Wörter wie köstlich oder exquisit verfügt, bringt sie nur ein »gut« zustande?

»Versuch mal, nachmittags um fünf mit einem Mandanten zu telefonieren«, sagt CJ. »Vielen Dank, dass Sie zurückrufen, würdest du bitte den Hamster wieder in den Käfig stecken? Entschuldigen Sie, ja, ich habe Ihnen einige Nachrichten hinterlassen, nein, du kannst jetzt kein Eis am Stiel haben, wir reden später darüber. Entschuldigung, wo war ich gerade? Haben Sie meine E-Mail bekommen? Später, habe ich gesagt, nicht jetzt!«, ahmt sie sich selbst nach.

»Kinder versuchen eben, deine Aufmerksamkeit zu erregen, wenn du telefonierst«, sagt Tam in tadelndem Ton. »Das ist eine weitere risikobehaftete Situation, auf die man vorbereitet sein muss.«

»Tam, ich habe ein Leben zu leben, ich habe keine Zeit, alles zu planen und auf alle Eventualitäten vorbereitet zu sein – das ganze verdammte Leben ist risikobehaftet«, erwidert CJ grimmig.

»Ich sage dir ja nur, was die Experten meinen«, schießt Tam zurück. »Aber wenn es dich nicht interessiert ...«

»Weißt du noch, wie wir im letzten Schuljahr versucht haben, die Läuse aus Jamies und Sarahs Haar zu kriegen?«, sage ich zu Helen gewandt. Diese qualvolle Prozedur mit einem sehr feinzinkigen Kamm dauerte volle sechs Monate.

»Gott weiß schon, was er sich dabei gedacht hat, als er solches Ungeziefer in die zehn Plagen aufgenommen hat«, brummelt Helen.

»Gott?«, frage ich. »Hast du gerade Gott gesagt?«

»Ich muss betrunken sein«, sagt sie. »Ich brauche sofort noch einen Daiquiri.« Damit beugt sie sich zu der Schüssel vor.

»Ich finde die Wartezimmer von Ärzten sehr stressig mit Kindern«, sagt Dooly.

»Kranke Kinder sollte man so unter Drogen setzen, dass sie schlapp und völlig gefügig sind, damit man sie leichter herumzerren kann«, sagt Liz.

»Du machst Witze, oder?«, fragt Tam.

»Nein, ich meine das ernst«, erwidert Liz.

»Ganz deiner Meinung«, sagt CJ zu Liz.

»Ich freue mich immer schon auf den Moment, wenn die Empfangsdame mich zu sich ruft und höflich nachfragt, ob mein Kind wohl damit aufhören könnte, Wasser aus dem Wasserspender laufen zu lassen und sämtliche Plastikbecher zu verbrauchen«, sagt Ereka lachend. Ihr Artischockenherz ist schon beinahe in Sicht. Entschlossen hält sie durch.

»Kieran liest so gerne, dass er sogar die Infobroschüren aus den Wartezimmern sammelt. Beim Aufräumen stoße ich dann auf diese Faltblätter über Vasektomie, Genitalherpes

und Gewichtskontrolle während der Schwangerschaft, die neben seinem Bett gestapelt sind.«, sagt Tam. »Neulich war er bei einem Freund zu Besuch, und als die Mutter ihn wieder nach Hause brachte und ich fragte, wie er denn gewesen sei, sagte sie: ›Kein Problem. Wissen Sie eigentlich, dass er schon ›sexuell übertragbare Krankheiten‹ buchstabieren kann?‹« Tam kichert über ihre eigene Geschichte.
»Was hast du gesagt?«, fragt Helen.
»Ich hätte ihr gern erzählt, dass er auch schon ›Klaustrophobie‹, ›desorientiert‹ und ›Surrogat‹ buchstabieren kann. Aber ich habe es dann doch gelassen.«
»Dein Sechsjähriger hat einen besseren Wortschatz als ich«, bemerkt Dooly lachend.
»Ich hasse Reisen mit Kindern«, sagt Helen. »Ich werde nie wieder eine Flugreise machen, bis die Kinder viel älter sind.«
Außer man findet Gefallen daran, dass einem die kleinen Sitznachbarn im Verlauf von zwölf Stunden mehrmals das Essen in den Schoß fallen lassen, kreischen, weil sie Hunger haben, kreischen, weil sie nicht an den Essenswagen vorbei zur Toilette können, kreischen, weil … na ja, einfach so, weil sie es können. Da stimme ich Helen zu.
»Als ich das letzte Mal mit den Kindern ins Ausland geflogen bin«, erzähle ich, »und wir durch die Passkontrolle mussten, hat Aaron sich einfach auf den Boden geworfen und angefangen zu heulen. Ich hatte drei Reisetaschen von den Schultern hängen, drei Pässe und Zollformulare in der Hand, und als ich mich gebückt habe, um ihn zu beruhigen, sind die Taschen heruntergeknallt und die Dokumente haben sich über den Fußboden verteilt.«

»Na, wunderbar!«, sagt Fiona lachend. »Das war sicher nicht lustig.«

»Ja, und nicht einer von den Hunderten von Menschen, die da mit uns angestanden sind, war bereit, seinen Platz in der Schlange zu riskieren und mir beim Aufsammeln zu helfen. Die haben mich alle nur missbilligend angestarrt.«

»Warum hätten sie dir helfen sollen?«, fragt Liz. »Sie waren so vernünftig, ihre Kinder zu Hause zu lassen. Deshalb reise ich nie mit Kindern«, fährt sie fort.

»Manchmal geht es eben nicht anders«, sage ich.

»Ich habe einmal ein ganzes Flugzeug aufgehalten, weil der Kapitän mir nicht erlauben wollte, meinen Kinderwagen mit an Bord zu nehmen – der sollte in den Frachtraum –, weil sie mit Turbulenzen rechnen mussten und es zu gefährlich wäre, wenn ein Kinderwagen in der Kabine herumschießt«, erzählt Ereka.

»Und, was ist dann passiert?«, fragt Dooly.

»Ich habe mich geweigert, in das Flugzeug zu steigen. Ich habe gesagt, ich würde warten, bis die Turbulenzen vorbei sind, und einen späteren Flug nehmen. Ich konnte Olivia einfach nicht tragen, ich hatte einen Bandscheibenvorfall. Also mussten sie den Start aufschieben, um mein Gepäck herauszusuchen.«

»Ich verfluche solche Leute immer. Wegen denen habe ich dann Verspätung«, sagt Liz.

»Und was haben sie gemacht?«, fragt Tam.

»Der Pilot wurde aus dem Cockpit gerufen und konnte mich schließlich mit zusammengebissenen Zähnen überzeugen, doch noch einzusteigen.«

»Und dein Kinderwagen?«, fragt Dooly.

»Durfte doch in die Kabine. Und ich bekam ein Upgrade für die Business Class, und meine mir persönlich zugeteilte Stewardess hat mir ein Beruhigungsmittel verabreicht. Die Leute unterschätzen eben die Willensstärke einer Mutter, deren Kinderwagen im Frachtraum verschwinden soll«, beendet Ereka ihre Geschichte.

»Die geistige Gesundheit einer Mutter hängt oft von solchen kleinen Zugeständnissen ab, findet ihr nicht?«, bemerkt Dooly seufzend. »Es sind die Kleinigkeiten, die uns irgendwann den Rest geben …«

Ich sehe Helen an. Sie steckt bis zu den Ellbogen in Artischockenblättern und hat ein Tröpfchen Dressing an der Nase. Ich beuge mich vor und wische es mit einer Serviette ab.

»Danke«, sagt sie, ohne ihre Arbeit zu unterbrechen. Mir fällt auf, dass sie drei kleine Artischockenherzen am Tellerrand aufgereiht hat – um sie zu essen, wenn sie mit der harten Arbeit fertig ist, die Blätter abzuschaben.

»Es freut mich, dass dir die Artischocken schmecken«, sage ich dankbar zu ihr.

»Die gehören zu meinen Lieblingsgerichten«, sagt sie fröhlich.

»Da wir gerade von Lieblingen sprechen, wie geht es Cameron?«, frage ich sie.

Sie sieht mich mit großen Augen an.

»Was denn?«, frage ich.

»Nenn ihn nicht meinen Liebling«, sagt sie zu mir und gibt mir einen Klaps auf den Arm.

»Na gut«, sage ich, jetzt ganz leise. »Aber es wissen sowieso alle, dass er dein Liebling ist.«

»Ist er das?«, fragt Tam ungläubig.

Helen hat mir gegenüber nie tatsächlich geäußert, dass Cameron ihr Liebling ist, aber ich weiß es – vielleicht, weil er ihr Baby ist (zumindest vorerst), oder weil er gerade eine besonders liebenswerte Phase durchmacht und für einen Dreijährigen ganz erstaunliche Fragen stellt, zum Beispiel: »Mama, faltet man Toilettenpapier, oder knäult man es zusammen?« Vielleicht liegt es daran, dass Sarah gerade im Trotzalter ist und Nathan zu Depressionen neigt und zu viel isst. Helen strahlt förmlich, wenn Cameron in der Nähe ist. Das ist doch keine Sünde?

»Na und?«, sagt CJ. »Liam ist mein Liebling. Das ist kein Geheimnis. Die Mädchen sind so zickig und nervtötend, und Liam so lieb und anhänglich. Ich vergöttere ihn eben«, sagt sie. »Und ich weiß, dass er sich für mich stark macht, wenn DVS mich bei den Kindern schlechtmachen will.«

»Na ja, ihr könnt ja eure Lieblinge haben, wenn ihr wollt, aber ich bevorzuge keines meiner Kinder«, sagt Helen.

»Ich habe auch einen Liebling«, sagt Fiona.

»Du hast leicht reden«, erwidert Dooly lächelnd.

»Ich *bevorzuge* ihn ja nicht«, sagt CJ, die das Gefühl hat, sich verteidigen zu müssen. »Ich liebe alle meine Kinder gleichermaßen – jedes auf seine Weise. Aber ich mag Liam als Mensch lieber als die anderen.«

»Kinder spüren so etwas, auch unbewusst, und das kann starke Rivalität unter Geschwistern auslösen«, sagt Tam.

»Gefühle kann man niemandem vorschreiben«, sagt CJ.

»Ich bin sicher, dass sich jedes Kind ab und zu vorkommt wie das Aschenputtel, das zu Hause schuften muss, während die anderen zum Ball gehen dürfen«, merkt Dooly an. »Das ist ganz normal, oder?«

»Ich sage meinen Kindern immer, dass ich sie alle gleich lieb habe«, fügt CJ hinzu.

»Solange sie nicht merken, dass du eines von ihnen bevorzugst, ist es also in Ordnung, ein Lieblingskind zu haben?«, fragt Liz.

»Ich kann doch an meinen Gefühlen nichts ändern«, erwidert CJ gereizt.

»Ein Lieblingskind zu haben, ist ein großes Tabu«, sagt Ereka. »Aber wir haben alle schon einmal so empfunden.«

»Ich nicht«, sagt Tam.

»Ich finde diese Sache extrem schwierig«, sagt Dooly leise.

»Erinnert ihr euch an *Sophies Entscheidung*? Stellt euch nur vor, ihr müsstet entscheiden, welches Kind ihr rettet und welches ihr opfert.«

Wir winden uns alle sichtlich.

»Ja, für wen würde man sich entscheiden?«, fragt Fiona leise. »Für das Kind, mit dem man sich am besten versteht? Oder fühlt man sich dem anderen gegenüber so schuldig, dass man genau das Gegenteil tut?«

»Oder wählt man das Kind, das einen am meisten braucht?«, fragt Ereka.

Stumm denken wir, jede für sich, über dieses Dilemma nach.

»Zum Glück müssen wir so was nicht entscheiden«, sagt Helen schließlich. »Solange wir sie fair behandeln, spielt der Rest keine Rolle.«

Mit dieser Zusammenfassung können wir alle leben und nicken zustimmend.

Doch trotz Helens tröstlicher Behauptung harrt die Ironie im Zentrum dieses Problems aus wie eine zerbrechliche

Ming-Vase. Verschiedene Geschmäcker und divergierende Meinungen bei Essen, Büchern oder Menschen gelten als Beweis für ein bewusstes Leben, doch wenn es um Kinder geht, sind Vorlieben schlicht undenkbar. Wir müssen sorgsam darauf achten, alle unsere Kinder gleichzubehandeln, obwohl wir alle wissen, dass, um es wie in *Farm der Tiere* auszudrücken, »einige Kinder gleicher sind als andere«. Und das liegt nicht immer daran, dass manche Kinder lieb und sanft sind und andere verabscheuungswürdige kleine Monster. Manchmal, aus irgendeinem unerklärlichen Grund, rührt eines unserer Kinder unser Herz auf eine besondere Weise. Und die Freude daran wird nur am Rande von Scham und Schuldgefühlen überschattet. Doch für die Wahrheit gibt es keinen Platz in der kommunistischen Planwirtschaft unserer Zuneigung. In der Liebe, wie auch im Rechtswesen, haben Gerechtigkeit und Fairness durchaus Bedeutung. Aber obwohl unser Handeln an strengen Maßstäben gemessen wird, können die inneren Reiche unserer Gefühle zum Glück nicht überwacht werden.

In früheren Generationen, als die psychische Gesundheit noch nicht als maßgeblich für das Wohlergehen eines Kindes galt, war solche Bevorzugung eine schlichte Tatsache. Verschmähte Kinder (oft uneheliche) wurden aus Testamenten ausgeschlossen und aus Familien verstoßen. Die Liebe der Eltern ist erst in jüngster Zeit zu einer Währung geworden, die sich in psychische Gesundheit der Kinder ummünzen lässt. Heutzutage kann ein Serienmörder sich bei seiner Verteidigung darauf berufen, die Mutter habe eines seiner Geschwister bevorzugt, damit das Strafmaß gemildert wird. Bevorzugung ist heutzutage theoretisch schon nah am psychischen Missbrauch.

All das klingt unterschwellig in Helens Klaps auf meinen Arm mit. Sie ist sauer auf mich, das merke ich.

»Es tut mir leid«, sage ich leise zu Helen.

»Das sollte es auch«, erwidert sie.

»Nächste Woche wird Cameron einen Wutausbruch kriegen und dann wird eines der anderen dein Lieblingskind sein«, sage ich.

»Ge-NUG«, entgegnet sie, tunkt eines ihrer drei kostbaren Artischockenherzen in die Sauce und bietet es mir an, obwohl sie ihren Ärger immer noch kaum verbergen kann.

Ich öffne den Mund und nehme ihr Versöhnungsangebot dankbar an. Es ist mir egal, wer davon erfährt – in diesem Moment ist sie mir der liebste Mensch auf der Welt.

7

Sollen sie doch Pfannkuchen essen

In der Welt des Essens gibt es einige himmlische Kombinationen. Kulinarische Seelengefährten. Lamm und Minze. Feigen und Käse. Dann gibt es die besonders zickigen Genossen, die wie Schwäne auf den perfekten Partner bestehen. Safran ist beispielsweise schwer zufriedenzustellen, was Verpaarungen in der Küche angeht. Fenchel ist auch so ein schwieriger Fall. Unkooperativ, launenhaft, streitet sich mit den friedlichsten, alltäglichsten Zutaten – wie etwa Gurken oder Kartoffeln, die sanftmütig und umgänglich sind und es gern allen recht machen wollen. Einige Verbindungen sind ganz gelassen, wie ausgeglichene Kinder, die es nicht schlimm finden, wenn der Spielkamerad, mit dem sie verabredet waren, doch nicht kommen kann. Eine Zitrone ist ebenso gern bereit, ein Hühnchen zu beträufeln wie eine Lammkeule. Oder sogar einen ganzen Rotbarsch. Manche, wie der Knoblauch, sind geradezu promiskuitiv, verteilen ihre Zuneigung zügellos, was aber allseits als angenehm empfunden wird. Verlässlich. Dann gibt es introvertierte Zutaten, die sich wie der G-Punkt schüchtern dem alltäglichen Gebrauch entziehen. Sie erfordern Initiative, Mut und Entdeckerfreude – Muskat ist so ein Kandidat. Ein herrliches Gewürz. Und ich weiß damit umzugehen.

Einer seiner besten Verbündeten ist Butternusskürbis. Ricotta, ansonsten ein eher langweiliger Gesellschafter, lebt in dieser Kombination auf, vor allem mit Orangenschale und einem Hauch trockenem Sherry. Für heute Abend habe ich Butternuss-Ricotta-Pfannkuchen gemacht. Und meine Freundinnen (bis auf Tam – ja, ich *habe* Mehl für die Pfannkuchen genommen, tut mir leid) sind der Ohnmacht nahe.

»Zimt?«, fragt Helen.

Ich nicke. »Aber das ist noch nicht alles.«

»Ingwer?«, versucht es CJ.

Ich schüttele den Kopf.

»Vanille-Aroma?«, schlägt Dooly vor.

Himmel, Dooly, da haben wir den Grund für deinen tiefen kulinarischen Fall. Ich unterdrücke meinen Hohn. In diesem Rezept ist Schäbigkeit nicht vorgesehen.

»Muskat«, sage ich.

Denjenigen unter meinen Freundinnen, für die Kochen nichts weiter ist als eine lästige, notwendige Haushaltsarbeit, bedeutet diese Enthüllung gar nichts. Helen und Ereka jedoch nicken beeindruckt, da sie mit ihren fein geschulten Kenntnissen wissen, dass Muskat kein umgängliches Gewürz ist. Zu viel davon – ganz gleich wie minimal der Überfluss ausfallen mag – macht jede Speise so bitter, dass sie nicht mehr zu retten ist. Zu wenig, und man hätte sich den Aufwand gleich sparen können – niemand wird bemerken, dass man sich um Muskat bemüht hat. Die meisten Leute haben zu viel Respekt davor, um es überhaupt zu gebrauchen. Man muss da sehr erwachsen herangehen. Man muss bereit sein, die Verantwortung zu übernehmen und das Sagen zu haben, aber wie die Kindererziehung ist auch der Umgang mit Muskat eine subtile, eher fließende Kunst. Das Muskat hat diese Pfannkuchen auf eine höhere Ebene gehoben. Das sehe ich, denn selbst Liz nickt anerkennend. Köstliches Essen übt eben diese Macht aus – es lässt uns in einen Zustand ekstatischer körperlicher Hingabe sinken, der vermutlich auch länger anhält als jeder noch so übertrieben geschilderte Orgasmus, den je eine von uns angeblich erlebt haben will. Da ich das weiß, habe ich einmal einen Mann mit Litschis verführt. Obst auf die richtige Weise zu essen, kann ebenso befriedigend sein wie ein inniger Kuss. Er sah zu, wie ich den knackigen Panzer aufbiss und die Hülle abschälte, um dieses weich gerundete Fleisch zu enthüllen, und dann sog ich daran wie ... sagen wir einfach, er hatte eine Erektion, bevor ich den Kern ausspuckte.

Nach den Artischocken kommen die Pfannkuchen als Retter daher. Nur Helen, Ereka und CJ haben sich diesem mühsamen Gemüse gestellt. Die übrigen voll beblätterten Artischocken liegen auf der Platte wie vergessene Blumensträußchen. »Na ja«, habe ich in der Küche Helen zugebrummt, während ich die Pfannkuchen gemacht habe, »die wissen eben nicht, was sie verpassen«; aber dass man meine Kunst so wenig zu schätzen wusste, hat Spuren hinterlassen. Ich könnte einen Kurs leiten mit dem Titel: Wie Sie mit Ihrem Groll über die Undankbarkeit anderer richtig umgehen. Meine Kinder, die mich alles gelehrt haben, was ich darüber weiß, bieten mir freundlicherweise oft Gelegenheit, meine Fähigkeiten darin noch weiter zu verbessern.

Dankbarkeit. Das ist die Erwartungshaltung, die uns ins Verderben stürzt. Ich bin früher sichtlich zusammengezuckt, wenn jüdische Mütter jedes Vorurteil bestätigten, indem sie die Schuldgefühle-Nummer abzogen: »Nach allem, was ich für dich getan habe ...« Jetzt sind es nur meine intellektuell-überheblichen Hemmungen, die mich davon abhalten, diese genetisch verankerte Phrase meinen eigenen Abkömmlingen um die Ohren zu hauen – für meine Kinder sind die vielen Monate (inzwischen sind Jahre daraus geworden) der Schwangerschaft, des Stillens, der schlaflosen Nächte und persönlichen Opfer unsichtbar. Warum *sollten* sie auch dankbar für all diese Wohltaten sein, mit denen ich sie überschüttet habe, bevor sie überhaupt danke sagen konnten? Ja, warum? Die süßen neunmalklugen kleinen Scheißerchen. »Danke zu sagen, hat noch niemandem weh getan«, erwidere ich schwach.

In den Augen meiner Kinder, geblendet von der Überzeugung, das alles stehe ihnen von Rechts wegen zu, bin ich unsichtbar. Ich versuche – oder ich werde bei dem Versuch sterben –, ihre Ansicht in diesem Punkt geradezurücken. Franks Theorie – ihnen möglichst nichts zu geben, damit sie dankbar für alles sind, was sie bekommen – war schwerer umzusetzen, als ich dachte. Ich liebe es, meinen Kindern eine Freude zu machen, aber ich verlange ein Dankeschön, und fordere es mit akribischer Genauigkeit ein, für jeden Lutscher, jedes kleine Geschenk und jeden Gefallen, den ich ihnen tue. Aber manchmal geht die Rechnung einfach nicht auf. Ich erinnere mich besonders gut an einen Nachmittag in den letzten langen Weihnachtsferien. Wochenlang hatte ich keine Unterhaltung mehr geführt, in der es

nicht irgendwann um Schwammkopf Bob und blauäugige weiße Drachen gegangen wäre. Die Hitze hatte uns dazu getrieben, den ganzen Tag in einem klimatisierten Schwimmbad zu verbringen, mit mehreren tausend anderen Kindern und ihren Müttern. Jamie und Aaron hatten sich je eine neue Schwimmbrille, neue Flipflops und ein aufblasbares Wasserspielzeug aussuchen dürfen und den ganzen Tag lang nichts anderes als Pommes und Eis gegessen, so etwa alle Stunde eine Portion. Auf dem Heimweg hielten wir bei der Videothek, um ein paar DVDs auszuleihen (meine einzige Hoffnung auf ein paar Stunden Ruhe für meinen dröhnenden Kopf). Als wir zur Haustür hereinkamen, sagte Jamie zu Aaron: »Meine schauen wir zuerst an.« »Nein, meine zuerst«, brüllte er, und klatsch, zack, kick, rumms. »MAAAMIIIII ... Aaron hat mich geschlagen!!!«
Ruhig warnte ich: »Wenn ihr beiden nicht SOFORT aufhört, euch zu streiten, gibt es überhaupt kein Fernsehen, keine Ausflüge mehr in diesen Ferien, und keinen Spaß!« All das platzte aus mir heraus, bevor ich richtig nachdenken konnte, denn im Grunde wollte ich natürlich sagen: »Sonst müsst ihr den Rest eures Lebens vor dem Fernseher verbringen ...« Schließlich war *ich* diejenige, die Ruhe brauchte. »Du bist eine doofe, gemeine Mama«, schrie mich Aaron an, die neue Schwimmbrille noch auf dem Kopf, die neuen Flipflops an den Füßen und die Finger klebrig von den vielen Süßigkeiten. Ja, er war müde, ja, er war aufgedreht von zu viel Zucker, aber das war, wie man so schön sagt, der Tropfen, der das Fass zum Überlaufen brachte.

Meine Wut über die Ungerechtigkeit dieser infantilen Erwartungshaltung ließ mich scharlachrot anlaufen. Wenn es biologisch möglich gewesen wäre, wäre mir heißer Dampf aus der Nase geschossen. Mit zusammengebissenen Zähnen listete ich alles auf, was sie an diesem Tag von mir bekommen hatten. In dieser Woche. In den vergangenen fünf Wochen. Während sie ungeduldig mit den Füßen scharrten, herrschte ich sie an, dass sie allein an diesem Vormittag so viel Sachen und Süßigkeiten bekommen hätten wie andere Kinder in ihrem ganzen Leben. Und dass sie sich glücklich schätzen könnten, eine Mutter wie mich zu haben. EINE LIEBEVOLLE! GROSSZÜGIGE!! FREIGEBIGE!!! SELBSTLOSE!!!! WUNDERBARE!!!!! Mutter wie mich zu haben!!!!!!

»Ich will meine DVD *zuerst* gucken«, sagte Jamie, ohne dass ihre Stimme auch nur ein bisschen zitterte. Mut hat sie jedenfalls. Aaron zog einen seiner Flipflops aus und schlug ihr damit auf den Kopf. Sie begann zu kreischen, packte seine Schwimmbrille und ließ sie am Gummiband zurückschnalzen, so dass sie ihm an den Kopf knallte. Er begann ebenfalls zu kreischen.

»Das war's«, sagte ich mit dünner, eiskalter Stimme. »Auf Wiedersehen. Ich gehe jetzt. Essen ist im Kühlschrank, und Jamie kann im Notfall die eins-eins-null wählen, aber ich bin jetzt *weg*.« Während ich ein bisschen Proviant, den Taramasalata-Dip und die Mini-Baguettes und eine Flasche Whisky aus dem Schrank holte, erklärte ich ihnen, sie könnten sich eine neue Mutter suchen – offensichtlich tauge ich ja nichts. Und dann ging ich zur Tür.

Sie gerieten in Panik.

»Ach, bitte geh nicht«, flehte Aaron.
»Was, wenn uns jemand entführt?«, sagte Jamie. »Dann würde es dir leid tun, dass du so gemein zu uns warst.«
»*Wem* sollte etwas leid tun?«, fragte ich.
»Uns, uns«, sagten sie nickend. »Es tut uns leid, es tut uns sehr leid …«
Ich blickte zwischen den beiden hin und her. Ein perverses Triumphgefühl überflutete mich.
»Na schön«, sagte ich, »aber wenn einer von euch beiden heute Nachmittag auch nur noch einen Mucks macht …«, drohte ich vage.
Vereint in ihrem Hass auf ihre böse Mutter, hatten sie es auf einmal sehr eilig, sich für den restlichen Nachmittag ins elektromagnetische Vergessen vor dem Fernseher zu verdrücken, Kekse zu futtern und das Kinderzimmer zu verwüsten. Und ich spülte zwei – ach was, wenn ich ehrlich sein soll, waren es drei – Paracetamol mit einem guten Schluck Whisky hinunter, rief Frank an und erklärte, er solle lieber früher nach Hause kommen. Dann setzte ich meine Kopfhörer auf und sang aus voller Kehle mit Robbie Williams *I just want to feel real love* hinter der geschlossenen Schlafzimmertür.
Ich habe mich vorerst mit der Wahrscheinlichkeit abgefunden, dass meine Kinder später einmal eine Psychotherapie brauchen werden, weil sie an irgendeinem Zustand leiden, für den es zweifellos sowohl eine wissenschaftliche Bezeichnung als auch das passende Medikament gibt. Verursacht von der Qual, mit dem Verlassenwerden bedroht worden zu sein. Aber wie Frank immer sagt: »Wenn es so weit ist, wessen Problem ist es dann?« Wir alle haben irgendwelche

Kindheitstraumata zu überwinden. Dann ist das eben das Trauma meiner Kinder. Wenn ich mir bereitwillig die größte Mühe gegeben habe, meine eigenen Bedürfnisse unterdrückt und jeder Laune und Bitte von Menschen nachgegeben habe, die nicht einmal ahnen, was irgendetwas kostet oder wie viel Arbeit irgendeine gewünschte Aktivität verursacht, und dafür dann nur kniehohe Verstimmung ernte – dann, so gestehe ich, dann bedenke ich nicht mehr, welche Konsequenzen meine Handlungsweise haben könnte. Nein, ich denke auch nicht dreimal darüber nach, bevor ich etwas sage, deshalb plappere ich in solchen Momenten meine geheime Sehnsucht aus – von ihnen frei zu sein, und sei es nur für eine Weile. Im Moment tue ich alles, was notwendig ist, um zu überleben. Und dazu gehören Drohungen, Gewaltanwendung, Täuschung und der Entzug von Zuneigung. Wenn mein Überleben nur auf Kosten der psychischen Unversehrtheit meiner Kinder zu sichern ist, werde ich eben an der Himmelspforte darüber Rechenschaft ablegen. Aber nicht vorher.

Die Generation unserer Eltern hat uns psychisch versaut, ohne es zu ahnen und weil sie es einfach nicht besser wusste. Wir hingegen haben, sofern wir lesen können und alt genug sind, einen Bibliotheksausweis bekommen, keine Entschuldigung dafür. Die Regale mit den Bänden über Entwicklungspsychologie ächzen unter der Last informativer Bände, die uns in allen Einzelheiten beschreiben, welche Auswirkungen die Ad-libitum-Fütterung im Gegensatz zu festen Mahlzeiten hat; wie man mit Rivalität unter Geschwistern umgeht; wie man seinen Kindern rücksichtsvolles Benehmen beibringt; wie man seinen Kindern zuhört, mit ihnen kommuniziert und sie liebt, und zwar alles auf einmal, ohne dabei den Blick für den großen Plan oder den Verstand zu verlieren. Zu jeder Nuance der Kindererziehung gibt es Theorien, bis hin zum elterlichen Gebrauch der Grammatik. Anscheinend liegen, psychologisch betrachtet, Welten zwischen den Sätzen »Das war dumm von dir« (der eine dauerhafte emotionale Narbe hinterlässt) und »Da hast du etwas Dummes getan« (völlig akzeptabel). Was mich angeht, kann ich nur sagen: Wenn sich ein Kind vorkommt wie eine Idiotin, nachdem es sich die Haare abgeschnitten hat, »weil ich aussehen will wie Barbie als Rapunzel«, dann ist das ein erzieherischer Sieg. Halbwissen (über das Mittelkindsyndrom, ADHS, Autismus und Dabrowskis Theorie der Übererregbarkeit) ist gefährlich, weil es unsere Fehler weniger verzeihlich erscheinen lässt als die unserer Eltern, die sich einfach aus Unwissenheit nicht darum geschert haben. Bedauerlicherweise ist es all diesen Erziehungsratgebern nicht gelungen, mein Verhalten als Mutter zu beeinflussen (ich schreie, klapse und drohe immer noch). Die Fortschritte der Psychologie zwingen diese Elterngeneration dazu, aufmerksamer, informierter und geradezu neurotisch selbstkritisch zu sein – wir sind Eltern, die bei den Kindern an der Rute sparen und uns dafür selbst damit geißeln. Denn uns ist die einzige Zuflucht geraubt worden: Unwissenheit.

Unwissenheit wird meiner Meinung nach stark unterschätzt. Denn andersherum betrachtet, ist sie Romantik pur, ohne jeden Zynismus. Der ganze Zyklus der Elternschaft ruht auf diesem schlammigen Grund. Wenn man die Entscheidung fällt, Kinder zu bekommen, ist man immer unzureichend informiert. Nichts kann einen auf die waghalsige Einwilligung vorbereiten, sein Leben mit jemandem zu verbringen, den man noch gar nicht kennt. Wer wäre schon so verrückt, einer Hochzeit mit einem Blind Date zuzustimmen – vor der ersten Verabredung? Oder einen Fremden in sein Gästezimmer einziehen zu lassen mit dem Versprechen, er dürfe so lange bleiben, wie er will? Doch genau das tun wir, wenn wir Kinder bekommen. Spiegeln wir uns nicht selbst vor, wir hätten die Sache gut durchkalkuliert: Eine Mami plus ein Papi plus ein Baby ergibt drei? Kinder zu bekommen, ist ebenso wenig eine einfache Gleichung wie ein Rezept – Butternusskürbis + Ricotta = Butternuss-Ricotta-Pfannkuchen. Alchemie gehört zu jedem Schöpfungsakt, ob dieser nun in der Gebärmutter oder in einer Bratpfanne stattfindet. Alles und jeder wird bei diesem Prozess verändert, und dann kann man nicht mehr sagen, wo der Butternusskürbis aufhört und der Ricotta anfängt, oder welche Rolle das Muskat dabei gespielt hat. Wenn man die Resultate unserer genetischen wie unserer kulinarischen Anstrengungen beurteilen will, gilt das, was Helen immer sagt: »Hoffe das Beste, aber rechne mit dem Schlimmsten.«

Liz beugt sich vor, offenbar sucht sie etwas. Ist es möglich, dass sie tatsächlich einen Nachschlag möchte? Sie zögert, gibt nach. Ich kann mir das Grinsen kaum verkneifen. Endlich habe ich Liz' frigiden Appetit verführt.

»Wisst ihr, was ich wirklich hasse?«, fragt CJ, die buchstäblich den Teller abschleckt.

»Leute, die im Park die Hundescheiße nicht aufsammeln?«, vermutet Fiona. Ich kann mir nur vorstellen, wie furchtbar sie das ärgern muss.

»Nein, äh, doch, das hasse ich auch, aber was ich sogar noch mehr hasse, sind ...«

»Männer, die sich nicht binden wollen?«, schlägt Tam vor, die wieder einmal anderen Sorgen unterstellt, die sie sich lieber selbst eingestehen sollte.

»Männer im Allgemeinen?«, mutmaßt Ereka. Sie hat ihren zweiten Pfannkuchen entrollt und gräbt mit der Gabel in der Füllung herum wie auf Goldsuche. Wenn sie fragt, sage ich es ihr einfach: Es ist die Orangenschale.

»Lunchboxen«, sagt CJ.

Wie alle nicken. Du brauchst kein weiteres Wort zu sagen, Schwester. Wir verstehen dich auch so. Auf einer Stufe mit chauvinistischen Frauenhassern (und rassistischen Witzen, CJ). Ach ja. Diese kleinen Tupperbehälter mit den Namen unserer Kinder darauf, die jeden verdammten Morgen wieder vor einem stehen, mit einem undefinierbaren Brei aus abgepellter Eierschale, zermatschter Banane, halb gegessenen Erdbeermarmelade-Sandwiches und einem Apfel mit einem einzigen braun vertrockneten Biss daran. Pausenbrot-Tupper sind die Bestätigung dafür, dass für Mütter das Murmeltier wirklich täglich grüßt. Wir alle fühlen uns zu Tode deprimiert vom täglichen Auftritt der Lunchbox, die verächtlich fordert: Füll mich doch. Aber bitte nur Essen mit wenig Fett, wenig Zucker, viel Energie, vielen Ballaststoffen, und vitaminreich, natürlich. Damit deine Kinder gesunde, glückliche, stabile, normale, funktionierende Mitglieder dieser Gesellschaft werden.

Und wenn ihr mich dafür ans Kreuz nagelt: Ich habe die Hohe Schule der Kinderernährung nicht gemeistert. Im

Gegensatz zu Helen, und Tam natürlich, die ihren Kindern ausgewogene Mahlzeiten zubereiten, mit Proteinen, Kohlehydraten, gedämpftem Brokkoli und Pilzen, gefolgt von frischem Obst, habe ich in dieser Aufgabe kläglich versagt. Abgesehen von Würstchen (die vermutlich eher als Fett gelten müssen denn als Eiweiß), nimmt Aaron Proteine nur in Form von McDonald's-Burgern und Erdnussbutter zu sich. Um das Ganze spannender zu machen, haben sich sämtliche Schulen in Sydney zu Erdnuss-freien Zonen erklärt. Ich gebe es ja zu: Ein Kind mit einer Erdnussallergie davor zu schützen, dass es mit einem anaphylaktischen Schock zusammenbricht, ist eine ganz vernünftige Begründung für diese Maßnahme, aber mein Morgen wird dadurch zusätzlich kompliziert.

»Was gibst du Aaron denn in die Schule mit?«, fragt mich CJ.

»Also, normalerweise – einen Kakao, einen Bagel (trocken), eine Portion kalte Nudeln (trocken, und nur die ringeligen), zwei Reiscracker und Popcorn. Und einen grünen Apfel.« Und bevor die anderen mich darauf hinweisen können, sage ich: »Ja, ich weiß. Das sind viel zu viele Kohlehydrate.«

Ich sehe Tam an. Sie zuckt nur mit den Schultern.

Tam ist überzeugt davon, dass Aarons Überdosis Kohlehydrate für seine Reizbarkeit verantwortlich ist, für seine Stimmungstiefs, Wutanfälle, die Attacken gegen andere Kinder in der Schule, seine Neigung, unsere Katze zu quälen, und diverse andere liebenswerte Charakterzüge. Vor einer Weile hat sie mir ganz im Ernst folgende Liste präsentiert:

Mit ihm zum Homöopathen gehen
(Name und Telefonnummer).

Fischöl verabreichen.

Milchshake mit Proteinpulver geben – nur laktosefreie Milch (Marke der Milch und Anschrift Reformhaus).

Milchprodukte meiden. Vielleicht hat er eine Laktoseintoleranz.

Kinesiologen aufsuchen
(Name und Telefonnummer).

Keine künstlichen Zusatzstoffe – Zutatenliste von allem prüfen, was du kaufst.

Keinen Zucker.

Absolut kein Gluten.

In Augenblicken des zielstrebigen Pflichteifers habe ich jedem dieser Vorschläge eine faire Chance gegeben. Das hat mich ein kleines Vermögen gekostet, und mein Küchenschrank ist immer noch voll mit gesunden Nahrungsergänzungsmitteln, die nach einem sehr kurzen Einsatz schon sehr lange dort verstauben. Da stehen sie nun, eine Sammlung von Tiegeln und Flaschen, deren Inhalt allmählich erhärtet. Im Lauf der Jahre bekam ich Fischöl auf die Bluse gespuckt, Johannisbrot-Reiscracker wurden auf den Boden gespien, und ich wurde in regelmäßigen Abständen als »böse, gemeine Mutter« bezeichnet. Ich stehe nicht auf Bestrafung. Manche Dinge sind einfach zu viel.

Manchmal, unter dem Einfluss eines postmenstruellen Energieschubs, setze ich meine Bemühungen fort, Aarons Eiweißaufnahme zu steigern. Ich kaufe zwei Kilo fettfreies Hackfleisch und bringe einen Nachmittag damit zu, hausgemachte Frikadellen und Hamburger zu formen und zu braten (mit einem halben Teelöffel Olivenöl, versteht sich). Ich mische heimlich verborgene Zutaten unter. Wenn Aaron auch nur ein Fleckchen Orange (geraspelte Karotten) oder Grün (Petersilie oder Sellerie) sieht – oder zu sehen glaubt –, die ich hineingeschmuggelt habe, baut er sich vor mir auf und verkündet mit zornfunkelnden Augen: »Das. Ist. E-ke-lig.« Mein Sohn ist gnadenlos. Er isst grüne Trauben. Aber keine roten. Und nur kernlose. Er isst Brot. Pur. Und ohne »Stückchen« (also nur Weißbrot). Und ein Stück Käse. Pur. Aber wenn ich ihm ein Käsesandwich anbiete, »pures Brot und purer Käse, die nur Händchen halten, mein Schatz«, sagt er zu mir: »Friss meine Shorts.« Ich beiße mir auf die Zunge und schwöre mir insgeheim, dass er in seinem wählerischen, mäkeligen Leben keine einzige *Simpsons*-Folge mehr sehen wird.

»Das finde ich gar nicht so schlimm«, sagt CJ. »Jorja will von allem nur ›das Weiße‹ – Eiweiß, den weißen Teil einer Gurke, nur geschälte Äpfel und gestampfte Kartoffeln.«

»Siehst du, sie hat deine rassistische Weltanschauung geerbt«, bemerke ich.

»Ach, halt die Klappe«, schnaubt CJ.

»Das einzige Protein, das Kylie essen will, ist Räucherlachs«, sagt Ereka. »Die kleine Prinzessin. Ist da Zitrone drin?«, fragt sie mich.
Ich lächle. »Orangenschale.«
»Abgesehen von deiner Muttermilch, meinst du wohl«, erinnert Tam sie.
»Nur zum Runterspülen«, sagt Ereka. »Wusste ich's doch«, sagt sie zu mir. »Göttlich ...«
»Tyler isst überhaupt kein Obst oder Gemüse«, sagt Dooly. »Außer, man lässt Pommes und Tomatensauce als Gemüse gelten.«
»Hast du schon Fortschritte bei Aarons Nahrungsrepertoire gemacht?«, fragt mich Tam, als müsse sie es mir jedes Mal unter die Nase reiben, wenn sie mich sieht. Wenn wir irgendwelche Fortschritte erzielt hätten, hätte sie aus der Zeitung davon erfahren.
Ich schüttele den Kopf.
»Und wie benimmt er sich in letzter Zeit?«, fragt Fiona. Ich atme tief durch.
Die Wutausbrüche meines Sohnes sind legendär. Alle meine Freundinnen haben schon mindestens einmal miterlebt, wie er sich in einen Tasmanischen Teufel verwandelt und ich schließlich in Tränen ausbreche. Die Verzweiflung hat mich dazu getrieben, *Unser Kleinkind*, *Die Indigo-Kinder*, *Kinder sind auch Menschen*, *Männer sind anders. Frauen auch*, und *Kinder sind vom Himmel*, *Das Geheimnis glücklicher Kinder* und alles von Rahima Baldwin zu lesen, auf der Suche nach einem Rettungsring, irgendeiner Methode oder Technik, nach der ich in meiner Not greifen kann. Gott ist mein Zeuge, ich habe mich bemüht, all diese sehr

nützlichen Tipps umzusetzen. Auszeit. Keine Auszeit. Ignorieren. Nicht ignorieren. Konsequenz. Drohungen wahr machen. Schließlich hatte ich nichts als eine lange Reihe desaströser Fehlschläge aufzuweisen und überzeugte Frank davon, dass wir über Aaron »mit jemandem sprechen« müssten.

Monatelang trug ich schon die Namen und Telefonnummern mehrerer Kinderpsychologen mit mir herum. Aber Frank gewährt Außenstehenden nicht gern Einblick in sein Privatleben. Er wurde mit fester Hand und sehr wenig Nachsicht erzogen. Er steht offen zu seiner Meinung, dass Leute, die glauben, eine Psychotherapie zu brauchen, sich »einfach mal zusammenreißen« und ihr Leben in den Griff kriegen sollten. Es gibt nichts, was nicht durch ein kaltes Bier und ein Fußballspiel im Fernsehen kuriert werden könnte. Er hat nur eine Philosophie, was die Kindererziehung angeht: »Ich sage an, sie hören zu.« Und er sagt nur einmal an. Wenn sie dann nicht auf ihn hören, gibt er auf. Er überlässt das mir. Schließlich bin ich diejenige, die Kinder wollte.

Ich liebe Frank aus vielen Gründen, nicht zuletzt deshalb, weil er niemals die Hand gegen unsere Kinder erhoben hat. Ich bin mit einem Vater aufgewachsen, der mich geohrfeigt hat. Und wenige Kindheitserinnerungen sind für mich so schmerzlich wie die Erinnerung daran, von einem Erwachsenen geschlagen zu werden, ohne mich verteidigen oder zurückschlagen zu können. Ich habe außerdem sechs Jahre lang mit misshandelten Ehefrauen gearbeitet. Ich habe wenig Verständnis für Leute, die Schwächeren körperliche Schmerzen zufügen.

Bitte frag mich nicht. Lass mich lieber dich fragen. Schlägst du deine Kinder?
Fiona tut es nicht. Bei unserer letzten Zusammenkunft hat sie schlicht gesagt: »Ich würde Gabriel niemals schlagen.«
»Schreist du ihn wenigstens an?«, fragte ich hoffnungsvoll.
»Jede Mutter schreit mal«, sagte sie. »Das ist nicht meine bevorzugte Form der Kommunikation, aber ich schreie schon auch. Manchmal.«
Na klar doch. Fiona hebt nie die Stimme. Sie hat das nur gesagt, um unsere Gemeinschaft zu stärken und sich nicht zu isolieren. Niemand will gebrandmarkt werden als Die, Die Nie Schlägt. Außer Tam. Ich gestehe lieber gleich, dass ich neidisch auf Fionas selbstgerechte Behauptung bin. Ich wünschte, ich hätte immer so gehandelt, dass ich mit Fug und Recht und ohne einen Anflug von Scheinheiligkeit erklären könnte: »Es ist falsch, Kinder zu schlagen.« Sie hat recht. Theoretisch. Leider bin ich in der Praxis nicht so weit gekommen. Im Gegensatz zu Fiona *habe* ich im Zorn die Hand gegen meine Kinder erhoben. Im Gegensatz zu Fiona *habe* ich meine Kinder dazu gebracht, vor Schreck und Angst zu weinen. Im Gegensatz zu Fiona *habe* ich gesehen, wie mein Handabdruck sich rot auf ihrer zarten Haut abzeichnet, wie geheime Markierungen auf einer Schatzkarte. Und im Gegensatz zu Fiona bin ich schon beinahe vergangen vor Selbsthass und Scham, den Folgen dieser primitiven Gerechtigkeit.
Aber im Gegensatz zu Fiona habe ich auch kein Kind wie Gabriel – leise, höflich, ruhig und absolut lieb, abgesehen von seinen exzentrischen Seltsamkeiten, die jedoch nie die geistige Gesundheit seiner Mutter gefährden. Vielleicht

liegt das daran, dass Fiona, im Gegensatz zu mir, selbst leise, höflich, ruhig und absolut lieb ist. Und seien wir doch mal ehrlich, sie hat nur ein Kind, im Vergleich zu zwei Kindern also praktisch gar keines. Selbst unter uns Müttern hier gibt es eine Hierarchie, geordnet nach Anzahl und Alter der Kinder, die man hat.

»Aaron *ist* ein schwieriges Kind«, sagte Fiona damals zu mir.

Sie wollte nur nett und großzügig sein. Aber Nettigkeit, gespickt mit unterschwelliger Psychoanalyse und Mitleid, bringt mich auf die Palme. Meine Schuldgefühle und meine Scham brauchen ebenso wenig mitleidige Zuschauer wie zwei Bären, die in ihrem engen Käfig vor dem Gitter hin und her trotten. Es würde mir schwerfallen, zu entscheiden, was mich mehr ankotzt – dass ich so erbärmlich war, meine Kinder zu schlagen, oder dass andere mich dafür verurteilen. Aus diesem Grund fühle ich aus ganzem Herzen mit anderen Müttern, vor allem im Supermarkt, die ein winziges Neugeborenes im Wagen oder in der Trageschlinge haben und mit einem unmöglichen, tobenden Kleinkind kämpfen müssen. Öffentliche Missbilligung ist alles, was noch fehlt, damit ihr die Schamesröte ins Gesicht steigt und ihr Neugeborenes zu schreien anfängt. Zwischen den Konserven und dem Kühlregal mit den Milchprodukten wird sie mit vorwurfsvollen Blicken festgenagelt. Wenn sie jetzt die Stimme oder gar die Hand hebt, lautet das Urteil der Zuschauer: »Böse Mutter, armes Kind.« Wenn sie es mit ruhigem Zureden versucht, der Wutanfall aber eskaliert und sie die Situation nicht mehr unter Kontrolle bekommt, urteilen die Leute abschätzig: »Schwache Mutter, aufsässiges

Kind.« Niemand sieht sie jemals an und denkt: »Böses Kind, arme Mutter.« Außer vielleicht andere Mütter mit ähnlich gestörten Kleinkindern.

»Ich schlage meine ja nicht *gern*«, sagte CJ, als hätte Spaß irgendetwas damit zu tun. »Aber ich habe es schon getan, wenn die Situation so außer Kontrolle gerät, dass einem keine andere Wahl mehr bleibt. Aber man sollte das nie aus Jähzorn tun. Sondern ruhig und beherrscht.« Na klar, wie ein Wächter im Todestrakt, der seelenruhig den Stromhebel umlegt.

Fiona schüttelte den Kopf. »Ich glaube, dass man damit die falsche Botschaft vermittelt – nämlich dass man Schwierigkeiten mit Gewalt und Aggression löst. Du bist damit kein Vorbild für das Verhalten, das deine Kinder lernen sollen«, sagte sie.

Genau dieses Argument hatte mich damals beim Jurastudium von der ethischen Absurdität der Todesstrafe überzeugt. Man kann Menschen nicht lehren, dass es falsch ist, zu töten, indem man sie tötet. Doch wohl nicht im Ernst. Beherrschung angesichts von Brutalität ist der Trumpf des Stärkeren. Aber bei Fiona und Tam frage ich mich schon, wo sich deren Wut eigentlich hinwendet und ob eine brüllende, schlagende Mutter wie ich langfristig und letzten Endes nicht doch weniger schädlich für ein Kind ist als eine, die ihren Zorn immer herunterschluckt. Ist eine ehrliche Reaktion, wie etwa »Ich könnte dir den Hals umdrehen«, nicht aufrichtiger als »Wie wäre es mit einer Auszeit, damit du über die verletzenden Dinge nachdenken kannst, die du gerade gesagt hast?«? Ich beneide die erwachsene Selbstdisziplin von Menschen, die ihre kochende, brutale

Wut in besänftigendes Gemurmel umwandeln können, aber ich finde, sie haben auch etwas Verklemmtes, Unaufrichtiges. Vielleicht liegt das auch an meiner jüdischen Herkunft – wir sind nun mal ein schreiender, heulender, stöhnender Stamm. Mit überkochenden Emotionen habe ich kein Problem. Und mal ganz ehrlich, ich brauche auch weder Kickboxen noch Prozac.

Aber als ich an jenem Tag mit meinen Freundinnen zusammensaß, schwor ich mir: Keine Schläge mehr. Trotz der köstlichen, momentanen Erleichterung, wenn sich meine Wut entlädt wie ein aufgestautes Niesen, bleibt eben noch lange danach die bittere Reue, jemanden verletzt zu haben, den man liebt. An jenem Tag überredeten sie mich gemeinschaftlich, zu einer Kinderpsychologin zu gehen.

Ich rang Franks Widerstand nieder. Ich erklärte sogar, *er* müsse auch mitkommen. Das sei er Aaron schuldig. Das sei er mir schuldig. Ich weinte. Ich bettelte. Schließlich verweigerte ich mich im Bett. Also musste er irgendwann nachgeben und mitkommen.

Sie war sehr nett, diese Kinderpsychologin, eine ältere Frau in einem piekfeinen Haus in Dover Heights. Sie war freundlich und warmherzig und bot uns etwas Kaltes zu trinken an. Ich nahm dankend an. Frank lehnte ab.

Ich begann, von den wüsten Missetaten meines Sohnes zu erzählen.

Sie nickte und machte sich Notizen.

Frank sagte lange gar nichts, und dann begann er zu reden. Er erzählte von seiner Kindheit, seiner Frustration über die alltäglichen, kleinlichen Zwänge des Vaterseins, unsere finanziellen und emotionalen Probleme als Einwanderer in

diesem Land, die fehlende, durch nichts zu ersetzende Unterstützung der Großfamilie, und über die Kleinigkeiten, die ihn ständig ärgerten und im Mikrokosmos unserer winzigen Familie stark vergrößert wirkten. Während ich ihm zuhörte, verstand ich zum ersten Mal, wie furchtbar schwierig es für ihn war, Vater zu sein. Und wie sehr er mich liebte, so sehr, dass er sich bereit erklärt hatte, Vater zu werden, damit ich Mutter werden konnte. Ich liebte ihn dafür umso mehr.
Unsere Therapeutin zeigte sich verständnisvoll. Sie gab uns Regeln für diese Woche mit.

Regel 1: Nicht schreien (eher fast flüstern, damit er sich anstrengen muss, um zu verstehen, was wir sagen – wenn wir schreien, hören die Menschen uns nicht zu).
Regel 2: Aaron an einen Zufluchtsort bringen, wenn er einen Wutanfall hat, oder ihm sagen: »Ich muss jetzt in mein Zimmer gehen und die Tür zumachen, weil mir die Ohren weh tun, wenn du so schreist.«
Regel 3: Nicht schlagen.
Regel 4: Notieren, wann er unleidlich wird – besteht ein zeitlicher Zusammenhang mit Hunger? Müdigkeit? Irgendeinem anderen Faktor?
Regel 5: Im Zweifel immer auf Regel 1 zurückgreifen.

Wir verließen die Praxis, bewaffnet mit einem Plan. Wir würden nicht schreien. Ich hätte nicht entschlossener sein können, mich an diesen Plan zu halten. Ich würde dieses Problem ein für alle Mal in den Griff bekommen.

Tag eins nach der Therapeutin: Ich schreie nicht. Als Aaron nachmittags um zwanzig nach vier einen Wutanfall bekommt, weil ich keine Würstchen zum Abendessen habe, erkläre ich ihm ruhig, dass ich jetzt den Raum verlassen muss, weil mir die Ohren weh tun, wenn er so schreit. Ich gehe in mein Zimmer und schließe die Tür. Aaron wirft sich dagegen und stößt sie wutentbrannt auf. Ich schiebe ihn aus meinem Zimmer, schließe die Tür und halte die Klinke fest. Er hämmert gegen die Tür und versucht mit aller Kraft, die Klinke zu drücken. Er ist ein kräftiger kleiner Scheißer. Aber ich halte durch. Zumindest jetzt bin ich noch die Stärkere. Ruhig wiederhole ich immer wieder, dass ich herauskommen werde, sobald er sich beruhigt. Ich schlage ihm vor, es wäre das Beste, wenn er jetzt aufhört zu schreien. Er brüllt und heult weitere achtzehn Minuten lang. Aber dann hört das Geheul auf. Ich komme aus meinem Zimmer, meine Hand ist taub, so lange musste ich die Klinke festhalten. Ich nehme ihn in den Arm, füttere ihn, bade ihn, lese ihm *Wo die wilden Kerle wohnen* vor. Kurz vor dem Einschlafen sagt er: »Du bist die beste Mami auf der Welt.« Ich habe einen Kloß in der Kehle. Vielleicht könnte ich das werden.
Tag zwei nach der Therapeutin: Wiederholung von Tag eins.
Tag drei nach der Therapeutin: Wiederholung von Tag eins, bis zu einem Punkt etwa fünfzehn Minuten nach Beginn des Wutanfalls. Da schreit Aaron mich an: »Du dumme Scheißkuh!« Ich wünschte, ich könnte behaupten, dass ich seelenruhig weiter auf meiner Seite der Tür sitzen bleibe und warte, bis der Wutanfall vorüber ist. Doch bedauerlicherweise läuft es nicht so. Nein, stattdessen reiße ich die

Tür auf, brülle Aaron an und versohle ihm den Hintern: »Wie KANNST du es wagen, so mit mir zu sprechen? Sprich NIE (*Klaps*), NIE (*Klaps*) wieder so mit mir (*Klaps*)!!!!!«

Danach habe ich mich tagelang gehasst. Aber als an jenem Tag die Sonne unterging, wurde er auch umarmt, gefüttert, gebadet und mit einer Gutenachtgeschichte ins Bett gebracht. Und vor dem Einschlafen sagte er zu mir: »Du bist die beste Mami auf der Welt.« Kinder verzeihen einfach alles. Das ist fast schon psychopathisch.

Nun sieht Fiona mich an und wartet auf meine Antwort.

»Er macht sich schon viel besser«, sage ich.

8

Das Bestechungskätzchen

Die Platte ist so sauber gekratzt wie eine Schüssel, in der ich Schokoladenkuchenteig gemischt habe, wenn meine Kinder damit fertig sind. Die Pfannkuchen waren ein durchschlagender Erfolg. All jene, die tapfer genug waren, sich den Gefahren des Glutens zu stellen, sind sich darin einig. Tam sitzt ein wenig abseits und nippt an ihrem Wasser, eingeschnappt, weil sie offenbar etwas verpasst hat. Liz hat sogar gesagt, ich müsse ihr unbedingt das Rezept per E-Mail schicken, sie sei sicher, »dass Lily so etwas hinzaubern kann«. Ich habe es ihr versprochen, so unbekümmert, wie wir Urlaubsbekanntschaften versichern, man würde »in Verbindung bleiben«. Es verschafft mir eine heimliche Befriedigung, dass selbst die gute alte Lily (die das alles des Geldes wegen tut, und nicht aus Liebe) ohne den Muskat-Instinkt im Herzen einer wahren Köchin diese Pfannkuchen niemals hinbekommen wird.

Aber ich kann Liz nicht erklären, dass Kochen eine Kunst ist, keine Wissenschaft – sie ist zu verhaftet in diesem maskulinen Linkshirn-Denken. Aber ihre Reaktion auf die Pfannkuchen sagt mir unzweifelhaft, dass irgendwo da drin ein Mädchen auf einer mondbeschienenen Lichtung einen Reigen tanzt.

Ereka, bis obenhin mit Pfannkuchen vollgestopft, hat sich

mit ihrem zweiten Joint auf die Terrasse zurückgezogen. Wir übrigen haben uns auf den Sofas ausgebreitet oder zusammengerollt wie eine Familie fetter Katzen in der Wärme, in der Hoffnung auf ein wenig Erleichterung im Verdauungstrakt und etwas Platz für die noch folgenden Genüsse. Ich sitze ohne Schuhe im Schneidersitz auf dem Boden neben Fiona, die die Finger in mein Haar gegraben hat und mir die Kopfhaut massiert. Wenn ich schnurren könnte, würde ich es jetzt tun. Du lieber Himmel, wenn Männer nur wüssten, dass das Geheimnis zur sinnlichen Beglückung einer Frau an so bescheidenen Stellen wie ihren Haarwurzeln verborgen liegt.
Tam stört die Stille. »Weiß jemand, wie spät es ist?«
»Ach, wen kümmert's?«, erwidert Helen. »Du musst jetzt noch nicht gehen, entspann dich.«
»Ich muss im Morgengrauen dort sein«, sagt Tam ein wenig getroffen. »Ihr wisst doch, wie diese Privatschulen sind ...«
Niemand widerspricht.
Dann fragt CJ: »Wie macht sich Jamie denn an ihrer neuen Schule?«
Meine Stimme klingt gedehnt und locker. »Viel besser«, sage ich. »Die staatlichen Schulen werden wirklich unterschätzt ...« Dooly nickt – nicht, dass sie oder ich eine Wahl hätten. Für uns war die Frage, ob wir die Schulgebühren einer Privatschule bezahlen oder etwas zu essen kaufen. Vor drei Monaten waren Frank und ich gezwungen, Jamie von ihrer Privatschule zu nehmen und sie quasi seitwärts, hoffen wir (abwärts, befürchte ich), in eine öffentliche Schule zu verschieben.

»Sie lernen alle Lesen und Schreiben, egal, in welche Schule sie gehen«, sagt Tam beruhigend. Sie merkt nicht, wie hohl und frivol es klingt, wenn sie das sagt, deren Söhne die teuerste Privatschule für Jungen in ganz Sydney besuchen.
»Ja, Kinder brauchen den ganzen Druck sowieso nicht«, sagt CJ. Ihre Kinder werden ebenfalls im sicheren Schoß einer Privatschule erzogen, wenn auch nur dank DVS.
Ich würde mich wirklich mal über Forschungsergebnisse freuen, die bestätigen, dass es keinen Unterschied zwischen privaten und öffentlichen Schulen gibt, vor allem in den ersten Jahren. Und das, obwohl ich selbst ein Produkt dieser verderblichen, exklusiven Enklave »Privatschule« bin. Meine Eltern haben sich die Schulgebühren in der guten alten jüdischen Tradition des elterlichen Märtyrertums vom Munde abgespart, und ich verließ das Privatschulsystem, überbehütet und aufgeblasen, mit hervorragenden Noten und einem Studienstipendium. Die Welt, so hatte man mich gelehrt, war meine Auster. Und da meine Kinder es ja besser haben sollen, und nicht etwa schlechter, hoffe ich natürlich, dass auch sie dieses köstliche Universum mit größtmöglicher Chancengleichheit zu schlürfen bekommen.
»Ich hoffe nur, wir haben das Richtige für sie getan«, sage ich bedrückt. »Ich will nicht, dass ihr deshalb irgendwelche Chancen entgehen.«
»Kinder auf eine Privatschule zu schicken, ist auch keine Garantie für ihren Erfolg«, sagt Liz. Das tröstet mich nicht, denn ihre Kinder genießen ebenfalls private Schulbildung.
»Privatschulen sind nur eine hochgestochene und teure Versicherung gegen elterliche Schuldgefühle«, sagt Helen.

Sie hat ihr T-Shirt hochgezogen und verteilt Fionas Kamillenöl auf ihrem Bauch, samt Hängebauch und allem drum und dran.

»Vielleicht«, gebe ich zu, »aber man bekommt automatisch den Märtyrer-Freibrief, wenn man den privaten Schulweg beschreitet – und wenn die Kinder trotzdem zu Verbrechern heranwachsen, kann man alles auf die Schule schieben und behaupten, man hätte ihnen den allerbesten Start ermöglicht. Aber wenn man den öffentlichen Weg nimmt und die Kinder durchfallen oder von der Schule fliegen, tja, dann muss man sich einen Teil der Schuld selbst zuschreiben. Und ich kann jetzt schon hören, wie wir uns darum streiten, wer Aaron gegen Kaution aus dem Knast holt und wer sich um das Baby kümmert, während Jamie ihr Abitur macht. Da hätte ich doch lieber meinen Märtyrer-Freibrief.«

Die Mädels lachen mich aus. Aber es ist eigentlich nicht zum Lachen – nur jene, die den Luxus der Wahl genießen, können darüber lachen.

»Hat Jamie denn schon neue Freundinnen gefunden?«, fragt Dooly.

»Ich glaube schon«, antworte ich. Aber mein Herz zieht sich ein wenig zusammen – der Körper lässt einen nicht mit nonchalanten Floskeln über die Anpassungsfähigkeit des eigenen Kindes davonkommen.

»Wie hat Jamie es denn aufgenommen, als ihr es ihr gesagt habt?«, fragt Liz.

Jetzt halte ich Fionas Hände an meinem Kopf fest und wende mich zu Liz um. Jamie, so anpassungsfähig in ihrer kindlichen Unschuld, hatte im Alter von gerade mal vier Jahren

eben erst ihre ganze Welt neu arrangieren müssen, um mit einer ganzen Reihe erbarmungsloser Verluste fertig zu werden – Großeltern, Cousins und Cousinen, Tanten, ihre beiden Katzen Rain und Shadow, ihren Berg (so nannte sie den Table Mountain, den wir von der Veranda unseres Hauses in Kapstadt über der Krone des Avocadobaums aufragen sehen konnten), ihr Kindermädchen Thandi und ihre Vorschule am Fluss, auf deren Gelände sich Ziegen, Schildkröten und Kaninchen tummelten. Dann drei Umzüge in den drei Jahren, seit wir nach Sydney ausgewandert sind. Jedes Mal, wenn wir alles in Kartons packten, seufzte sie und fragte: »Wird das jetzt für immer unser Zuhause?« Sie war volle zwei Jahre auf ihrer Privatschule gewesen – praktisch die einzige Konstante in ihrem Leben. Es wäre gnädiger gewesen, ihr die Fingernägel einzeln herauszureißen, fürchte ich, als ihr zu sagen: »Du musst leider wieder umziehen.« Der Ausdruck in ihren großen braunen Augen raubte mir eine Woche lang den Schlaf, ich lag im Bett und starrte auf die Risse im Deckenputz.
»Drücken wir es mal so aus, ich bin nicht gerade zur Mutter des Jahres nominiert worden«, sage ich.
»Schuldgefühle halten einen zu unchristlichsten Stunden viel besser wach als Kaffee«, sagt CJ. »Glaubt mir, ich kenne das.«
»Aber ich habe es wiedergutgemacht – sie hat ein neues Kätzchen bekommen. Ich habe Jamie gesagt, sie dürfte ein neues Kätzchen haben, wenn sie brav die Schule wechselt.« Das könnte man wohl, rein technisch betrachtet, als Bestechung bezeichnen. Zumindest war es ein billiger Trick, das gebe ich zu. Sie liebt Tiere, und ich war verzweifelt. Die

verträumte Vorfreude auf ein Kätzchen, ihr eigenes Kätzchen, ließ sie die Beunruhigung über die neue Schule glatt vergessen. Zumindest anfänglich.

»Hat es funktioniert?«, fragt Tam, die zwar die Antwort auf diese Frage kennt, aber mir dennoch ein Geständnis entlocken will.

»Wohl kaum. Ein Kätzchen und eine neue Schule haben nichts miteinander zu tun. In den ersten Wochen schien sie ganz begeistert zu sein, aber eines Tages ist sie auf der Heimfahrt im Auto in Tränen ausgebrochen.«

»Sie war sicher müde«, sagt Helen. »Sie ist doch noch klein, und so ein Schultag ist sehr lang für ein Kind.«

»Nein, ich weiß, wie sie ist, wenn sie müde ist«, erwidere ich. »Als ich sie gefragt habe, warum sie weint, kam alles heraus: dass die anderen Mädchen gemein zu ihr sind und sie niemanden zum Spielen hat, dass sie ja versucht, glücklich zu sein, dass sie ja auch glücklich sein will, aber dass sie nur so tut, als sei sie glücklich. Warum tust du so, habe ich gefragt. Und sie hat gesagt: ›Weil du willst, dass ich glücklich bin.‹«

»Armes Mäuschen«, sagt Fiona und macht sich mit neuer Entschlossenheit über meine Kopfhaut her.

»Es gibt nichts Schlimmeres, als mit ansehen zu müssen, wie mein Kind leidet«, sage ich.

Mein Blick huscht zu Ereka, die immer noch auf dem Balkon steht, und ich bin erleichtert, dass mein lächerlicher Schmerz nicht gegen ihr Leid abgewogen wird.

»Es ist offensichtlich, wie wichtig es ihr ist, dass du glücklich und zufrieden bist«, sagt Tam, und was für Andeutungen auch immer in dieser Bemerkung mitschwingen mögen, ich rase einfach daran vorbei wie an schmuddeligen Trampern. Ohne auch nur einen Blick in den Rückspiegel zu werfen.

»Ich habe ihr gesagt, dass sie niemals etwas vorspielen muss, was sie nicht ist. Schon gar nicht, um mich glücklich zu machen«, sage ich.

»Aber wir wissen doch, dass unsere Kinder uns in Wahrheit immer glücklich machen wollen«, sagt Tam. »Das ist ihr dringendstes Bedürfnis – unsere Anerkennung.«

Ich schlucke. Ich glaube, das war mir auch bewusst. Ich hatte Jamie an ihrer verletzlichsten Stelle gepackt, ein Bestechungskätzchen obendraufgelegt und sie so manipuliert, dass sie genau das tat, was ich wollte. Plötzlich ist mir ein bisschen übel, denn eine Erinnerung steht mir vor Augen, verstopft meinen Verstand – die Erinnerung daran, wie Jamie mit ihrem Kätzchen auf dem Schoß in der Küche in einer Ecke sitzt. Beherrsche ich die Kunst der Selbsttäuschung denn schon so gut, dass ich mir tatsächlich eingeredet habe, ein schwarzes Fellknäuel im Wert von 150 Dollar (vollständig geimpft, aber nicht stubenrein, wie sich herausstellen sollte), würde eine Sechsjährige dagegen wappnen, auf dem Spielplatz grausam ausgeschlossen zu werden und das einzige Mädchen in der Klasse zu sein, das nicht zu Clementines Geburtstagsparty eingeladen wird? Böse Mutter. Böse, böse Rabenmutter.

»Ich bin eine schlechte Mutter«, sage ich in der Hoffnung auf Widerspruch.

»Nein, bist du nicht«, sagt Helen entgegenkommenderweise; sie will mir einen Klaps auf den Kopf geben, erwischt aber stattdessen Fionas Handgelenk. »Du hattest keine andere Wahl – die meisten Mütter hätten sich nicht einmal die Mühe gemacht, ihrem Kind eine solche Entschädigung zu schenken. Sie hätten einfach gesagt: ›Du gehst jetzt auf eine andere Schule. Basta.‹«

»Vielleicht dachte ich, sie würde gar nicht merken, dass sie unglücklich ist, weil das neue Kätzchen sie davon ablenken würde. Vielleicht habe ich versucht, sie mit etwas zu kaufen, was sie lieb haben kann, damit sie da brav hingeht. Und wenn sie schon keine Freundinnen in der Schule hat, wartet wenigstens ihr Kätzchen zu Hause«, sage ich. Ich sortiere meine Gedanken für die Ausgabe und lege meine wirre Logik der öffentlichen Begutachtung vor.

»Manipulation ist eine Überlebensstrategie«, sagt CJ. »Lass nur.«

»Und dann hat eine Nachbarskatze ihr Kätzchen gebissen, und es gab eine tief sitzende, nässende, eitrige Wunde, und der Tierarzt hat gesagt, es würde 500 Dollar kosten, diesen Eiter zu drainieren, aber ich könnte das auch selbst versuchen. Also habe ich nachgerechnet: Es wäre billiger, ein neues Kätzchen zu kaufen, als dieses reparieren zu lassen.«

»Und was hast du gemacht?«, fragt Dooly, nimmt sich ein Schokokonfekt und knüllt die Verpackung zu einer kleinen Kugel zusammen, die sie auf den Couchtisch neben fünf weiteren deponiert. Die Schachtel Cadbury's Favourites liegt in ihrem Schoß.

»Ich steckte wirklich in der Zwickmühle«, sage ich. »Sie hat dieses neue Kätzchen so sehr geliebt, und wir hatten sie gezwungen, die Schule zu wechseln. Also habe ich ein Paar Gummihandschuhe übergestreift und mich ins Reich des Eiters vorgewagt.«

»Ich habe dir ja angeboten, ihn für dich auszudrücken«,

sagt Helen, beugt sich zu Dooly hinüber und wühlt in der Schachtel mit dem Schokokonfekt herum. Sie liebt einen dicken Pickel, einen Abszess oder eine schöne eitrige Wunde. Verrücktes Weib.
»Na ja, ich habe es dann doch selbst gemacht. Ich habe gewürgt und geröchelt, aber ich habe es geschafft, mich nicht zu übergeben und diesen Eiterklumpen herauszuholen – es schaudert mich jetzt noch, wenn ich daran denke, wie groß das Ding war. Die Wunde ist aber gut verheilt. Und jetzt sind alle glücklich und zufrieden.«
»Schon komisch, wie gnadenlos wir Haustieren gegenüber werden, wenn wir Kinder kriegen«, sagt CJ. »In der Überlebenshierarchie stehen sie auf einmal ganz unten auf der Dringlichkeitsliste.«
»Der finanzielle Druck hat mich erbarmungslos gemacht«, stimme ich ihr zu. »Wisst ihr, ich würde lieber eine Putzfrau bezahlen und einmal für eine Stunde ein sauberes Haus haben, als die Katze impfen zu lassen, wenn ich entscheiden müsste, wofür ich meine letzten sechzig Dollar ausgebe. Und ich würde definitiv lieber fünf Dollar für Sushi ausgeben als für ein Flohhalsband.« Ich höre Fiona hinter mir leise kichern.
»Wir wissen, dass du nicht unserer Meinung bist, Dooly«, sagt CJ. »Du bist ein viel netterer Mensch als wir.«
»Wohl kaum«, sagt Dooly bescheiden. Aber das ist sie. Ich meine, sie hat ihren Spitznamen von Dr. Doolittle, und obwohl sie noch nicht mit ihren Tieren sprechen kann, kann sie so gut wie alles andere. Sie hat dieses Pferdeflüsterer-Talent. Ihre Sorge um den Streichelzoo ihrer Söhne ist legendär. Sie haben Mäuse, zwei Katzen, einen Hund, der

natürlich täglich ausgeführt werden muss, und einen Wellensittich. Im Gegensatz zu mir kümmert sie sich rührend und penibel um das Wohlergehen der Haustiere ihrer Kinder, und ich bin sicher, dass sie über meine Vernachlässigung dieser Katze insgeheim entsetzt ist. Ich glaube nicht, dass sie sich in den vergangenen fünf Jahren so etwas wie ein neues Paar Schuhe oder neue Unterwäsche gegönnt hat. Und – könnte ich mir so etwas ausdenken? – sie säubert die Mäuse einmal wöchentlich mit Wattestäbchen.

Vor zwei Monaten durfte Lukes Wellensittich für seinen täglichen Rundflug durch die Küche aus dem Käfig, und er landete in dem großen Topf Hühnerbrühe, die Dooly gerade kochte. Umrühren, die Federn rauspicken und so tun, als sei nichts gewesen, sage ich da nur. Der Wellensittich ist weggeflogen, wir kaufen dir einen neuen. Nicht so Dooly. Sie ist mit dem Wellensittich zum Tierarzt gerast. Es hat sie 353 Dollar gekostet (dafür hätte sie etwa zwanzig neue Wellensittiche bekommen). Und sie musste den Vogel wochenlang mit antibiotischer Salbe einschmieren. Der Wellensittich ist seitdem nicht mehr derselbe. Er leidet wohl am posttraumatischen Hühnersuppen-Syndrom. Er ist zur Nervensäge geworden, veranstaltet einen furchtbaren Lärm und kreischt grundlos, sobald es draußen dämmert. Die arme Dooly. Anscheinend sammelt sie Geschöpfe, die an seelischen Störungen leiden und aufwendige Pflege brauchen. Sie hat kein Problem mit Schwäche und Krankheit und eine Geduld mit siechenden Kreaturen, die mir einfach abgeht. Ich bewache eifersüchtig meine Ressourcen an Zeit, Energie und Geld. Sie werden in dieser Reihenfolge verteilt: erst die Kinder, dann Frank, wenn er Glück hat, und dann ich.

»Wo wir gerade davon sprechen«, sagt Fiona, »wie geht es Lukes Wellensittich?«

»Er ist immer noch ziemlich daneben«, sagt Dooly. »Ich glaube, der wird nie wieder richtig gesund.«

Helen und ich tauschen einen Blick, und sie beginnt zu kichern.

»Ihr zwei seid abscheulich«, sagt Dooly. »Ihr habt keinerlei Mitleid mit diesem armen Wellensittich.«

Helen und ich versuchen, das Kichern zu unterdrücken, aber es gelingt uns nicht. Bald fallen Fiona und Liz mit ein, und es dauert nicht lange, da lachen wir alle dermaßen hysterisch, dass Tam sich zu Zeiten vor ihrer Operation in die Hose gemacht hätte.

»So abscheulich bin ich gar nicht«, sage ich. »Ich kann nur mit so viel Abhängigkeit nicht umgehen. Frank witzelt manchmal, wenn er einen Unfall hätte und danach querschnittsgelähmt wäre wie Christopher Reeve, würde ich ihn fallen lassen wie eine heiße Kartoffel und jemanden dafür bezahlen, dass der ihm den Hintern und die Spucke abwischt.«

»Und das völlig zu Recht«, sagt Liz.

Aber so herzlos bin ich nicht. Frank will mich damit nur aufziehen. Er und ich haben vor Jahren ausgemacht, dass wir zusammenbleiben werden, solange die guten Zeiten die schlechten überwiegen. Von Bettpfannen-Saubermachen war damals nicht die Rede. Keiner von uns könnte den Gedanken ertragen, dem Menschen, den wir einmal so geliebt haben, diese quälenden Verrichtungen oder die ewige Dankesschuld aufzuladen. Das gehört vermutlich auch zu dem Bündel von Gründen, weshalb wir so viele Jahre lang nicht geheiratet haben. Wir sind beide Anwälte und standen dem weit gefassten Versprechen, einander für immer und ewig zu lieben, mit einem gewissen skeptischen Argwohn gegenüber. Wir haben uns darauf geeinigt, unsere Beziehung immer einen Tag nach dem anderen zu führen.

Aber dann, vor einem Jahr, haben meine Freundinnen mich in die Mangel genommen.

»Du hast Panik davor, dich zu binden«, sagte Liz.

»Du bist ängstlich«, meldete Tam sich zu Wort.

»Du hoffst, dass dir noch was Besseres begegnet«, scherzte Helen.

»Robbie Williams vielleicht?«, schlug CJ vor.

»Ich glaube nicht an die Ehe«, habe ich früher immer gesagt. »Ich wüsste nicht, was ein Blatt Papier für einen Unterschied machen sollte.« Sie haben mir geschlossen versichert, dass es eben *doch* einen Unterschied gibt. Gott, Zeugen. Nicht so leicht zu beenden. Also ehrlich. Als ob acht gemeinsame Jahre, zwei Kinder und ein Umzug auf einen anderen Kontinent ohne dieses Stück Papier nichts zählen würden.

CJ, so vermute ich, bewunderte im Stillen meinen Widerstand gegen den Druck, endlich zu heiraten. Sie hat sich, mit weißem Hochzeitskleid und allem Brimborium, für fünf elende Jahre an DVS gebunden, und du solltest mal hören, was sie über die geschäftstüchtige Hochzeitsindustrie und die falschen Versprechungen romantischer Liebe zu sagen hat. Letztendlich wollte ihr inneres Kind doch nur einen Tag lang Prinzessin sein, aber alles, was sie bekam, waren die Gebühren für die besten Privatschulen für ihre Kinder. DVS benutzt sie als Balsam gegen sein schlechtes Gewissen, weil er nie für seine Kinder da ist und sich im Grunde einen Dreck um sie schert. Ich glaube, CJ würde vor Dankbarkeit in Ohnmacht fallen, wenn er die Kleinen ab und zu mal nach Melbourne einfliegen lassen würde, damit er wieder weiß, wie seine eigenen Kinder inzwischen aussehen.

Es ärgerte mich, wie meine Freundinnen meine Einstellung gegenüber der Ehe attackierten. Als wäre in ihren Ehen alles so wunderbar. Als wären sie erwachsener als ich, nur weil sie Fotoalben von einer Hochzeit vorweisen können und einen Brautstrauß geworfen haben. Noch Tage nach diesem Gespräch brummelte ich Erwiderungen vor mich hin, die mir leider erst zu spät einfielen. Aber als sich das Gebrummel wieder legte, wusste ich, dass unter den Windungen meiner zusammengeringelten Wut irgendwo, an einem blinden Fleck, ein Körnchen Wahrheit verborgen lag. Was war das für eine Wahrheit?

Habe ich Angst vor Bindungen, Verpflichtungen? Allerdings, vor allem vor der Art Verpflichtung, die ein Schwein gegenüber der Speckindustrie hat. Aber ich habe überhaupt kein Problem damit, allen anderen zu entsagen. Ich war (praktisch) acht Jahre lang treu und monogam (wenn man von ein paar aufregenden Fantasien absieht). Ich habe zwei kleine Kinder und keineswegs die Absicht, Fremde zu verführen, obwohl mein erotisches Verlangen leicht von testosteronstrotzenden jungen Männern erregt wird (habe ich eigentlich Robbie Williams schon erwähnt?), ganz zu schweigen von einem Teller Carpaccio mit einem Dressing aus Chili, Ingwer, Meerrettich und Sojasauce. Aber ich habe nicht vor, demnächst mit irgendwem durchzubrennen.

War ich ängstlich? Vielleicht ein bisschen. Ich befürchtete, dass durch diese Hochzeit irgendetwas mit mir geschehen würde. Dass diese unberührbare innere Flamme meiner Identität – dieses kompromisslose, mysteriöse, verborgene, unabhängige Flackern, kostbar und hart erarbeitet – erstickt werden könnte. Ich hatte keinerlei Interesse daran, irgendjemandes Frau zu werden (und sei es ein so liebenswerter Mann wie Frank), und stand der Vorstellung, jemand könnte mich mit dem besitzanzeigenden Fürwort irgendeinem Mann zuordnen – »seine Frau« –, mehr als feindselig gegenüber. Ich wollte mein wohl gehütetes, zartes Selbst nicht einfach verschenken. Ich wollte etwas davon für schlechte Zeiten aufheben. Aber was für schlechte Zeiten sollten das eigentlich sein? Wenn Frank und ich uns trennten (danke, war eine tolle Zeit, aber jetzt ist es vorbei)? Der Tag, an dem mein wahrer Seelengefährte mit den Worten »Pack deine Sachen, unsere Yacht läuft bald aus« zur Haustür hereinplatzt? Der Morgen, an dem ich aufwache und plötzlich glasklar erkenne, dass ich im Grunde immer schon eine buddhistische Nonne sein wollte? Oder vielleicht der Tag, wenn meine Kinder mich nicht mehr brauchten und ich wieder ich selbst werden kann. Entmuttert. Wieder auf mein eigenes Leben zurückgestuft.

Ich begann Frank aus den Augenwinkeln zu begutachten. Ich überwachte ihn, während er eine weitere Runde Poker mit den Kindern spielte, die Schachregeln zum siebenundzwanzigsten Mal wiederholte, mit Jamie das Einmaleins paukte und sich anbot, die Kinder zum Wiggles-Konzert zu begleiten (»Du würdest doch noch vor der Pause anfangen, Dorothy dem Dinosaurier Beleidigungen an den Kopf zu werfen«). Jedes Mal, wenn er mir den Kaffee ans Bett brachte, in meinem Lieblingsbecher mit den Auberginen und Zuckerschoten darauf, oder mir vorschlug, »doch heute zu schreiben«, während er den Tag mit den Kindern am Strand verbrachte und auf dem Heimweg was vom Thailänder mitbrachte (»Garnelen Chu Chi, die magst du doch am liebsten«), wurde ich ein Stück weicher. Ich beobachtete seinen alltäglichen Trott, sein Engagement in einem Beruf, der ihm keine intellektuellen Herausforderungen bietet, ihm aber erlaubt, die Miete und die Rechnungen zu bezahlen.

Und da hatte ich es. Die ganze Wahrheit lautet – *er* ist mein Seelengefährte. Wer sonst käme dafür in Frage als der Mensch, den man sich als Vater seiner Kinder ausgesucht hat? Er, mit dem es im Bett immer noch recht leidenschaftlich zugeht, nach acht gemeinsamen Jahren? Der einzige Mensch auf der Welt, der weiß, wann man eine Fußmassage braucht, eine Tafel Schokolade, *und zwar sofort*, oder einfach seine Ruhe, ohne dass man es ihm sagen muss, und dem das auch noch wichtig ist?

So kam es, dass ich ihm mehrere Wochen später in den Weg trat, als er gerade mit dem Müll die Küche verlassen wollte, und offiziell und für alle Ewigkeit verkündete: »Ich liebe dich genug, um dich zu heiraten.«

Er ließ den Müll fallen und murmelte mit völlig untypischen Tränen in den Augen: »Ich hätte nie geglaubt, dass ich das mal von dir hören würde.« Nicht, dass er darauf gewartet hätte, versicherte er mir, damit ich ja nicht glaubte, er hätte sie nicht mehr alle.

Während der Gedanke daran, Frank zu heiraten, seine Runden in meinem Kopf drehte, freundete ich mich damit an, zunächst nur zögerlich, aber bald zog mich dieser Gedanke hin zu einem uralten Band, mit dem Menschen ihre Bindungen ritualisieren. Obwohl wir bereits durch gemeinsame Kinder aneinander gebunden waren, wäre eine Hochzeit eine persönliche Bekräftigung unserer bereits geprüften Liebe – die schon zahllose Windeln, schlaflose Nächte und die Verzweiflung junger Eltern überstanden hatte. Unsere Hochzeit war ein Tribut an unser Durchhaltevermögen, unsere Treue und die Tragfähigkeit unserer Partnerschaft, kein weiß gewandetes Wunschdenken, das blind nach der Zukunft tastet.

Ich bin ziemlich sicher, dass die vergebliche Bitte meiner Schwiegermutter – »Denk an die Kinder« –, die sie mir öfter ins Ohr flüsterte, als ich mit Jamie schwanger war, keinen Einfluss auf unsere Entscheidung hatte. »Was werden nur die Leute sagen?«, damit hat sie es auch versucht. Sie umklammerte meinen Arm mit der linken Hand, runzlig und sehnig, der Ehering praktisch am Finger festgewachsen, und flehte: »Es wäre so schön ... wenn ich dich noch verheiratet sehen könnte ... ehe ich sterbe ...« Nach acht Jahren hatten unsere Eltern sich wohl mit unserer »wilden Ehe« abgefunden und irgendwie ihren Frieden damit geschlossen.

Aber insgeheim wollen eben alle Kinder ihre Eltern glücklich machen. Und unsere Eltern manipulieren uns mit Kätzchen* und ihrer eigenen Sterblichkeit, um zu bekommen, was sie wollen. Letzten Endes.

---

* Leider wurde Jamies Kätzchen Midnight ein paar Monate, bevor dieses Buch erschien, krank und musste eingeschläfert werden. Dieses Kapitel ist seinem Gedenken gewidmet.

9

Anderer Leute Angelegenheiten

Mach die Tür zu, verdammt!«, herrscht CJ Ereka an, nicht unfreundlich, aber empörter, als ein kühler Luftzug gerechtfertigt erscheinen lässt. Ereka, die von ihrem zweiten Ausflug auf den Balkon zurück ist, hat beim Hereinkommen die Tür nicht fest geschlossen. Die kühle Nachtluft hat sich mit ihr hereingeschlichen. Alkohol stärkt bei CJ leider nicht die gewinnenden Charakterzüge, und es wird nicht mehr lange dauern, bis er ihre aufgestaute Bitterkeit freilegt und ihr die launenhafte Zunge richtig löst. Bei diesem Gedanken spüre ich leise Panik in mir aufkommen.
»Huch, Entschuldigung«, brummt Ereka und macht kehrt, um die Tür zu schließen. Sie hat diesen leicht dümmlichen, bekifften Gesichtsausdruck. Freiheit strahlt aus ihren Augen, entzückend und albern. Vielleicht sollte sie eher mal über Prozac nachdenken, überlege ich mir. Fionas Finger sind es immer noch nicht müde geworden, mir die Kopfhaut zu massieren, und ich wollte ihr eigentlich gerade sagen, dass sie jetzt aufhören kann – bestimmt reicht es ihr inzwischen.
»Worüber habt ihr gerade so gelacht?«, fragt Ereka.
»Über Lukes Wellensittich, der in der Hühnersuppe gelandet ist«, sagt Liz.
»Hast du nicht daran gedacht, ihn einschläfern zu lassen?«,

fragt Ereka auf dem Weg zum Tisch Dooly. Mit neuer Begeisterung mustert sie die Reste, kramt unter den schmutzigen Tellern ihren hervor, ist sich nicht sicher, nimmt einfach irgendeinen und beginnt, ihn mit Essen zu beladen.
»Nein«, antwortet Dooly. »Ich meine, seine Lebensqualität ist nicht mehr besonders gut, aber ich glaube nicht, dass er leidet. Wir leiden unter ihm, aber er leidet wohl nicht …«
»Koch bloß keine Hühnersuppe mehr, wenn er seinen Freiflug genießt«, sagt Fiona zu Dooly, während ihre Finger meinen Schädel von allen Seiten bearbeiten. Berührung ist normalerweise etwas so Intimes, aber Fionas Berührung fühlt sich fast distanziert an. Als wäre sie nicht mit dem Herzen dabei. Vielleicht kann man nur so den ganzen Tag lang Menschen berühren, indem man körperlich da ist, aber im Geiste woanders. Prostituierte behaupten das jedenfalls.
»Ja, das war meine Schuld«, sagt Dooly niedergeschlagen. Sie löst den Schal von ihrer Hüfte und knüllt ihn in ihrem Schoß zusammen. Warum sie ihn nicht einfach in ihre Tasche packt und Luke eine Lüge erzählt, ist mir unbegreiflich.
»Das ist noch gar nichts im Vergleich zu dem, was ich letzte Woche getan habe«, sagt Ereka mit dem Mund voll halb gekautem Essen. »Ich habe *gewaltigen* Mist gebaut.« Brokkolistückchen aus dem Thai-Curry – das längst kalt geworden sein muss – sind in ihrem Mund sichtbar. »Soll ich dir das nicht schnell warm machen?«, biete ich ihr an. »Das schmeckt doch kalt bestimmt nicht.«
»Es ist köstlich«, sagt Ereka, schlurft herüber ins Wohnzimmer und blickt sich nach einem Plätzchen um, wo sie be-

quem sitzen und essen kann. Sie entscheidet sich für den Fußboden und stellte ihren Teller vor sich auf den Couchtisch.

Helen hat sich auf dem einzigen großen Sofa ausgestreckt, und CJ ölt sie ein und massiert ihr Nacken und Rücken – obwohl »massieren« vermutlich eine zu großspurige Bezeichnung für CJs ungeschicktes Kneten ist; nach Helens Grimassen zu schließen, fühlt es sich so grässlich an, wie es aussieht.

Wir alle lieben es, wenn jemand gewaltigen Mist baut – zum Beispiel vergisst, dem Kind seine Lunchbox mitzugeben, und dann einen Anruf von der Schule bekommt, der sie daran erinnert, dass es Aufgabe der Mutter sei, ihren Kindern zu essen zu geben, und nicht die der Schule (Dooly vergangenen Monat); oder vergisst, das Kind einer Bekannten von der Schule mit nach Hause zu nehmen und dann ein hastiges »Nein, danke« zu hören bekommt, wenn sie das Kind wieder zu sich einlädt (CJ vor zwei Monaten); oder das Kaninchen des Kindergartens überfährt, auf das sie während der Ferien aufpassen sollte (Helen in den letzten Ferien).

»Erzähl schon«, drängt Dooly. »Ereka, was hast du gemacht?«

Zwischen großen Bissen berichtet Ereka: »Letztes Wochenende waren wir bei Ethan, einem alten Schulfreund von Jake, zum Mittagessen eingeladen. Jake war Ethans Trauzeuge bei der Hochzeit mit Uma aus Schweden, die übrigens aussieht wie ein arisches Model. Groß, blond, grüne Augen, makellose Haut. Ziemlich deprimierend.«

Wir alle verfluchen Uma für ihr gutes Aussehen. Selbst Liz, die unbestreitbar umwerfend aussieht.

Helen sagt zu CJ: »Das reicht, danke, hat wirklich gut getan«, und richtet sich auf. CJ massiert sich das Öl in Hände und Gesicht ein.
»Jedenfalls haben sie einen vierjährigen Sohn, Christopher, und der ist ein richtig verwöhntes Einzelkind. Olivia hat es geschafft, sich ganz allein auf Christophers Dreirad zu setzen. Sie saß darauf und hielt sich stolz am Lenker fest, da geht er zu ihr hin und sagt: ›Runter da, das ist meins.‹ Ihr kennt ja Olivia – sie hat ihn nur angelächelt. Also hat Christopher sich den Lenker gepackt und Olivia vom Dreirad gestoßen.« Ereka hört auf, an ihrem Bissen Lasagne zu kauen, und sieht uns an. Wir alle warten darauf, dass sie fortfährt, aber sie kaut nur weiter vor sich hin.
»Wusste er denn, das Olivia …« Tam zögert. »… äh … ihn nicht richtig verstehen kann?«
Ereka schluckt und wischt sich die Lippen. »Anscheinend hatten sie ihm vor unserem Besuch erklärt, dass ein kleines Mädchen ›mit einem kaputten Gehirn zum Spielen kommt, also sei schön lieb‹.«
»Manchmal verstehen Kinder aber nicht, was das bedeutet«, sagt Tam.
»Ja, aber das war trotzdem einfach gemein, ob nun Olivia oder ein anderes Kind auf dem Dreirad saß«, sagt Helen, offensichtlich erleichtert, CJ entkommen zu sein.
»Ein anderes Kind hätte sich wehren können«, argumentiert Dooly.
»Aber das ist noch nicht alles«, sagt Ereka, die schon wieder den Mund voll hat mit Lilys Lasagne, auch längst kalt, der Käse hart und starr. Sie kaut gemächlich und schluckt. Wir alle warten auf das, was sie zu sagen hat.

»Was denn noch?«, dränge ich.
»Also, normalerweise erlaube ich mir kein Urteil über das schlechte Benehmen anderer Kinder, oder anderer Eltern«, sagt Ereka. »Ich meine, wir machen alle mal Fehler, nicht?«
Wir nicken.
»Aber Olivia war untröstlich. Sie war auf dem Hintern gelandet und hatte sich böse den Arm auf dem Beton aufgeschlagen, aber ich glaube, der Schock war das Schlimmste für sie. Jake hat sie hochgehoben und getröstet, und ich stand immer noch da – ich muss selbst geschockt gewesen sein – und habe darauf gewartet, dass Ethan und Uma irgendetwas unternehmen. Ich meine, würde man das nicht erwarten?«
»Klar«, sagt Helen.
»Also, die beiden sind nicht einmal aufgestanden oder haben ihre Gläser weggestellt, sondern nur mit gelangweilter Stimme gesagt: ›Das war aber nicht nett, Chrissy.‹ Ich meine, das war alles. Mehr hatten sie dazu nicht zu sagen.« Erekas Gesicht und Nacken färben sich rosig von der Glut ihres Zorns, die durch die Erzählung neu angefacht wurde.
»Im Ernst?«, frage ich.
»Tja, deshalb ist er ja so ein verzogener Bengel«, sagt Liz. »Er kann nichts dafür, die Eltern sind schuld.«
»Es muss dir schwergefallen sein, nicht auf der Stelle das Haus zu verlassen«, sagt Helen.
»Na ja, lange sind wir auch nicht mehr geblieben«, erzählt Ereka, die nun auf einer winzigen Roten Bete herumkaut. Man kann zuschauen, wie sich ihre Zähne rot verfärben, während sie spricht. »Nicht nach dem, was ich dann getan habe.«

»Was hast du getan?«, fragen wir alle, beinahe wie aus einem Munde.

»Ja, was zum Teufel hast du getan?«, fragt CJ und steht auf, um sich schon wieder nachzuschenken. Irgendjemand sollte ihr sagen, dass sie genug getrunken hat.

»Ich habe gar nicht nachgedacht. Ich bin einfach zu Christopher gegangen, der da auf seinem Dreirad saß, habe ihn am Schlafittchen heruntergezerrt und ihm so den Hintern versohlt, dass er noch lauter gebrüllt hat als Olivia.« Ereka mustert uns ängstlich.

»Das hast du nicht!«, ruft Liz. Sie lacht leise.

Ereka nickt. »Ich habe ihm zwei kräftige Klapse auf den Po gegeben«, sagt sie und hustet dann fürchterlich, weil sie sich verschluckt hat.

»Gut gemacht!« CJ grölt vor Lachen und prostet Ereka mit dem frisch aufgefüllten Glas zu.

»Das war verdammt mutig«, melde ich mich zu Wort.

»Wie haben Ethan und Uma darauf reagiert?«, fragt Fiona, die sich mit einem Kommentar vorerst zurückhält.

Ereka beobachtet unsere Mienen sorgfältig. Sie schweigt eine Weile. »Sie waren schockiert. Natürlich. Ich glaube, das war das erste Mal, dass ihr Kleiner Prinz eine Hand auf dem Hintern zu spüren bekommen hat. Da bin ich ziemlich sicher. Uma hat Christopher nach drinnen gebracht, und sie sind nicht wieder herausgekommen. Ethan hat sich dann auch entschuldigt, er wolle hineingehen und nach ihnen sehen, und dann ist Jake zu ihnen hineingegangen, um sich zu verabschieden, und wir sind gegangen.«

»Du solltest einen Orden kriegen«, sagt CJ, geht zu Ereka und küsst sie auf den Kopf. Ereka wirkt nicht gerade über-

zeugt. Ihr Blick fällt auf Tam, die in ihrer Handtasche an ihrem Handy herumspielt. Nun drehen sich alle Köpfe zu Tam um. Tam blickt auf und sieht, dass wir sie alle anstarren und auf ihr Urteil warten. Sie spürt unsere Erwartung.
Sie räuspert sich und lässt die Tasche neben sich auf den Sessel sinken. »Ich hätte vermutlich am liebsten auch getan, was du getan hast«, sagt sie. »Aber ich glaube, ich hätte nicht den Mut dazu gehabt. Ich hätte wohl eher etwas zu den Eltern gesagt, wie: ›Ich frage mich, ob Christopher bewusst ist, wie verletzt Olivia jetzt ist‹, oder so etwas in der Art.«
»Ja, du hast recht, das wäre die richtige Reaktion gewesen«, sagt Ereka kläglich. Sie schiebt sich noch eine Gabel voll Essen in den Mund und kaut halbherzig. »Ich habe ein furchtbar schlechtes Gewissen.« Sie kaut weiter. »Ich hatte kein Recht, das zu tun, und wenn ich auch nur eine Sekunde darüber nachgedacht hätte, hätte ich mich sicher zurückgehalten. Ich würde auch nicht wollen, dass jemand anderes meine Kinder schlägt, ganz egal, was vorher passiert ist.«
»Deine Kinder würden sich nicht so benehmen«, sagt Dooly. »Ich kann mir nicht vorstellen, dass Olivia oder Kylie so etwas Gemeines tun würden.«
»Meine schon«, sage ich verbittert.
»Ich konnte es einfach nicht ertragen, dass niemand diesem Kind gezeigt hat, wie falsch es sich verhalten hat«, sagt Ereka beinahe flehentlich, spießt eine Garnele auf und hebt die Gabel zum Mund.
»Du bist wie Mr. Pinkwhistle«, sagt Fiona leise.
»Bitte wer?«, fragt CJ.
»Erinnerst du dich an diese Enid-Blyton-Figur, Mr. Pink-

whistle, der herumläuft und Dinge wieder in Ordnung bringt? Er erteilt gemeinen Kindern eine Lehre, repariert kaputte Sachen ... so was in der Art ...«, sagt Fiona.
»Ach ja, ich erinnere mich, die Geschichten habe ich als kleines Mädchen gelesen«, sagt Ereka lächelnd. »Mr. Pinkwhistle ... er hatte eine Katze, nicht?«
Aber obwohl wir uns alle loyal in Erekas Ecke stellen, in diesem unsichtbaren elterlichen Boxring, und ihr Beifall spenden, ist das eine schwierige Angelegenheit. Das weiß sie auch. Als Mütter regieren wir nach Gutdünken im heimischen Reich und bestrafen unsere Kinder in Übereinstimmung mit unserem esoterischen Wertesystem, ganz egal, wie obskur und rätselhaft dieses System dem Rest der Welt erscheinen mag. Aber nur wenige von uns haben diese Grenze überschritten und uns so weit vorgewagt, die Kinder anderer Leute zu disziplinieren. Schon gar nicht mit der flachen Hand. Diese Herrschergewalt zu usurpieren – auch wenn ihre rechtmäßigen Eigentümer sie allem Anschein nach aufgegeben haben – grenzt schon an Imperialismus. Aber für Ereka gelten wieder andere Regeln. Ich bin unsicher, tätschele ihr aber trotzdem den Rücken.
»In Afrika heißt es, man bräuchte ein ganzes Dorf, um ein Kind zu erziehen«, sage ich und denke an meine Kindheit in Afrika, wo ich sehr energisch von meinem Kindermädchen bestraft wurde – sie hat mir mit einem hölzernen Kochlöffel den Po versohlt. »Für Kinder trägt die ganze Gemeinschaft Verantwortung.«
»In Afrika vielleicht«, sagt Tam. Ich versuche, das nicht als Andeutung aufzufassen, dass ich eigentlich nicht in dieses Land der Ersten Welt gehöre.

»Ich glaube, man braucht nicht in Afrika zu sein, um zu akzeptieren, dass es nur vernünftig ist, wenn ein anderer Erwachsener mein Kind tadelt, weil es gerade Insekten quält oder Matsch in den Swimmingpool löffelt«, sage ich, ohne sie auch nur anzusehen. »Oder einem anderen Kind das Schmetterlingsnetz kaputt macht«, füge ich hinzu.
Meine Andeutung bleibt geheimnisvoll. Ich wette, Kieran hat ihr das nie erzählt. Wenn er es ihr erzählt hätte, hätte sie vermutlich zu ihm gesagt: »Es ist sehr kreativ von dir, dass du herausfinden möchtest, was passiert, wenn man Plastik verbiegt. Hier, warum probierst du es nicht mal am Staubwedel aus?«
»Ja, ich weiß, was du meinst, Jo«, sagt Helen. »Der Gedanke macht mich fertig, ich allein sei dafür verantwortlich, meinen Kindern beizubringen, dass sie sich nicht in aller Öffentlichkeit in der Nase bohren oder bei einem Notfall ruhig bleiben sollen, oder wie sie sicher die Straße überqueren. Ich bin froh, wenn andere Erwachsene mal einspringen. Manchmal kann ich meine eigene Stimme nicht mehr hören. Geht dir das nicht auch so?«, fragt sie Tam.
Tam zuckt mit den Schultern. »Ich finde eher, dass es meine Aufgabe ist, meine Kinder zu disziplinieren. Manche Dinge kann man nicht delegieren.«
»Glaub mir, Süße, man kann *alles* delegieren«, sagt Liz. »Lily ist der lebende Beweis dafür.«
»Das ist deine Entscheidung, Liz«, sagt Tam. »Aber ich wette, selbst du würdest dich ärgern, wenn ein Fremder Chloe und Brandon anschreit. Oder sie gar schlägt.«
Liz denkt kurz darüber nach. »Da hast du vermutlich recht, aber ich würde nicht mit der Wimper zucken, wenn du für

mich einspringen würdest, weil ich gerade nicht in der Nähe bin. Dafür sind Freundinnen doch schließlich da, nicht?«
Wie aus einem Munde beginnen Helen und ich den Refrain von Dionne Warwicks ›That's What Friends Are For‹ zu singen, furchtbar falsch. CJ stimmt mit ein.
Ich lege einen Arm um Helen, und wir schunkeln auf dem Sofa hin und her. Helen ist die Ersatzmutter meiner Kinder, und sie braucht nie um Erlaubnis zu fragen, sie nimmt die Dinge einfach in die Hand. Ich fühle mich ebenso berechtigt, ihrem Sohn Nathan deutlich zu machen, dass es böse und gemein ist, Aaron zum Zerquetschen von Insekten anzustiften, und dass Gott genauso zornig auf den ist, der zur Sünde anstachelt, wie auf den, der zerquetscht.
»Weißt du noch, als wir letztes Jahr zusammen im Urlaub waren und ich dich ein paar Stunden lang mit den Kindern allein gelassen habe?«, frage ich Helen.
»Ja, ich erinnere mich«, sagt Helen.
»Was ist passiert?«, fragt Tam, als müsse sie jede Einzelheit wissen.
»Helen stand im Flur und hat mit ihrem Autoschlüssel in der Hand auf mich gewartet, bereit zur Flucht, sobald ich zur Haustür hereinkomme – da war mir schon einiges klar. So übel gelaunt habe ich sie noch nie gesehen. Sie hat nur drei Worte zu mir gesagt: ›Dein verdammter Sohn.‹«
»Es war ziemlich hässlich«, sagt Helen.
»Und er hat nicht auf deinen Versuch reagiert, ihn zu disziplinieren?«, fragt Tam.
Helen lacht. »Klar doch, wie ein Stier auf ein rotes Tuch.«
»Du wirst schon sehen, er wächst da heraus. Er wird später sicher ein interessanter Mann«, sagt Tam gütig. Und das

gehört zu den nettesten Dingen, die mir jemals irgendwer über Aaron gesagt hat. Ich erwidere ihr Lächeln mit übertriebener Dankbarkeit.

»Zumindest merkst du, wenn er sich gemein verhalten hat, und bestrafst ihn dafür«, sagt Ereka.

»In Aarons Fall wäre die Gemeinheit auch schwer zu übersehen«, sagt Helen. Ich werfe ihr einen finsteren Blick zu. Nur Mütter dürfen so etwas über ihre Kinder sagen. Aber ich weiß, dass diese Bemerkung nicht verletzend gemeint ist. Sie würde mich nie absichtlich kritisieren.

»Ethan und Uma haben es nicht gemerkt«, sagt Ereka.

»Vielleicht sind sie einfach dumm«, meint Helen.

»Faul«, sage ich. »Es ist pure Faulheit, seine Kinder nicht zu disziplinieren, wenn sie etwas Böses getan haben.«

»Sie waren nicht faul. Sie haben nur eine völlig andere Einstellung zur Kindererziehung als Jake und ich«, sagt Ereka.

»Und sie haben kein Kind wie Olivia«, sagt Fiona.

»Ich glaube, wenn ich Olivia zutrauen könnte, sich selbst zu wehren und durchzusetzen, würde ich mich nicht so oft einmischen. Aber ...« Erekas Stimme erstirbt, während ihr Verstand versucht, die Scherben von Scham, Schuldgefühlen und Traurigkeit sinnvoll zusammenzufügen. Sie betrachtet nachdenklich ihren leeren Teller. »... Sie war hilflos, so erschrocken über das, was passiert ist. Und ich konnte nichts tun als zurückzuschlagen und dieses Kind eine Sekunde lang spüren zu lassen, wie Olivia sich gefühlt hat.«

»Ich finde das völlig verständlich«, sagt Fiona tröstend. »Niemand verurteilt dich dafür.«

»Ist dein Beschützerinstinkt Olivia gegenüber stärker als bei Kylie?«

»Ja, natürlich. Sie ist nicht in der Lage, sich in einer beängstigenden, unvorhersehbaren Welt zurechtzufinden, so, wie normale Kinder das tun. Ich glaube, wenn das Kylie passiert wäre, hätte ich es als Erfahrung angesehen, die sie lehren kann, für sich selbst einzutreten, und ich würde ihr beibringen, nein zu sagen, wie es alle Mädchen lernen sollten. Aber bei Olivia habe ich das Gefühl, dass sie ohnehin schon so benachteiligt ist. Ich will nur, dass sie nicht verletzt wird, eben weil sie keine Möglichkeit hat, die Situation zu verstehen oder daraus zu lernen.«

»Ich bin neulich auch eingesprungen«, sagt CJ laut. Erekas Geschichte ist noch kaum beendet, ihr Platz ist sozusagen noch warm, da muss CJ mit ihrer »Ich auch«-Geschichte hereinplatzen. Ich kann meinen Ärger kaum verbergen.

»Was hast du gemacht?«, fragt Ereka; vielleicht ist sie erleichtert, dass offenbar auch andere die Grenzen der ungeschriebenen erzieherischen Moral ab und an übertreten.

Der Wodka in Verbindung mit den Kopfschmerztabletten hat seine Wirkung nicht verfehlt. CJ steuert auf das große Heulen zu, ich spüre es förmlich. »Jorja hat es gerade in der Schule ziemlich schwer. Sie findet einfach keine Freundin. Mädchen können ja solche Zicken sein. Letzte Woche wurde sie dabei erwischt, wie sie einem anderen Kind Geld aus dem Schulranzen gestohlen hat.«

»Alle Kinder machen diese Phase durch«, sagt Tam. »Das ist alterstypisch.«

CJ ignoriert sie und fährt fort: »Also habe ich sie damit konfrontiert, bereit, sie ungespitzt in den Boden zu rammen und die grausamsten Strafen zu verhängen ... und dann, hört euch das an ...« CJ zögert, ihre Stimme hat zu zittern begonnen. »… dann hat sie mir erzählt, dass dieser Junge in ihrer Klasse, in den sie verknallt ist, ihr versprochen hat, in der Mittagspause mit ihr zu spielen, wenn sie ihm zwei Dollar gibt. Deshalb hat sie das Geld gestohlen.«

»Da blutet einem ja das Herz«, sagt Fiona.

»Ja, und dieser kleine Mistkerl hat dann nicht mal mit ihr gespielt. Er hat das Geld genommen und sich und seinen Freunden in der Schulcafeteria Eis gekauft, während Jorja beim Mittagessen allein dasaß.« CJ schnieft. »Kinder können manchmal hinterhältiger sein als meine übelsten Mandanten«, bemerkt sie.

»Und, was hast du getan?«, fragt Helen. Sie wirft die Schachtel mit dem Schokokonfekt wieder Dooly zu, obwohl sie gar nicht darum gebeten hat.

»Ich habe ihr gesagt, dass sie gerade Lektion Nummer eins in Sachen ›Männer sind Schweine‹ gelernt hat«, sagt CJ und lacht schnaubend.

»Das hast du nicht!«, japst Fiona. »Setz ihr nicht solche Sachen in den Kopf – sie ist noch so klein.«

»Ganz ruhig, das war doch nur Spaß«, sagt CJ. »Aber das hätte ich ihr sagen sollen, was? Ich meine, so ist es doch, oder?«

Niemand wagt es, ihr zu widersprechen. Dazu haben wir zu viel Mitgefühl. Arme kleine Jorja.

»Es tut mir furchtbar weh, dass das schon Tage vorher passiert war, und Jorja das alles mit sich herumgetragen und gehofft hat, die Scham würde irgendwie vergehen, ohne dass ich es herausfinde«, sagt CJ.

»Die Geheimnisse, die unsere Kinder vor uns hüten, erlauben ihnen, sich von uns abzunabeln«, sagt Tam. »Es ist völlig in Ordnung, wenn sie dir etwas verheimlicht.« Manchmal ist Tam wirklich klug und tiefsinnig. Ich versuche, mir einzuprägen, was sie gerade gesagt hat, denn ich bin sicher, dass ich es eines Tages brauchen werde.

»In solchen Momenten trifft es mich besonders hart, wie benachteiligt meine Kinder sind. Durch die Scheidung. Und weil Tom ihnen überhaupt kein Vater ist, verdammt. Und weil ich immer so beschäftigt bin, und abgelenkt durch den Mist meiner Mandanten.«

»Du tust dein Bestes«, sagt Dooly. »Mehr kannst du gar nicht tun.«

»Ich habe ihr gesagt, dass sie sich Freundschaft niemals erkaufen kann. Es ist besser, in Würde allein zu sein, als sich Freunde zu kaufen. Und dann habe ich mir das Telefonverzeichnis der Schule geschnappt und die Mutter dieses Jungen angerufen.«

»Tatsächlich?«, frage ich.

»Ja, und ich wünschte, ich hätte es gelassen. Sie hat gesagt: ›Ich finde, Sie sollten sich eher Gedanken darüber machen, warum Ihre Tochter so leicht zu beeinflussen ist, als um die Geschäftstüchtigkeit meines Sohnes.‹ Und dann hat sie gesagt: ›Wenn Craig Jorja sagen würde, sie soll von einer Klippe springen, würde sie es dann tun?‹ Das kam mir vor wie eine Kritik an mir als Mutter, dass ich eine Versagerin sei, weil mein Kind so liebesbedürftig ist. Ich wäre beinahe in Tränen ausgebrochen. Ich habe mich so ungerecht behandelt gefühlt und hätte am liebsten zu ihr gesagt: ›Wissen Sie eigentlich, wie das ist, als alleinstehende Mutter? Haben Sie überhaupt eine Ahnung, wie schwer meine Kinder es jeden Tag haben?‹ Aber ich habe nichts gesagt. Ich hätte sie gar nicht erst anrufen sollen. Aber ich habe niemanden, mit dem ich über so etwas reden kann, wisst ihr? Es ist kein Erwachsener da, der mir helfen könnte, mit so etwas besser umzugehen.«

CJ ist den Tränen nahe. Helen legt ihr einen Arm um die Schultern, und CJ lehnt den Kopf an Helens.

»Nachdem ich aufgelegt hatte, habe ich laut geschluchzt. Als wäre da ein riesiges Reservoir von Traurigkeit, und Wut, nicht nur auf diese selbstgerechte Kuh, sondern auf alles, darauf, wie alles im Leben für mich gelaufen ist. Und für die Kinder, wisst ihr?«

»Als alleinerziehende Mutter hast du es bestimmt nicht leicht«, sagt Ereka.

»Du gibst dein Bestes«, sagt Dooly.

»Du machst das großartig«, sagt Fiona.

CJ lächelt. »Und ihr seid beschissene Lügner.«

»Wir lügen nicht«, sage ich. »Wir stecken alle nicht in deiner Haut, und keine von uns würde auch nur einen Tag lang mit all dem fertig werden, so wie du es tust. Du machst einfach weiter. Deine Kinder können sich glücklich schätzen, dich zu haben.«

»Liam hat mich gesehen, als ich so geweint habe«, sagt CJ.

»Und er ist zu mir gekommen, hat mich in den Arm genommen und gesagt: ›Wein nicht, Mami. Kein Mensch auf der Welt ist eine Träne von dir wert.‹«

»Also, dein Liam …«, sagt Fiona.

»Kann ich ihn schon mal für Jamie reservieren?«, frage ich. »Ich bin sicher, dass arrangierte Ehen bald wieder in Mode kommen werden.«

CJ lächelt. »Er und die Mädchen verdienen so viel mehr – von ihrem Vater, und von mir. Wie konnte ich es nur so komplett verbocken? Mir ein solches Arschloch als Ehemann aussuchen? Meine Kinder wachsen praktisch vaterlos auf.«

»Aber sie sind nicht mutterlos«, sagt Helen.

»Und du erziehst sie zu tüchtigen Menschen«, sagt Liz.

»Und du machst dich für sie stark, kämpfst für sie«, sagt Ereka.

CJ schnieft. Lächelt unter Tränen. »Du auch«, sagt CJ zu Ereka. »Herrgott, ich brauche eine Zigarette.«

»Trink noch was«, schlägt Helen vor. Ich sehe sie mit großen Augen an. Ist sie denn verrückt? Das Letzte, was CJ braucht, ist noch mehr Alkohol. Wohl eher einen schwarzen Kaffee.

»Ich finde, ihr beide seid sehr mutig«, sagt Dooly und nickt Ereka und CJ zu. »Ich kann mir nicht vorstellen, dass ich jemals tun könnte, was ihr getan habt ... Und nicht, dass ihr glaubt, ich hätte noch nie darüber nachgedacht. Bei einem Fußballspiel vor ein paar Wochen war dieser grässliche Vater, der seinem Sohn zugebrüllt hat ›Du Waschlappen!‹, weil er ein Tor verschenkt hat. Am liebsten wäre ich zu ihm hinübergegangen und hätte ihm gesagt, was für ein Idiot er ist – diese Kinder sind doch erst sechs! –, aber ich habe es natürlich nicht getan.«

»Manchmal muss man sich auch auf die Zunge beißen und sich aus den Angelegenheiten anderer Leute heraushalten«, sagt Tam.

»Und manchmal müssen wir Stellung beziehen und das Richtige tun, auch wenn danach jemand behauptet, man würde seine Nase in fremde Angelegenheiten stecken«, erwidere ich.

»Aber wo da die Grenze ist …?«, bemerkt Fiona sanft.

»Und trotzdem muss man manchmal den Mut haben, sie zu überschreiten«, sagt Dooly und sieht Ereka mit gütigem Blick an.

»Danke, Dooly«, sagt Ereka. »Aber ich fühle mich mies, weil ich Jakes und Ethans Freundschaft damit zerstört habe. Jake sagt zwar, er könne sehr gut verstehen, warum ich das getan habe, aber ich weiß, dass er nicht so gehandelt hätte – Olivia wirft für mich Themen auf, die sich für ihn so nicht stellen, und Jake ist einfach kein Mensch, der andere schlägt. Ich glaube, er hat keinen Funken Brutalität in sich.«

»Nicht einmal, wenn er gestresst ist?«, fragt Helen.

Ereka schüttelt den Kopf.

»Das ist erstaunlich«, sagt Helen. »David ist zurzeit so gestresst, dass ich das Gefühl habe, er könnte jeden Moment explodieren. Letzten Monat hat er die Kinder nur noch angebrüllt, ständig.«

»Warum ist er denn so gestresst?«, fragt Fiona.

»Ich glaube, es liegt an dieser neuen Produktlinie, die er nächstes Jahr herausbringen will, und er will geschäftlich expandieren, und wir mussten dazu noch eine Hypothek auf das Haus aufnehmen. Vielleicht liegt es auch daran, dass ich wieder schwanger bin«, sagt Helen. »Ich glaube, er macht sich Sorgen, weil ein weiteres Kind natürlich eine weitere finanzielle Belastung ist, und er hat schon gesagt, er käme ja nicht mal dazu, genug Zeit mit den dreien zu verbringen, die wir schon haben.«

»Da hat er durchaus recht«, sagt Liz.

»Er hat angedeutet – mehr als einmal –, dass wir vielleicht über einen ›Abbruch‹ nachdenken sollten. Scheiße, was für ein Wort, Abbruch«, schnaubt Helen.

»Würdest du denn … je eine Abtreibung in Betracht ziehen?«, fragt Tam.

»Nein, nicht, wenn das Baby gesund ist«, antwortet Helen. »Das brächte ich einfach nicht fertig. Das erscheint mir so … barbarisch, vor allem, weil ich schon drei Kinder habe und weiß, was aus einem gesunden Fötus werden kann.«

»Abtreibung ist barbarisch«, sagt Tam. »Ausgesprochen barbarisch.«

»Oh, bitte«, stöhnt Liz. »Wenn ich jetzt noch mal schwanger werden würde, würde ich sofort eine Abtreibung machen und Gott dafür danken, dass ich in einem freien, demokratischen Land lebe, wo mein Leben und meine Wünsche mehr zählen als die angeblichen Rechte einer Kaulquappe. Ich habe die Nase voll von kleinen Kindern.«

»Ich könnte das nie über mich bringen«, sagt Helen. »Und diese Kaulquappe ist in der zwölften Woche schon ein vollständig ausgebildetes Baby.«

»In diesem Fall habe ich zwei vollständig ausgebildete Babys ermordet«, sagt CJ. »Ich habe zweimal abgetrieben … und du hast recht, Helen, es ist grauenhaft.«

»Warum hast du zweimal abgetrieben?«, fragt Tam CJ.

»Mangelhafte Verhütung als Teenager und mit Anfang zwanzig«, sagt CJ.

Tam ist sichtlich aus der Fassung gebracht.

»Zumindest ist David so anständig, die Entscheidung dir zu überlassen«, sagt Ereka.

»Na ja, es ist zwar mein Körper, aber auch seine Angelegenheit.«

»Aber wenn er seinen Penis nicht in deine Angelegenheiten gesteckt hätte, müsstest du dich jetzt nicht mit dieser Angelegenheit befassen«, sage ich.

Hel lacht.

»Ja, aber ich mag es eben, wenn er ab und zu in meinen Angelegenheiten herumstochert …«

»Die Leidtragende ist immer die Frau«, fährt CJ fort. »Die Männer machen sich aus dem Staub, und wir sind diejenigen, die blutend zurückbleiben.«

»Komm schon, CJ«, sagt Dooly und zieht sie auf die Füße. »Schauen wir uns die Lichter auf dem Wasser an.«

Mit dem Instinkt eines Hütehundes lenkt sie CJ hinaus auf den Balkon, wo der uralte, offene Himmel darauf wartet, sämtliche Verluste zu schlucken und im endlosen All verschwinden zu lassen.

10

Wo man die Grenze zieht

Dooly hat sich den Schal wieder um den Hals gewickelt und CJ hinaus auf den Balkon geführt – der Sozialarbeiterin in ihr entgehen die frühen Anzeichen für den Verlust persönlicher Würde nicht. Sie schreitet ein und zeigt CJ den Notausgang zur Selbstachtung, das berühmte »Gehen wir frische Luft schnappen«. Solch kleine Gesten können uns retten, die rechtzeitige Intervention einer Freundin; eine kleine Umleitung; die Ablenkung, hinaus in die schützende nächtliche Dunkelheit zu treten. Schlichte Güte wird oft unterschätzt neben all den grandiosen Eigenschaften, nach denen wir streben – Intelligenz, Integrität, Selbsterkenntnis ...
Helen steht lautlos auf, geht hinüber zum CD-Player und legt eine CD ein.
»Ist das *die* CD?«, frage ich. Sie antwortet nicht. Helen hortet einen Stapel »Überraschungen« für mich. »Das wird dir gefallen ...« »Warte nur, bis ich dir das zeige ...« »Ich habe ein geniales Geburtstagsgeschenk für dich ...« Das für mich aufgesparte Bonbon – irgendein Gerücht, das mich überhaupt nicht interessiert, ein albernes ›Frauenbuch‹, das ich nie lesen würde, eine DVD mit einem Film, den ich schon gesehen habe – versagen immer wieder darin, mich in Begeisterung zu versetzen, aber ich werde dieser Geschenke

trotzdem nie müde, wegen ihrer Art, die nichtigen Kleinigkeiten im Leben so zu schätzen. Unsere Tage sind lasch vor häuslicher Trivialität, überwuchert von nichts Besonderem, und der beste Schutz dagegen ist diese Fähigkeit von Helen – eine volle Breitseite mit ihrem unsäglich ansteckenden Lachen und ihrer verrückten Feierstimmung.

Die Musik fängt an, und die Botschaft des Songs lautet, dass man ein hässliches Mädchen heiraten sollte, wenn man für den Rest seines Lebens glücklich sein will, weil schöne Mädchen nur Ärger bedeuten. Frauenfeindlicher Mist, aber dennoch ein guter Beat, der sagt: Steh auf und tanze. Helen dreht die Lautstärke auf, packt mich an der Hand und zieht mich hoch. Sie tanzt den Boogie, wie nur eine kleine, rundliche, lockige Frau in Stiefeln Boogie tanzen kann, rammt mich mit ihrem gut gepolsterten Hinterteil und lässt absurd das Becken kreisen. Ich ahme sie nach, und wir beide brüllen vor Lachen. Nach ein paar Minuten geht mir die Puste aus.

»Ich brauche noch was zu trinken«, sage ich.

»Ich auch«, sagt sie und folgt mir zum Esstisch.

Die Riesenschüssel Erdbeer-Daiquiri ist leer. Ein grauenhafter Anblick. Trübselig kratzt Helen die letzten Reste mit einem Kaffeelöffel heraus, schlürft selbst den ersten Löffel voll und bietet mir den zweiten an.

»Es hat nach so viel ausgesehen, als ich das Zeug gekauft habe«, jammert sie. »Wie kann es so schnell alle sein?«

CJ und Dooly kommen wieder herein, die Arme umeinandergeschlungen, und Lukes orangeroter Schal schmiegt sich nun um CJs Hals. Die kalte Nachtluft hat CJs Wangen rosig gefärbt; sie wirkt nüchterner, für den Augenblick. Sie streift um den Tisch, um nachzusehen, was noch an Essbarem da ist. Dooly lächelt mir kurz zu. Ich habe eigentlich nie darüber nachgedacht, wie gut sie in ihrem Beruf sein muss, dass sie sicher unermüdlich Mrs. Buchanoltic zustimmt, Eier seien wirklich unverschämt teuer geworden, während sie ihr die Inkontinenz-Windel anlegt, ehe die Dame auf die Straße geht. Für so etwas muss man ein ganz besonderer Mensch sein. Wie ich es nicht bin.

»Wie wäre es, wenn wir meinen Wein aufmachen?«, schlägt Liz vom Sofa aus vor, wo sie sich mit ein paar Kissen unter dem Nacken und im Kreuz drapiert hat.

»Wenn ich durcheinandertrinke, wird mir schwindelig«, sagt Helen.

»Ach, komm schon«, sagt Ereka, »heute Abend kannst du dich nach Lust und Laune betrinken. Du bist außer Dienst.«

»Sie sollte aber nicht zu viel trinken«, sagt Tam. »Schließlich ist sie schwanger.«

»Hast du nichts getrunken, während du schwanger warst?«, fragt Fiona Tam.

Tam schüttelt den Kopf. »Ich habe auch weder Sushi noch Austern gegessen, weil Toxoplasmose das Ungeborene schädigen kann. Ungewaschenes Gemüse ist auch gefährlich. Da können Listerien dran sein, Salmonellen und Campylobacter-Bakterien. Eine Infektion damit sollte man unbedingt vermeiden, solange sich der Fötus entwickelt.«

Tam sollte für einen Orden vorgeschlagen werden, den Besser-Als-Alle-Anderen-Wisser-Orden.

CJ schnaubt. »Also, ich habe während meiner Schwangerschaften getrunken, geraucht und gegessen, was ich wollte, und meine Kinder sind kräftig und gesund. Ich finde diese Entbehrungen im Namen des Ungeborenen ein bisschen übertrieben, meint ihr nicht auch?« Sie nimmt sich ein Sushi und sucht nach der Sojasauce.

»In der kleinen Schüssel da«, sage ich und deute auf die Schüssel mit der grünen Blatt-Dekoration.

»Nein, das finde ich nicht«, sagt Tam. »Es ist doch kein großes Opfer, für ein paar Monate auf Alkohol und Zigaretten zu verzichten, um dem Baby die bestmöglichen Chancen zu geben.«

»Nun regt euch alle mal wieder ab«, sagt Helen. »Jeder zieht diese Grenze irgendwo anders, und ich ziehe sie hier.« Damit steckt sie ihren Kopf tief in die leere Daiquiri-Schüssel.

»Du bist wirklich irre«, sagt Liz.

Helens Kopf taucht wieder auf. Sie grinst von einem Ohr zum anderen und hat Erdbeerfitzelchen im ganzen Gesicht.

»Geh und wasch dich, Weib«, sagt CJ, wickelt den Schal von ihrem Hals und hängt ihn beiläufig über eine Stuhllehne. »Danke, Dooly, jetzt ist mir wieder warm ...«, sagt sie. Dooly nickt und lächelt ihr vom Sofa aus zu.

»Bitte trink nichts mehr«, sagt Tam flehentlich zu Helen.

»Komm wieder runter«, sagt Helen. »Aber ich gehe mal pinkeln, wenn ihr mich entschuldigen wollt.« Sie wackelt in Richtung Bad davon.

»Vergiss nicht, spülen und Hände waschen«, ruft CJ ihr nach.

»Ist kein großes Geschäft«, ruft Helen zurück.

»Mach dir bitte Notizen, damit du uns einen detaillierten Bericht über deine Abenteuer auf dem Klo liefern kannst, wenn du zurückkommst«, sagt Liz tadelnd.

»Habt ihr kein interessanteres Gesprächsthema als Hels Besuch der sanitären Anlagen?«, frage ich.

»Wenn nicht, dann erschießt mich bitte«, sagt Liz.

Genau wie Tiere freien Auslauf bekommen sollten, so muss es Müttern erlaubt sein, gewisse Themen zu diskutieren, die ansonsten tabu sind. Die Verdauung beispielsweise. Menstruation. Verstopfung. Blasenentzündung. Sexuell übertragbare Krankheiten. Wenn uns diese Themen nicht zur Verfügung stünden, würden unsere Gespräche beim Abendessen sehr darunter leiden.

Aa ist ein bedeutender Gesprächsstoff. Normalerweise meiden wir dabei unser eigenes Aa, außer, eine von uns muss zur Darmspiegelung oder hatte eine besonders scheußliche Woche mit ihren Hämorrhoiden. Irgendwo ziehen selbst wir die Grenze. Aber für Mütter ist die Verdauung ein alltägliches Geschäft. Wir sind schließlich für die Häufigkeit wie für die Konsistenz des Pipis und Aas unserer Kinder verantwortlich. Das Tarot unserer Fähigkeiten als Mutter wird aus der Toilettenschüssel gelesen, wie aus Teeblättern in einer Tasse. Verstopfung bedeutet, dass unsere Kinder offensichtlich zu wenig Obst und Ballaststoffe zu essen bekommen. Letztes Jahr hat Liz geflucht, weil sie eines Nachts vor einer wichtigen Präsentation mit Chloe in die Notaufnahme musste – Chloes »Bauchweh« war in Wahrheit zwei Wochen aufgestauter Stuhl. Seitdem hat Lily strenge Anweisung, genau zu notieren, wann Brandon oder Chloe zur Toilette gehen, sie muss sogar fragen: »Groß oder klein?« An ihrem Kühlschrank hängt eine dieser Listen, die diese armen Kinder bis in alle Ewigkeit verfolgen wird (Montag Chloe kkkgkk; Brandon kgkkgk), aber Liz beruhigt.

Durchfall bedeutet, dass wir unseren Sprösslingen Unmengen von Flüssigkeit zuführen müssen, weil Kinder alarmierend schnell dehydrieren. Und wenn man diesen besonders aufmerksamen Blick fürs Detail hat, stellt man auch fest, dass man ziemlich vergeblich darum gekämpft hat, die Kinder zum Verzehr von Mais zu bewegen; diese kleinen Maiskörner kommen genauso gelb und ganz unten wieder heraus, wie sie oben hineingegangen sind. Mais gehört natürlich zu den wenigen Dingen, die Aaron zu essen bereit ist.

Doch die Goldmedaille für exzellente Elternschaft geht zweifellos an diejenige, der es gelingt, die Entwicklung von der Windel über Töpfchen und Toilette bis hin zum Selberabwischen so zu gestalten, dass sich das Trauma für alle Beteiligten in Grenzen hält. Ganz gleich, wie sehr wir uns vor Fäkalien ekeln, wie zimperlich oder anal verkniffen wir sind, die Last, diese Fortschritte zu bewirken, müssen wir schon selbst tragen, davon können wir uns nicht freikaufen.

Es ist ein sehr tröstlicher Gedanke, dass die meisten Kinder das Erwachsenenalter windelfrei erreichen und bis dahin gelernt haben, sich den Hintern selbst abzuwischen, was ja immerhin eine ziemlich wichtige Fähigkeit im Leben ist. Aber wann genau zwischen Geburt und Schulabschluss wir energisch werden und von unseren Kindern erwarten, in diesem Punkt unabhängig zu werden, ist eine Frage persönlicher Vorlieben. Jamie beobachtete mich auf der Toilette und fing mit zweieinhalb Jahren einfach an, mich nachzuahmen, und das war's dann mit der Sauberkeitserziehung. Aaron hingegen schien mit dreieinhalb noch völlig zufrieden zu sein mit der Aussicht, den Rest seines Lebens in Windeln zu verbringen. Die Vorschule, bei der er angemeldet war, nahm aber nur Kinder, die schon alleine zur Toilette gehen können. Der Brief, in dem die Anmeldung bestätigt wurde, erklärte in wohlmeinender Herablassung (ein verbreiteter Zug hiesiger Vorschulen): »Bitte stellen Sie sicher, dass Ihr Kind selbständig zur Toilette gehen kann. Wir müssen uns um fünfzig Kinder kümmern, und wir hätten gar keine Zeit mehr, Ihrem Kind irgendetwas beizubringen, wenn unser Personal die ganze Zeit damit zubringen müsste, kleine Hintern abzuwischen, nicht wahr?« Mir blieben drei Wochen, um Aaron von der Windel auf die Toilette zu schaffen. Und ich widmete mich dieser Aufgabe wie eine Besessene.

Damals war Aaron völlig fasziniert von Dinosauriern. Bis zu diesem Zeitpunkt war mein Wissensstand über Dinosaurier folgender: Sie lebten vor langer Zeit und sind inzwischen alle tot. Aaron hingegen konnte mit drei Jahren sämtliche lateinischen Namen rezitieren und war umfassend über die besonderen Ernährungsgewohnheiten und bevorzugten Lebensräume jeder Spezies informiert. Um mich für die Schlacht zu rüsten, kaufte ich klugerweise einen Haufen Plastikdinosaurier, meine Währung für die nun folgenden Verhandlungen. Ein Plastikdinosaurier für jedes große Geschäft auf der Toilette. Ein simples Geschäft. Ich dachte mir, wenn ein Kind den Unterschied zwischen einem Apatosaurus und einem Diplodocus kennt, müsste es alt genug sein, aufs Klo zu gehen. Ich erklärte Aaron mein System und erreichte durchaus Kooperationsbereitschaft seinerseits. Mein Plan erschien mir narrensicher.

Aber so glatt lief es nicht. Wir erreichten die erste Hürde, als Aaron sich weigerte, sich auf die Toilette zu setzen, »nur zum Spaß, wir unterhalten uns bloß ein bisschen«, wie mir die Bücher geraten hatten. »Helfen Sie ihm, sich mit der Toilette anzufreunden.« Aber als er dann wirklich ein großes Geschäft machen musste, gingen meine ruhigen, aber raffinierten Verführungsversuche mit einem neuen Tyrannosaurus Rex in seinem Gekreische unter – er wollte sofort eine Windel angezogen haben. Je lauter er schrie, desto mehr verschloss ich mein Herz. Je länger er sich weigerte, desto lebhafter stand mir Gretchen Oates, die Vorschulrektorin, vor Augen, die kopfschüttelnd sagte: »Bedaure, wir können keine Kinder aufnehmen, die einfach noch nicht so weit sind, selbständig zur Toilette zu gehen.« Nicht so weit sind, na warte. Ich würde ihn so weit *kriegen*. Mit einer Grausamkeit, die mich heute noch schaudern lässt, weigerte ich mich, ihm eine Windel anzuziehen. Stattdessen packte ich ihn und setzte ihn umstandslos auf die Toilette. »Nein, nein, nein«, kreischte er. Mit der ruhigsten Stimme, die ich unter diesen Umständen aufbringen konnte, erklärte ich ihm, dass ein wunderschöner Pterodaktylus, der mich jede Nacht wach hielt, weil er aus meinem Schrank rief: »Lass mich raus, lass mich raus, ich will zu Aaron«, nur ein großes Geschäft entfernt sei.
Aaron hörte für einen Moment auf zu brüllen und sah mich mit schmalen Augen an. »Ich will ihn halten«, befahl er.
»Erst, wenn du dein großes Geschäft in die Toilette gemacht hast«, sagte ich.
»Ich will ihn halten!!!«, brüllte er.
»Wirst du dann Aa in die Toilette machen?«, fragte ich. Er

erklärte sich dazu bereit. Also holte ich den Pterodaktylus. Aaron saß auf der Toilette und umklammerte seinen neuen Dinosaurier.
»Ich muss nicht mehr Aa«, sagte er.
Also hüpfte er von der Brille.
»Gib mir den Dinosaurier zurück«, befahl ich.
»Nein, das ist meiner«, sagte er.
Ich riss ihm den unverdienten Dinosaurier aus der Hand und ignorierte sein Heulen und Toben mit derselben ruhigen Gelassenheit, die man aufbringen sollte, wenn ein tollwütiger Rottweiler mit Schaum vorm Maul im Wohnzimmer erscheint. Aber Aaron hat sich an mir gerächt. Zwei Minuten später putzte ich sein großes Geschäft auf, das er auf dem Weg vom Bad in den Garten gemacht hatte.
So zogen die Wochen ins Land. Ich kroch auf allen Vieren herum und erkaufte mir Kinderkacke mit Plastikdinosauriern. Das zähle ich zu den Tiefpunkten meines Lebens. Der Foltertheorie zufolge kann man durch häufige Wiederholung und starke Assoziation Menschen dazu bringen, so ziemlich alles zu tun. Es brauchte nur weitere fünf oder sechs Zwischenfälle dieser Art, bis Aaron den Dreh raushatte. Als die Vorschule anfing, besaß er eine riesige Dinosauriersammlung und konnte sein großes Geschäft wunderbar auf der Toilette machen.
Ich möchte lieber nicht wissen, wie viele Sitzungen ein Psychologe dafür veranschlagen würde, diesen Schaden bei Aaron wiedergutzumachen. Eines Tages wird er vermutlich bei einem Therapeuten auf der Couch liegen und versuchen, herauszufinden, warum die bloße Erwähnung von *Ju-*

rassic Park bei ihm wie ein Abführmittel wirkt. Gott steh mir bei, wenn Tam jemals hiervon erfährt. Sie wird missbilligend den Kopf schütteln und ein Dutzend Bücher zitieren, in denen steht, wie wichtig es sei, dass ein Kind in seinem eigenen, persönlichen Tempo sauber wird. Ich will nichts davon wissen. Ich will auch nicht darüber reden, dass Helens sämtliche Kinder sich bis zum Alter von zwei Jahren selbst beigebracht hatten, zur Toilette zu gehen – sogar trotz Nachtwindel. Im Gegensatz zu Ereka, die der Frage, wann Kylie sich selbst abstillen wird, völlig entspannt gegenübersteht, und im Gegensatz zu Dooly, die Luke aus dem Fläschchen trinken ließ, bis er in die Schule kam (vielleicht tut er das heute noch, was weiß ich?), und im Gegensatz zu Tam, die Michael Windeln anzieht, weil er immer noch ins Bett macht, geize ich in gewissen Dingen ein wenig mit meiner Geduld. Genau wie Kinder sich in ihrem eigenen Tempo entwickeln, so haben auch wir als Eltern unsere eigene Geschwindigkeit. Wir alle ziehen irgendwo die Grenze.

»Mist, das hätte ich fast vergessen, ich habe euch allen etwas mitgebracht«, sagt Liz, steht auf und geht zu dem kleinen kastanienfarbenen Trolley. Als sie an mir vorbeigeht, fragt sie: »Kochst du immer noch jeden Abend drei verschiedene Mahlzeiten?«

Ich nicke kaum merklich.

»Du stehst dir wirklich selbst im Weg«, schnaubt Liz. Sie zieht den Reißverschluss ihres Köfferchens auf und beginnt, darin herumzuwühlen.

Ich kann ihr nicht widersprechen. Andererseits bedeutet Essen Liz nicht viel. Mir ist bewusst, dass in den meisten Haushalten ein Gericht pro Abend üblicherweise ausreicht, um alle am Leben zu erhalten. In meiner Küche jedoch gibt es allabendlich eine ganze Speisekarte: das Erwachsenen-Essen (Lachsfilet, Thai-Curry, Lammeintopf); Jamies Essen (Fischstäbchen, ein Lammkotelett mit Kartoffelbrei, Nudeln mit selbst gemachter Bolognese-Sauce); und Aarons Essen (Würstchen – nur die mit der roten Haut – oder Nudeln ohne alles – nur die gekringelten). Ich mag gefühllos genug sein, ein Kind zwangsweise zur Sauberkeit zu erziehen, aber ich kann mir nicht vorstellen, wie steinhart ein Herz sein müsste, das ein Kind zum Essen zwingen oder, schlimmer noch, es hungern lassen könnte. Während ich keinerlei Pardon kenne, wenn es um die Ausscheidung geht, bin ich durchaus bereit, Rücksicht auf verschiedene Geschmäcker zu nehmen, wenn es darum geht, was für Essen oben reinkommt.

Ich bin zwar nicht so besessen von gesunder Ernährung wie Tam, aber mir ist bewusst, dass Brot, Nudeln und Reis nicht als »ausgewogen« gelten können. Also habe ich in einem Anfall von Entschlossenheit eines dieser Kochbücher mit »gesunden Mahlzeiten für Babys und Kleinkinder« gekauft, in der Annahme, es könne nicht so schwer sein, die Kinderernährung Schuldgefühl-frei zu gestalten. Da hatte ich mich getäuscht. Mit jeder Seite wurde ich niedergeschlagener. Jedes Rezept war voll boshaftem Hohn. Als ich zu den Desserts kam, hatte ich schon alle Hoffnung fahren lassen. Es gab ein »Monster-Sandwich« mit »strategisch angeordneten Scheibchen Gurke, Zucchini, Karotte und Tomate, mit Bohnensprossen für die Haare«. Eiermäuse. Eier-Erdbeer-Blumen. Ganz besonders deprimierte mich das Rezept für den Hüttenkäse-Clown. Auf einem fröhlich bunten Teller lag ein halber Vollkorn-Muffin, bestrichen mit Hüttenkäse. Das Rezept gab folgende Anweisung:

Die Augen des Clowns machen Sie aus Gurkenscheiben, Käse und halbierten grünen Bohnen. Eine halbe Tomate bildet die Nase. Aus einer großen Tomatenscheibe formen Sie den Mund und einen dreieckigen Hut. Orangenschnitze ergeben die Ohren.

Das Rezept war eine Niete. Es stand nämlich nicht darin, wie man sein Kind dazu bringen soll, überhaupt so etwas wie Hüttenkäse, Gurke, grüne Bohnen (halbiert oder nicht), Tomaten und Orangenschnitze zu essen. Außerdem, wenn man die Botschaft dieses Rezeptes konsequent weiterbefolgte und aus Hackfleisch Bart Simpson und aus Gemüse Schwammkopf Bob formte – würde sich ein Kind je wieder mit einem schlichten Käsetoast zufriedengeben? Die sprunghaft gestiegenen Erwartungen kleiner Menschen zur Essenszeit würden mich binnen einer Woche ruinieren. Ich riss das Buch in Fetzen und schenkte mir ein Glas Rotwein ein. Es ist keine Berufung, dass man seinen Kindern nicht zu viel Zucker oder Salz zu essen gibt und das Verhältnis von Kohlehydraten, Eiweiß und Ballaststoffen ausgewogen hält. Es ist eine Lebensaufgabe. Ich kann geradezu schon meine Grabinschrift sehen: »Hier ruht Joanne Fedler. Eine wunderbare Mutter, die ihre Kinder gut ernährte.« Das Problem ist nur, dass ich in meinem Leben auch noch andere Dinge vorhabe.

Eines Tages wird es eine Dschungelshow für Mütter geben, und eine der Überlebensaufgaben wird sein, den statisch unmöglichsten und absolut kompliziertesten Geburtstagskuchen aller Zeiten zu backen. Eine Straßenkarte von Australien. Einsteins Relativitätstheorie. Den menschlichen Körper in 3D. Dooly ist zwar eine miserable Köchin, bäckt aber nicht schlecht, und sie hätte bei diesem Wettbewerb durchaus Chancen. Eines Abends habe ich sie nach neun Uhr angerufen, nur um zu hören: »Ich kann jetzt nicht, ich muss zu Woolworth, weil Max die falsche Sorte Lakritz für Lukes Pokemon-Kuchen gekauft hat.« Das war kein Witz. Dooly nimmt eine Woche bleierner Erschöpfung auf sich, um den Kuchen genau richtig hinzubekommen. Perfektionismus ist eine Form von Masochismus, von der Mütter besonders betroffen sind. Luke, das versichere ich dir, hätte den Unterschied nie bemerkt, aber darum geht es natürlich nicht, und nur eine Frau, die es sich noch nie zur Aufgabe gemacht hat, »Barbie in *Schwanensee*« aus Biskuitkuchen und Glasur zu erschaffen, wäre so ungehobelt, das laut zu sagen.

Ich will nicht behaupten, ich sei besser als meine Freundinnen. Auch ich bin schon so tief gesunken, dass ich Essensspielchen veranstaltet habe. An einem der drei Abende, an denen Frank und ich in den vergangenen drei Jahren zusammen ausgegangen sind, wollten wir die Kinder in der Obhut eines neuen Babysitters zurücklassen. Aaron gefiel ihre Frisur nicht. Ihr Haar war zu kurz. Er wollte einen Babysitter mit langem Haar. Einer genialen Eingebung folgend, schnitt ich sein Würstchen in »Goldmünzen« und versteckte sie in einem Hügel aus Kartoffelbrei. Ich überreichte ihm feierlich den Magischen Speer (eine Gabel), denn er sei auserwählt worden, den Schatz zu suchen, der in dem Berg vergraben lag. Doch er musste den Schatz zerstören, sonst würden die Mächte der Finsternis die Erde beherrschen. Ich empfahl ihm, das Gold am besten herunterzuschlucken. Dann schossen Frank und ich zur Tür.

Aaron ließ sich vielleicht zu seinem Glück drängen, seine Geschäfte auf der Toilette zu erledigen, doch jeden Abend, wenn die Essenszeit näherrückt, wird es schwierig. Was nur beweist, dass trotz der riesigen Dinosauriersammlung sein Lieblingsspielzeug immer noch dasjenige ist, das er nach Gutdünken verbiegen und zerbrechen kann, auf dem er herumtrampeln kann, wie er lustig ist, und das auf den Namen »Mama« hört, wenn er den Hintern abgewischt haben möchte.

Liz kehrt mit einer Schachtel ins Wohnzimmer zurück und öffnet sie. Sie ist voll kleiner Fläschchen Nagellack in jeder nur erdenklichen Farbe.

»Gratisproben«, sagt sie. »Wir haben gerade eine neue Anzeigenkampagne für die gemacht. Nehmt euch, was ihr wollt.«

Wir drängen uns um die Schachtel, obwohl keine von uns – außer Liz – Nagellack benutzt.

Ohne darüber nachzudenken, greife ich nach einem Fläschchen Feuerwehr-Rot.

»Meinst du, die Farbe steht dir?«, fragt Tam. »Ich hätte gedacht, ein Braunton wäre eher dein Stil.«

»Also«, sage ich, »ich finde, Rot ist genau mein Stil«, schraube das Fläschchen auf und bepinsele meine Nägel,

rauh und rissig, wie sie nach stundenlanger Arbeit in der Küche eben sind.
»Aber ich bin sicher, es gibt da drin irgendwo auch Hellrosa«, sage ich, »passend zu deinem Outfit.«
»Ach, ich benutze doch dieses Zeug nicht«, erklärt sie beiläufig. »Voller Toxine ... krebserregend ...«
Und sie lässt mich mit zerplatzter Freude und meinen tödlichen roten Fingernägeln zurück.

11

Krieg zur Hexenstunde

Ich bin mit dem Lackieren an der linken Hand fertig und bemerke, dass Tam auf ihre Armbanduhr schaut. Ich strecke meine Finger aus, um mein Werk zu bewundern. Rot ist ein bisschen zu heftig für mich. Ich sehe mit knallrotem Nagellack absurd aus. Nuttig. Hammel, der sich als Lamm ausgibt – ich kann beinahe schon hören, wie Frank spötteln wird, wenn ich morgen Früh zur Tür hereinkomme.

Um diese Zeit kuschle ich mich normalerweise in den sicheren Hafen meines Bettes, mit einem Glas Wasser neben mir, einem Buch in der Hand und damit beschäftigt, den vergangenen Tag zu löschen und die Tafel meines Gehirns leer zu wischen für das Chaos, das Geplapper und die Streitereien von Morgen. »Schönheitsschlaf« ist ein exklusiver Luxus, den sich nur Kinderlose leisten können. Ich habe den Versuch schon vor Jahren aufgegeben.

Helen kommt von der Toilette zurück, ohne eine Spur Erdbeer-Daiquiri im Gesicht; sie duftet nach Lavendelseife.

Ich müsste schon längst im Bett liegen – meiner wundervollen Oase, nach der ich mich den ganzen Tag lang sehne und die mich in ihre beruhigenden Arme schließt, wenn alle Ansprüche der vergangenen vierundzwanzig Stunden vorerst erfüllt sind und ich endlich egoistischerweise etwas nur für mich allein tun kann: einschlafen. Wenn ich mich bis zehn Uhr abends nicht mit geputzten Zähnen und Schlafanzug ins Bett kuschle, steigert sich meine Reizbarkeit mit jeder Minute um ein Vielfaches. Wenn ich müde bin, bin ich wie ein hungriges Kleinkind – das kann sehr schnell hässlich werden. Ich bin ganz sicher keine Nachteule, wie Helen und CJ, die morgens furchtbar schlecht drauf sind, aber die ganze Nacht durchmachen können, solange sie jemandem zum Quatschen und ein Glas Wein haben. Aber wir sind schließlich zu einer Übernachtungsparty hier, und obwohl ich weiß, dass ich morgen eine gereizte Zicke sein werde, weil ich heute später ins Bett komme, als mir eigentlich guttut, und dann vermutlich nur schwer einschlafen werde in einem fremden Haus so weit weg von meinen Kindern, werden wir diesen Abend *auf keinen Fall* früh beenden.

Die Rolle der Spielverderberin hat Tam bereits übernommen, also werde ich tapfer mindestens bis Mitternacht durchhalten. Außerdem habe ich uns zwei DVDs ausgeliehen – *Amys Orgasmus* und *... und dann kam Polly* – die Art von Filmen, bei denen sich Frank mit irgendeiner klugscheißerischen Bemerkung verabschiedet, wie etwa »Entschuldigt, aber ich habe einen Termin für eine Wurzelbehandlung, den ich nicht verpassen möchte«. Die perfekte geistige Zuckerwatte, die Hollywood für Abende wie diesen hier massenweise produziert. Allerdings beginnt jegliches Interesse, das ich vielleicht für Amys Sexleben oder Pollys Albernheiten hätte aufbringen können, rasch zu verblassen. Ich beneide Tam um ihren Zapfenstreich – bald wird sie gemütlich in ihrem eigenen Bett liegen und tief und fest schlafen. Ich gähne. Gewaltig.

»Denk nicht mal daran«, sagt Ereka und blickt von der Schachtel Nagellackfläschchen zu Tam auf. In Erekas Schoß kullern vier Fläschchen herum, ein sattes Purpurrot, Blassgold, Blau mit Glitzer und Weinrot.
»Ich muss morgen früh aufstehen«, sagt Tam mit diesem falschen Bedauern.
»Ich muss, ich muss ...«, entgegnet Helen. »Sag doch einfach: ›Scheiß drauf, ich muss gar nichts.‹«
Tam lächelt schwach. Als könnten wir einfach nicht verstehen, wie das ist, ein hochbegabtes Kind zu haben. Sie sieht uns mit gütigem Blick an. »Ich glaube, ich sollte mich jetzt wirklich auf den Weg machen. Was ist mit dir, Ereka?«
Ereka beugt sich über die Armlehne des Sofas und streckt ihren Rücken. Die vier Nagellackfläschchen klimpern in ihrem Schoß. »Auf keinen Fall, ich amüsiere mich gerade prächtig. Ich frage mich, ob ich ein ganzes Porträt in Nagellack malen könnte? Glaubt ihr, es gibt einen Markt für Nagellack-Kunst?«
»Das bezweifle ich«, sagt Liz entschieden.
»Aber wenn es dich dazu bringt, mehr zu malen, dann nur zu«, sagt Fiona.
»Ja, ist es nicht sowieso mal an der Zeit, dass du eine Ausstellung machst oder so?«, regt Dooly an.
Ereka schnaubt. »Bei meinem Tempo könnt ihr posthum eine Ausstellung machen und den Erlös zwischen euch aufteilen – es reicht bestimmt für einmal lila Färben und Föhnen für jede.«
»Solch eine Begabung, vergeudet!«, bemerke ich tragisch.
»Tja, ich werde darum bitten, im nächsten Leben als schwu-

ler Mann zurückkommen zu dürfen, dann ziehe ich auf irgendeine einsame Insel und male, bis mir die Finger bluten«, sagt Ereka seufzend.

»Ich bin sicher, deine Kunst ist durchaus relevant«, sagt Tam zu ihr.

»Mir mangelt es nicht an Relevanz, sondern an Zeit«, sagt Ereka. Und dann: »Willst du wirklich schon gehen?«

Tam nickt.

»Komm schon, Tam, bleib noch ein bisschen«, sagt Fiona gutmütig. »Tu so, als wärst du wieder jung und Single.« Fiona hat die Sammlung Nagellack begutachtet und zwei Fläschchen für Kirsty ausgewählt – eine unauffällige Farbe für eine French Manicure, und Lavendel-Metallic.

»Was ist denn das?«, fragt Helen, als sie die klimpernde, farbenprächtige Schachtel entdeckt.

»Gratisproben«, sagt Liz, »bedien dich ruhig.«

»Nein, danke«, sagt Helen. »Du weißt doch, ich und Make-up ... komm schon, Tam, du kannst noch nicht gehen.«

»Wenn du jetzt gehst, war's das. Wer weiß, wann wir wieder für so etwas Zeit haben«, sagt CJ.

»Wir haben noch nicht mal Nachtisch gegessen, deinen Nachtisch«, betont Liz. Dass das ausgerechnet von ihr kommt – der Letzten unter den Dessert-Vertilgerinnen hier. Tam fügt sich dem allgemeinen Protest. Es ärgert mich, wie sie immer damit droht zu gehen, in der Hoffnung, damit alle Aufmerksamkeit zu gewinnen und die Bestätigung *Bitte bleib doch!* zu erhalten. Wenn sie so weitermacht, wird bei ihrem Abzug ihre Kühltasche rappelvoll sein mit Beteuerungen, wie erwünscht sie doch ist. »Also schön, ich bleibe noch ein bisschen«, sagt sie seufzend.

»Gut«, sage ich, bewusst um eine mitfühlende Antwort bemüht – immerhin hatte sie vor zwei Jahren diesen Nervenzusammenbruch. »Du stellst wieder einmal deine eigenen Wünsche hinter die der anderen.«

»Erwartet man das nicht von Müttern?«, fragt sie. Das ist Tam. Jetzt bedarf meine harmlose Bemerkung doch noch einer Rechtfertigung.

»In gewissem Maße«, sage ich. »Aber du bist ein Extremfall. Weißt du nicht mehr, wie es war, einfach du zu sein, bevor du Kinder bekommen hast?«

Sie zögert keine Sekunde mit ihrer Antwort: »Dieser Mensch möchte ich nicht mehr sein.«

Ich sehe sie verwundert an. »Wirklich nicht?«

»Ich mag mich viel mehr, seit ich Mutter geworden bin. Bevor ich die Jungs bekommen habe, drehte sich mein Leben nur um mich, und das fühlte sich ziemlich leer an. Jetzt genieße ich es, mich um andere Menschen zu kümmern, Menschen, deren Bedürfnisse wichtiger sind als meine eigenen.«

Was sie da sagt, könnte man auf zweierlei Weise auffassen. Persönlich oder nicht. Ich überdenke die Möglichkeiten. Ich stelle die Bedürfnisse meiner Kinder auch vor meine eigenen, oder nicht? Habe ich nicht meinen Beruf aufgegeben, um zu Hause zu sein? Dreht sich mein Leben nicht ausschließlich um die Aktivitäten meiner Kinder? Na schön, ich habe Aarons Ernährung noch nicht auf glutenfrei umgestellt, aber dazu bin ich einfach zu müde.

»Es wäre schön, auch mal ein oder zwei meiner Bedürfnisse erfüllt zu bekommen«, sagt CJ und pustet auf ihre Fingernägel, die sie mit einem satten Pflaumenblau lackiert hat. »Ich danke Gott für Harvey.«

Tam ahnt nichts davon, aber seit drei Jahren warte ich vergeblich auf den Monat, in dem ich hundert Dollar übrig habe, um eine absolut unpraktische, aber unendlich begehrenswerte weiße Winterjacke mit Kunstpelzbesatz zu kaufen – für mich. Oder mir eine Ganzkörper-Massage zu leisten. Oder diese Anti-Falten-Creme mit der neuesten Technologie, die Resultate über Nacht verspricht. Stattdessen gebe ich alles, was vom monatlichen Haushaltsgeld übrig bleibt, bei Spontankäufen für Jamie und Aaron aus, für Zeug, das sie gar nicht brauchen. Nur deshalb, weil ich es liebe, wie ihre kleinen Gesichter strahlen, wenn ich sage: »Ich habe eine Überraschung für euch!« Und wenn ich dann meine letzten zwanzig Dollar für ein Bratz-Federmäppchen und einen Hulk-Schlafanzug ausgebe, seufze ich innerlich vor Freude und Zufriedenheit. Ich bin eine Mutter, die Kinder hat, denen sie etwas kaufen kann. Ich stelle meine Bedürfnisse hinter denen meiner Kinder zurück, wie jede andere Mutter auch. Auf diese kleine Insel der Selbstaufopferung kann Tam keinen Exklusivanspruch erheben.

»Bevor ich Kinder bekommen habe, war ich total egoistisch«, sagt CJ, »auf positive Weise, meine ich. Ich habe Yoga gemacht, einen Literaturclub besucht, und ich hatte sogar Zeit, ehrenamtlich im sozialen Rechtsberatungszentrum zu arbeiten. Jetzt wünsche ich mir nur noch genug Zeit, um die Rechnungen zu überweisen und mit den Wäschebergen nachzukommen.«

Wir nicken. Ich habe vage Erinnerungen an Tai-Chi-Kurse am Strand im Morgengrauen, Töpferei bei reichlich Rotwein, Kinobesuche und Latte macchiato im Café, Meditationswochenenden in landschaftlich reizvoller Umgebung,

Gesichtsbehandlungen und Pediküren. Ich hatte das herrliche Gefühl, dass mein Leben ein bodenloser Topf voll goldener Stunden sei, die man in aller sinnlichen Ruhe genießen kann. Ich frage mich, zu welchem Teil die Neigung, Kinder zu bekommen, auf unserer Unfähigkeit beruht, wirklich und wahrhaftig zu glauben, dass Mutterschaft zwar die Tür für neue Erfahrungen öffnet, aber durch diese Tür zugleich alles entweichen wird, was einem je lieb und teuer war.

»Ich habe es immer so genossen, drei Monate ins Ausland zu reisen«, sagt Helen seufzend. »Venedig lockt immer noch ...«

»Ich habe es genossen, auch nur auf die Toilette gehen zu können, ohne dass mir jemand folgt«, sagt Ereka.

»Ich finde, man sieht den Leuten sofort an, ob sie Kinder haben oder nicht«, bemerkt Dooly. »Ihr wisst schon, es gibt Leute, die um fünf Uhr nachmittags anrufen, um irgendetwas zu besprechen, wenn die Kinder gerade völlig aufgedreht sind und herumschreien. Oder du betrittst ein fremdes Haus, und da stehen überall schicke Ziergegenstände und weiße Sitzlandschaften, und da sitzt du dann furchtbar nervös und wartest nur darauf, dass dein Kind irgendetwas verschüttet. Oder sie wollen einen Besprechungstermin um acht Uhr morgens oder um drei Uhr nachmittags, zu den Zeiten, an denen wir die Kinder zur Schule bringen oder abholen. Unser Leben hat einen anderen Rhythmus als bei anderen Leuten. Menschen ohne Kinder glauben, das Leben sei eine Aneinanderreihung erwachsener Dinner-Partys ohne Schweinerei und Gequengel.«

»Aber das ist die Realität«, sagt Fiona. »Bis man Kinder bekommt.«

»Ich finde es schwierig, mit Leuten befreundet zu bleiben, die keine Kinder haben«, sagt Dooly, die sich weiterhin voller Selbstvertrauen mit Schokolade vollstopft.

»Da sagst du was Wahres«, verkündet CJ. »Ich habe erst neulich entschieden, aus Prinzip keine Zeit mehr mit Leuten zu verbringen, die keine Kinder haben.«

Ich erstarre mitten im Bemalen meines kleinen Fingers und blicke zu CJ auf. Ich denke an all die wunderbaren, kreativen, erfolgreichen, interessanten Menschen, die ich aus meinem Leben rauswerfen müsste, wenn ich mich an CJs Prinzip halten wollte.

»Das ist ein bisschen radikal, meinst du nicht?«, frage ich sie.

»Die Zeit ist gekommen, der Welt die Wahrheit zu sagen. Nämlich dass jemand, der selbst keine Kinder hat, nicht mal ansatzweise erahnen kann, wie schwer es ist, Mutter zu sein«, behauptet CJ. Sie hat gerade Dooly das Argument geklaut und noch etwas verschärft, aber Dooly scheint das nicht zu stören.

»Wir wissen alle, dass es schwer ist«, sagt Liz, »aber warum sollten wir Leute abschreiben, bloß, weil sie keine Kinder haben?«

»Ich habe es satt, ständig zu versuchen, mich über einen sprachlichen Abgrund hinweg mit einer fremden Spezies zu unterhalten. Deswegen finde ich auch keinen Mann – weil Männer, die keine Kinder haben, einfach nicht kapieren, was ich durchgemacht habe und wie es ist, Mutter zu sein. Wenn ich eine Verabredung absage, weil eines meiner Kinder Fieber hat, dann ist das der Grund für die Absage. Ich suche keine Ausrede, um mich zu drücken. Besorg dir einen Babysitter, sagen sie. Aber das sagt nur jemand, der keine Kinder hat.«

Liz zieht die fein in Form gezupften Brauen in die Höhe und denkt wohl das, was wir alle denken, nämlich dass sie genau das sagen würde. Ich blicke in diese bunt gemischte Runde von Müttern. Zurzeit sind sie meine engsten Freundinnen, und doch werden wir nur von der gemeinsamen Erfahrung der Mutterschaft zusammengehalten. Wir alle sind Kriegerinnen der Hexenstunde vor dem Abendessen. Wenn wir nicht über Kinder sprechen könnten, wenn man uns das Recht nehmen würde, einander etwas vorzujammern, wenn wir uns nicht gegenseitig Gelegenheiten bieten würden, ab und zu ein bisschen rauszukommen, würden diese Beziehungen dann halten wie eine solide Holzkonstruktion, oder wären sie nur leere Verblendungen, die man leicht wegwerfen kann? CJs Bemerkungen drehen Pirouetten in meinem Kopf und bleiben an einer alten Erinnerung hängen. Vor Jahren bestand meine Schwester, damals noch kinderlos, darauf, mich jeden Nachmittag um halb sechs anzurufen. Über das Gekreische und Gebrüll an meinem Ende der Leitung hinweg erzählte sie mir ausgiebig und unbekümmert von einem Kollegen, in den sie verknallt war, während ich ein Kind auf der Hüfte balancierte, einem anderen Schleim aus dem Gesicht wischte, das Badewasser einlaufen ließ, die Spaghetti vom Herd nahm und eine Windel wechselte, das Telefon unters Kinn geklemmt.

Irgendwann habe ich ihr verboten, mich anzurufen, weil Aaron eines Abends beinahe in der Badewanne ertrunken wäre, während ich rotierte, um fünf Dinge gleichzeitig zu erledigen, und nicht sofort auf Jamies nonchalanten Ruf reagierte: »Mamiii, Aaron zappelt so komisch ... und spritzt mich nass.« »Zappeln« war in der Tat eine wenig zutreffende Beschreibung, was Aaron gerade tat, nämlich »gegen das Ertrinken ankämpfen«. Aber Jamie war erst drei und ihr Wortschatz noch nicht so umfangreich. Während ich also endlich Pause machte, um ein Glas Wasser zu trinken, wozu ich den ganzen Tag noch nicht gekommen war, und mich bemühte, Interesse für die grässlichen Einzelheiten der lüsternen Exzesse meiner Schwester aufzubringen, war Aaron aus seinem Schwimmreifen gerutscht und lag mit dem Kopf unter Wasser. Er rang krampfhaft darum, Luft zu bekommen, während ich mir anhörte: »Er sagt, ›Du gehst mir nicht mehr aus dem Kopf‹, und ich sage ›Möchtest du mich nicht lieber woanders haben?‹«

Schluchzend vor Entsetzen stand ich da, drückte meinen spuckenden, hustenden, verängstigten kleinen Menschen an mich, und da dämmerte mir in voller Klarheit, wie viel es brauchte, damit ein Kind ertrank. Nichts. Einen abgelenkten Augenblick. Einen Anruf zu einem ungünstigen Zeitpunkt. Einmal umdrehen, um einen blubbernden Kochtopf auszuschalten. Welches Netz kosmischer Güte hatte dieses Nichts bisher im Zaum gehalten? Glück? Karma? Engel oder Feen? Eine Physiotherapeutin, die mich wegen eines schmerzhaften Ischias behandelte, sagte dabei einmal zu mir: »Mein Dreijähriger ist in unserem Swimmingpool ertrunken.« Die Schaukel, von der das Kind heruntergehüpft war, schwang noch vor und zurück, als das Unwiderrufliche entdeckt wurde. Dieses grässliche Bild lässt mich immer noch aus schlimmen Alpträumen hochfahren. Ich habe diese Physiotherapeutin nie wieder aufgesucht. Ich konnte es nach diesem Bekenntnis nicht mehr ertragen, mich so dicht am Abgrund eines solchen Verlustes aufzuhalten.

Seitdem ärgere ich mich immer schrecklich über die Dummheit und Gedankenlosigkeit von Leuten, die Mütter zwischen fünf Uhr nachmittags und acht Uhr abends anrufen. Ich trage meine selbstgerechte Empörung vor mir her wie eine Flagge. Und wehe dem nichts ahnenden neuen Rekruten einer Marktforschungsfirma, der während dieser Zeit bei mir anruft oder klingelt. »Sagen Sie ihrem Chef, dass die Leute um diese Zeit *mit ihren Kindern beschäftigt* sind«, brülle ich ins Telefon. Die Mutigeren versuchen es dann noch mit: »Wann wäre denn ein günstigerer Zeitpunkt, Sie noch einmal anzurufen?« »Ach«, sagte ich mit hysterischem Lachen, »so in zehn Jahren.« Ich taumele voller Angst durch diese Hexenstunde, versuche, die Löcher des Chaos zu stopfen, das meine hungrigen, erschöpften, überdrehten, nicht zu beruhigenden Sprösslinge anrichten, während sich ständig neue Löcher und Risse auftun, wo die beiden gehen und stehen.

»Ich habe vor ein paar Jahren eine Freundschaft beendet«, erzählt Helen. »Eine Schulfreundin, die damals keine Kinder hatte, und heute noch keine hat, hat David, mich und die Kinder eingeladen, mit ihr Urlaub zu machen, aber stellt euch vor – auf einem Hausboot. Nicht eines meiner Kinder konnte damals schon schwimmen.«

»Du meine Güte. Und, was hast du gesagt?«, fragt Tam.

»Ich habe ihr gesagt: ›Gern, ich laufe dann den ganzen Tag hinter den Kindern her, damit sie nicht ins Wasser fallen,

während du dich schön entspannst.‹ Das war ihr entsetzlich peinlich. Sie hat gesagt: ›Oh, das tut mir aber leid, daran hatte ich gar nicht gedacht ...‹«, erinnert sich Helen.
»Es ist ja nicht so, dass sie gar nicht gedacht hätte«, sagt Ereka. »Sie hat nur nicht wie eine Mutter gedacht.«
Wir alle murmeln zustimmend. Es ist unmöglich für eine Mutter, die neurotischen Verwicklungen ihres Verstandes einer Nicht-Mutter zu erklären. Mütter leiten aus jedem denkbaren Szenario zahllose Möglichkeiten ab, suchen überall Gefahren, stellen sich immer das Schlimmste vor, wägen Risiken ab und kalkulieren die unendlichen wahrscheinlichen Folgen jeder scheinbar noch so harmlosen Situation. Blake mag fähig gewesen sein, »die Welt in einem Sandkorn zu sehn, und den Himmel in einer wilden Blume«, aber Mütter sehen »ein ausgestochenes Auge in einem gespitzten Bleistift und einen Schädelbruch in einem Skateboard ...«. Kopfschmerzen könnten auf einen Hirntumor hinweisen, oder Meningitis, also schnell überprüfen, ob der Nacken steif ist. Man lässt ein Kind niemals allein vor einer Suppenschüssel sitzen, denn – wusstest du das etwa nicht? – ein Kind kann in einem Teelöffel Flüssigkeit ertrinken. Durch die Straßen unseres Geistes schiebt sich ein ganzer Karneval schrecklicher »Könntes«, und wir sagen sehr oft nein, weil uns diese Parade unglaublich anstrengt. »Das Problem mit Erwachsenen«, hat Jamie einmal zu mir gesagt, »ist dass sie immer nein sagen.« Ich musste zugeben, dass »nein« vermutlich das am meisten überstrapazierte Wort in meinem mütterlichen Vokabular ist; aber wie hätte ich ihr erklären können, dass sie »eine Welt der Liebe in jedem Nein« sehen sollte?

»Aber nehmt zum Beispiel jemanden wie meine Schwester«, sagt Liz, »die seit neun Jahren versucht, schwanger zu werden, aber es geht einfach nicht. Sie würde dafür sterben, Kinder zu bekommen ... und sie ist sehr kinderfreundlich. Vermutlich kinderlieber als ich.«

»Dale?«, fragt Dooly.

Liz nickt.

»Sie ist eine Ausnahme«, sagt CJ. Und dann, mit freundlicherer Stimme: »Wie geht es ihr denn?«

»Die Ärzte haben ihnen gesagt, sie sollten es endlich aufgeben, nachdem sie ich weiß nicht wie viele zigtausend Dollar für künstliche Befruchtungen ausgegeben haben«, sagt Liz nüchtern.

»Die Ärmste«, sagt Tam. Einen Augenblick lang halten wir alle inne. Wir halten inne, um uns das Unvorstellbare vorzustellen – wie es wäre, nie als Kriegerinnen der Hexenstunde initiiert worden zu sein.

»Das waren die zwei schwersten Anrufe meines Lebens, als ich meiner Schwester erzählen musste, dass ich schwanger bin, erst mit Chloe und dann mit Brandon. Und es war besonders schwer, weil ich diejenige von uns beiden war, der es im Grunde egal war, ob sie Kinder bekommt oder nicht, während sie immer schon so mütterlich war und sich Kinder gewünscht hat«, fährt Liz fort.

»Ist das nicht eine grausame Ironie?«, bemerke ich.

»Das gehört zu den traurigsten Dingen, die ich je miterleben musste – der Schmerz meiner Schwester darüber, dass sie keine Kinder haben kann«, sagt Liz, und das Mitgefühl steht ihr eigenartig gut.

»Warum adoptieren sie keine?«, frage ich.

»Das wollen sie nicht«, sagt Liz.
»Warum nicht?«, frage ich.
»Sie wollen eigene, leibliche Kinder, nicht irgendwelche«, sagt Liz.
»Aber sicher wollen sie doch auch deshalb Kinder, um ein Kind lieben zu können. Ist es denn da so wichtig, welche Gene es in sich trägt oder wie es aussieht? Ich meine, wenn wir schwanger sind, wissen wir auch nicht, wie unsere Kinder aussehen oder zu was für Menschen sie sich entwickeln werden. Aber wir lieben sie trotzdem, ganz egal, was aus ihnen wird«, sage ich.
»Die Leute wollen aber ihre eigenen Kinder haben«, wiederholt Liz, als sei ich eine neue Angestellte in ihrer Firma, die erst noch lernen muss, nicht an Liz' Worten zu zweifeln.
»Aber ›unsere‹ Kinder gehören uns sowieso nicht«, sagt Fiona. »Haben wir sie nicht nur für eine Weile zur Miete?«
»Sie sind Söhne und Töchter der Sehnsucht des Lebens nach sich selbst«, sage ich.
»Was?«, fragt Helen.
»Khalil Gibran, *Der Prophet*. ›Sie kommen durch euch, aber nicht von euch, und obwohl sie bei euch sind, gehören sie euch nicht ...‹«, zitiere ich weiter.
»Ja, sie kommen durch euch«, hebt Liz hervor. »Durch *euch* ist der entscheidende Teil, es heißt nicht ›durch eine Adoptionsvermittlung‹.«
»Warum spendest du ihr nicht ein paar Eizellen?«, schlägt Helen vor.
»Das Problem liegt nicht bei ihr, sondern bei Frederik – zu geringe Spermienzahl«, sagt Liz. »Deshalb war das nie im Gespräch.«

»Ich glaube, ich könnte meiner Schwester eine Eizelle spenden, aber nicht einer Fremden«, sage ich.
»Ich könnte das nicht«, sagt Fiona.
»Die Ärmste. Was sie alles verpasst, wenn sie nie Kinder bekommt …«, sagt Tam mitleidig.
»Stellt euch vor, nie im Leben gestillt zu haben …«, sagt Helen.
»Na ja …« Ereka seufzt. »Ich für meinen Teil bin damit fertig. Das reicht jetzt«, sagt Ereka. »Mir reicht es wirklich.«
»Ja, du solltest damit aufhören«, sagt Liz. »Kylie kommt bald in die Schule, nicht wahr?« Meine Augen werden groß und rund wie Untertassen. Keine von uns hat es je gewagt, Ereka laut zu kritisieren. Liz muss betrunken sein.
»Meinst du?«, fragt Ereka. »Ich weiß, das Stillen hat sich jetzt länger hingezogen, als ich vorhatte, aber mir war nicht bewusst, dass du eine Meinung dazu hast«, sagt sie ein wenig pikiert.
»Also, du brauchst ja nicht meinetwegen damit aufzuhören«, sagt Liz.
»Das werde ich auch nicht«, sagt Ereka, der man nun anmerkt, dass sie verletzt ist.
»Wir müssten alle mit dem Essen aufhören, wenn wir uns nach dir richten wollten, Liz«, sage ich, um Ereka zu Hilfe zu kommen.
»Ich wollte ja niemanden verurteilen«, rudert Liz zurück. So intelligent sie auch ist, ihre Sensibilität hat manchmal Mühe, sich Gehör zu verschaffen. Der Sieg, immer recht zu haben, wirkt ziemlich hohl verglichen mit der Zurückhaltung mitfühlenden Schweigens.

»Ich bewundere dich dafür, dass du das überhaupt so lange gemacht hast«, sagt Fiona zu Ereka. »Ich habe überhaupt nicht gestillt.«

»Echt?«, fragt Helen ungläubig. »Warum nicht?«

Fiona druckst ein bisschen herum und sagt dann: »Ich hatte keine Milch. Ich war einfach trocken.«

»Das ist ein Mythos, wisst ihr?«, zwitschert Tam. »Anscheinend ist das eine rein hormonelle und emotionale Angelegenheit – man muss auf ausreichend Ruhe und Flüssigkeitszufuhr achten. Jede Mutter produziert genug Milch, um ihr Kind zu stillen.«

»Tja, dann war ich wohl die Ausnahme, die die Regel bestätigt«, sagt Fiona mit eisigem Lächeln. Dann entschuldigt sie sich, weil sie zur Toilette will. Sie tapst hinaus. Schweigen folgt ihr.

»Habe ich was Falsches gesagt?«, fragt Tam im Flüsterton.

»Nein, ach was«, sagt Helen. »Sei nicht so überempfindlich. Sie muss mal pinkeln, weiter nichts. Diese Daiquiris wollen ja irgendwann wieder raus.«

Tam wirft mir einen Blick zu, um meine Reaktion abzuschätzen. Ich weiß nicht, was genau sie gesagt hat, das die Stimmung irgendwie völlig verändert hat, aber ich habe es auch gespürt. Es liegt eine Schärfe in der Luft, die vorher nicht da war.

»Ich wollte nicht wie eine dieser Stillfanatikerinnen klingen«, sagt Tam.

»Aber Muttermilch ist wirklich das Beste für ein Kind«, sagt Ereka. »Das wissen wir alle. Aber es ist doch keine große Sache – manche Frauen haben mit dem Stillen zu kämpfen, und bei anderen geht es ganz leicht.«

»Ich musste kämpfen«, sagt Dooly. »Ich meine, ich habe es durchgestanden, aber ich hatte es wirklich schwer.«

»Ja, aber manchen von uns gefällt die Vorstellung nicht, jemanden zu säugen«, sagt Liz. »Und es geht mir tierisch auf die Nerven, dass manche stillenden Mütter einen mit hochgezogenen Augenbrauen anstarren, wenn man die Fertigmilch auspackt und das Fläschchen schüttelt. Manche von uns können eben nicht stillen«, sagt sie mit Blick auf die Tür, durch die Fiona gerade verschwunden ist, »und andere wollen nicht. Ich hatte nicht die geringste Lust dazu, das hat mich überhaupt nicht gereizt.«

»Du hast es nicht einmal versucht?«, frage ich.

»Nein«, sagt sie und zuckt mit den Schultern. »Ich fand die Vorstellung ekelhaft. Also, ich war ein paar Wochen nach Chloes Geburt geschäftlich in New York, und meine Brüste waren so voll, dass ich mich in eine öffentliche Toilette stellen und sie abpumpen musste, und da kam eine dicke schwarze Frau auf mich zu und sagte: ›He, schütten Sie das etwa weg?‹ Sie war total empört und meinte: ›Sie wissen doch, dass es an der Ecke Einundfünfzigste und Siebenundsiebzigste eine Muttermilch-Bank gibt?‹ Ich habe zu ihr gesagt: ›Ich habe keine Zeit, meine Milch abzuliefern, ich habe einen geschäftlichen Termin.‹ Sie hat mich beinahe angespuckt!«

»Viele Leute regen sich über Mütter auf, die nicht stillen, obwohl sie es könnten«, sagt Ereka.

»Als ob das letzten Endes einen Unterschied machen würde«, sagt Liz müde, als müssten wir doch endlich verstehen, was sie meint. »Wer sind wir schon, dass wir die Entscheidungen anderer Mütter kritisieren? Keine von uns weiß, was hinter verschlossenen Türen vor sich geht«, sagt sie. »Ich habe nicht gestillt, und meine Kinder sind vollkommen gesund und glücklich«, fährt sie fort. »Meine Brüste sind für mich ein Teil meiner sexuellen Identität, und dabei soll es auch bleiben. Das sind meine Brüste, also sollte ich auch entscheiden dürfen, was ich damit mache. Diese ganze Still-Propaganda ist bloß ein weiterer Versuch, Frauen Schuldgefühle einzureden, damit sie das Recht an ihrem eigenen Körper aufgeben. Das ist dasselbe wie bei der Abtreibungsdebatte.«

»Ein Kind abzutreiben und dein Baby nicht zu stillen – was soll da dasselbe sein?«, fragt Tam, immer noch verlegen wegen Fionas Abgang, für den sie sich verantwortlich fühlt.

»Es geht darum, dass andere Leute mir sagen wollen, was ich mit meinem Körper machen soll«, erklärt Liz. »Erst haben uns Männer befohlen, was wir zu tun haben, und jetzt sind es andere Mütter. Haben wir diese gesellschaftlichen Debatten nicht gewonnen? Warum machen wir freiwillig solche Rückschritte, obwohl wir in einem reichen, demokratischen Land leben und das Recht haben, selbst zu entscheiden, was gut für uns ist?«

»Da hast du recht«, sagt Dooly kleinlaut. Unwillkürlich hat sie die Hände um ihre Brüste gelegt und hält sie nun schützend fest.

»Allerdings«, sagt Liz.

»Weil Stillen besser für das Baby ist«, sagt Tam. »So einfach ist das.«

»Aber das Baby ist nur ein Teil dieser Gleichung«, schalte ich mich ein und übernehme quasi für Liz. Wenn ich ehr-

lich bin, habe ich Jamie wohl ein bisschen früher abgestillt, als ihr lieb war, nachdem Frank in einem Augenblick zügelloser Leidenschaft einen Mund voll Muttermilch abbekommen hatte. »Die Mutter ist schließlich auch noch da. Wer fragt danach, was das Beste für sie ist?«
»Also, die meisten Mütter« – ich kann förmlich spüren, wie sorgsam Tam ihre Worte erwägt und sich überlegt, wie sie sich für Liz anhören werden – »sind der Meinung, dass das Beste für ihr Baby auch am besten für sie ist …«
Liz und ich schütteln die Köpfe.
»Was für ein Blödsinn«, sagt Liz. »Kinder sind eigenständige Wesen, die getrennt von ihren Müttern existieren.«
»Ich fand das Stillen viel einfacher als diese Fläschchen«, sagt CJ, und diesmal ist die leichte Ablenkung willkommen. »Es war die reinste Freude. Ich musste nicht all diese Taschen und den vielen Kram mit mir herumschleppen, nur eine Windel und ein paar Feuchttücher, denn die Titten hatte ich ja sowieso dabei. Ich bin gar nicht auf den Gedanken gekommen, es könnte besser für das Baby sein – es war einfach viel praktischer für mich.«
Fiona tapst in die angespannte Atmosphäre dieser Diskussion zurück. Sie fängt Liz' Blick auf und lächelt ihr kurz zu. Dann schlendert sie zum Tisch und nimmt sich eine Artischocke. Sie zupft ein Blatt ab, steckt es in den Mund, verzieht das Gesicht und spuckt es hastig wieder aus. »Iih«, sagt sie.
»Fi, du musst es ins Dressing tunken«, sage ich.
»Zu viel Arbeit«, sagt sie. Liz steht auf und geht zu ihr hinüber. Sie stehen da und mustern zusammen das restliche Essen. Liz legt Fiona eine Hand auf die Schulter. Zwischen

ihnen herrscht eine stille Übereinkunft, von der wir anderen ausgeschlossen sind.
Ich will auf keinen Fall, dass dieser Abend hiermit ruiniert ist. Bei all den Ähnlichkeiten, die wir unter Müttern für selbstverständlich halten, sind es unsere Unterschiede, die unsere Individualität deutlich und spalterisch verkünden. Wir vergessen, was für eine spannende Arena die Mutterschaft ist, und wie leicht aggressiven giftigen Urteile (über andere Mütter wie über uns selbst) das empfindliche Ökosystem unserer Freundschaften gefährden können. In dieser Welt geht es nicht nur, wie CJ behauptet hat, um einen Kampf zwischen Müttern und Nicht-Müttern. Noch schmerzlicher sind die erbitterten Kämpfe innerhalb der Mutterschaft – zwischen natürlich Gebärenden und Kaiserschnitt-Müttern; den stillenden Müttern und den Fläschchen gebenden; zwischen den Hausfrauen-Müttern und den Berufstätigen, und jede von uns sucht verzweifelt Rechtfertigungen oder Trost für die Entscheidungen, die wir getroffen haben.
Doch selbst während ich hier sitze und die Spannung zwischen meinen Freundinnen spüre, bereue ich es nicht, Kinder bekommen zu haben. Ich hatte Glück, ich bin leicht schwanger geworden und habe problemlos geboren. Aber eine Adoption wäre mein Plan B gewesen. Ja, ich habe den Gedanken daran, vielleicht irgendwann einmal ein Kind zu adoptieren, trotzdem nicht aufgegeben. Wenn ich das erwähne, wendet Frank doch tatsächlich mal den Blick vom Fernseher ab. »Tu mir einen Gefallen«, sagt er immer, »und warte damit, bis ich tot bin.« Frank gibt ganz offen zu, dass sein eigen Fleisch und Blut seine Vorräte an Liebe und Für-

sorge restlos geplündert hat und für Hilfsbedürftige und Waisen nichts mehr übrig ist.
Zumindest ist er ehrlich. Aber vielleicht kann ich ihn doch noch irgendwie zu einer Adoption überreden. Ich meine, was sonst ist es in diesem Leben wert, als kleine Menschen zu lieben? Was könnte bedeutsamer sein, als einem Kind beizubringen, wie man sich selbst die Schuhe zubindet? Was rührt das Herz tiefer als mit anzusehen, wie eine Sechsjährige ihren ersten ausgefallenen Zahn unters Kopfkissen legt? Welchen höheren menschlichen Daseinszweck könnte es geben, als ein Kind zu trösten, das schlecht geträumt hat? Wenn ich an all die erstaunlichen Dinge denke, die auf Erden schon erreicht worden sind, die Heilung von Krankheiten, die wissenschaftlichen Durchbrüche, die überwältigenden Technologien und Erfindungen, dann frage ich mich dennoch, ob es diese Dinge sind, die letztlich wirklich zählen. Oder ob es der Himmel in einem zahnlosen Grinsen ist, in einem kleinen Mund, der sagt: »Ich liebe dich bis zum Mond und wieder zurück«, was die Welt im Grunde antreibt.
»Was wärt ihr, wenn ihr keine Kinder bekommen hättet?«, frage ich die Mädels in der Hoffnung, die Stimmung aufzulockern.
»Dünn«, sagt Ereka.
»Geschieden«, sagt Dooly achselzuckend.
»Jede Nacht mit einem anderen Mann im Bett«, sagt CJ.
»Genau das, was ich jetzt bin.« Liz lächelt, und ihre Hand liegt immer noch fest auf Fionas Schulter.
»Eine gute Heilpädagogin«, sagt Tam bescheiden.
»Alle sechs Monate auf Auslandsurlaub«, sagt Helen lachend.

»Und du, Fi?«, frage ich.

Fiona überlegt. »Eine beschränkte, kinderlose Person, die die Augen verdreht, wenn sich im Flugzeug jemand mit Kindern neben sie setzt. Und zu stillen anfängt.«

Wir alle lachen. Liz lässt Fionas Schulter los.

»Nein, im Ernst, vielleicht wäre ich irgendwo in der Dritten Welt, um dort etwas zu bewirken, vielleicht als Lehrerin.«

»Und was ist mit dir?«, fragt Helen mich. »Was wärst du ohne deine Kinder?«

Ich brauche kaum zu überlegen. Die Antwort sprudelt aus mir heraus, bevor mein Hirn sein Okay geben kann.

»Unglücklich«, sage ich. »Kreuzunglücklich.«

12

Mütter werden nicht krank

Plötzlich hält sich Helen den Bauch. »Oooh«, stöhnt sie.
»Zu viel gegessen?«, fragt Liz.
»Nein, mir ist übel«, keucht sie.
»Möchtest du dich hinlegen?«, fragt Fiona.
Sie schüttelt den Kopf. »Nein, das habe ich immer, wenn ich schwanger bin, geht gleich vorbei.«
Ich trete hinter sie, lege die Hände auf ihre Stirn und massiere sie sanft.
»Jo, könntest du das lassen?«, bittet sie freundlich.
»Entschuldige«, sage ich, »ich dachte, das hilft vielleicht.«
»Ich brauche nur mal fünf Minuten Ruhe, dann geht es mir gleich besser«, sagt sie und lässt den Kopf in die Hände sinken. Ich kann gar nicht hinsehen, wenn es ihr schlecht geht. Ich verlasse mich so auf ihre Robustheit, ihre Unbesiegbarkeit. Helen wird nicht krank. Ohne sie gibt es hier keine Party.
»Soll ich dir ein Glas Wasser holen?«, frage ich. Sie nickt. In der Küche fülle ich ein Glas mit Leitungswasser, und dabei fällt mir ein, dass ich für den Rest von uns ja noch Karamell-Likör in den Tiefkühler gelegt habe. Ich stelle die gefrostete Flasche und acht kleine Schnapsgläser auf ein Tablett – vielleicht erholt sich Helen ja noch rechtzeitig.

Drüben im Wohnzimmer hockt Helen noch genauso da, wie ich sie zurückgelassen habe, den Kopf in den Händen begraben. Dooly, Tam und Fiona beobachten sie besorgt. Liz nippt an einem Glas Rotwein. Ereka hat sich weit vorgebeugt und lackiert ihre Nägel in dunklem Orange, und CJ macht auf dem Boden eine Yoga-Dehnübung. Ich reiche Helen das Glas Wasser.

»Bist du sicher, dass du nicht diesen Magen-Darm-Virus hast, der gerade herumgeht?«, fragt Tam Helen. »Ich musste mich letzte Woche krankschreiben lassen, ich hatte Magenkrämpfe, Durchfall und musste mich übergeben. Die Hälfte meiner Kollegen ebenso. Mein Chef hat geschäumt – und dann hat es ihn auch erwischt.«

»Nein, das ist eine ganz normale Schwangerschafts-Übelkeit«, sagt Helen. »Ich fange mir nie das ein, was gerade herumgeht.« Sie hält das Glas Wasser in der Hand, trinkt aber nicht.

»Ich kriege alles, was herumgeht«, sagt Dooly. »Mein Immunsystem ist ziemlich mies seit ... ihr wisst schon, seit letztem Jahr.«

Ich lächle sie an. Irgendjemand muss ihren Schmerz zur Kenntnis nehmen, so bescheiden versteckt in einer beiläufigen und prosaischen Phrase wie »letztes Jahr«.

»Wie wäre es mit einem Schnäpschen? Das bringt dich wieder auf die Beine«, sage ich.

»Ach, was soll's ...«, sagt sie und nimmt ein Glas.

»Wer möchte noch?«, frage ich und preise meine Ware an. Helen hebt den Kopf und lächelt müde. »Nur einen Moment – gleich bin ich so weit. Entweder beruhigt er meinen Magen, oder er bringt mich zum Kotzen.«

Sie ist wirklich unzerstörbar, diese Helen. Im letzten Moment dem Tod von der Schippe gesprungen. Sie hat eine Konstitution wie ein Pferd, nein, wie ein Elefant, wie die Elefantenmama, die Mutter von Laura, Lester und Baby Elefant, die – erfolglos – versucht, ein Bad zu nehmen, mit einer schönen Kanne Tee und ein paar Rosinenbrötchen und ohne ihre Kinder. *Nur fünf Minuten Ruh* von Jill Murphy ist die Gutenachtgeschichte, die ich meinen Kindern immer vorlese, wenn ich mit Aussuchen an der Reihe bin. Die Geschichte endet damit, dass alle drei Kinder sich zu ihr in die Wanne setzen. Mama Elefant steigt aus ihrem schönen Bad und geht hinunter in die Küche, wo sie drei Minuten und fünfundvierzig Sekunden Ruhe hat, bevor sich wieder alle um sie drängeln.

Im Winter lese ich meinen Kindern schon um sechs Uhr Abends ihre Gutenachtgeschichte vor. Die frühe Dunkelheit kommt mir mit verschwörerischem Zwinkern entgegen. Da es so früh dunkel wird und meine Kinder noch nicht die Uhr lesen können, schaffe ich es tatsächlich, sie um sieben Uhr zum Einschlafen zu bringen und sie im Glauben zu lassen, sie wären lange aufgeblieben. Es ist ja so leicht, ihr Vertrauen zu missbrauchen. Aber das nutze ich schamlos aus, wenn es bedeutet, dass sie schneller und früher einschlafen, denn schlafend habe ich sie am liebsten. Sogar, wenn ich vor Erschöpfung schon auf dem Zahnfleisch gehe, spüre ich meine ganze Hingabe für diese nervtötenden, geliebten kleinen Wesen in jedem Knochen, wenn sie so still und bedürfnislos sind. Erst dann kann ich tief ausatmen und mir meine eigenen, unverzeihlichen Gebrechen eingestehen: Ich bin müde. Ich habe Kopfschmerzen. Ich fühle mich nicht gut.

Als Mütter haben wir etwa so viel Recht, krank zu werden, wie uns einem Wanderzirkus von messerwerfenden, feuerspuckenden Artisten anzuschließen. Es ist schlicht vermessen – von dumm und unverantwortlich ganz zu schweigen –, sich hohes Fieber, eine lähmende Migräne oder irgendetwas so Langwieriges wie einen Bandscheibenvorfall zuzuziehen. Für den Fall, dass solche unglücklichen Umstände doch einmal eintreten sollten, lautet der beste Rat: Überspielen. Gesundheit simulieren. »Mir geht es gut, danke.« Knall dich bis weit über die zulässige Tagesdosis hin voll, auch wenn du dann »keine schweren Geräte« mehr bedienen solltest, und mach einfach weiter. Denn wenn Kinder Schwäche spüren, ist man erledigt. Dann reißen sie einen in Stücke.

Ganz ähnlich, wie australische Aborigines kein Verständnis für das westliche Konzept des »Besitzens« von Land haben, so machen sich Kinder keinen Begriff von mütterlicher Krankheit. Kinder werden ohne eine Synapse zwischen den Wörtern »Mutter« und »krank« entworfen und stehen einer Krankheit der Mutter blind und ungerührt gegenüber. *Mütter werden nicht krank.*

»Und, musstest du dich oft krankschreiben lassen?«, fragt Tam Dooly.

Dooly nickt. »Mein ganzer Urlaub und die Überstunden sind auch schon draufgegangen, ich glaube, ich habe im Moment sogar Unterstunden ... Ich schleppe mich einfach zur Arbeit, ganz egal, wie es mir geht, weil ich es nicht mehr fertigbringe, meinem Chef zu sagen: ›Ich schaffe es heute nicht.‹«

»Ich hasse es, mich auf der Arbeit entschuldigen zu müssen,

wenn es den Kindern nicht gutgeht. Man hört ganz deutlich, dass sie es einem übel nehmen, als würde ich mir den Tag frei nehmen, um ins Kino oder an den Strand zu gehen«, sagt Tam und lehnt den Schnaps ab.
»Du solltest diesen Tonfall erst hören, wenn du anrufen und sagen musst: ›Meinem Mann geht es gar nicht gut.‹ Wenn es nicht gerade ein Herzinfarkt oder Krebs ist, kannst du mit keinerlei Mitgefühl rechnen. Vor allem, wenn er an Depressionen leidet ... für seelische Erkrankungen haben die Leute immer noch kein Verständnis«, sagt Dooly und schnuppert an ihrem Schnaps, bevor sie einen Schluck probiert. »Mmm, lecker ...«, sagt sie anerkennend.
»Wenn Gabriel krank ist, muss ich meine Termine für den ganzen Tag absagen. Manche Mandantinnen, die selbst Mütter sind, verstehen das, aber die männlichen Mandanten kapieren es überhaupt nicht«, sagt Fiona. Sie hält schon ein Schnapsglas in Händen, hat es aber nicht eilig, zu kosten. »Ich habe immer Angst davor, einen Mandanten zu verlieren, wenn ich absage, deshalb hole ich mir in solchen Fällen manchmal einen Babysitter und muss ihr am Ende dann so viel bezahlen, wie ich gerade selbst verdient habe«, grummelt sie. »Aber ich darf mich eigentlich nicht beklagen, immerhin bin ich mein eigener Chef.«
»Die meisten Arbeitsplätze sind eben nicht mütterfreundlich«, sagt Liz. »So sind sie auch nicht gedacht. Wenn sie es wären, würden die Unternehmen nur Verluste machen. Nein, danke«, sagt sie und wehrt das Gläschen mit der Hand ab.
»Ach, komm schon. Nur mal probieren«, bettele ich.
»Welchen Teil von nein hast du nicht verstanden?«, fragt

sie mich, leichthin, aber die Spitze trifft trotzdem. Das ist einer der Sätze, den wir in der Anti-Vergewaltigungs-Aufklärung verwenden. Aber es geht doch nur um einen Karamell-Likör, Herrgott noch mal.

»Das ist ein bisschen hart«, sagt Ereka zu Liz. »Du bist doch selbst Mutter, wie kannst du es da rechtfertigen, dass Arbeitgeber Müttern nicht entgegenkommen? Das ist der Grund, weshalb jede berufstätige Mutter, die ich kenne, so zwischen Arbeit und Familie zerrissen wird.«

Ich nicke energisch. Dooly und Tam ebenfalls.

Liz lacht. »Also, falls jemand von euch diese feministische Propaganda geglaubt hat, dass Frauen alles haben können und haben sollten – Familie, Karriere, Sexleben –, schaut euch doch mal die Realität an. Wie viele von euch sind mit ihrer Leistung als Mütter zufrieden *und* finden Erfüllung im Beruf?«

Fiona hebt vorsichtig die Hand.

»Tja, du bist ja auch selbständig«, sagt Liz.

»Ich fühle mich trotzdem wie zerrissen ...«, sagt Fiona.

»Was willst du damit sagen?«, frage ich Liz. »Soll das heißen, du findest es völlig in Ordnung, dass Arbeitgeber sich einen Dreck um Mütter scheren?«

»Als Chefin begreife ich einfach die finanzielle Tatsache, dass man sich unzuverlässige Arbeitskräfte nicht leisten kann, deren Einsatz davon abhängt, ob der kleine Jonny verschnupft ist, die kleine Suzie sich den Knöchel verrenkt hat oder die Mutter der kleinen Patsy einen Schulausflug begleiten möchte. So kann keine Firma funktionieren.«

»Du bist eine Anti-Feministin«, werfe ich ihr vor. »Warum stellst du dich nicht für die Regierung zur Wahl? John

Howard fände es bestimmt ganz toll, wenn du solchen Blödsinn über familiäre Werte verkündest.«
»Ich stelle nur Tatsachen fest«, sagt sie.
»Aber das ist nicht fair«, sagt Dooly.
»Du hörst dich an wie eines meiner Kinder, wenn ich ihnen sage, sie müssten jetzt ins Bett. Nein, es ist nicht fair, aber so ist es nun mal.«
Die Körpersprache im Raum hat sich kaum merklich verändert. Liz hat ein Bein übergeschlagen und die Arme verschränkt. Einige von uns haben sich von Liz' konservativen Äußerungen körperlich leicht abgewandt.
»Wie kannst du eine solche Ungerechtigkeit auch noch verteidigen?«, meldet sich CJ zu Wort.
»Weil ich zuallererst Arbeitgeberin bin und diese Welt nun mal von Männern regiert wird. Wenn man in einer Männerdomäne erfolgreich sein will, darf man sich von Schwangerschaft oder Kindern nicht bremsen lassen. Besorgt euch auch eine Lily«, schlägt Liz vor. »Ich musste nie wegen eines kranken Kindes zu Hause bleiben oder einen Termin absagen.«
Fiona lacht verlegen. »Sie war schon immer konservativ – seit ich sie kenne«, sagt sie über Liz. »In der Schule wollte sie unseren Sportlehrer davon überzeugen, dass es beim Sportfest keine getrennten Läufe für Jungen und Mädchen geben sollte, sondern dass wir alle gegeneinander laufen sollten.«
»Ich glaube heute noch, dass wir diese Weicheier vernichtend geschlagen hätten«, sagt Liz. Trotz Fionas Jugenderinnerung gähnt eine unausgesprochene Kluft zwischen uns – die Kluft zwischen den finanziell Abgesicherten und den finanziell Ungesicherten, und das, obwohl man uns alle als »Mittelschicht« bezeichnen würde. Untrügliche Aussage

des wirtschaftlichen Erfolgs: »Besorgt euch eine Lily.« Das ist die selbstgerechte Bequemlichkeit jener, die sich nie darum sorgen müssen, ob am Ende des Monats noch Geld übrig ist. Ich werfe Dooly einen Blick zu. Sie lächelt mich an. Wir sind vereint in unserer stillen Verachtung. Ich habe ähnlich undurchdachte, höhnische Bemerkungen schon oft genug von Männern hören müssen. Aber aus dem Mund einer Frau wirken sie noch hässlicher.

»Aber ich will bei meinen Kindern sein, wenn sie krank sind«, sagt CJ. »Ich muss einen Babysitter bestellen, wenn ich vor Gericht muss oder irgendeinen Termin gar nicht verschieben kann. Aber ich habe ein furchtbar schlechtes Gewissen dabei, mein krankes Kind bei einer Fremden zu lassen.«

Helen richtet sich auf. Die Anspannung im Raum scheint sie nicht zu stören. »Ihr versucht alle, euch in zu viele Scheibchen zu schneiden«, sagt sie. »Was ist denn so falsch daran, einfach nur Mutter zu sein? Ihr seid völlig gestresst, weil ihr alles tun und sein wollt.«

»Vielleicht möchten ein paar von uns mit ihrem Leben mehr anfangen, als Windeln zu wechseln und Kinder zu ihren außerschulischen Aktivitäten zu chauffieren«, sagt Fiona schulterzuckend. Ich ertappe mich bei dem Gedanken, dass ich, wenn Liz meine alte Schulfreundin wäre, sie mal beiseitenehmen und ihr raten würde, sich ein bisschen zu mäßigen. Ich glaube, Liz' Dreistigkeit überrascht Fiona zeitweise so, dass sie sich in Schweigen flüchtet – sie äußert so selten eine deutliche Meinung.

»Also, für meine Mutter war das genug, und für mich ist es das auch«, sagt Helen.

»Die Zeiten haben sich verändert, Hel«, sagt Ereka. »Ist es nicht so, dass man Backen und Bäuerchen machen auch nur bis zu einem gewissen Punkt ertragen kann? Ich finde, wir können uns glücklich schätzen, so viele Möglichkeiten zu haben, die unseren Müttern einfach nicht offenstanden. Aber in gewisser Weise ist es sogar härter, die Wahl zu haben und dennoch nicht ganz frei entscheiden zu können. Manchmal wünschte ich, ich wäre nicht mit dieser Sehnsucht geboren worden, zu malen – ich bin immer so verstimmt, weil ich das Gefühl habe, dass ich nie die Zeit habe, das zu tun, wozu ich auf diese Welt gekommen bin. Und außerdem, was wirst du machen, wenn deine Kinder erwachsen werden und ausziehen, Hel?«
Helen neigt den Kopf zur Seite, lächelt und sagt: »Dann gehe ich für drei Monate nach Italien. Ich backe Kekse für meine Enkelkinder. Ich gehe zur Matinee ins Kino und trinke jede Menge Wein.«
Ich versuchte, meine Gedanken zu sammeln, aber Dooly, die sich bisher in Schweigen gehüllt hat, spricht plötzlich in einem Tonfall, der überraschend selbstsicher klingt. »Liz, die ungerechte Art, wie diese Welt funktioniert, ist keine Kleinigkeit, wie die Schlafenszeit deiner Kinder. Ich wette, dass Frauen überall auf der Welt spüren, wie unfair sie ist. Das ist ein Geschlechterkampf, und wenn ich höre, wie Frauen diesen Status quo verteidigen, denke ich, das macht es nur schwerer für den Rest von uns, die wirklich gern Mütter sind, aber auch unseren Beruf lieben, eine faire Chance auf beides zu bekommen.«
Ich schenke Dooly ein breites Grinsen. Sie kann vielleicht keiner Fliege was zuleide tun, aber sie kann Liz Bescheid

sagen, wann es genug ist. Und das ohne eine Spur von Aggressivität. Aber sie ist noch nicht fertig.

»Manche von uns können es sich nicht leisten oder sind nicht dazu bereit, die Kindererziehung an eine bezahlte Aushilfe zu delegieren, und manche müssen eben Geld verdienen oder dazuverdienen. Das ist eine Zwickmühle. Und für die meisten von uns läuft es darauf hinaus, dass wir die Wahl haben, zu arbeiten und ständig ein schlechtes Gewissen zu haben, weil wir wieder mal das Schulkonzert verpassen oder nicht bei den Hausaufgaben helfen können, oder zu Hause zu bleiben, Vollzeit-Mutter zu sein, berufliche Chancen und Beförderungen zu verpassen und manchmal zu Tode gelangweilt zu sein. Wenn wir uns für Letzteres entscheiden, sehen unsere Männer und Kinder oft gar nicht, was wir für sie opfern. Den ganzen Tag lang mit Kindern zu Hause zu sein, heißt für Männer, dass man ›gar nichts tut‹. Was natürlich zum Totlachen ist, aber berufstätige Frauen, die anscheinend genauso denken, fördern diese Ansicht noch. Das ist wirklich eine Geschlechterfrage, Liz. Ob es dir gefällt oder nicht. Denn es gibt zwei Dinge, von denen ich ziemlich sicher bin, dass sich noch nie ein Mann damit herumschlagen musste: wie man einen Tampon einführt, und wie man Beruf und Familie unter einen Hut bringt.«

Dooly ist am Ende ihrer flammenden Rede und glüht vor Empörung. Ich war noch nie so stolz auf sie. Unter all ihrer langweiligen Unansehnlichkeit ist Dooly eine feurige Feministin, die messerscharf argumentiert. Nur das Muttersein hat sie mit banaler Häuslichkeit zugekleistert.

CJ beginnt zu klatschen. Ich falle ein. Ereka und Tam tun es uns gleich. Sogar Fiona spendet zurückhaltend Beifall.

Liz schüttelt den Kopf. Sie ist an unzufriedene, aufmüpfige Angestellte gewöhnt.

»Einigen wir uns doch einfach darauf, dass wir uns in diesem Punkt nicht einig sind«, sagt sie unbekümmert.

Aber ich ergreife meine Chance. Ich will ein Zugeständnis von ihr. Also fahre ich schweres Geschütz auf. »Was würdest du tun, wenn bei einem deiner Kinder eine tödliche Krankheit diagnostiziert würde?«

Sie atmet tief aus und wirft mir einen genervten Blick zu. Der Schatten ihrer früh verstorbenen Mutter schwebt schon in der Ecke, und ich will ihn näher heranholen. »Was willst du von mir hören? Dass ich meinen Beruf aufgeben und zu Hause bleiben und eine perfekte Mutter werden würde ... Ich denke nicht darüber nach, dass meine Kinder sterben könnten, und ich denke nicht darüber nach, dass ich selbst sterben könnte.«

»Tja, das solltest du aber, denn es könnte passieren«, sage ich.

»Was erzählst du deinen Kindern, wenn sie nach dem Tod fragen?«, erkundigt sich Helen bei Liz und bedeutet mir nebenbei, ihr ein Glas Schnaps zu reichen, was ich prompt tue.

»Ich sage ihnen, dass ich noch lange, lange nicht sterben werde, und dass auch sie noch lange nicht sterben werden, und dass sie, wenn es so weit ist, dafür bereit sein werden.«

»Und damit geben sie sich zufrieden?«, fragt Helen. Liz nickt.

»Sie haben deine Zähigkeit geerbt«, sagt Helen. »Nathan hat sich furchtbar aufgeregt, als ich ihm erklärt habe, dass ich eines Tages sterben werde. Er hält mich für unbesiegbar,

weil ich Plastikschwerter mit Klebeband reparieren und ihm Splitter aus dem Finger ziehen kann und weiß, wo die kleinen Babys herkommen.« Sie taucht die Zungenspitze ins Glas.
Welch bittersüßer Gedanke. Unsere Kinder glauben nicht, dass wir krank werden oder sterben könnten, weil wir in ihren Augen allmächtig und allwissend sind. Wir besitzen die Gabe, mit unseren heilenden Händen alle möglichen Herzleiden zu lindern, zum Beispiel Beste-Freundin-Gemeinheit, Nicht-Zur-Party-Eingeladen-Sein-Ablehnung, Schimpfwort-Traurigkeit und Als-Uncool-Gelten-Grausamkeit. In unseren schützenden Armen, im beruhigenden Klang unserer Schlaflieder ist die Welt ein sicherer Ort voll Zuneigung. Ein Schlaraffenland unzerbrechlicher Herzen, wo alles immer gut ausgeht.
Aber irgendwann fliegen wir auf. Ein Goldfisch treibt mit dem Bauch nach oben im Aquarium. Eine Großmutter stirbt. CNN sendet live aus dem Nahen Osten, und wir kommen nicht rechtzeitig an die Fernbedienung. Dann sehen unsere Kinder uns mit Tränen in den Augen an und sagen: »Ich will aber nicht, dass *du* stirbst, Mami.«
Und wir nehmen sie auf den Schoß, wiegen sie im Arm und reden ihnen ihre Ängste aus. Wir erzählen ihnen, dass wir jung und gesund sind. Und dass das Leben lang und kostbar ist. Und dass alle Lebewesen irgendwann sterben. Eines Tages. Aber dieser Tag ist noch weit weg. Wir geben solche Phrasen selbst dann von uns, wenn wir gerade auf ein Biopsie-Resultat warten, und drücken uns selbst die Daumen, dass uns der 347er-Bus auf dem Weg von der Bondi Junction nicht morgen überrollt. Wir wickeln uns selbst mit sol-

chen falschen Versicherungen ein. Um ihretwillen wie um unserer selbst willen.

Uns graut vor Gebrechen, dem Blut im Stuhl, der gehäuft auftretenden Migräne, diesem sich verfärbenden Leberfleck, vor allem, das uns der Fähigkeit berauben könnte, für unsere Kinder zu sorgen. Wenn ein Baby weint, gibt es einen Kurzschluss in unserem Körper, der den Schmerz eines frischen Kaiserschnitts unterdrückt oder rasende Kopfschmerzen vorübergehend beiseite drängt, damit wir reagieren können. Nicht, dass wir unersetzlich wären – Liz hat das bewiesen –, aber unsere Kinder vermitteln uns dieses Gefühl. Die erdrückende Last dieses Glaubens reicht aus, um Psychosen hervorzurufen. Liebende, die einander sagen: »Ich kann ohne dich nicht leben«, kopieren die wahre emotionale Geschichte von der Liebe zwischen einem Kind und seinen Eltern. Ich bin überzeugt davon, dass die Erkenntnis dieser symbiotischen Bedürftigkeit zum größten Teil für die weit verbreitete postpartale Depression verantwortlich ist. Denn wenn wir vollständig und glasklar begriffen haben, wie allumfassend die heilige Pflicht elterlicher Verantwortung ist, dann ist es vermutlich das einzig Vernünftige, das Handtuch zu werfen, bevor man es überhaupt versucht hat.

»Stellt euch nur vor, ihr hättet eine tödliche Krankheit«, sage ich nachdenklich, »und kleine Kinder zu versorgen ...«

»Wie meine Freundin Marion«, sagt Fiona.

»Was fehlt ihr denn?«, fragt CJ.

»Eierstockkrebs«, sagt Fiona düster.

»Wird sie durchkommen?«

»Nein«, antwortet Fiona. »Sie haben ihn zu spät entdeckt. Sie bekommt eine Chemo, aber die Ärzte geben ihr nur noch ein paar Monate.«
»Gott, das ist ja furchtbar«, sage ich. »Wie alt sind ihre Kinder?«
»Acht und sechs. Zwei kleine Mädchen, Emily und Janet.«
»Ich mag gar nicht daran denken«, sage ich.
»Wie alt ist sie?«, fragt CJ.
»Zweiundvierzig«, sagt Fiona mit tiefem Seufzen. »So jung.«
»Wie soll man mit so etwas umgehen?«, fragt Tam. »An so etwas denkt man nicht, wenn man beschließt, Kinder zu bekommen, oder?«
»Aber wisst ihr, was ich wirklich interessant finde?«, bemerkt Fiona, deren Stimme vor Schmerz sehr leise klingt. »Als sie erfahren hat, dass es Krebs ist, hat sie angefangen, sich von ihren Mädchen zurückzuziehen. Sie hat kaum noch etwas mit ihnen zu tun und überlässt alles ihrem Mann, ihrer Mutter und dem Kindermädchen.«
Fionas Wortwahl, »interessant«, trifft mich wie ein Schlag. Ist es nicht, das ist herzzerreißend. »Interessant« ist es vielleicht für Anthropologen und andere Wissenschaftler, nicht für Mütter wie uns.
»Wow«, sagt Helen. »Das ist heftig.« Wir alle unterbrechen das, was wir gerade tun, und denken an Marion.
»Ich glaube, wenn ich wüsste, dass ich nur noch zwei Monate zu leben habe, würde ich so viel Zeit wie möglich mit meinen Kindern verbringen, wisst ihr? Mich sozusagen auffüllen ...«, sagt Ereka.

»Wir können sie dafür nicht verurteilen«, sagt Liz. »Wir wissen nicht, wie wir an ihrer Stelle reagieren würden. Sie muss innerlich gebrochen sein.«

»Vielleicht fällt es ihr einfach zu schwer, Abschied nehmen zu müssen«, schlägt Tam vor. »Vielleicht verdrängt sie alles.«

»Wie stellt sie sich denn ihren Abschied vor?«, frage ich Fiona.

»Sie hat Briefe für ihre beiden Mädchen geschrieben, die sie bekommen werden, wenn sie älter sind, und sie hat ihnen Geschenke für den achtzehnten Geburtstag ausgesucht, wunderschöne Diamantketten und passende Ohrringe. Sie hat mich gebeten, sie für sie zu kaufen und einzupacken«, sagt Fiona. »Das ist alles so traurig.«

Heiße Tränen brennen mir in den Augen. »Du lieber Gott, das muss schwer für dich gewesen sein.«

»Ja, es hat mir nicht gerade Spaß gemacht, aber es bewegt mich sehr, auf diese Weise beteiligt zu sein«, sagt Fiona. »Und eines Tages werde ich diesen Mädchen alle meine Erinnerungen an Marion erzählen. Ich habe sogar begonnen, ein paar aufzuschreiben, damit ich sie nicht vergesse.«

Ich überlege mir, dass ich unbedingt endlich einen Termin für eine Untersuchung machen sollte, wegen dieser Magenschmerzen, die ich öfter habe. Und vielleicht eine Mammographie. Eine Darmspiegelung. Und eine Ultraschall-Untersuchung für meine Eierstöcke. Seit Jamies Geburt mache ich mir ständig große Sorgen um meine Gesundheit. Frank bezeichnet das schon als besessene Spinnerei. Der Gedanke an Fionas Freundin Marion frisst mich beinahe auf. Ich frage mich, ob sie die meisten ihrer Jahre als Mutter zu Hause verbracht hat oder berufstätig war, in der Annahme, dass sie noch alle Zeit der Welt haben würde, ihren Mädchen eine Mutter zu sein, während sie heranwuchsen. Ich spüre ein Kribbeln im Magen, der gute alte Freund, die Angst, die an dem Tag in mein Leben einzog, als Jamie geboren wurde, und sich an mir festsaugte wie ein Blutegel. An dem Tag, an dem Marion stirbt, wird die Sonne weiter scheinen, und der Verkehr wird fließen wie immer. Die Leute werden sich beim Kaffee Witze erzählen, wie sie es immer tun, und die Zeitungen werden trotzdem geliefert. Nur zwei kleine Mädchen werden kaum verstehen können, dass dieser Tag für die Leute ein Tag wie jeder andere ist – sonnig, mit leichten Schauern im Osten, zähfließendem Verkehr und der Tageszeitung, auf deren Titelseite nicht in großen Lettern die Schlagzeile steht, die die Welt für immer verändert hat: MAMI GESTORBEN.

Ich frage mich, warum ich das alles nicht gründlich durchdacht habe, bevor ich zu dem Entschluss kam, es sei eine gute Idee, Kinder zu bekommen. Oder warum mich, als ich schwanger wurde, niemand beiseitegenommen und mich gefragt hat: »Was wird aus deinem Baby, wenn du stirbst?«, anstatt mir zu gratulieren. Ich habe eine vage Erinnerung daran, dass ich irgendwann während meiner zweiten Schwangerschaft in der Badewanne lag und völlig grundlos weinte, als sei eine Woge der Traurigkeit über mich hereingebrochen. Hormone, sagte der Arzt. Vielleicht war das eine unbewusste Ahnung, wie schlecht ich darauf vorbereitet war, meinem Kind meine eigene Unsterblichkeit zu versprechen.

Mein Glauben fühlte sich so wackelig an angesichts der bevorstehenden, unberechenbaren Stürme, die das Leben bringen wird. Mein Vertrauen auf meine eigene Gesundheit ist geradezu dürftig, wenn ich daran denke, wie lange ich noch da sein muss, um Aaron daran zu erinnern, dass er sich vor dem Abendessen die Hände waschen soll, sofort den Wagen zu wenden, weil ein wichtiges Vorzeigestück für das »Show-and-tell« vergessen wurde, in der Halbzeit mit einer Flasche Gatorade aufs Spielfeld zu rennen, mit Jamie ihren ersten BH kaufen zu gehen und das perfekte Kleid für den Abschlussball auszusuchen, Aaron seinen ersten Rasierer zu kaufen und beide daran zu erinnern, dass Safer Sex wichtig ist.

Liz ist die Einzige unter uns, die genug Weitsicht besaß, um ihr Leben so zu ordnen, dass die Welt sich weiterdrehen wird, wenn sie stirbt. Vielleicht kann man sie mit Moses vergleichen – Gott wählte ihn aus, um das jüdische Volk aus Ägypten zu führen, und er sagte: »Warum ich? Ich bin nur ein bescheidener, stotternder Schäfer. Such dir jemand anderen.« Und Liz hat sich Lily gesucht.

Wir übrigen, tollkühne Pilger, geblendet von der unbegründeten Überzeugung, dass »alles gut gehen wird«, marschieren blindlings weiter und verschwenden keinen Gedanken daran, wer für uns übernehmen wird, falls wir straucheln und fallen sollten.

Vielleicht könnten wir alle etwas von Liz lernen, die die Mutterschaft nicht verehrt, als sei sie in Stein gemeißelt, von einer himmlischen Macht diktiert, unersetzlich wie ein Seelengefährte, sondern sie eher so behandelt wie ein Lieblingskleid, das man nach Gutdünken selbst tragen oder verleihen kann. Und das wäre sicher sehr nützlich an jenen Tagen, wenn wir uns krank fühlen.

Alle, die Alkohol nicht ablehnen, haben ein Glas Schnaps in der Hand. »Auf unsere Gesundheit«, sage ich.

Wir stoßen an und trinken. Wie ein köstlicher Schuss karamellisiertes Morphium brennt der Likör bis runter in den Bauch.

Fünf Minuten später halte ich Helens Kopf über der Kloschüssel, während sie meine Butternuss-Ricotta-Pfannkuchen, das Thai-Curry ohne Koriander, Sushi, Salat und sogar die wunderbaren Artischocken wieder von sich gibt, die jetzt nicht mehr so appetitlich aussehen wie vorhin.

Der allgemeinen Überzeugung zum Trotz werden Mütter eben doch krank. Vor allem von einem Cocktail aus Erdbeer-Daiquiri und Karamell-Likör.

13
Was werden nur die Nachbarn sagen?

€in wenig bleich kehre ich von der Toilette zurück. Kotze und ich vertragen uns nicht gut, trotz meiner zahlreichen Begegnungen mit dieser schleimigen, gelegentlich auch klumpigen oder bröckeligen Masse. Aber das Erbrochene meiner eigenen Kinder kann ich viel besser ertragen als das von irgendjemandem sonst. Sogar das meiner geliebten Helen. Mir ist jetzt selbst ziemlich schlecht.
»Wie geht es ihr?«, erkundigt sich Ereka.
»Sie wird schon wieder, aber das war gerade ziemlich übel«, sage ich schaudernd.
»Es hat eben Konsequenzen, wenn man so viel isst«, sagt Liz von oben herab.
»Ach, spring doch von der Klippe«, sage ich.
»Wie Thelma und Louise«, plappert CJ dazwischen.
Ach ja. *Thelma und Louise* – je nachdem, wie man es betrachtet, ist dieser Film entweder ein großartiges feministisches Statement, oder eine traurige Feststellung der Tatsache, dass Frauen sich lieber in den Abgrund stürzen würden, als an männliche Beherrschung gefesselt zu werden. Ich persönlich fühlte mich gerächt und bestätigt, weil Thelma und Louise so deutlich machten, dass es Konsequenzen hat, wenn Männer sich falsch verhalten. Sich zum Beispiel nicht für eine sexistische Geste entschuldigen wol-

len oder eine Frau ohne deren Einwilligung berühren. Zugegeben, jemandem mehrere Kugeln in die Brust zu schießen oder seinen Lastwagen in die Luft zu sprengen, könnte, wenn man unbedingt Haare spalten möchte, als geringfügig übertrieben ausgelegt werden. Aber vielleicht auch nicht.
Eine Freundin von mir ist einmal absichtlich rückwärts ins Auto eines Mannes gefahren, weil er ihr an den Hintern gefasst hatte, als sie an ihm vorbeiging. »Es war pure Seligkeit«, sagte sie verträumt, als ich fragte, wie sich das angefühlt hatte. »Die Versicherung hat den Schaden bezahlt, also hat es mich nichts gekostet, aber sein Gesichtsausdruck, als meine zerbeulte alte Karre in seinen neuen BMW gekracht ist – also, der war unbezahlbar.« Ich bin sicher, dass ich früher einmal – vor den Kindern – auch zu solcher Empörung und Wut auf jeden Fremden fähig gewesen wäre, der es gewagt hätte, ungefragt irgendein Körperteil von mir zu berühren. Vor allem meinen Bauch. Als mein Bauch in der Schwangerschaft sichtbar wurde und die Leute mit ausgestreckten Händen auf mich zukamen, um ihn zu tätscheln, musste ich mir also vor Augen halten, dass ein staatliches Waisenhaus (nur, bis deine Mutter ihre Haftstrafe wegen schwerer Körperverletzung abgesessen hat) als erster Aufenthaltsort für mein ungeborenes Baby nicht gerade ideal wäre.
Obwohl es strenge soziale Tabus, Firmenstatuten und sogar Gesetze gibt, die regeln, wie, wann und wo es akzeptabel ist, andere Leute anzufassen, scheinen diese Einschränkungen bei schwangeren Frauen nicht zu gelten. Der Babybauch ist offenbar dazu da, betatscht zu werden. Hand in Hand mit dieser seltsamen Norm geht die Erwartung, dass schwangere Frauen sich gefälligst liebenswürdig mit dem Getatsche all

jener abzufinden haben, denen gerade nach Tatschen zumute ist.

Die Schwangerschaft nimmt uns unser Recht auf körperliche Autonomie, so wie der Staat einen Verbrecher verfolgt, zugunsten eines Geschädigten, der dabei nur als Zeuge auftritt. Auf ähnliche Weise werden wir in der Schwangerschaft zum bloßen Behältnis unseres Babys, nichts weiter als ein lebender Brutkasten. Wenn also eine Schwangerschaft zu einem unglücklichen Zeitpunkt oder unter ungünstigen Umständen eintritt, dann müssen wir beim Staat um die »Erlaubnis« für eine Abtreibung betteln. Ob es uns gefällt oder nicht, sobald dieses Spermium mit unserem Ei verschmolzen ist, wird dieses Klümpchen sich teilender Zellen zu Staatseigentum, das vor Gericht gegen uns verwendet werden kann.

So, wie sie sich ganz selbstverständlich berechtigt fühlen, sich auf einer Parkbank niederzulassen und ein wenig auszuruhen, sprechen uns ältere Frauen an, und verkünden lautstark und unerbittlich: »Das wird ein Junge – seht euch nur den Bauch an.« Oder »Ich erkenne doch ein Mädchen, wenn ich eines sehe – ich habe sechs geboren. Bei einem Mädchen ist die Mutter hässlich, bei einem Jungen strahlt sie.« Als wohlerzogene Mitglieder dieser Gesellschaft wird von uns erwartet, dass wir diesen Ansturm peinlicher, prüfender Blicke und ungefragt dahergeplapperter Ansichten geduldig und freundlich ertragen, ohne auch nur einmal eine Seniorin mit ihrer eigenen Gehhilfe zu verprügeln.

Wenn das Baby erst draußen ist, verlagert sich diese Aufmerksamkeit unglücklicherweise von unseren Bäuchen auf den Inhalt unserer Kinderwagen. Wildfremde Menschen halten uns auf offener Straße an, um – ja, um mit ihren Weiß-Gott-wo-die-vorher-waren-Lippen unsere Babys zu küssen ... bäh! Wohlmeinende ältere Passantinnen bieten ungefragt ihren Rat an – »Es muss ein Bäuerchen machen«, »Wann haben Sie zuletzt die Windel gewechselt?«, »Vielleicht ist es müde.« Die Schwangerschaftsmoral und die Neugeborenenetikette schreiben für solche Fälle dankbares Lächeln und höfliche Zustimmung unsererseits vor. Wohin wir auch gehen, ab sofort sind die Augen und Ohren von Fremden auf uns geeicht wie Hochfrequenz-Radarantennen. Mütter haben keine Privatsphäre. Die Mutterschaft, mit Windeln und allem drum und dran, ist die ultimative Arena von Öffentlichkeit und Politik.

Zu Franks Unglück verschwor sich eine ganze Reihe widriger Umstände gegen ihn, als er an einem denkwürdigen Sommertag Einmischung vom Feinsten abbekam. Es war einer dieser unerträglich heißen Nachmittage im Januar, an denen ein Familienausflug von vornherein zum Scheitern verurteilt ist, man aber nicht zu Hause bleiben kann, will man nicht das Leben der Katze, die Grundmauern des Hauses und die letzten hartnäckigen Überreste der eigenen geistigen Gesundheit aufs Spiel setzen. Wir fuhren an einem Strand vorbei, und Jamie, damals fünf, verkündete, hier wolle sie schwimmen. Sämtliche Parkplätze waren jedoch belegt, es hatten sich schon lange Schlangen gebildet. Also fuhren wir weiter. Jamie jedoch beharrte mit der Entschlossenheit eines Rottweilers darauf, dass sie an *diesen* Strand wolle. Wir erklärten es ihr: Wir können da nicht parken. Wenn wir könnten, würden wir es tun. Tut mir leid, aber wir finden sicher einen anderen Strand. Dort kaufen wir dir dann ein Eis, und alle werden einen schönen Nachmittag erleben. Ende.

Aber Jamie wollte an *diesen* Strand. *Diesen* Strand. Mittlerweile hatte sich sogar die Klimaanlage gegen uns gewandt und pustete heiße, klebrige Luft ins Auto, so dass wir verschwitzt an den Sitzen klebten. In angemessener Fußmarsch-Entfernung von irgendeinem Strand einen Parkplatz zu finden, erschien immer unwahrscheinlicher, als endlich, glücklicherweise, jemand aus einer Parklücke setzte, als wir gerade ankamen. Das war nicht an dem Strand, den Jamie wollte. Wir schälten uns aus dem Auto. Jamie weigerte sich, auszusteigen. Sie wimmerte und knurrte. Wir lockten und bettelten. Sie kreischte und schlug um sich. Wir machten Versprechungen und stießen Drohungen aus. Sie stieg aus. Auf dem ganzen Weg vom Auto zum Strand tat sie mit durchdringendem Kreischen ihren Unmut öffentlich kund, während ich mit Aaron auf dem Arm vor ihr hertrottete.

Schließlich explodierte Frank. »Geh du mit Aaron an den Strand«, sagte er zu mir, »ich bringe Jamie zurück ins Auto. Sie hat es nicht verdient, an den Strand zu gehen.« Damit hob er seine brüllende, um sich tretende Tochter hoch und stürmte zurück zum Parkplatz.

In dieser wenig schmeichelhaften Verfassung, völlig verschwitzt und schäumend vor Wut, auf dem Arm eine sich windende, kreischende Fünfjährige, die brüllte: »Ich will zu meiner Mami!«, versuchte Frank die Autotür zu öffnen. Eine fremde Frau mittleren Alters in einem schlecht sitzenden Bikini trat hinzu.

»Wer ist dieser Mann, meine Kleine?«, fragte sie Jamie.

Soweit ich weiß, warf Frank ihr einen vernichtenden Blick zu.

»Ich bin ihr Vater«, sagte Frank.

»Ist das dein Vater?«, fragte die Frau Jamie.

»Nein!«, kreischte Jamie. »Ich will zu meiner Mami.«

Vielleicht träumen wir alle in aller Bescheidenheit heimlich davon, eines Tages ein Kind vor dem Ertrinken zu retten, einen alten Mann vor dem Erstickungstod zu bewahren, oder, so wie diese Frau, ein Kind aus den Klauen eines Mannes zu retten, der zweifellos und offensichtlich ein Kinderschänder sein musste. Dies war ihre große Chance.

»Gute Frau, mir ist klar, dass Sie nur die besten Absichten hegen, aber Ihre Einmischung ist im Moment nicht willkommen, meine Tochter hat einen kleinen Trotzanfall, und ich versuche, ihr eine Lektion zu erteilen«, erklärte Frank. Sie zog widerstrebend ab. Enttäuscht.

Wenn Frank diese Geschichte heute erzählt, dann voller Bewunderung für diese aufdringliche Fremde, die ihr Leben aufs Spiel setzte, als sie ihn an jenem Tag ansprach. Frank behauptet immer noch, dass er sich »schmutzig« fühle wegen der offensichtlichen Gründe für ihre Einmischung. Wenn mehr Fremde bereit wären, unbequeme Fragen zu stellen, würden vielleicht weniger Kinder misshandelt und vernachlässigt. Aber die Wirklichkeit sieht so aus, dass Mütter im Allgemeinen ihre kreischenden, heulenden, hysterischen kleinen Lieblinge weder misshandeln noch vernachlässigen. Generell versuchen die meisten Mütter nur, irgendwie den Tag zu überstehen, ohne den Verstand zu verlieren, und ohne die Neugier, die vorwurfsvollen Fragen und zudringlichen Blicke fremder Menschen abzubekommen, die nie mit ihnen tauschen würden – um nichts in der Welt. Als Mütter wissen wir, dass wir per se verurteilt werden. Verflucht von unseren Kindern und gegeißelt von Erwachsenen, vor allem von uns selbst.

Aber hier, im sicheren Schoß der Freundschaft, können wir uns zu unseren furchtbaren Sünden bekennen. Bei unseren Treffen kann eine von uns etwas über irgendeine entsetzliche mütterliche Greueltat erzählen, die wir begangen haben. Wenn wir sie erst offen ausgesprochen haben, können wir auch mit der Schuld leben. Manchmal erscheinen uns die Geschichten dann sogar komisch, und unser Lachen wirkt befreiend. Diese Allgegenwärtigkeit von Fehlern und Mängeln ist ermutigend.

Helen kehrt triumphierend ins Wohnzimmer zurück.

»Wie fühlst du dich?«, fragt Tam.

»Großartig«, sagt sie. »Bereit, wieder von vorn anzufangen, isst jemand mit?«

Wir alle stöhnen. Wir sind pappsatt, jedenfalls für den Moment. Helen stürzt sich mit frischer Begeisterung auf den Tisch und fängt noch einmal von vorn an. Wir Übrigen reiben uns die Bäuche und gähnen. Wir müssen heute keine Kinder ins Bett bringen und keinen sexuellen Avancen ausweichen. Heute Abend sind wir völlig unbelastet.

Und genau in diesem Moment schrillt Beethovens Fünfte Sinfonie durch den Raum – Tams Handy.

»Hattest du das Ding nicht ausgeschaltet?«, fragt CJ.

Tam errötet. »Ich musste es anlassen …« Ihre Stimme erstirbt, während sie in ihrer Tasche nach dem Handy kramt. »Entschuldigt mich bitte«, sagt sie, peinlich berührt, und tritt hinaus auf den Balkon.

»Der dämliche Kevin kann ohne sie nicht mal diese Kinder ins Bett bringen«, sagt Helen, die mit einem vollen Teller ins Wohnzimmer kommt.

»Aber warum lässt sie es überhaupt an?«, fragt CJ. »Wenn es ausgeschaltet wäre, müsste er einfach irgendwie klarkommen, oder?«

Wir geben ihr im Stillen recht. Tam, das wissen wir, ist eine »perfekte Mutter«, aber in diesem überzuckerten Lob steckt der saure Kern unserer Kritik. Manchmal kann man auch zu perfekt sein, denke ich mir, während ich sie beobachte; sie steht mit dem Rücken zu uns auf dem Balkon. Ist ihre Sorte Mutterschaft ein angeborenes Überfließen von Emotionen, oder künstlich aufgeblähte Überkompensation ... aber für was? Ihre eigene Mutter, die ihre Liebe an Bedingungen knüpfte? Ein Ablenkmanöver, um sich emotional nicht mit Kevins Untreue auseinandersetzen zu müssen? Welche eigenartige Sorte seelischen Leidens ist für diese nie erlahmende Hingabe verantwortlich? Ein Glück, dass Tam unsere Meinung über sie völlig gleichgültig ist. Nicht einmal in diesem innersten Zirkel ist man ganz sicher. Selbst unter jenen, die uns am nächsten stehen, lässt uns diese Frage vor Furcht erstarren: »Was werden sie bloß von mir denken?«

»Sie ist immer im Dienst«, sagt Liz, als hätte sie meine Gedanken gelesen.

»Sie will es ja nicht anders«, bemerkt CJ.

Unsere Illoyalität, so plötzlich aufgeflammt, fühlt sich auch noch gut an. Unbehaglich rutsche ich auf dem Sofa herum. Aber ich tröste mich mit dem Wissen, dass Tam hinter verschlossenen Türen auch über mich spricht. Helen hat ein paar Bemerkungen ausgeplaudert, die Tam über Aaron und meine Erziehung gemacht hat. Unter uns herrscht stillschweigende Übereinkunft darüber, dass wir, sobald wir den anderen den Rücken kehren, Freiwild sind. Helen und ich haben öfter über Tams Neurosen getratscht – dass ihr ganzes Gerenne und Getue für die Kinder nur eine Ablenkung ist, weil es einfach zu schwer für sie wäre, sich Kevins Affären zu stellen. Liz und ich waren uns schon einig, dass »Ereka Kylie nur endlich sagen müsste, dass ein für alle Mal Schluss ist mit dem Stillen«. Fiona und ich haben laut darüber nachgedacht, wie sich CJs sexuelle Frustration später im Leben ihrer Kinder auswirken wird. Wenn Liz keine Zeit hatte, zu einem Treffen zu kommen, haben wir uns alle eifrig darum gedrängt, sie dafür zu kritisieren, dass sie sich so aus dem Leben ihrer Kinder heraushält, wie eine Schar hungriger Hennen vor der Futterschale.

»Meint ihr, dass ihr je Zweifel kommen, dass das, was sie tut, falsch sein könnte?«, frage ich. »Ich meine, ich habe so oft das Gefühl, einen Fehler gemacht zu haben … aber ich glaube nicht, dass sie das je denkt.«

»Denkt sie auch nicht«, sagt Helen.

»Sie macht jedenfalls nicht den Eindruck …«, sagt Dooly.

»Und wenn, dann würde sie das uns gegenüber nie zugeben …«, sagt Ereka.

»Vielleicht könnten wir sie mit Gluten foltern und ihr ein Geständnis abpressen …«, sagt Liz boshaft.

Wir kichern. Als Mütter stehen wir vor einer immer gegenwärtigen Jury – Nachbarn, Fremden in der Supermarktschlange, den Lehrerinnen unserer Kinder, und natürlich anderen Müttern. Den Schein zu wahren und das Geständnis zu verweigern, das wir Tam so gern abringen würden, ist deshalb lebenswichtig. Mütter müssen, genau wie Zauberkünstler, die Illusion ausstrahlen, alles im Griff zu haben, als gehöre dieses kreischende, brüllende Anhängsel an unserem Bein zur Nummer dazu: »Gaylord hatte heute einen schlechten Tag«; »Seymor ist nur müde«; »Angelina ist enttäuscht, weil wir schon gehen müssen.« Wir tun so, als ließe uns diese ständige Anstrengung nicht an den Nähten aufreißen. Als sehnten wir uns nicht danach, dieses Ding abzuschalten, am Straßenrand auszusetzen oder bei E-Bay zu verkaufen. Als hätte der Marmelade- oder Schleimfleck auf unserer Bluse keinerlei Auswirkung auf unsere Selbstachtung. Als gehörte es zu unserem Plan, mit einem Aufkleber auf dem Hintern aus dem Haus zu gehen, auf dem steht: »Fette Lügnerin« oder »Vorsicht, Furzgefahr«.

»Zumindest braucht sie sich um das DOCS keine Sorgen zu machen«, sagt CJ. »So wie ich es ständig tue.«

Die Kinder- und Jugendfürsorge, das Department of Community Services (DOCS) ist stets auf der Suche nach denjenigen unter uns, die trotz des bestätigenden Nickens der Natur – ja, du bist geeignet, Mutter zu werden –, völlig ungeeignet dafür sind. Verhaltensweisen wie Misshandlung, Grausamkeit, Vernachlässigung oder Missbrauch sind eindeutige Anzeichen dafür, dass wir der Belastung der Mutterschaft offenbar nicht ganz gewachsen sind und das DOCS unseren Kindern andere Mütter besorgen sollte. Ich zittere vor dem DOCS. Ich zittere vor Angst, weil das Gebrüll und Geschrei aus unserem Haus jeden vernünftigen Nachbarn auf den Gedanken bringen muss, meine Kinder seien die armen Opfer zweier perverser, gewalttätiger Psychopathen, die sich als Eltern ausgeben. Ja, wenn man Aaron fragen würde, würde er vermutlich bestätigen, dass ich ihn quäle und misshandle: Ich bestehe darauf, dass er mindestens den halben Erdnussbutter-Toast aufisst, bevor er seinen Saft bekommt. Ich gebe keinen Millimeter nach in meiner Forderung »räum dein Zimmer auf, dann darfst du fernsehen«. Ich bin außerdem ziemlich sicher, dass man es irgendwann als eine Form psychischer Folter betrachten wird, ein Kind jahrelang Barny, dem lila Dinosaurier, auszusetzen.

CJ jammert, dass die grausamste von allen Entbehrungen, die DVS ihr zugefügt hat, der Zwang gewesen sei, aus einem frei stehenden Einfamilienhaus in eine Doppelhaushälfte umzuziehen. Jedes »Geh endlich schlafen, du Balg!«, »Wenn du deine Schwester noch einmal schlägst, kannst du heute draußen im Garten übernachten« oder »Halt die Klappe und widersprich mir nicht, du kleiner Scheißer« ist ein gefundenes Fressen für die Nachbarn. »Ich lebe in einem Glashaus«, beklagte sie sich eines Abends am Telefon bei mir. »Ich kann nicht mal in Ruhe meine Kinder anschreien, ohne dass die verfluchte Mrs. Hernandes mir am nächsten Morgen giftige Blicke zuwirft.« Das Leben in einer Wohnung, einer Doppelhaushälfte oder einem Reihenhaus ist für eine Mutter die reinste Qual. Es gibt zu viele gemeinsame Wände, neugierige Ohren und Zeugen für unsere Übertretungen. Alle Mütter müssen ab und zu die Möglichkeit haben, die Show abzubrechen und sich in die Garderobe ihrer Unvollkommenheit zurückzuziehen. Oder in Tams Fall, auf den Balkon ihrer Vollkommenheit.

»Ja, wir können alle nur hoffen, dass Tam uns nicht beim DOCS verpfeift«, sagt Liz.

»Jetzt sind wir ihr gegenüber aber unfair«, sagt Dooly. Ich

frage mich, ob Sozialarbeiterinnen von Natur aus dazu unfähig sind oder ob man es ihnen gnadenlos austreibt, der köstlichen, verbotenen Verlockung nachzugeben, hemmungslos über andere zu lästern.

Frank jedoch ist kein Sozialarbeiter. Eine der grausamsten Spitzen, mit denen er mich je getroffen hat, tut heute noch weh. Ich wollte gerade aus dem Haus gehen und mir noch einmal den Park ansehen, in dem am nächsten Tag Jamies Geburtstagsfeier stattfinden sollte, damit ich mir überlegen konnte, wo ich die Hinweise für die Schatzsuche verstecken würde. Ich hatte ja auch nur den ganzen vergangenen Monat damit zugebracht, diese Party zu organisieren. An jeder Einladung hatte ich mit einem Band einen Ballon befestigt, auf dem stand: »Sonderzustellung der Geburtstagsparty-Feen.« Ich hatte nachts wach gelegen und mir sieben geniale, aufeinander aufbauende Hinweise ausgedacht, die die Kinder schließlich zu einem verborgenen Haufen Schätze führen würden – ein Geschenk, individuell verpackt und mit Namen versehen, für jedes der eingeladenen dreißig Kinder. Das würde der spektakulärste, unvergesslichste, aufregendste Kindergeburtstag aller Zeiten werden.

»Du hast wohl nichts Sinnvolles zu tun«, sagte er zu mir.

Frank kapierte es einfach nicht. Einen Kindergeburtstag zu organisieren, ist eine hochkomplizierte Angelegenheit. Der Erfolg steht und fällt damit, dass man jede noch so winzige Kleinigkeit doppelt und dreifach überprüft. Das Gelingen dieser spektakulären Schatzsuche hing jetzt nur noch vom guten Wetter und der Kooperationsbereitschaft der Kinder ab. Für alles andere hatte ich gesorgt.

Natürlich hatten weder das Wetter noch die Kinder die

Güte. Es war windig – meine Hinweise wurden davongeweht, den Kindern wurde langweilig, sie stritten sich um die verbliebenen Rätsel, und ein besonders eifriger Teilnehmer entdeckte den Schatz, lange bevor der letzte Hinweis zum großen Fund führen konnte. Am Ende dieses Vormittags hatte ich Migräne. Im Auto auf der Heimfahrt fauchte Jamie, ich sei eine »grässliche Mutter«, als ich vorschlug, sie solle doch warten, bis wir nach Hause kamen, und erst dort ihre Geschenke auspacken. Wie man es auch drehte und wendete, es war eine Katastrophe.

Zu Hause ließ ich mich aufs Bett sinken. Während ich dalag und zuhörte, wie Jamie Verpackungen aufriss und sich durch einen Berg neuer Geschenke wühlte, von denen jedes ihre Aufmerksamkeit für etwa dreißig Sekunden fesselte, wurde ich von tiefster Depression verschlungen. Ich schwor hoch und heilig, *nie wieder* eine Kindergeburtstagsparty zu veranstalten. Das war's. Aus und vorbei. Frank setzte sich neben mich aufs Bett. »Du machst dir zu viele Gedanken«, sagte er. »Es war doch nur ein Kindergeburtstag.« Aber dann fügte er sanfter hinzu: »Ihnen ist es egal, wie viel Mühe du dir damit machst. Mehr ist auch nie genug. Ehrlich, wenn es um Kinder geht, ist weniger immer besser.«

Die schlichte Wahrheit dieser Bemerkung traf mich wie eine Faust an der Schläfe. Beklommene Einsicht dämmerte. Warum hatte ich eigentlich so einen Zirkus gemacht? Wegen Jamie? Nein – sie wäre mit einem Fünf-Dollar-Biskuitkuchen mit fünf Kerzen drauf und einem Kinobesuch zufrieden gewesen, solange ich das Ganze nur als ihre »Geburtstagsparty« bezeichnete. Hatte ich das für mich getan? Ich kann dekorative Schokoblätter im Schlaf gießen und Pilze schneller füllen als mein Schatten – ich brauche mir nichts zu beweisen. Nein, so erbärmlich sich das auch anhören mag, das war meine Botschaft an die Welt: »Seht her, was für eine tolle Mutter ich bin. Schaut nur, welche Mühe ich mir gebe, damit der Kindergeburtstag meiner Tochter etwas ganz Besonderes wird. Seht ihr auch alle, wie viel Zeit und Mühe ich da hineingesteckt habe? Bin ich nicht eine gute Mutter?«

Aber in Wahrheit hat niemand meine ungeheuren Anstrengungen zur Kenntnis genommen oder gewürdigt, und diejenigen, die sie zur Kenntnis nahmen, erklärten mich für verrückt. Helen, die für die Geburtstagspartys ihrer Kinder zwei Tiefkühlpizzen in den Ofen schiebt und eine DVD ausleiht, machte sich geradezu über mich lustig. »Du bist echt masochistisch veranlagt«, gackerte sie höhnisch. Ich nehme an, so ungern ich das auch zugebe, dass ich unbestritten als meines eigenen Unglücks Schmied gelten kann.

»Wer hat noch Lust auf Nachtisch?«, fragt Helen nun, nachdem sie gerade eine zweite Portion von allem vertilgt hat. Der leere Teller ruht auf ihren Knien, und Spuren von Kokosmilch und ein einsames Blatt Rucola markieren den Spielstand ihrer zweiten Runde.

»Ich!«, ruft Ereka.

»Also gut. Dann warten wir, bis Mary Poppins zurückkommt und uns ihre Schokolade schmilzt«, sagt Helen. Sie nimmt das Rucola-Blatt, wischt damit die Kokosmilch auf und steckt es sich in den Mund.

Von unserem sicheren Platz hinter den Kulissen aus kichern wir unser boshaftes Urteil über Tam und genießen die Tatsache, dass sie für den Moment im Rampenlicht der Kritik steht, und nicht wir. Es ist nur eine Frage der Zeit, wann wir ihren Platz einnehmen werden. Irgendwann werden wir alle versagen und für unzureichend befunden werden. Sogar von unseren liebsten Freundinnen.

Wenn ich so darüber nachdenke, kenne ich nur einen Menschen, der es mir erspart hat, mich zu verurteilen. Und natürlich habe ich mich bis über beide Ohren in ihn verliebt. Frag irgendeine frisch gebackene Mutter, und sie wird dir sagen, dass sie in ihren Kinderarzt verknallt ist. Helen witzelt immer, dass sie ständig auf der Suche nach einem Vorwand ist, um ihre Kinder zu Dr. Strickland bringen zu können. Er ist im mittleren Alter, hat einen Bauch und kämmt sich ein paar dünne Haare über seine Glatze, und sie ist verrückt nach ihm, weil »er einfach so ... so ... nett zu mir ist. Er fragt mich, wie es mir geht, und wartet tatsächlich die Antwort ab. Es interessiert ihn, dass ich wenig Schlaf bekomme, und er tröstet mich, dass das bald vorbei wäre«. Und dann, fügt sie mit verträumtem Blick hinzu, »legt er mir eine Hand auf die Schulter, wenn ich gehe, und sagt mir, ich solle ›gut auf mich aufpassen‹«. Das ist Verführung nach allen Regeln der Kunst, wenn du mich fragst.

In diesen ersten Monaten nach der Geburt eines Babys ist der Kinderarzt praktisch der einzige männliche Erwachsene, den wir sehen. Abgesehen von unseren deprimierten, sexuell ausgehungerten Ehemännern. Kurz nach Aarons Geburt habe ich im Operationssaal die Augen des Kinderarztes über der Gesichtsmaske gesehen. Er behandelte mein Baby so zärtlich und respektvoll, dass er damit mein Begehren erregte, obwohl ich wegen der Anästhesie von der Tail-

le abwärts kaum etwas spürte und mein klaffender Bauch mit offen daliegenden Eingeweiden auf das Nähen wartete. In den darauffolgenden Wochen zeigte sich Aaron sehr kooperativ – er bekam Koliken. Dann kam er mir mit Husten und Mittelohrentzündung entgegen. Laktose-Intoleranz. Als Nächstes mussten ihm Paukenröhrchen eingesetzt werden. Bedauerlicherweise war danach Schluss mit den Mittelohrentzündungen. Die Wartezeit zwischen den Impfungen dehnte sich ins Unendliche. Aber ich konnte mich darauf verlassen, dass eine unerklärlich erhöhte Temperatur, Durchfall oder ein paar Mückenstiche früher oder später einen weiteren Besuch bei dem Kinderarzt rechtfertigen würden. Begierig schloss ich mich den anderen jungen Müttern im Wartezimmer an, nachdem ich mir übertrieben viel Mühe mit meinem Make-up gegeben hatte, um die dunklen Ringe unter meinen Augen zu kaschieren. Ich trug zum ersten Mal seit fünf Wochen frische, saubere Kleidung. Und da warteten wir dann alle, und jede von uns glaubte, irgendwie etwas Besonderes zu sein. Wenn ich endlich an die Reihe kam, betörte ich den Arzt mit meinem Augenaufschlag, schenkte ihm mein schönstes Lächeln und flirtete schamlos mit ihm, und ich ließ mich auch nicht von der Kleinigkeit irritieren, wie man mit frischer Kinderkotze auf der Schulter rasend attraktiv sein sollte.
Doch bedauerlicherweise besteht die Welt nicht nur aus Kinderärzten. Sie besteht aus ganz normalen, gestressten Leuten, die es eilig haben, und von denen wir nur hoffen können, dass sie das Chaos unserer Kindererziehung gnädig übersehen werden, statt uns zu verurteilen oder beim DOCS anzuschwärzen. Zeig mir eine Mutter, die noch nie ein Dank-

gebet gesprochen hat für den Segen einer geschlossenen Tür, hinter der sie zusammenbrechen und schreien, endlich mal weinen oder in hysterisches Lachen ausbrechen kann.
Tam kommt wieder herein. »Entschuldigung«, sagt sie verlegen. »Ich musste nur meinen Jungs gute Nacht sagen – sie konnten nicht einschlafen, ohne meine Stimme zu hören.«
Wir alle lächeln. Und fachen insgeheim die Glut unserer stummen Verurteilung an.

14

Würde, vor allem anderen Würde

Tam verzieht sich in die Küche, um die Schokolade zu schmelzen. Unser allzu hastig aufgesetztes Lächeln und unsere angeregte Unterhaltung über die Sonderangebote bei verschiedenen Discountern waren verräterisch und mussten ihr sagen, dass wir über sie gelästert hatten. Doch sie eilte an uns vorbei und tat so, als berühre sie das gar nicht. Sobald Tam ihr Dessert zubereitet und damit ihre Pflichten erfüllt hat, kann sie gehen, worauf sie seit den Pfannkuchen abzielt. Ich habe meinen vollen Bauch auf dem Sofa im Wohnzimmer ausgestreckt und höre sie nun in der Küche herumklappern.

Helen sagt, sie wolle mal in die Küche gehen und nachsehen, ob sie Tam helfen könne. Doch in Wahrheit ist das eine Friedensmission – wie viel Hilfe kann man denn dabei brauchen, Schokolade zu schmelzen und sie über gefrorene Beeren zu gießen?

Ich gestehe, dass ich kein großer Fan von gefrorenen Beeren bin. Sie schmecken nach überhaupt nichts, und wenn man nicht weiß, was man isst, könnten es ebenso gut gefrorene Erbsen sein, denn die Geschmacksknospen erkennen da keinen Unterschied. Gefrorenes Essen berührt mich einfach nicht. Ich meine, ich bin ja wirklich dankbar dafür, dass ich im einundzwanzigsten Jahrhundert lebe und mir solche

mütterfreundlichen Erfindungen wie Gefrierschränke, Wäschetrockner und Spülmaschinen zur Verfügung stehen. Aber die Vorstellung, gefrorene Beeren zu essen, ist – ähnlich wie ein Dreier im Bett oder ein Picknick am Strand – viel angenehmer als die Erfahrung selbst. Geschmack ist dicht an der Lebenskraft angesiedelt. Wenn ihm erst Styropor, Plastikfolie und Mikrowellen mit ihrer ganzen Bösartigkeit zugesetzt haben, ist er ziemlich matt und erschöpft, und es bleibt nur noch ein schwacher Glimmer der einstigen Pracht – ähnlich wie bei unseren Körpern nach soundso vielen mütterlichen Jahren. Ein Jammer, dass wir unsere Vorschwangerschafts-Körper nicht einfrieren und uns fürs Kinderkriegen einen anderen Körper ausleihen können.
»Was macht der schönste Hinteren im Park?«, fragt Helen und zwickt mich auf dem Weg zu Tam in den Po.
»Noch in vollem Umfang vorhanden«, sage ich lachend.
»Helen hat ein Faible für deinen Hintern?«, fragt CJ.
»Nein, sie doch nicht. So ein alter Kerl«, zwitschere ich. »Letzte Woche bin ich eine Runde um den Centennial Park gelaufen und gerade ins Auto eingestiegen, als ein alter Mann an mein Fenster geklopft hat. Ich hatte es furchtbar eilig, die Kinder von der Schule abzuholen, und war ziemlich genervt, weil ich dachte, er wolle mich um Geld bitten, oder sogar irgendwohin mitgenommen werden. Also habe ich das Fenster runtergekurbelt und gesagt: ›Ja? Kann ich Ihnen helfen?‹ Mit starkem ausländischem Akzent und zwischen fehlenden oder stark vergilbten Zähnen hindurch hat er zu mir gesagt: ›Sie haben den schönesten Hinteren im Park‹«, sage ich und versuche, seinen Akzent nachzuahmen.

»Wie ekelhaft«, verkündet Liz. »Warst du denn nicht beleidigt?«
»Das ist sexuelle Belästigung«, sagt CJ.
»Macht ihr Witze?«, entgegne ich. »Auf den Mann lasse ich nichts kommen. Er ist der erste Mensch seit Jahren, der mit mir geflirtet hat. Das hat mir die ganze Woche versüßt.«
»Wie ich sehe, steht Würde im Moment nicht besonders hoch auf deiner Liste angestrebter persönlicher Attribute«, bemerkt Ereka scherzhaft.
»Willkommen in meiner Welt«, sage ich. »Wenn es um männliche Wertschätzung meines Körpers geht, nehme ich schamlos alles an, was mir geboten wird.«
»Ja, ich würde auch nehmen, was ich kriegen kann«, ruft CJ dazwischen.
»Würde, Mädels, vor allem anderen Würde«, näselt Liz gedehnt.
Sehen wir den Tatsachen ins Auge – die frischen, fleischigen Körper, die wir einst besaßen, sind heutzutage nur noch mit aufgetautem Hackfleisch zu vergleichen. Aber ich tröste mich damit, dass man aus aufgetautem Hackfleisch immer noch eine köstliche Bolognese zaubern kann, die sogar sehr gut schmeckt, wenn man sie mit einem Schuss Rotwein und etwas wohlplaziertem Basilikum aufpeppt. Ab einem gewissen Punkt muss man eben mit dem arbeiten, was man hat.
Und trotz meiner Scherze über fremde alte Männer leide ich gerade jetzt, sofern ich mir das wirklich eingestehen kann, unter Anrufneid. Tams Gute-Nacht-Telefonat hat einen blinden Passagier an Bord meiner Frotzelei aufge-

deckt: dass meine Kinder schon schlafen gegangen sind, ohne dass ich ihnen gesagt habe: »Ich habe dich lieb.« Habe ich gesagt »Ich habe dich lieb«, bevor ich heute Nachmittag hastig aufgebrochen bin? Ich weiß es nicht mehr. Meine Kinder und ich sind ganz groß in Liebeserklärungen, je übertriebener und lächerlicher, umso besser. »Ich liebe dich bis auf den höchsten Berg«, sagt Jamie. »Und ich liebe dich bis runter zu den Meerjungfrauen«, erwidert Aaron. »Ich liebe dich bis zu den Galaxien, den fernsten Sternen und dem weitesten Punkt im Universum«, behauptet Jamie. »Aber ich liebe Mami noch mehr«, wetteifert Aaron. »Nein, tust du nicht«, gibt Jamie zurück, woraufhin gegenseitige Beschimpfungen hin und her fliegen und niemand niemanden mehr lieb hat.

Ich kann die abergläubische Furcht nicht abschütteln, dass ich vielleicht in meiner Hast, meinen Kindern zu entrinnen, heute eine Kette von »Ich-habe-dich-Liebs« unterbrochen habe, die wir so liebevoll geknüpft haben. Ich brauche eine Ablenkung, also ziehe ich den Kleinen Hasen, eines von Aarons Lieblingskuscheltieren, aus meiner Handtasche und beginne, den linken Fuß mit Nadel und Faden anzunähen, die ich neben dem Pendel in meiner Mütter-Überlebens-Ausstattung mitführe. Der Kleine Hase ist ein schlaffes, knautschiges bisschen Stoff, gefüllt mit getrockneten Bohnen, dessen Fuß ausgefranst ist und der seit einer Weile eine schmale Bohnenspur durch unser Haus zog. Ich trage ihn schon seit Wochen in meiner Tasche herum, in Plastik eingewickelt, und warte auf einen Moment Zeit, um ihn zu reparieren. Er ist ein Stofftier, geschaffen nach Sam McBratneys Buch *Weißt du eigentlich, wie lieb ich dich hab?*, einer entzückenden Geschichte, in der der Kleine Hase dem Großen Hasen sagt, dass er ihn so lieb hat wie bis zum Mond. Worauf der Große Hase antwortet: »Ich habe dich lieb bis zum Mond – und zurück.«

Das Buch und dieser Kleine Hase gehörten zu meinen ersten Käufen als werdende Mutter, als ich erst ein paar Wochen mit Jamie schwanger war. Mit Tränen der Rührung in den Augen und schier platzend vor Begeisterung verkündete ich dem kaugummikauenden Teenager mit dem Nasenpiercing an der Kasse des Buchladens: »Ich bin schwanger«, woraufhin sie nur mit den Schultern zuckte und fragte: »Zahlen Sie bar oder mit Karte?« Ich wollte die ganze Welt wissen lassen, dass ich meine Babys lieb haben würde. Und wie lieb ich sie habe. Frank schlägt oft vor, ich solle lieber ziehen, nicht so drücken: »Du sollst sie erziehen, nicht ersticken«, ermahnt er mich oft. Aber ich kann nicht anders. Sie bringen Gefühle von einer Intensität in mir hervor, von der ich gar nichts geahnt habe, bis die Kinder kamen und sie aus mir herauspressten.

»Mutterschaft und Würde vertragen sich nicht gut miteinander«, sagt CJ. »Ich würde sogar sagen, sie stehen sich feindlich gegenüber. Wenn man sich für eine Seite entscheidet, befindet man sich mit der anderen im Krieg ...«

Die Mädels gackern.

»Wäre es nicht allgemein praktischer – um nicht zu sagen, gnädiger –, wenn sie uns bei dieser ersten gynäkologischen Untersuchung raten würden, unseren Sexappeal, Geschlechtstrieb und alles, was ›straff‹, ›fest‹, oder ›makellos‹ ist, gleich vorn am Empfang abzugeben?«, fragt Dooly.

»Ihr gebt alle zu schnell auf«, sagt Liz. »Kriegsparteien kann man immer irgendwie zu Verhandlungen bewegen. Dazu wurden Lilys erfunden.«

»Sogar du musst während der Schwangerschaft ein paar Tiefpunkte erlebt haben«, sage ich. »Das Schwangersein hast du ja wohl nicht delegiert. Oder gibt es da etwas, was du uns noch nicht erzählt hast, Liz?«

»Ha!«, schnaubt sie. »Wenn ich die Sache richtig durchdacht hätte, hätte ich das vielleicht getan … Und nein, ich fand es nicht besonders witzig, dass mir Milch aus den Brüsten lief, als ich gerade eine Besprechung geleitet habe.«

»Ich mochte besonders diesen Ausfluss, der wie weich gekochtes Eiweiß aussieht«, sagt CJ.

»Hämorrhoiden«, wirft Fiona ein.

»Mir sind die Haare büschelweise ausgefallen. Ach, und mein Dammschnitt war ziemlich heftig«, sagt Dooly.

»Meint ihr, wir hätten das durchgezogen, wenn wir gewusst hätten, was das unseren Körpern wirklich abverlangt?«, frage ich.

»Es ist aber doch auch magisch und ein Wunder«, wendet Ereka ein.

»Gelegentlich«, fügt Dooly hinzu.

»Ist doch klar, dass einem niemand die Wahrheit sagt, oder?«, bemerkt CJ. »Unsere Mütter wollten alle Enkel haben, da werden sie den Teufel tun und uns raten ›Mach das bloß nicht‹. Die Ärzte würden Bankrott gehen, wenn wir alle die Fortpflanzung einstellen würden, und die Regierung will, dass wir zukünftige Generationen von Einwohnern produzieren. Das ist eine Verschwörung, dieses Schweigen. Eine Falle, und wir tappen hinein.«

Während CJ spricht, erinnere ich mich daran, wie ich im freudigen Rausch der frühen Schwangerschaft verzweifelt versuchte, mir nichts draus zu machen, dass sich mein Körper langsam in ein aufgeblähtes, von blauen Adern überzogenes Behältnis für das neue Leben verwandelte, das in mir Wurzeln schlug. Ich mahnte mich bewusst (jedes Mal, wenn ich in den Spiegel sah), dem Anpassungsdruck einer magersüchtigen Gesellschaft zu widerstehen, die Frauen diktiert, dass sie schlanke, straffe Körper haben sollten. Ich kramte Andrea Dworkin wieder hervor. Aber ich kam nicht aus – ich war dick und fühlte mich deshalb elend. Zum ersten Mal in meinem Leben warfen Männer mir mitleidige Blicke zu, tätschelten mir den Kopf und baten mir ihre Sitzplätze an. Bald gierte ich nach einem lüsternen Blick oder einer chauvinistischen Bemerkung wie »Na, Süße?«.

Während sich die Wochen zu Monaten dehnten, fühlte sich mein Körper immer mehr an wie eine Campingtoilette, die ich mit mir herumschleppte. Frank beobachtete in ängstlicher Faszination, wie ich Kissen um mich herum stopfte und stapelte, in dem verzweifelten Versuch, es nachts halbwegs bequem zu haben; es erschreckte ihn, dass er für dieses gigantische Kissen-Monster verantwortlich war, in das sich seine Frau verwandelt hatte.

Ich brachte Frank das Mantra bei, das er mir vorsagen sollte, falls ich während der Geburt um Schmerzmittel zu betteln beginnen sollte: »Nimm den Schmerz an, nimm den Schmerz an.« Er lernte es brav, mit einem Blick, der seine Besorgnis um meine geistige Gesundheit kaum verbergen konnte. »Gott sei Dank, dass ich keine Frau bin«, sagte er mehr als einmal. Zumindest war das ein ehrliches Feedback, denn das sagte mir genau, welch missgestaltetes Ungeheuer ich geworden war.

»Ich glaube, die Mastitis eine Woche nach Jamies Geburt war für mich einer der Tiefpunkte«, sage ich.

»Ich hatte auch eine Mastitis«, sagt Tam, die mit einem Tablett gefrorener Beeren und einem Topf geschmolzener Schokolade aus der Küche kommt, Helen an ihrer Seite. »Es war grauenhaft.« Sie stellt das Tablett auf den Couchtisch.

»Was zum Teufel ist das denn?«, fragt Helen.

»Nur jemand, der noch nie eine Entzündung der Milchdrüsen erlebt hat, weil das Baby nicht richtig trinken will, könnte so unwissend sein, eine solche Frage zu stellen«, sage ich. »Damit es auch wirklich Spaß macht, kommt noch hohes Fieber hinzu, in meinem Fall eine grässlich schmerzende, überempfindliche Kaiserschnittnarbe, steinhart geschwollene Brüste, ein Schmerz, als hätte jemand deine Brüste mit Benzin übergossen und angezündet, und ein kreischendes, hungriges Neugeborenes, das von den Qualen seiner Nahrungsquelle überhaupt nichts ahnt.«

»Klingt doch wie ein Spaziergang«, sagt Helen.

Ich ignoriere sie und frage Tam: »Hast du auch kalte Kohlblätter auf deine Titten gelegt?« Ich finde es schön zu wissen, dass wir zur Abwechslung auch mal etwas gemeinsam haben.

»Ja, habe ich«, sagt sie.

»Wozu denn?«, fragt CJ.

»Das soll angeblich helfen«, sage ich. »Aber ich war wirklich verzweifelt. Ich hätte mongolischen Ziegenmist auf meine Brüste geschmiert, wenn irgendjemand behauptet hätte, das könnte helfen.«

»Und, hat es geholfen?«, fragt Dooly.
»Woher soll ich das wissen? Es waren entweder die Kohlblätter oder das Antibiotikum. Aber ich habe noch wochenlang gemüffelt. Frank hat sich manchmal mitten in der Nacht schnüffelnd herumgedreht und gefragt: ›Was *stinkt* denn hier so?‹ Ich habe dann die Zähne zusammengebissen und geknurrt: ›Das bin ich, okay?‹ Er hat mit schwachem Lächeln ›Oh‹ gemurmelt, mir wieder den Rücken zugewandt und so getan, als wäre er gleich wieder eingeschlafen, wohl wissend, dass er gerade jede Chance auf Sex im kommenden Jahr zunichte gemacht hatte. Leider muss ich sagen, dass seitdem keiner von uns mehr ein unverkrampftes Verhältnis zu Kohl hat.«
»Das ist kein großer Verlust«, sagt Helen.
»Du hast nur die falsche Einstellung zu Kohl«, sage ich zu ihr. »Was ist mit süßsaurem Rotkohl mit Honig und Anis? Oder Kohlrouladen mit Reis und Dill ...«
»Ich kann gut ohne Kohl leben«, sagt Helen.
»Ich bin zu einer Laktationsberaterin gegangen«, sagt Tam, offensichtlich unbeeindruckt vom Kohl-Verlust meines kulinarischen Repertoires. »Das hat wirklich geholfen.«
»Wozu denn?«, fragt Ereka.
»Sie hat mir gezeigt, wie man richtig stillt«, sagt Tam.
»Ist Stillen nicht etwas, das man von Natur aus kann, wie atmen oder pinkeln?«, fragt Helen.
»Typ-A-Persönlichkeiten, ihr wisst schon, Perfektionisten, die alles unter Kontrolle haben wollen, haben oft Schwierigkeiten beim Stillen«, sagt Tam.
»Wie schwierig kann das schon sein?«, entgegne ich. »In Afrika überleben Kinder auch an den Brüsten ihrer Mütter.

Ohne die Hilfe von Laktationsberaterinnen oder Milchpumpen.«

»Das ist keine linkshirnige Aktivität«, sagt Tam, als würde das alles erklären. Ich habe keine Ahnung, was sie damit meint.

»Und, was hast du da gemacht?«, fragt Helen.

»Ich habe mit sieben anderen frischgebackenen Müttern auf einem Sofa in einem großen Sprechzimmer gesessen, während Barbara, ›aber bitte, nennt mich Barbie‹, unseren Babys die Brustwarzen in den Mund gestopft und gefriemelt hat, und das für fünfzig Dollar pro Stunde, pro Kopf.« Tam lächelt, nun ein wenig verlegen. »Ich kam mir vor wie in einem Hexenzirkel übermüdeter, aufgeschwemmter und verwirrter junger Mütter, die vor Schmerz das Gesicht verzogen, wenn das Saugen sich anfühlte wie Wäscheklammern an den Brustwarzen, oder die still geweint haben, während ihr Baby frustriert brüllte und sich wand. Aber ab und zu haben wir es alle richtig hinbekommen, und ein paar kostbare Sekunden lang war da dieser Silberstreif aus Ruhe.«

»Ich wusste nicht, dass manche Frauen gar nicht stillen können«, sagt Ereka.

»Ja, es war viel schwieriger, als ich dachte ... Aber letztendlich habe ich es doch richtig gemacht. Ich war so froh, als ich es endlich richtig konnte«, sagt Tam.

»Das Stillen war meine Rettung«, sagt CJ plötzlich.

»Wirklich? Wie meinst du das?«, fragt Dooly, die den Topf geschmolzener Schokolade nicht aus den Augen lässt und langsam das Tablett zu sich heranzieht. Anscheinend hat sie den orangeroten Schal endlich vergessen, denn er liegt immer noch auf der Stuhllehne im Esszimmer, wo CJ ihn zurückgelassen hat. Ich wette, Luke kriegt kein Auge zu. Ha ha.

CJ holt tief Luft. »Es hat mir geholfen, meinen Körper wieder zu lieben, weil er wusste, was er zu tun hat. Obwohl Tom mich während der Schwangerschaften so abstoßend fand und mich betrogen hat, war mein Körper immer noch etwas Wunderschönes.«

Eine lange Pause entsteht, während wir alle darüber nachdenken. Wir wussten zwar, dass CJ Tom rausgeworfen hatte, aber keine von uns kannte den Grund dafür.

»Ich hasse Männer, die schwangere Frauenkörper nicht schön finden«, sagt Helen.

»Das ist recht verbreitet«, erklärt Tam mit schiefem Lächeln. »So viele Frauen kommen nach der Geburt zu Kevin, damit er alles wieder in Ordnung bringt für ihre Ehemänner, die sich für den Körper ihrer Frau nicht mehr interessieren.«

»Männer sind Schweine«, brummt CJ.

»Woher wusstest du, dass er dich betrogen hat?«, fragt Liz und lehnt sich vor, eine Geste der Vertraulichkeit.

»Das ist eine andere Geschichte«, sagt CJ. »Aber ich kann sie nicht erzählen, wenn ich keine Zigarette kriege.«

»Ich habe eine für dich«, sagt Fiona und greift nach ihrer Tasche.

»Fiona?«, fragt Tam ungläubig. Wir sind alle fassungslos.

»Ach, Himmelarsch, na und?«, fragt sie, und das Wort »Arsch« klingt aus ihrem Munde fremdartig und prüde. »Ich rauche nur ab und zu mal eine.« Damit reicht sie CJ eine Packung Dunhill Lights.

»Hier drin wird nicht geraucht«, sagt Helen. »Meine Eltern würden mich umbringen.«

»Rauch sie nicht«, sagt Tam. »Du hast jetzt monatelang nicht geraucht.«

»Und sieh dir an, was für ein Wrack ich bin«, erwidert CJ, klopft von unten gegen die Packung und zieht eine schlanke weiße Zigarette heraus.

»Das wird dir nachher leid tun«, sage ich, aber CJ ignoriert mich.

»Kommst du mit?«, fragt sie Fiona. Fiona holt tief Luft und folgt ihr dann hinaus auf den Balkon.

Im Wohnzimmer herrscht betretenes Schweigen.

»Ist das denn zu fassen – Fiona raucht?«, bemerkt Dooly leise.

»Ist es zu fassen, das Tom CJ betrogen hat, als sie schwanger war?«, frage ich.

»Das ist recht verbreitet«, sagt Tam. »Viele Männer können nicht damit umgehen, wenn ihre Frauen schwanger werden.« Ich sehe Tam genau an. Ich habe das Gefühl, dass sie uns irgendetwas sagen will, aber sie spricht nicht weiter.

Wir alle sitzen stumm da und denken daran, wie unsere Männer mit den Veränderungen unserer einst so knackigen Körper umgegangen sind. Dooly löst sich schließlich als Erste und stippt mit einem Finger in den Schokoladentopf. Liz lehnt sich zurück und massiert sich mit den manikürten Händen die Schläfen. Ereka streicht ihr Haar zusammen und verknotet es zu einem Zopf. Tam nimmt mit zwei Fingern eine gefrorene Beere und steckt sie sich in den Mund. Helen sieht mich an, ich sehe Helen an. Während wir dasitzen und darauf warten, dass CJ vom Balkon zurückkommt, die Lunge mit giftigem Nikotin balsamiert, denke ich darüber nach, wie sieben Jahre als Mutter mir das geraubt haben, was an meinem früheren Selbst so verlockend war. Das bisschen Eitelkeit, das ich einmal besessen haben mag, beruhte zum Großteil auf dem Privileg der Jugend und ist mir längst durch die Finger geronnen.

Glenda Kierans. Es wundert mich nicht, dass ich plötzlich an sie denken muss. Sie war die Ehefrau eines Mannes, in den ich mit zwanzig verschossen war. Wir saßen gerade alle zusammen am Strand, und Glenda, die damals Mitte vierzig gewesen sein muss, nahm mich auf einmal freundlich, aber bestimmt am Arm und führte mich am Strand entlang. »Alt zu werden, ist obszön«, sagte sie zu mir. Und dann sah sie mich mit einem Blick an, der mir heute noch gegenwärtig ist. Dieser Blick nahm alles wahr – wie ich mit kaum verhohlener Abscheu die Schamhaare bemerkte, die unordentlich aus dem Schritt ihres Badeanzugs hervorlugten; wie ich eitel unser beider Körper verglich – ihre von Cellulitis und Krampfadern verunstaltete Haut, und meine straffe, leicht von der Sonne gebräunte; wie ich sie in meiner Überheblichkeit bemitleidete, da ich doch unfairerweise so im Vorteil war, weil bei ihr alles zu spät war, während ich so absolut umwerfend aussah.

Sie hätte sagen sollen: »Lass die Finger von meinem Ehemann, kleines Mädchen«, doch dazu besaß sie viel zu viel Würde. Sie gestattete mir gnädigerweise, mich im unverdienten Rampenlicht der Jugend zu produzieren, und spielte lediglich auf die unausweichliche Gerechtigkeit an, die dafür sorgen würde, dass auch ich eines Tages die vierzigjährige Mutter sein würde, deren Ehemann nach einem Blick auf ein faltenloses Dekolleté giert. Und das ist alles, was ich damals war – ein faltenloses Dekolleté. Das ist mir jetzt klar.

Damals raufte ich mir die Haare vor düsterer Qual wegen der Größe und mangelnden Festigkeit meiner Brüste. Kleidergröße war mir furchtbar wichtig, als sei der Unterschied zwischen 38, 40 oder 42 eine Sache auf Leben und Tod. Aber wie damals Glenda Kierans, bin ich heute froh, wenn ich meine Brüste in einen bequemen BH packen und in meinem Schrank eine Hose finden kann, die nicht irgendeinen unerklärlichen Fleck aufweist. Die vereinzelten grauen Haare auf meinem Kopf, die irgendwann während meiner zweiten Schwangerschaft plötzlich auftauchten, rotten sich allmählich zusammen. In letzter Zeit haben die Falten die Haut zwischen meinen Brüsten nicht mehr nur gepachtet, nein, mein Busen gehört jetzt ganz ihnen. Inzwischen verhülle ich mich am Strand mit diesen lächerlichen T-Shirts mit Lichtschutzfaktor 50 und Extra-Schutz gegen UV-Strahlung und schmiere mich obendrein komplett mit Sunblocker ein. Zu spät aus Schaden klug geworden, das gebe ich zu, aber was soll man sonst tun? Aufgeben? Sich von Kevin ein bisschen nachhelfen lassen? Ich nicht. Jedenfalls noch nicht.

Die meisten von uns zwitschern gern mit fröhlicher Stimme, unsere wunderbaren Kinder seien all die Entstellungen, Verstümmelungen, Wunden und körperlichen Entwürdigungen wert – dass absolut hinreißende Körperteile überdehnt werden und erschlaffen, dass makellos glatte Bäuche aufgeschlitzt werden, feste, zarte Knospen von Brustwarzen zur Größe kleiner Teller auseinandergehen, und dass diese Dehnungsstreifen für immer sind.

»Es ist eigentlich erstaunlich, dass unsere Männer uns überhaupt noch ficken wollen«, sagt Helen, als hätte sie meine Gedanken gelesen.
»Ach, hör schon auf, Hel, das ist doch albern. Wir sind immer noch schön – nur auf andere Weise«, sage ich.
»Du meinst, eher wie ein Sumo-Ringer?«, fragt Dooly.
»Ich bin stolz auf meinen Körper«, sagt Ereka. »Ich weiß, er macht heutzutage nicht mehr viel her, aber er hat so viel gegeben, ohne dafür irgendeine Belohnung zu erwarten, er hat hart gearbeitet, viel weggesteckt, und er war so gütig und großzügig, mir zu erlauben, neues Leben auf diese Welt zu bringen.«
»Schön gesagt«, bemerkt Tam.
»Und ich glaube, dass Jake das zu schätzen weiß ...«, fügt sie sehnsüchtig hinzu.
»Ich hätte gern meinen Körper zurück«, sage ich. »Ich will ein eigenes Selbst, zu dem ich zurückkehren kann, eines Tages, wenn meine Arbeit als Mutter vollendet ist. Damit ich Kajakfahren gehen kann. Oder Wandern, in Spanien. Oder zu Fuß durch die Toskana, zusammen mit anderen älteren Frauen und Witwen, wenn meine Kinder flügge geworden sind und Frank auf seiner Yacht um die Welt segelt. Ich habe immer noch Pläne, auch wenn Sexappeal vielleicht nicht dazugehört.«
Die Mädels lachen leise.
Wir alle teilen dasselbe Schicksal – die Mutterschaft hat uns zwar unserer Würde beraubt, unserer straffen, unvernarbten Bäuche und unserer hochmütigen Brüste, doch das Schicksal war nicht nur grausam zu uns. Es hat uns für unsere Jugend mit etwas anderem entschädigt: Akzeptanz. Ich weiß, das ist

nicht sehr romantisch, aber es dämpft den Schmerz. Schön, wir haben vielleicht keine flachen Bäuche mehr, aber unsere starken Arme schaffen den nahtlosen Transport – vom Autokindersitz ins Bettchen –, ohne das Baby aufzuwecken. Die Brüste, die wir früher nur notdürftig mit Itsi-Bitsi-Teeny-Weeny-und-so-weiter-Bikinis bedeckten, ziehen vielleicht Männerblicke nicht mehr magisch an, aber sie haben dafür gesorgt, dass ein Baby zu weinen aufhört. Gut aussehende Männer jagen uns keine Angst mehr ein. Wir sind Mütter, Herrgott noch mal. Wir können mit dem allerletzten Feuchttuch einen Hintern pieksauber wischen, jegliche Spuren von Kotze von einem Kaschmirpulli entfernen und feststellen, ob ein Kind Fieber hat, indem wir nur seine Stirn mit dem Handrücken fühlen. Erlaubt euch bloß keine Dummheiten mit uns.

Hier, gemeinsam, werden die unaussprechlichen Geheimnisse des Mutterseins bloßgelegt. Dazu gehören die körperlichen Makel, die schrittweise immer schlimmer werden, wie Haare auf den großen Zehen, die die Kosmetikerin immer umsonst wegmacht, wenn sie einem die Beine enthaart, der Geruch unserer Binden, wenn wir unsere Tage haben, die Stellen, an denen uns die Haare ausgehen, die lauernden Wechseljahre, der unverkennbare Geruch des einen Tag alten Spermas unserer Männer, das aus uns herausrinnt, während wir Kinder irgendwo hinbringen und wieder abholen. Das sind Unschönheiten, die wir alle teilen, während wir möglichst so tun, als seien sie gar nicht da, und über die wir lachen können, bis wir weinen müssen.

Vor drei Jahren, als Tam sich operieren ließ, um ihre durch die Geburt verursachte Inkontinenz beheben zu lassen – sie konnte weder niesen, noch lachen oder husten, ohne sich ins Höschen zu machen –, legten wir alle zusammen und kauften ihr einen gigantischen Strauß rosa Rosen mit einer Karte, auf der stand: »Wenn du nicht als gutes Beispiel dienen kannst, musst du als abschreckende Warnung herhalten.« Und wenn wir alle zusammen sind und genug getrunken haben, veranstalten wir einen kleinen Wettbewerb: Wer hat den größten Kaiserschnitt-Hängebauch? Wessen Brüste sind am schlaffsten? Wessen Krampfadern am hässlichsten? Welche Dehnungsstreifen am abstoßendsten? Es endet immer damit, dass irgendjemand noch schlaffere Brüste hat als du, dein Hängebauch aber dafür größer ist, oder jemand wirklich grauenhafte Dehnungsstreifen vorweisen kann, deine Krampfadern aber schlimmer aussehen. Es ist tröstlich, einander all dieses Grauen zu zeigen, und tröstlich ist auch die Tatsache, dass keiner von uns das Schicksal des körperlichen Verfalls erspart bleibt. Und sobald eine von uns dabei allzu deprimiert wird, öffnen wir noch eine Flasche Wein oder fahren die nächste Platte voll fabelhaftem Essen auf.

Wir haben unter unseren Vorbildern gründlich ausgemistet. Vorbei sind die Zeiten, da wir uns eine Figur wie Bo Derek oder einen stahlharten Po wie Jane Fonda wünschten. Jetzt wissen wir, dass Frauen, die auf natürliche Weise altern, nicht aussehen wie Cher. Unsere neuen Heldinnen sind Jamie Lee Curtis, die neulich für eine Serie ungeschönter Fotos posierte, oder Maya Angelou, die gern witzelt, ihre Brüste hätten eine Wette laufen, welche von ihnen als Erste die Knie erreicht.

In dieser Batterie von Körpern im mittleren Alter, durchsetzt mit prämenstruellen, menstruellen oder postmenstruellen Hormonen, zählen wir insgesamt einundzwanzig Schwangerschaften (darunter vier Fehlgeburten), sieben Kaiserschnitte, zehn vaginale Geburten, und weiß Gott wie viele Tage des Bemutterns rund um die Uhr. Hunderte von Strafen, Auszeiten, Belohnungen und Versprechungen. Tausende von Küssen, Umarmungen und Beteuerungen: »Ich liebe dich bis zum Mond und wieder zurück.« Das ist eine beeindruckende Bilanz.

Das linke Bein des Kleinen Hasen ist nun vollständig wieder angenäht. Ich seufze und stecke ihn mit einem Gefühl tiefer Befriedigung wieder in meine Tasche, denn ich bin unübertroffen im Reparieren schlaffer, knautschiger Dinge – solange sie nicht an mir festgewachsen sind.

Helen steht auf. »Höchste Zeit, dass wir mal wieder was essen«, sagt sie. »Seid ihr Frauen, oder Feiglinge? Na los!«

Ich blicke auf meinen Bauch hinab, eine grässliche Warnung, wie obszön es ist, alt zu werden, und verbiete mir innerlich strengstens, auch noch Nachtisch zu essen.

Nein zu sagen ist manchmal die einzige Möglichkeit, uns zu zeigen, wie lieb wir uns haben – bis zum Kühlschrank und zurück.

15

Ein Buckel im Bikini

Abgesehen von Doolys vorwitzigem Finger und der einsamen Beere, die Tam gegessen hat, bleibt Tams Dessert unberührt. Die geschmolzene Schokolade ist, wie eine verdorrte alte Jungfer, über das lange Warten hart geworden. Ich fürchte, Tam wird das persönlich nehmen. Eines sollte ich ihr mal sagen: Wenn du willst, dass die Leute deinem Essen trauen, dann musst du ihm erst mal selbst trauen. Unsere Angst überschattet selbst unsere besten Absichten. Nichts kann Aufrichtigkeit ersetzen. Tam hat so viel Angst vor ihrem eigenen Nachtisch, dass sie uns unbewusst vermittelt hat, die Finger davon zu lassen. Die gefrorenen Beeren tauen schon an und bluten auf den Teller. Jetzt taugen sie nur noch für einen Smoothie.

Plötzlich habe ich dieses Kinderlied im Kopf über eine große, mutige Maus, die durchs Haus marschiert und verkündet, sie fürchte sich vor gar nichts ... außer Katzen ... Hunden ... Mäusefallen ... und so wird die Liste immer länger. Wie diese Maus, so fürchte auch ich mich vor gar nichts. Aber seit ich Mutter bin, ist meine Liste mit Ausnahmen ins Unermessliche gewachsen.

Ich gestehe, dass ich noch nie besonders mutig war. Ich bin von Natur aus eher nervös – ich habe Angst vor großen Wellen, vor dem Fliegen, vor Jungs in schnellen Autos,

Krebs, Achterbahnen, Betäubungsmitteln und so weiter. Außerdem habe ich schreckliche Angst davor, dick zu werden (verzeih mir, Ereka). Obwohl ich nach gewissen jugendlichen Maßstäben vermutlich schon dick bin, weigere ich mich, in diese Schublade gesteckt zu werden. Ich war einmal dünner. Bevor ich Kinder bekommen habe. Doch obwohl der Mythos vom Stillen als todsicherer Methode, Gewicht zu verlieren, mich allen Ernstes erwarten ließ, dass ich diese Schwangerschaftspfunde leicht wieder loswerden würde, purzelten sie nicht einfach nach der Geburt von mir ab wie eine kiloschwere alte Schlangenhaut. Nein, sie klammern sich eisern entschlossen an mir fest. Das verzerrte Gesicht meiner Hebamme, als sie meine Bauchmuskeln auseinanderriss, sagte mir klar und unmissverständlich, dass die Tage meines flachen, brettharten Bauches vorüber waren. Anstelle dessen habe ich jetzt einen Hängebauch. Ein Hängebauch, das muss ich zugeben, ist etwas, worauf ich lieber verzichtet hätte.
Als Helen also fragt: »Wer ist bereit für die Zabaglione?«, spüre ich eine Anspannung in meinem Bauch – irgendwo in der Nähe des Hängebauchs. CJ und Fiona sind vom Balkon zurück, und der penetrante Gestank von Zigarettenrauch schleicht sich mit ihnen herein. Rauchen. Schwierig, dieses Laster zu verbergen; seine qualmenden, verräterischen Spuren, ähnlich wie die einer zu dicht am Grillfeuer verbrachten Nacht, müssen sehr gründlich verwischt werden. Das erklärt Fionas Sauberkeitsfimmel. Schleicht sie sich bis ans Ende des Gartens, oder schließt sie sich im Gästeklo ein, um heimlich eine zu rauchen? Ich finde den Gedanken, sie könnte ein geheimes Doppelleben führen, sehr aufregend, und wenn es

sich nur um eine Pappschachtel mit dem Aufdruck dreht: »Rauchen kann tödlich sein.« Das ist mehr, als ich vorweisen kann. Manche von uns mustern Fiona misstrauisch – sie versuchen auszuschnüffeln, in welche anderen teuflischen Aktivitäten sie vielleicht heimlich verstrickt sein könnte. Rauchen. Kickboxen. Es ist beinahe, als führe sie wirklich zwei verschiedene Leben. Andere sind schon ganz unruhig vor Neugier darauf, endlich CJs Geschichte zu hören. Aber erst muss es Nachtisch geben.

Was Süßspeisen angeht, könnte ich es nie mit Helen aufnehmen, ich würde es nicht einmal versuchen. Sie ist die Königin der Maraschino-Kirsche, des letzten Eindrucks im Mund, der wogenden Geschmacksnoten von Vanilleschoten, Crème fraîche, Kakao und Erdbeeren. Wenn ich unter meinen Freundinnen als die Herrin alles Herzhaften gelte, so ist sie die Meisterin der Mousse. Willy Wonka hätte ihr die Schuhe geküsst.

Aber ich misstraue Desserts. Auf ähnliche Weise wie Süßholz raspelnden Männern. Desserts sind die Don Juans der Tafelfreuden, verführerisch, aber voll versteckter Kalorien, bescheren sie uns einen kurzen, sinnlichen Rausch, gefolgt von langem Elend auf der Badezimmerwaage. Ein Löffelchen voll Zucker versüßt vielleicht die bitt're Medizin, aber es lässt auch den Hängebauch noch tiefer hängen. Und meiner braucht da im Moment wirklich keinerlei Unterstützung mehr. Liz sieht natürlich nur etwas Lebensfreude auf einem Teller und lehnt herablassend ab, erfreut zu werden. Sie lächelt nur und sagt: »Nein, danke.«

Helen hat für heute Abend Zabaglione gemacht, das klassische italienische Dessert aus Eigelb, Zucker und Marsala, im Wasserbad zu einer schweren Creme verrührt. Die Perfektion dieses Desserts – das manche Menschen dazu gebracht hat, beim ersten Bissen vor Ekstase die Augen zu verdrehen –, erfordert eine entschlossene Gelassenheit, die mir einfach nicht gegeben ist.

Ich stehe auf und gehe in die Küche, um Wasser aufzusetzen – meine einzige Möglichkeit, diese Zabaglione-Falle zu umgehen, ist ein starker schwarzer Kaffee. Ich muss gestehen, dass ich eine Todesangst vor Helens Desserts habe.

Als ich mit einem dampfenden Becher ins Esszimmer zurückkehre, sitzen die Mädels am Tisch, schaufeln Helens zuckriges Meisterwerk in sich hinein, und CJ sagt gerade:

»... dachte, ich werde wahnsinnig ...«

»Moment mal, CJ«, sage ich. »Du kannst doch nicht ohne mich anfangen? Noch mal von vorn, bitte«, flehe ich. Ich quetsche mich mit einer Pobacke auf Helens Stuhl, obwohl unsere beiden Hintern eigentlich mehr sind, als ein bedauernswerter Stuhl bewältigen kann. Sie rückt beiseite, und ich stütze mich am Tisch ab.

CJ seufzt. »Ich habe gerade erzählt, dass meine beiden ersten Schwangerschaften nicht so toll waren. Tom wollte überhaupt nicht mit mir schlafen. Ich dachte, das sei normal ...«

Wir alle nicken, denn wir kennen die Besorgnis von Ehemännern, die den Sex verweigern, weil sie Angst haben, »dem Baby weh zu tun«.

»Also dachte ich, okay, das geht auch vorbei«, fährt CJ zwischen zwei Häppchen Zabaglione fort. »Manchmal war ich richtig verletzt. Er hat mich nicht einmal mehr berührt, oder meinen Bauch, solange ich schwanger war. Und er wollte auch nicht bei den Geburten dabei sein. Er sagte, er würde meine Fotze, wie er sich ausdrückte, nie wieder so sehen können wie vorher – das hätte mich wohl misstrauisch machen sollen.«

»Warum soll man es nicht ›Fotze‹ nennen?«, fragt Helen. »Mir gefällt dieses Wort.«

»Wirklich?« Fiona verzieht das Gesicht. »Ich finde es ... ordinär.«

»Ach, ich weiß nicht«, sage ich. »Kommt ganz auf die Umstände an ...«

»Ja, natürlich nur im richtigen Zusammenhang«, sagt Helen. »Funktioniert fantastisch als dreckiges Wort während dem Sex ...«

»Mich würde das nur abturnen«, sagt Fiona.

»Wenn du möchtest, dass Ben dich dort berührt, was sagst du dann – ›bitte streichle meine Vagina? Meine weiblichen Geschlechtsteile?‹«, fragt Helen.

Fiona schneidet eine Grimasse. »Ich brauche eigentlich gar keine Worte zu benutzen«, sagt sie und läuft rot an. »Mit Körpersprache kann man so viel ausdrücken ...«

»Ich finde, man braucht nie einen Mann zu bitten, dass er einem an die Muschi fasst«, sagt Liz. »Ihm sagen, dass er aufhören soll, ist eher das Problem.«

»Selbst, wenn du willst, dass er aufhört, musst du sie doch irgendwie bezeichnen«, sagt Helen.

»›Hör auf‹ reicht meistens völlig aus«, sagt Helen.

»Der Punkt ist, dass CJ damals *schwanger* war«, sagt Fiona mit überdeutlicher Betonung.

»Ja, man kann eine Vagina nicht als Fotze bezeichnen, wenn man schwanger ist«, stimmt Ereka zu. »Das ist einfach verdammt abfällig.« Die anderen, auch Helen und ich, nicken.

Ich wünschte, wir könnten diese Unterhaltung fortsetzen, damit ich dem Rätsel auf die Spur komme, wie unsere Genitalien in der Schwangerschaft in die entsexualisierte Heiligkeit des Vaginatums erhoben werden, um dann irgendwann nach der Geburt wieder auf gewöhnliche Fotzigkeit hinabzusinken. Aber wir haben CJs Geschichte unterbrochen, und da wir alle so lange darauf gewartet haben, hat »die wahre Geschichte« jetzt Priorität. »Bitte, erzähl weiter«, sage ich und sehe CJ an.

Begierig nimmt sie ihre Geschichte wieder auf.

»Tom wollte wieder Sex, kurz nachdem Liam und Jorja zur Welt gekommen waren, lange, bevor mein Körper wieder bereit dafür war, aber ich habe mitgespielt, weil ich wusste, dass er es braucht. Aber als ich dann mit Scarlett schwanger war, kam es mir so vor, als könnte er meine bloße Gegenwart nicht mehr ertragen. Ich bin überzeugt davon, dass er sich vor mir geekelt hat. Und ihr wisst ja, manchmal hat man etwas einfach so im Gespür ...«

»Intuition«, sagt Fiona.

»Weibliche Rechtshirn-Aktivität«, erklärt Tam.

»Ich wusste ziemlich früh, dass da etwas ganz und gar nicht stimmte. Er hat ständig lange gearbeitet und war noch schlechter zu erreichen als sonst. Wir hatten einen Termin für einen Ultraschall, zu dem er mich eigentlich begleiten sollte. Aber er ist einfach nicht gekommen. Ich habe ihn auf dem Handy angerufen, aber da ging nur die Mailbox dran. Als ich ihn endlich erreicht habe, hat er mir eine blöde Ausrede von wegen irgendeiner Besprechung aufgetischt. Also habe ich ihn an dem Abend damit konfrontiert. Ich habe ihn geradeheraus gefragt: ›Betrügst du mich?‹ Die Empörung, mit der er darauf reagiert hat, finde ich im Nachhinein verräterisch. Er hat mich als eifersüchtige dumme Gans bezeichnet. Als verrückt. Wahnsinnig. Paranoid. Hormongesteuert. Ich weiß gar nicht mehr, als was er mich alles beschimpft hat.«

Ich spüre ein Brennen in der Brust, teils deshalb, weil ich weiß, was jetzt kommt. Die Einsamkeit, die CJ beschreibt, das mangelnde Vertrauen in die eigene geistige Gesundheit, kommt mir bekannt vor wie ein uraltes Märchen – Frauen wurden schon seit Urzeiten gern als verrückt und hysterisch gebrandmarkt.

»Und wisst ihr was, er war so überzeugend, dass ich tatsächlich dachte, ich wäre verrückt. Ich konnte dieses Gefühl einfach nicht abschütteln, dass er eine andere hatte, aber jedes Mal, wenn ich ihn darauf angesprochen habe, hat er mich ausgelacht. Und ich habe Angst bekommen, ich könnte *tatsächlich* den Verstand verlieren, weil ich eigentlich immer auf meine Gefühle vertraut habe und nicht mehr wusste, was wirklich ist und was nicht.«

»Himmel!«, keucht Ereka. Sie ist erstarrt, den Löffel auf halbem Wege zum Mund.

»Wie bist du dahintergekommen?«, fragt Liz. »Gab es andere verräterische Hinweise?« Sie macht es sich bequemer. Schlägt ein Bein über.

»Das werdet ihr nicht glauben. Es war total simpel. Eines Abends stand er unter der Dusche und hatte sein Handy auf dem Bett liegen lassen. Ohne auch nur darüber nachzudenken, habe ich es genommen und auf Wahlwiederholung gedrückt. Ich hatte keine Ahnung, wen ich da anrufe, ob ein Kollege ans Telefon gehen würde oder sonst irgendwer, ich habe einfach auf die Taste gedrückt.«

»Und was ist passiert?«, fragt Helen gebannt.

»Eine Frau hat sich gemeldet. Und ich habe zu ihr gesagt: ›Bitte entschuldigen Sie, falls es sich hier um einen Irrtum handelt und ich mich anhöre wie eine Verrückte. Hier spricht Courtney-Jane Cranson, Tom Cransons Ehefrau. Haben Sie eine Affäre mit meinem Mann?‹«, sagt CJ mit verzerrtem Gesicht.

»Was hat sie gesagt?«, fragt Dooly.

»Einen Moment lang habe ich nur überraschtes Schweigen gehört, und dann hat diese Frau gesagt: ›Das tut mir so entsetzlich leid. Ich wusste nicht, dass er verheiratet ist.‹«

Keine von uns sagt ein Wort, während wir das verdauen.

»Ach, du Scheiiiiße …«, sagt Helen.

»Und ich habe gesagt: ›Ja, ist er. Er ist der Vater meiner beiden Kinder, Liam und Jorja, und wir erwarten unser drittes Kind in acht Wochen.‹«

»Puh«, sage ich.

»Und dann – ihr werdet's nicht glauben – dann hat *sie* angefangen zu weinen«, sagt CJ. »Das war so absurd. *Mein* Leben war gerade in Stücke gegangen, und *sie* hat geweint. Und wisst ihr was, sie hat mir leid getan. Ich habe ihr gesagt, ich sei mit ihm fertig, und sie könne ihn gern haben. Ich habe ihr unsere Adresse gegeben und gesagt, dass sie bitte herkommen und ihn abholen soll, weil er sonst nicht wissen würde, wo er die Nacht verbringen kann.«

»Das ist ja wie im Film«, sagt Dooly.

»Das war sehr tapfer«, sagt Fiona leise.

»Und als Tom aus der Dusche gekommen ist, lag sein Koffer auf dem Bett, und ich habe zu ihm gesagt: ›Pack deine Sachen und verschwinde aus meinem Leben und dem Leben unserer Kinder. Wir haben etwas Besseres verdient. Deine Freundin kommt gleich und holt dich ab.‹«

»Hat er es geleugnet?«, fragt Liz.

»Nein, hat er nicht.«

»Hat er gesagt, dass es ihm leid tut?«, fragt Ereka.

»Nein, hat er nicht. Er ist gegangen, und nur noch ein Mal wiedergekommen, um ein paar Sachen zu holen. Ich habe ihn wissen lassen, als Scarlett da war – nur, dass es ein Mädchen ist und Scarlett heißen wird. Das war ein Name, den er absolut grässlich fand, und ich habe ihm auch gleich gesagt, dass ich die Nachnamen aller unserer Kinder in meinen Mädchennamen ändern lassen werde. Und das war's dann«, sagt CJ und seufzt tief. Sie hat ihre zweite Portion Nachtisch noch nicht angerührt und sieht ihn nun mit anderen Augen. »Diese Geschichte hat mir wohl den Appetit verdorben«, sagt sie und schiebt das Schälchen von sich.

»Da hast du wirklich etwas Schlimmes durchgemacht«, sagt Tam und legt ihre Hand auf CJs. Fiona legt ihre Hand auf Tams. Ich lege die Hand auf CJs eine Schulter, und Helen drückt ihr die andere.

»Wisst ihr, das war meine größte Angst«, sagt CJ. »Ich hatte immer Angst, mein Mann könnte mich eines Tages nicht mehr lieben und mich verlassen. Und das hat er getan.«

»Du Ärmste«, sagt Tam leise. Augenblicke verstreichen, während wir alle im Geiste die emotionale Achterbahnfahrt von Untreue, Verlassenwerden und Zurückweisung nachvollziehen, die unsere Freundin meistern musste. Allein. Wir schließen die Reihen um sie, voller Hochachtung vor ihrem Mut. Sie ist eine Heldin. Wir lieben sie. Keine von uns wird sie je wieder verurteilen.

»Und vielleicht war ich irgendwie mit schuld an dieser Situation«, schnieft CJ.

»Ach, Blödsinn«, entfährt es Liz. »Das war nicht deine Schuld. Warum tun Frauen sich das immer an?«

»Ich weiß nicht«, sagt CJ kläglich.

»Manche Dinge entziehen sich unserer Kontrolle«, fährt Liz fort. »Untreue ist eine persönliche Entscheidung.«

»Kann sein«, sagt CJ. »Aber ich habe solche Angst davor, dass meine Kinder ganz allein dastehen werden, wenn mir etwas zustößt. Tom ist ihnen kein Vater. Er hat wieder geheiratet und hat jetzt zwei weitere Kinder.«

»Ich nehme deine Kinder auf«, sage ich zu ihr. »Falls dir etwas zustoßen sollte ...«

»Ja, wir kümmern uns um sie, wenn dir irgendwas passiert ...«, sagt Helen.

»Aber dir wird nichts passieren ...«, geht Liz dazwischen. »Du wirst keinen Krebs bekommen und nicht jung sterben ... das wirst du nicht.«

»Kann ich das schriftlich haben?«, fragt CJ.

»Anwälte«, sagt Liz kopfschüttelnd.

»Solche Ängste sind bei Müttern völlig normal«, sagt Tam. »Alle Mütter haben Angst davor, zu sterben und ihre Kinder im Stich zu lassen.«

Ich nicke heftig.

»... aber zumindest wisst ihr, dass eure Kinder Väter haben, die sich um sie kümmern werden, falls ihr sterbt«, sagt CJ, und Tränen laufen ihr über die Wangen.

»Du wirst *nicht* sterben«, sagt Ereka eindringlich.

»Du wirst dich noch lange gelegentlich mit uns besaufen«, sagt Helen.

»Nur gute Menschen sterben jung«, scherzt Liz.

CJ schnieft und lächelt gezwungen. »Ja ...«

Ich habe einen Kloß in der Kehle. Wie CJ, so erlebe auch ich das Muttersein als von intuitiver Angst geprägt. Ich beäuge die Zabaglione. Ich *muss* widerstehen.

»Wisst ihr, was mir Angst macht?«, sagt Fiona leise. »Wenn ich mit Gabriel allein bin, Ben geschäftlich verreist ist und Kirsty bei ihrer Mutter, dann bekomme ich Angst, ich könnte einen Schlaganfall erleiden oder einen Herzinfarkt oder so und auf der Stelle sterben, und wenn Gabriel mich dann findet, weiß er nicht, was er tun soll.«

»Weiß er denn nicht, wie man eins-eins-null wählt?«, fragt Tam.

»Schon, theoretisch, im Notfall. Aber was, wenn er es vor lauter Schock vergisst, weil er mich tot auf dem Fußboden liegen sieht? Was, wenn ihn tagelang niemand findet?«

»Wir hatten mal an der Uni eine Fallstudie mit einer alleinerziehenden Mutter, die an Asthma gestorben war«, erzählt Dooly. »Sie haben ihren Leichnam und ihr elf Monate altes Baby erst Tage später entdeckt. Das Baby war völlig verdreckt, ausgehungert und dehydriert.«

»O Gott, das ist ja eine grässliche Geschichte«, sagt Fiona. »Das ist meine größte Angst.«

»Aber Gabriel ist alt genug – er könnte den Kühlschrank öffnen und sich etwas zu Essen nehmen, und er kann allein auf die Toilette gehen«, sagt Liz.

»Ja, aber was ist mit dem Trauma, mich so zu finden?«, fragt Fiona.

»Du kannst sie nicht vor allem beschützen«, sagt Liz.

Und natürlich hat sie damit recht, aber wir alle wollen, dass unsere Kinder angstfrei leben, nicht gehemmt von zahllosen, schrecklichen Möglichkeiten des »Was wäre, wenn?«. Deshalb nehmen wir um ihretwillen unseren Mut zusammen. Wir versuchen, tapfer zu sein. Und wenn wir das nicht schaffen, lügen wir. Wir erzählen ihnen, wir hätten keine Angst vor großen Wellen (»Mir ist nur kalt, deswegen will ich nicht schwimmen gehen«); vor dem Fliegen (»Diese kleinen Pillen sind gegen Mamis Kopfschmerzen, Schätzchen. Fliegen macht ja so viel *Spaß!*«); Krebs (»Mami geht nur kurz ins Krankenhaus, damit der Arzt sehen kann, dass auch alles in Ordnung ist, du brauchst dir *überhaupt* keine Sorgen zu machen!«); Achterbahnen (»Jemand muss doch hier bleiben und die Taschen und die Eistüten halten«); Betäubungsmitteln (»Das ist, wie wenn man richtig schön tief schläft«). Aber unsere Kinder durchschauen diese dünnen Versuche und erkennen die nackte Wahrheit darunter. Man kann seine Ängste vor seinen Kindern ebenso wenig verbergen wie einen Buckel unter einem Bikini.

»Tyler hat mich neulich gefragt, wovor ich Angst habe, und ich habe behauptet, mir fiele nichts ein«, erzählt uns Dooly. »Und Luke hat gesagt: ›Ich weiß, wovor du Angst hast.‹ ›Und was ist das?‹, habe ich gefragt. Und er hat gesagt: ›Du hast Angst davor, dass Tyler und ich sterben.‹«

»Du lieber Himmel, er hat dich wirklich durchschaut, nicht?«, sagt Liz.

»Ich habe ihn gefragt, warum er so etwas sagt, und er hat

geantwortet: ›Weil wir deine Schätze sind. Das kostbarste auf der Welt für dich ... und weil du keine Kinder mehr bekommen kannst.‹«

»Der Kleine ist einfach zu schlau«, sagt Helen und leckt ihren Löffel ab.

»Ich kann den Gedanken überhaupt nicht ertragen, dass meine Kinder sterben könnten. Ich will diese zwei Wörter nicht einmal in demselben Satz denken«, sage ich. Es gibt einen jüdischen Aberglauben, der besagt, wenn man vom Tod spricht, müsse man dreimal ausspucken. Das soll Unglück abwehren. Ich spucke dreimal aus – natürlich in die entgegengesetzte Richtung der Zabaglione.

»Das ist ja ekelhaft«, sagt Helen zu mir.

»Soll aber Unglück abwehren«, erkläre ich.

»Wisst ihr, was komisch ist? Ich habe früher immer einen Rosenquarz um den Hals getragen«, sagt Ereka, »der bringt Glück und hat heilende Energie. Ich habe damit angefangen, als ich während der Schwangerschaft mit Olivia leichte Blutungen bekam«, fährt sie fort. »Ich war etwa in der neunten Woche, als das anfing. Und ich weiß noch, wie ich geweint und Gott angefleht habe. Lass mich dieses Baby behalten. Ich werde nie wieder an einem Bettler vorbeigehen, ohne meinen Geldbeutel zu zücken. Ich werde nie wieder ›Scheiße‹ sagen. Ich werde jeden Sonntag zur Kirche gehen. Ich werde ein Waisenkind in der Dritten Welt unterstützen und den Verkaufserlös meiner Bilder für Brunnenprojekte in Afrika stiften ... und dabei habe ich immer meinen Rosenquarz gerieben, als würde mir das Glück bringen.«

Wir alle denken stumm an dieselbe unaussprechliche Möglichkeit – dass diese leichten Blutungen vielleicht ein »Zeichen« waren –, aber wir schweigen ehrfurchtsvoll. Wir müssen mit unseren Wünschen vorsichtig sein.

»Es kam mir so ungerecht vor, dass ich mir ausmalte, welches Geschlecht ›mein Baby‹ haben und wie es aussehen wird, welcher Name vielleicht zu ihm passt, um dann fürchten zu müssen, dass es mir wieder weggenommen wird«, fährt sie fort. »Ich erinnere mich noch genau an den Moment, als ich endlich akzeptiert habe, dass ich nichts daran ändern kann, was auch passieren wird. Ich war im Auto unterwegs, und plötzlich ist ein Vogel auf meiner Motorhaube gelandet. Einfach so, als wäre er vom Himmel gefallen. Ich habe angehalten und den Vogel in meinen Schal gewickelt, ich dachte, er sei tot. Als ich nach Hause kam und gerade vor der Haustür stand, regte er sich und flog mir plötzlich aus den Händen davon. Und in diesem Augenblick habe ich mich einfach in mein Schicksal ergeben. Mir wurde klar, dass ich die Schwangerschaft nicht zwingen konnte, normal weiterzulaufen. Das war nicht meine Entscheidung.«

»Was für eine erstaunliche Geschichte«, sagt Fiona.

»Schon komisch, ich hätte es nie so interpretiert, wenn ein Vogel auf meiner Motorhaube gelandet wäre«, sagt Helen.

»Ich habe es als Zeichen aufgefasst«, sagt Ereka.

Helen zuckt mit den Schultern. »Dein Gehirn ist anders verkabelt als meines. Ich hätte den Vogel von meiner Motorhaube geschoben und wäre weitergefahren.«

»Ich finde, das ist wirklich eine erstaunliche Geschichte«, sage ich zu Ereka.

»Ja, das finde ich auch. Die Blutungen hielten noch ein

paar Wochen an, aber als ich zum ersten Mal beim CTG das Ga-lump, Ga-lump ihres Herzschlags gehört habe, ich sage euch, da habe ich geweint, als hätte es mir das Herz gebrochen.« Ereka lächelt bei dieser Erinnerung.

»Das ist wirklich etwas Besonderes, wenn man zum ersten Mal diesen Herzschlag hört ...«, sagt Dooly wehmütig.

Das ist es. Da sind wir uns alle einig.

»Was hast du mit dem Rosenquarz gemacht?«, frage ich Ereka.

»Ich habe ihn nach Olivias Geburt ins Meer geworfen«, sagt sie. »Er hat doch kein Glück gebracht, oder?«

»Das war bloß ein Stück Stein«, sagt Helen.

»Ja.« Ereka lächelt traurig.

»Du hättest ihn behalten sollen«, sage ich zu ihr.

»Das konnte ich nicht ... Ich wollte ihn los sein«, erwidert sie.

Ich nicke. Einige der Mädels essen weiter. In der Stille klimpern die Löffel am Porzellan.

Dann sagt Dooly leise: »Mir hat vor der Geburt gegraut. Ich hatte solche Angst vor den Schmerzen. Diese Geburtsvorbereitungskurse, wo sie einem eine Geburt auf Video zeigen, haben es für mich nur schlimmer gemacht – ich wünschte, ich hätte das nicht gesehen.«

»Bei mir hatte es genau den gegenteiligen Effekt«, sage ich. »Dieser Film hat mir geholfen, mich für eine natürliche Geburt zu entscheiden, mit der Hilfe von Hebammen.«

»Bist du wahnsinnig? Ohne Medikamente?«, fragt Liz.

»Na ja, ich wollte es auf die natürliche Weise versuchen, aber es lief nicht wie geplant.«

»Kaiserschnitt?«, fragt Fiona.

Ich nicke. »O ja. Nach vierunddreißig Stunden Wehen ...«
»Du musst verrückt gewesen sein, das so lange mitzumachen«, sagt Helen. »Was hast du dir dabei gedacht?«
»Dass ich eine natürliche Geburt wollte«, sage ich.
»Und was ist schiefgegangen?«, fragt Fiona.
»Jamies Kopf lag falsch, mein Muttermund hat sich kaum geweitet, und nicht mal eine Epiduralanästhesie hat geholfen.«
War es Hochmut? Arroganz? Kann sein, aber mir gefällt die Vorstellung, es könnte etwas Maßvolleres gewesen sein, wie Glaube oder Zuversicht, was mich davon abhielt, den von Angst geprägten allopathischen Weg einzuschlagen. Stattdessen traf ich alle Vorbereitungen für eine natürliche, vaginale, von einer Hebamme begleitete Geburt. Aber dieser Ausdruck erschöpften Mitleids im Blick meiner Hebamme, als sie mich leise tröstete: »Dieses Baby wird nur auf die Welt kommen, wenn wir es herausschneiden«, versetzte mich in eine Starre. Wie man einen Gegenstand den steifen Händen eines Toten entringt, so musste man mir die Wunschvorstellung von der Geburt, die ich meinem Kind bereiten wollte, gewaltsam entreißen. Ich hatte beweisen wollen, dass meine Mutter unrecht hat. Ihre Worte widerlegen, dass »Frauen im Kindbett sterben. Es ist unverantwortlich von dir, dein Leben und das deines Kindes mit einer Hausgeburt aufs Spiel zu setzen.«
Jetzt, mit Ereka als einer meiner besten Freundinnen, weiß ich es besser. Angefacht von ein paar Büchern über sanfte und natürliche Geburt, hegte ich den arglosen Wunsch, eine andere Erfahrung der Geburt zu erleben, als meine

Mutter sie mir aus ihrer Erinnerung geschildert hat, doch dieser Wunsch hätte einen sehr unglücklichen Ausgang nehmen können. Den Ausgang, vor dem meine Mutter mich gewarnt hatte: »Es kann immer etwas schiefgehen.« Das war die eine Lebensphilosophie, die ich widerlegen wollte. Ich habe es nur dem gleichgültigen Schicksal zu verdanken, dass mir mein Baby doch noch gesund in die Arme gelegt wurde.

In den Wochen nach Jamies Geburt rief diese Erkenntnis bei mir eine Reihe von Panikattacken hervor, die sich schließlich als Flugangst niederschlugen, und in zwanghaften Gedanken an den Tod. Bevor Jamie geboren wurde, hatte ich nur Angst davor, kein normales, gesundes Baby zu bekommen. Ich stellte mir vor, dass ich nach der Geburt keine Angst mehr haben müsste. Ha! Die Erleichterung, ein normales Baby geboren zu haben, wurde beinahe augenblicklich von einer Flutwelle von neuen Ängsten fortgespült: Angst vor dem plötzlichen Kindstod. Angst vor Fieber. Angst vor Austrocknung. Angst, sie könnte ersticken. Angst, ich könnte sie ersticken. Angst, sie könnte aus dem Bett fallen. Angst vor Allergien. Angst vor Stürzen. Angst vor Unfällen. Angst, sie könnte ertrinken. Meine Freude darüber, Mutter zu sein, war ein winziges Fleckchen auf dem Radar, verglichen mit dem Geschwader von Ängsten, die sich ungebeten eingestellt hatten.

»Ich habe die Termine für die Kaiserschnitte jedes Mal bei der ersten Schwangerschaftsuntersuchung gemacht«, sagt Liz. »Meine beiden Kinder sind schnell und leicht zur Welt gekommen, ich brauchte nicht auf dieses oder jenes zu hoffen. Warum quält ihr euch mit all diesem Mist? Es ist schwer genug, auch ohne diese ganzen zusätzlichen Sorgen und Ängste.«

»Eine natürliche Geburt hat viele Vorteile«, springt Tam ein.

»Zum Beispiel? Eine überdehnte Vagina? Einen Dammschnitt? Stundenlange, unerträgliche Schmerzen?« Liz lacht.

»Eine Geburt ohne Medikamente, zum einen«, sagt Tam. »Und das Gefühl, etwas geleistet zu haben, es so gemacht zu haben, wie die Natur sich das gedacht hat, ohne all diese Eingriffe von außen.«

»Wenn es diese Eingriffe von außen nicht gegeben hätte, wären Jo und Jamie wahrscheinlich im Kindbett gestorben«, sagt Liz. »Was hat das mit dem Gefühl zu tun, etwas geleistet zu haben?«

»Ja, es nur lebend und an einem Stück zu überstehen, gibt einem bereits das Gefühl, etwas geleistet zu haben«, sage ich. »Aber Kinder zu bekommen, hat mich verletzlicher gemacht, als ich es mir je vorstellen konnte.«

Um mich herum nicken Köpfe zustimmend.

»Vielleicht geht es beim Kinderkriegen vor allem darum«, sagt Fiona. »Darum, dass wir uns unserer Sterblichkeit stellen.«

»Sich der Sterblichkeit im Allgemeinen stellen, Punkt«, sagt Ereka. »Ich meine, einfach nur ein Kind zu gebären, ist schon so, als würde man seine schlimmste Angst – dass ihm etwas Schreckliches passieren könnte – offen in den Raum stellen.«

Fiona beginnt, sich das lange Haar zu einem Zopf zu flechten. Wir alle beobachten sie, gebannt von ihren rhythmischen Handbewegungen.

»Ein Kind zu verlieren, muss das Schlimmste sein, was Menschen zustoßen kann«, sagt Helen.
»Was könnte schlimmer sein?«, fragt Dooly.
»Ihr müsst dreimal ausspucken«, sage ich zu den Mädels. Fiona, Dooly und Ereka gehorchen. Liz schüttelt den Kopf. Helen schnaubt nur.
»Ich habe früher mit einer jungen Frau zusammengearbeitet, Tharshni hieß sie«, sage ich. »Sie war wunderschön und klug, eine Tochter, auf die jede Mutter wahnsinnig stolz wäre. Sie studierte Jura, und eines Tages, auf dem Heimweg von der Uni, wurde sie vor ihrem Haus von einem Auto überfahren. Ihre Mutter kam aus dem Haus gerannt und hielt sie an sich gedrückt, während sie auf den Notarzt warteten«, erzähle ich. Dann zögere ich. »Sie ist in den Armen ihrer Mutter gestorben.«
Nun herrscht Schweigen unter meinen Freundinnen.
»Könnt ihr euch irgendetwas Traurigeres vorstellen?«, frage ich.
Alle haben aufgehört, ihren Nachtisch zu essen. Meine Freundinnen sehen mich an und schütteln den Kopf.
Liz bricht das Schweigen. »Wenn dein Kind schon sterben muss, in wessen Armen soll es dann sterben? In deinen oder denen eines Fremden?«
Ich sehe sie mit großen Augen an. Was sie gerade gesagt hat, klingt überraschend tröstlich.
»Du hast recht, Liz«, sage ich. »So habe ich das noch nie betrachtet.«
»Hör auf, so morbides Zeug zu reden, und iss endlich deinen Nachtisch«, sagt Helen zu mir.
»Ja«, fallen meine Freundinnen ein.

Ich nehme mir ein Schälchen und einen Löffel. Ich bin entsetzt darüber, wie ängstlich, verletzlich und ausgeliefert ich mich als Mutter fühle. Aber abgesehen davon, dass meine Kinder sterben könnten … und ich sterben könnte … und großen Wellen, dem Fliegen, Jungen in schnellen Autos, Krebs, Achterbahnen und Betäubungsmitteln … fürchte ich mich vor gar nichts.

Außer vielleicht vor Helens Desserts. Und aus dem Chor von »Mmm«s und »Aah«s um mich herum zu schließen, ist dieses hier ziemlich fatal. Ich nähere mich der Zabaglione vorsichtig, den Dessertlöffel verteidigungsbereit erhoben.

16

Die Vagina-Dialoge

Ich versuche, nicht an diese Jeans zu denken, in die ich mich seit einem Jahr zu quetschen versuche, als ich mir eine zweite Portion Zabaglione in mein Schälchen löffle.
Da ich gelegentlich zu Angstneurosen neige, gehe ich meistens lieber auf Nummer sicher. Aber beim Essen bin ich abenteuerlustiger und lasse mich leicht dazu überreden, alle Vorsicht über Bord zu werfen und mein Glück auf die Probe zu stellen, sagen wir, mit einer kalten Melonensuppe. Oder Fleisch auf meinem Teller, das irgendwann einmal gequiekt oder gewiehert hat, statt zu muhen oder zu meckern. Es gibt Menschen, die damit zufrieden sind, bei Erdnussbuttertoast und Spaghetti mit Hackfleischklößchen zu bleiben, und sich nie fragen, wie Ziegenkäse mit Koriander und Steinpilzen oder Schlammkrabbe mit schwarzem Pfeffer und grüner Papaya-Salsa schmecken könnte. Ich persönlich würde Sex mit diesen Leuten vermeiden.
Kochsendungen rufen bei mir meist eine ähnliche Reaktion hervor wie Hard-Core-Pornos bei anderen Menschen. Wie Jamie Oliver mit einer Forelle umgeht, mit welcher Leidenschaft Ainsley Harriott frische Kräuter preist, oder Nigella Lawsons schamlose Extase über einem Topf köchelnder Muscheln, so etwas macht mich scharf, ich gebe es zu. Nigella Lawson? Die Frau bekommt doch praktisch

einen Orgasmus, wenn sie Aubergine mit Kreuzkümmel kostet. Und heute ist so ein Abend, an dem es mir egal ist, wer erfährt – Helen hat es vermutlich ohnehin schon ausgeplaudert –, dass ich in meinen sexuell abenteuerlichen Jahren auch ein- zweimal etwas mit Frauen hatte.
Seit mir Helen letztes Jahr dieses saftige Stückchen meiner persönlichen Geschichte entlocken konnte, bohrt sie ständig nach Einzelheiten. Lesbischer Sex ist eines ihrer liebsten Gesprächsthemen, und sie fängt spätestens alle zwei Wochen davon an. Die Geschichten meiner Affären findet sie ungeheuer unterhaltsam. Ich habe ihr erzählt, sie sollte das Thema endlich hinter sich bringen und es selbst mal mit einer Frau versuchen, aber jetzt, da sie wieder schwanger ist, wird das wohl bis zu ihrem nächsten Leben warten müssen. Helen wird noch auf dem Sterbebett bereuen, nie mit einer Frau geschlafen zu haben, aber in dieser Hinsicht hätte sie sich wirklich austoben sollen, bevor sie Kinder bekam. Wenn man Mutter wird, könnte man mitsamt den vielen Windeln auch gleich alle seine sexuellen Fantasien zum Trocknen aufhängen, die über heterosexuelle Monogamie hinausgehen. Außer natürlich, man macht es so wie meine Cousine Deidree und bekommt Kinder, lässt den Mann sitzen und zieht Anfang vierzig mit einer Frau zusammen.
Zwischen Löffeln voll Zabaglione steuert Helen nun das Schiff unserer Freundschaft in die Untiefen lustiger Anekdoten, als eine Art Erholung nach den Ozeanen von Traurigkeit, die wir gerade überquert haben. Sie bohrt und piekst, wie ein Kind, das dieselbe Geschichte zum hundertsten Mal hören will. »Also, Jo, erzähl uns doch mal, wie das ist, mit einer Frau zu schlafen.«

Bevor ich auch nur darüber nachdenken kann, ob ich mitspielen, mir eine wüste Geschichte ausdenken oder ihr sagen soll, dass sie das vergessen kann, meldet sich Ereka zu Wort: »Kann ich nur empfehlen.«

Wir alle drehen uns nach ihr um. Ich lächle – das hätte ich mir denken können. Sie ist schließlich ein verdammter Hippie.

»Nein!«, japst Helen. »Du, Ereka?« Und sie wirft sich vor Lachen auf ihrem Stuhl zurück.

Liz macht große Augen, aber Fiona und CJ lachen mit, voll lüsterner Vorfreude. Wie unersättlich unsere Neugier ist, wenn es um die fleischlichen Eskapaden anderer geht.

»Wollen nicht alle Frauen irgendwann mal Sex mit einer Frau?«, fragt Ereka.

»Ich nicht«, sagt Liz (siehst du, ich habe doch gesagt, dass sie irgendeine sinnliche Behinderung hat).

»Wie ist denn der Oralsex so?«, fragt Helen, begierig auf Details.

»Sehr nass«, sagt Ereka.

Dooly und Helen kichern wie alberne Teenager.

»Natürlich ist er nass«, sagt CJ. »Was sollte Oralsex denn sonst sein? Kein trockenes Fleckchen meilenweit.«

»Nein, aber es ist doch nasser, als man erwarten würde«, sagt Ereka ganz ernst.

»Mit wem hast du denn geschlafen?« (CJ will das wissen.)

»War es ein One-Night-Stand oder eine Beziehung?« (Das ist Tam.)

»Warum bist du überhaupt wieder zu Männern zurückgekehrt?« (Doolys Frage.)

Ereka nimmt diese geballte Neugier gleichmütig auf und

lässt sich nicht auf die Niederungen zudringlicher Wissbegierde ein. Nein, sie verhält sich so würdevoll, wie es eben möglich ist, wenn einen die Freundinnen nerven, weil man seine Vorliebe für andere Frauen entdeckt hat.

»Habt ihr so einen Dildo zum Anschnallen benutzt?«, fragt Helen.

»Also, beim lesbischen Sex spielt die Penetration eigentlich keine Rolle«, sagt Ereka, der es gelingt, sogar dieser Frage mit einer ernsten Antwort zu begegnen.

»Ach, komm schon«, sagt Helen.

»Pornographie wird für männliche Zuschauer konzipiert, nur deshalb sieht man in Pornos immer Frauen, die es sich gegenseitig mit Anschnall-Dildos besorgen – das ist nur ein Ersatz für echte Penisse, weil Männer glauben, dass Frauen so etwas wollen. Aber das stimmt nicht«, meldet sich Fiona zu Wort.

Wir sehen sie an.

»Was denn?«, fragt sie schulterzuckend.

»Woher weißt du, was Frauen wollen?«, fragt Helen.

Sie lächelt. »Eigentlich weiß ich das nicht …«, dann errötet sie. »Na ja, gut, wenn Küssen und so auch zählt …«

Helen kreischt: »Nein, das glaub ich nicht! Du auch? Was ist denn hier los? Und warum habe ich nichts davon abgekriegt?«

»Es ist nie zu spät«, sagt CJ.

»Ich glaube nicht, dass David allzu begeistert wäre, wenn ich ihm sage, dass ich Sex mit einer Frau haben will. Außer vielleicht, wenn er auch mitmachen dürfte …«

»Und das wäre dann nicht mehr der Sinn der Sache«, sagt Ereka.

Ich zähle rasch nach. »Ich bin eins, Ereka zwei, und Fiona macht drei – höre ich eine vier? Bietet jemand vier?«
»Es war aber kein richtiger Sex«, sagt Fiona.
»Du und Bill Clinton seid der Sache sicher nahe genug gekommen«, sagt Helen. »Also, noch jemand?«
»Helen kannst du ruhig mitzählen, so scharf wie sie darauf ist«, fügt Fiona hinzu, die wohl nicht recht weiß, ob sie es erträgt, zu dieser seltsamen Truppe von Müttern mit lesbisch angehauchter Vergangenheit gezählt zu werden.
»Aber mit wem sollte ich es denn machen?«, fragt Helen.
»Wie wäre es mit dieser großen Brünetten aus der Vorschule – wie heißt sie gleich? Jacqui?«, schlägt Ereka vor.
»Jacqui Senderwood?«, fragt Helen.
»Ja, die Mutter von Samantha«, sagt Ereka.
Jacqui Senderwood ist eine dieser Mütter, die Laufschuhe und ein schwarzes, eng anliegendes Sport-Outfit tragen, wenn sie ihr Kind zur Vorschule fahren. Im Sommer enthüllt ihr nackter Bauch Muskeln, die man unwillkürlich berühren will. Sie ist braun gebrannt und schön und sexy, obwohl sie zwei Kinder hat. Außerdem ist sie ein wenig arrogant und unfreundlich. Sehr begehrenswert.
»Nee, die ist nicht mein Typ«, sagt Helen. »Erinnert mich zu sehr an einen Mann. Ich glaube, ich hätte lieber eine mädchenhafte Frau.«
»Es würde dir bestimmt Spaß machen, mit ihr zu knutschen«, stichelt CJ. »Und stell dir nur mal vor, wie du diese ganze Zickigkeit zum Schmelzen bringen könntest, wenn du es ihr mit dem Mund machst ...«
Helen schweigt und stellt sich das anscheinend plastisch vor. So ganz desinteressiert ist sie nicht.

»Hört euch doch bloß mal an«, sagt Tam nervös.
Wir alle unterbrechen unsere Gedanken und sehen sie an.
»Wir sind Mütter, Herrgott noch mal! Ich finde es wirklich nicht gut, was hier geredet wird. Stellt euch nur vor, unsere Kinder könnten uns hören.«
»Tam, deine Kinder sind nicht hier, und du kannst jetzt mal für einen Moment aufhören, Mutter zu sein. Du brauchst einen ordentlichen lesbischen Fick«, sagt CJ zu ihr. Wir kreischen vor Lachen. Tam errötet sichtlich.
»Das hat mich nie interessiert«, sagt sie.
»Tam will 'ne Lesbe, Tam will 'ne Lesbe«, mokiert sich CJ in spöttischem Singsang.
»Will ich nicht, wozu auch? Ich finde die Vorstellung eher abstoßend«, gibt Tam zurück. »Und wenn es wirklich so toll ist, warum hast du dann keine Affäre mit einer Frau, wo Männer doch alle Schweine sind?«, fragt Tam CJ und lenkt damit geschickt von sich ab.
»Ja, warum?«, fragt Helen, die gleich dabei ist.
»Warum?«, fragen wir alle durcheinander.
»Mir ist eben noch nicht die Richtige begegnet«, sagt CJ.
»Und außerdem, seien wir doch mal ehrlich, nichts ist besser als ein schöner, harter Schwanz«, sagt Helen.
»Wie der hier?«, fragt CJ, greift in ihre Tasche und holt Harvey hervor. Sie stellt ihn auf den Tisch, direkt neben ihr fast leeres Zabaglione-Schälchen. Wir alle haben Harvey bei unserem letzten gemeinsamen Restaurantbesuch kennengelernt. Wir saßen am Tisch, und Tam hatte sich gerade entschuldigt, um kurz zur Toilette zu gehen. Als sie wiederkam, ragte ein gewaltiger, geäderter, hellrosa Plastikdildo

aufrecht aus ihrem Teller Pfannengemüse. Ich weiß nicht, wem das peinlicher war, Tam oder der armen Kellnerin, die mit einem Stapel schmutziger Teller auf dem Weg zur Küche an uns vorbeiging. CJ nennt ihn Harvey, weil sie seit *Das Piano* behauptet, dass kein Mann jemals Harvey Keitels Verführung von Holly Hunter übertreffen wird – ein Standard, der »doch offensichtlich existiert, und sei es nur im Kopf irgendeines Filmemachers«. Ich habe sie darauf hingewiesen, dass bei diesem Film eine Frau Regie geführt hat, aber sie hat diesen unwesentlichen Einwand beiseitegewischt. »Wenn du Romantik willst, küss eine Frau«, sage ich ihr seither immer.

Damals in dem Thai-Restaurant kochte Tam vor Verlegenheit und weigerte sich, noch etwas von diesem Teller zu essen, während CJ uns erzählte: »Harvey ist der zuverlässigste und, offen gestanden, befriedigendste Fick, den ich je hatte. Er kommt nie zu früh, er besorgt es mir ordentlich, und er ist leicht sauber zu halten – man kann ihn sogar in die Spülmaschine stecken« (wir kreischen angewidert). Trotzdem wollten wir ihn alle mal anfassen, also ließen wir ihn um den Tisch wandern, begleitet von ordinären Bemerkungen und Vergleichen mit »dem Original«, obwohl Tam behauptete, das sei »unhygienisch«, und wir sähen aus wie ein Haufen Lesben. In einer Tour jammerte sie, man würde uns nie wieder dieses Restaurant betreten lassen. Die meisten von uns genossen dieses flüchtige Gefühl, wie es wohl wäre, wieder Single zu sein – potenzielle Käuferinnen eines schönen, großen Dildos und nicht die permanent erschöpften, sexmüden, monogamen, nicht mehr ganz jungen Weiber, die wir waren.

Jetzt sagt Tam zu CJ: »Bitte tu das Ding weg.«
»Harvey ist sehr verletzt, weil du ihn nicht magst«, sagt CJ.
»Gib ihm einen Kuss zur Versöhnung«, sagt Helen, schnappt sich den Dildo und hält ihn Tam hin.
»Widerlich!«, sagt Tam. »Das Ding war in ... in CJs ...«
»Was?«, fragt CJ.
»In deiner Vagina«, sagt Tam.
»Und was hast du gegen CJs Vagina?«, fragt Helen. »Hm?«, fügt sie noch hinzu.
»Ich habe zufällig eine sehr hübsche Vagina – etwas zu wenig gebraucht und ein bisschen gedehnt nach drei Geburten, aber es ist trotzdem eine nette, ordentliche Vagina«, verkündet CJ.
Es erscheint mir ungut, vielleicht sogar ein wenig grausam, dass unsere arme Vagina so gegensätzliche Erwartungen erfüllen muss – beim Sex soll sie sich mit festem Druck anschmiegen, bei der Geburt jedoch dehnen wie ein gähnendes Nilpferdbaby. Pauschal betrachtet, ist der Durchmesser eines durchschnittlichen Penis nicht gerade ein Hinweis darauf, dass dieselbe Körperöffnung, in die er am besten hineinpasst, zur Not auch etwas von den Ausmaßen einer großen Lammkeule herausquetschen kann. Wenn sie das jedoch einmal getan hat, neigt der Gummi unserer Genitalien ein wenig zum Ausleiern. Und ausgerechnet dann, wenn unsere Männer so viel Bestätigung von uns brauchen, wie wir in unserer Erschöpfung noch aufbringen können, generieren ihre libidinösen Bemühungen etwa so viel erregende Reibung, als rühre man mit einem ziemlich dürren Zweig einen Eimer Farbe um.

»Wisst ihr, dass David nach Camerons Geburt doch tatsächlich den Nerv besaß, meinen Gynäkologen zu fragen, ob er mich wieder ein bisschen ›enger machen‹ könnte?«, sagt Helen.

»Zeig mir einen einzigen Mann, der das nicht denkt, auch wenn er sich nicht traut, es zu sagen«, erklärt CJ. »Die sind doch nie zufrieden, selbst wenn man den Rest seines Lebens damit zubrächte, diese albernen Beckenbodenübungen zu machen.«

»Was hat dein Gynäkologe dazu gesagt?«, fragt Tam Helen.

»Er hat David gesagt, er solle seinen Penis vergrößern lassen, falls es da ein Problem gebe«, sagt Helen kichernd.

»Geschieht ihm recht!«, sagt Fiona.

»Aber ist das ein Problem? Für euer Sexualleben?«, fragt Tam. »Kevin macht manchmal Vaginalrekonstruktionen nach einer Geburt.«

Darauf möchte ich wetten, denke ich.

»Es könnte, na ja, enger sein«, sagt Helen, »aber es geht auch so. Ich würde David nie vorschlagen, er solle seinen Schwanz vergrößern lassen. Ich liebe ihn so, wie er ist, also haben wir manchmal Analsex.«

»Wie bitte!?«, frage ich und starre Helen an. »Ihr habt *was?*«

»Analsex«, sagt sie und zuckt mit den Schultern. »Ist gar nicht so übel.«

»Widerlich«, sagt Tam.

Ich sehe mich gezwungen, Tam zuzustimmen. »Was könnte übler sein als Analsex?«, frage ich. »Das liegt an den vielen Pornos, die David sich anschaut. Als Nächstes will er dich

in schwarzem Leder mit Latexmaske sehen oder mit der Peitsche in der Hand über dir stehen. Du musst ihn zwingen, diese Pornosammlung wegzuwerfen«, sage ich. »Und außerdem hast du mir das noch nie erzählt«, füge ich hinzu.
»Warum hast du mir das nie erzählt?«
»Du hast nie danach gefragt«, sagt sie. »Und ich sehe diese Pornofilme auch gerne.«
»Was ist denn so schrecklich an Analsex?«, fragt CJ. »Hauptsache Sex, wo, ist mir egal.«
»Ich glaube nicht, dass ich Analsex haben könnte«, sagt Ereka. »Ist das nicht ... unhygienisch?«
»Auch nicht unhygienischer als normaler Sex«, sagt Helen. »Männer sind total scharf darauf.«
»Ich verstehe nur nicht, wie du scharf darauf sein kannst«, sage ich zu Helen.
»Hast du es denn schon mal versucht?«, fragt sie.
»Nein, weil ich schon die Vorstellung abstoßend finde.«
»Aber wir kannst du es so ablehnen, wenn du es noch nie ausprobiert hast?«, fragt sie.
»Ja, das sieht dir gar nicht ähnlich«, sagt Liz. »Du hast doch sonst alles ausprobiert, nach dem, was ich so gehört habe ... also, was soll's?«
»Ich habe es ausprobiert«, sagt CJ. »Tom fand es so toll – aber man muss in der richtigen Stimmung sein. Ich verstehe nur eines nicht, Jo: Du bist so ein sinnlicher, sexuell aufgeschlossener Mensch. Warum regst du dich so darüber auf?«
Die Mädels sehen mich an. Ich komme mir albern vor und finde gerade keine Erklärung dafür, warum die Vorstellung, mit dem Gesicht nach unten vor Frank zu knien, der mich besteigt wie ein Hund, irgendwie ... ziemlich ulkig ist. Ich

würde CJs Beschreibung meiner Person als sinnlich und aufgeschlossen gern behalten. Also kann ich entweder zugeben, dass Analsex völlig okay ist, und diese großzügigen Attribute retten, oder riskieren, dass sie mir wieder weggenommen werden wie frisch gebackene Kekse, die ich nicht essen darf.

»Ich brauche keinen Sex mit einem Hund zu haben, um zu wissen, dass ich keinen Sex mit einem Hund haben will«, sage ich schwach.

»Das ist nicht dasselbe«, sagt Helen. »David findet es scharf, und ich finde es scharf«, sagt sie und steht auf. »Und es gibt frische Feigen, vier Sorten Käse und kandierten Ingwer für alle, die sinnlich und aufgeschlossen sind«, verkündet sie und geht in die Küche.

»Lass dir lieber die Muschi enger machen, wenn das das Problem ist«, rufe ich ihr flehentlich nach. Und dann hebe ich meine Stimme, damit sie mich in der Küche hören kann: »Meine Gynäkologin hat mir gesagt, dass ich nie wieder eine feste Muschi haben würde, wenn ich vaginal gebäre. Du hättest dich eben für Kaiserschnitte entscheiden sollen«, rufe ich.

»Hat er das tatsächlich gesagt?«, fragt CJ.

»*Sie*«, sage ich. »Ich gehe nur zu weiblichen Gynäkologen. Und ja, das waren ihre Worte«, erkläre ich. »Nur eine Frau wäre ehrlich genug, einem die Wahrheit zu sagen.«

»Gott segne sie«, sagt CJ.

»Vermutlich sind ihr Kaiserschnitte lieber als natürliche Geburten«, sagt Liz, ganz Geschäftsfrau. »Ich wette, sie ermuntert alle ihre Patientinnen zum Kaiserschnitt.«

»Du bist so beschissen zynisch«, sage ich zu ihr.

»Realistisch, danke«, erwidert sie.

»Ich könnte nie zu einer weiblichen Frauenärztin gehen«, sagt Tam, die sich praktisch windet vor Verlegenheit, und sich an ihrem Wasserglas festhält.
»Warum nicht?«, frage ich.
»Es käme mir sehr seltsam vor, wenn eine Frau da unten herumstochert.«
»Aber sie benutzen dieselbe Ausrüstung, also kennen sie sich besser damit aus«, sagt Ereka.
Tam zuckt mit den Schultern.
»Du leidest an Vagina-Phobie«, sage ich. Die anderen lachen, nur Tam nicht. Helen kehrt ins Esszimmer zurück mit einer Käseplatte, frischen Feigen und dazwischen verstreuten Stückchen von kandiertem Ingwer, die einfach himmlisch duften.
»Ja, du willst nicht mal Harvey anfassen, weil er in meiner Vagina war«, sagt CJ.
»CJ, ich trinke auf deine wunderbare Vagina«, sage ich, greife nach dem Karamell-Likör und schenke mir nach. Sofort werden mir weitere Gläser entgegengestreckt. Ich fülle alle auf, und wir stoßen an.
»Auf CJs wunderbare Vagina«, sagen wir und kippen unseren Schnaps hinunter.
»Und was ist mit meiner wunderbaren Vagina?«, fragt Ereka.
»Auf die trinken wir auch«, sage ich, und wir stoßen erneut an und trinken auf Erekas.
»Und was ist mit deiner?«, sagt Helen zu mir. »Deine ist schließlich diejenige, der es nicht so gut ging.«
»Ja, wie geht es deiner Vagina?«, fragt Liz.
Sie spielen auf die Biopsie von vor ein paar Monaten an, die

notwendig war, weil beim Routine-Abstrich veränderte Zellen der Stufe III an meinem Gebärmutterhals entdeckt worden waren. Ich erschauere jetzt noch, wenn ich daran denke, wie leicht der freundliche Erinnerungsbrief »Ihr nächster Pap-Abstrich ist fällig« monatelang zerknüllt in meiner Handtasche hätte liegen bleiben können, bis ich endlich Zeit gefunden hätte, mich darum zu kümmern. Ich war eigentlich beim Arzt, weil Aarons Vorschule einen Impfnachweis verlangte, und der Pap-Test fiel mir erst ein, als ich schon fast wieder zur Tür hinaus war. Die Gewissenhaftigkeit, mit der ich früher für meine eigene Gesundheit sorgte, wurde von meinen neuen Angehörigen ziemlich verwässert – es ist keine Überraschung, dass junge Mütter am meisten gefährdet sind, an Gebärmutterhalskrebs zu erkranken – sie sind zu sehr mit kleinen Kindern beschäftigt. Wenn wir uns so um andere kümmern, vergessen Mütter wie wir gerne mal, dass wir uns auch um uns selbst kümmern sollten.

»Es geht ihr prächtig. Sie ist wieder ganz die Alte, nach sechs Wochen Ausfluss, den ich euch nur ungern beschreiben würde. Und wo wir gerade dabei sind, habt ihr alle pünktlich euren Pap-Abstrich machen lassen?«, frage ich und blicke streng in die Runde.

Ich sehe drei Köpfe nicken – Fiona, CJ und Tam.

»Was ist mit den übrigen?«

»Ich habe schon einen Termin im nächsten Monat«, sagt Liz.

»Und eine Mammographie?«, frage ich sie.

»Die mache ich nächstes Jahr«, sagt sie.

»Ich lasse einen Abstrich machen, sobald das Baby geboren ist«, sagt Helen.

»Ich geh ja, ich geh ja«, sagt Dooly zu mir. »Das ist nicht gerade mein liebster Grund für einen Arztbesuch«, sagt sie. »Ich finde diesen Abstrich demütigend und unangenehm, und der Name ist abscheulich – was ist überhaupt Pap? Und was wird gestrichen?«

»Also, diese Untersuchung ist nach dem griechischen Arzt Papanicolaou benannt«, erklärt Tam. »Pap ist einfach nur eine Abkürzung für Papanicolaou.«

Wir sind ziemlich beeindruckt. All diese Vorträge und Seminare haben sich doch gelohnt. Aus Tam sprudeln Informationen hervor, die äußerst nützlich bei einer Quizshow wären wie *Wer wird Besserwisser?*.

»Er hat seine Frau dazu überredet, sie mit einem Spekulum untersuchen zu dürfen, jeden Tag, zwanzig Jahre lang«, fährt sie fort.

»Perverses Schwein«, bemerkt Helen.

»Das ist mal eine interessante Abwechslung beim Vorspiel«, witzelt Liz.

»Ich habe es ihm zu verdanken, dass ich heute noch hier sitze«, sage ich. »Also trinken wir auf Doktor Papanicolaou«, sage ich.

»Und auf unsere wunderbaren Vaginas?«, schlägt Dooly vor.

»Ja, unsere wunderbaren Vaginas sollten wir nicht vergessen«, sage ich.

Damit stoßen wir an und trinken auf alle unsere wunderbaren Vaginas, ein bisschen ausgefranst und müde, aber immer noch fabelhaft in Schuss. Und auf Doktor Papanicolaou, sein Spekulum und seine äußerst entgegenkommende Frau.

17

Penis inklusive

Harvey nimmt nun den zentralen Platz auf dem Tisch ein, zwischen dem blaugeäderten Roquefort, dem edel gealterten Cheddar, dem zerlaufenden Brie und dem fruchtigen Greyerzer. Ein dünnes Scheibchen von irgendeiner dieser Käsesorten, gepaart mit einer rosigen halbierten Feige, die man einfach nur mit einer wunderschönen Vulva vergleichen kann, dazu ein Stückchen kandierter Ingwer, das ist der Stoff, aus dem pure sinnliche Ekstase entsteht. Tam hat das Esszimmer verlassen (»Ich kann den Anblick von diesem Ding nicht ertragen«) und klappert in der Küche mit Wasserkocher und Bechern herum, um sich einen Kamillentee zu kochen, und danach, so sagt sie, »muss ich wirklich los«.

Harvey ist eigentlich nicht viel anstößiger als ein Zucchino oder eine Banane – wendet sie sich denn beim Gemüsehändler auch mit Grausen ab? Welch schrecklicher Ort diese Welt für jemanden sein muss, der angesichts phallischer Objekte vor Angst zittert. Vielleicht sollte sie ihre Prozac-Dosis erhöhen.

»Und, habt ihr nie das Bedürfnis, zu masturbieren?«, fragt CJ, aufgeheizt von den vielen Gläschen auf unsere wunderbaren Vaginas. Leute, die es nicht tun, reden darüber. Unablässig, so scheint es. Ihre Frage ist überflüssig, weil zu allgemein; sie liegt jetzt auf dem Tisch und wartet darauf, von jemandem aufgegriffen zu werden.

»Wie meinst du das?«, fragt Fiona, die vorsichtig eine Feige halbiert.

»Ihr habt Ehemänner, mit denen ihr Sex haben könnt, wann immer euch danach ist. Befriedigt ihr euch trotzdem noch selbst?« CJ hat sich von jedem Käse ein Stückchen abgeschnitten, interessiert sich jetzt aber mehr für die Unterhaltung als für die köstlichen Geschmäcker auf ihrem Teller.

»Du meinst, wie wenn man in einem Hotel ist und das Gefühl hat, man *muss* den Pool und die Sauna nutzen?«, fragt Dooly. CJ nickt und nimmt sich ein Stück kandierten Ingwer.

Ich kichere. »Frank erinnert mich oft genug daran: ›Willkommen in unserer Beziehung, der Penis ist inklusive – benutzen Sie ihn, sooft Sie wollen.‹« Ich lecke ein zähes Tröpfchen Brie von meinem Finger. »Aber meistens bin ich zu müde für Sex. Ich will nur ins Bett gehen und bis zum nächsten Morgen von niemandem mehr gestört werden.«

Die anderen nicken zustimmend.

»Wenn ich ins Bad gehe, um mich abzuschminken, betrachtet Jake das als Vorspiel«, sagt Ereka.

»Ich brauche nichts weiter zu tun, als mich nach den Socken der Kinder zu bücken«, sagt Helen mit dem Mund voll Greyerzer – oh, dieser fruchtige, nussige Geschmack. »Sie sind wie Hunde, die nur darauf warten, einen anzuspringen. Da hilft nur eines: Augenkontakt vermeiden.«

»Ihr seid alle so verwöhnt«, heult CJ. »Hast du dazu vielleicht ein paar Cracker?«, fragt sie dann Helen.

»Wir haben Feigen und Ingwer, meine Liebe. Cracker sind was für Kinder«, erwidert Helen.

CJ streckt ihr die Zunge heraus. »Arrogantes Miststück«, sagt sie.

Dooly hat sich einen Cheddar-Keil abgeschnitten und nagt nun daran. »Ich fände es schon manchmal schön, wenn Max ab und zu mal Sex wollen würde«, sagt Dooly. »Aber seine Medikamente haben seine Libido ruiniert.«

»Also, befriedigt ihr euch selbst?«, fragt CJ.

»Nein«, sagt Dooly. »Das ist langweilig.«

»Fang eine Affäre an«, schlägt Liz vor. Sie hat sich drei Feigen genommen, aber den Käse weggelassen. Ich könnte heulen über die Entbehrungen, die sie sich absichtlich zumutet.

»Nein, das könnte ich nicht«, sagt Dooly, die knabbert und knabbert.

»Warum nicht? Wenn er dich nicht befriedigt, warum suchst du dir nicht jemanden, der es kann?«, fragt Liz. Bei Liz weiß man nie, ob sie des Teufels Advokat spielt oder einfach krankhaft taktlos ist.

»Ich hasse Untreue«, sagt Dooly. »In der Hinsicht bin ich ein bisschen altmodisch ... und man kann auch ohne Sex überleben. Ich komme zurecht.«

»Niemand sollte ohne Sex überleben müssen«, sage ich. »Kannst du ihn denn gar nicht in Versuchung führen?«

»Womit denn?«, erwidert Dooly. »Mit Hängebrüsten und einem Schwabbelbauch? Ja, das bringt ihn sicher auf Touren.«

»Mit deiner wunderbaren Vagina«, sage ich.

»Ich glaube, ich würde lieber CNN gucken«, sagt Dooly.

Tam kommt mit einem dampfenden Becher in der Hand aus der Küche.
»Warum versuchst du es nicht mal mit so einem Sex-Chatroom im Internet?«, schlägt Helen vor und reicht mir eine dicke Feige, die sie mit einem winzigen Stück von jedem Käse gefüllt hat. »Meine Schwester sagt, das sei sehr lustig – sie ist da ständig unterwegs.«
»Sei bloß vorsichtig, da draußen gibt es eine Menge Perverse«, sagt CJ.
Ein paar von uns werfen ihr einen genervten »Ach, wirklich?«-Blick zu.
»Also schön, ja, ich habe das auch schon ab und zu gemacht ... was ist schon dabei? Ich bin Single, einsam und sexhungrig, also erspart mir euer Urteil«, sagt CJ.
»Nein, das käme mir auch so vor, als würde ich ihn betrügen«, sagt Dooly. »Mir fehlt nichts, wirklich. Sex ist mir nicht mehr so wichtig. Schlaf, das brauche ich heutzutage.«
»Mit jemandem übers Internet über Sex zu chatten, würde dir so vorkommen, als betrügst du Max?«, fragt Liz. Sie hat ein Stück Feige abgebissen, doch ihre Geschmacksknospen scheinen nicht begeistert zu sein.
»Ja, wirklich«, sagt Dooly, streckt sich nach der Weinflasche und schenkt sich auch gleich noch Karamell-Likör nach.
Liz schüttelt den Kopf. »Das sind doch nur Worte, keine Berührung, kein Austausch von Körperflüssigkeiten. Ich verstehe das nicht.«
»Liz, wie würdest du dich denn fühlen, wenn Carl stundenlang in irgendeinem Chatroom mit jemandem über Sex

quatschen würde?«, fragt Tam und nippt an ihrem warmen, uringelben Tee.

»Ganz ehrlich? Ich hätte kein Problem damit.«

»Ich hätte schon das Gefühl, dass Kevin mich betrügen würde«, sagt Tam.

»Mir wäre es lieber, wenn David so was in einem Chatroom macht, als wenn er hinginge und richtigen Sex mit einer anderen Frau hätte«, sagt Helen. »Ich meine, ich könnte vermutlich damit leben, wenn er das unbedingt braucht, aber nicht, wenn er mit einer anderen schlafen würde. Wenn er eine Affäre hätte, würde ich ihn verlassen und die Kinder mitnehmen.«

»Und wo ist da die Strafe?«, fragt CJ. »Solltest du ihn nicht mitsamt den Kindern sitzen lassen, um die er sich dann kümmern darf?«

»Ja, genau«, sagt Helen und kichert. »Könnt ihr euch das vorstellen? Nach einer Woche hätte er einen Nervenzusammenbruch.«

»Ich habe eine Freundin, deren Ehemann im Internet mit Männern gechattet hat. Er stand total auf Schwulenpornos«, sagt Fiona.

»Damit käme ich nicht klar«, sagt Tam. »Ich meine, ich würde mich sehr zurückgewiesen fühlen.«

»Aber er hat es ja nicht ausgelebt«, sagt Fiona.

»Kann er das beweisen? Ich hatte schon viele Mandantinnen, deren Männer alles Mögliche hinter dem Rücken ihrer Ehefrauen angestellt haben, ohne dass sie irgendwas gemerkt hätten. Und wahrscheinlich hat er sogar an andere Männer gedacht, während er es mit ihr getrieben hat«, sagt CJ.

»Womit ich überhaupt nicht klarkäme, wäre, wenn Frank sich als Transvestit entpuppen würde. Ich glaube, alles andere könnte ich irgendwie geregelt kriegen und verzeihen, aber wenn er sich daran aufgeilen würde, Frauenkleider anzuziehen, ich glaube, da wäre für mich Schluss.«
»Kannst du dir Frank in High Heels und Netzstrumpfhose vorstellen?«, fragt Helen und lacht. Wir beide fangen an zu kichern. Dooly gackert.
»Du würdest ihm eine Affäre also unter keinen Umständen verzeihen?«, fragt Liz Helen und unterbricht damit unser Gelächter.
»Auf keinen Fall«, sagt Helen.
Ich betrachte CJ aus den Augenwinkeln. Sie hat tapfer standgehalten und das Prinzip »Wer betrügt, muss gehen« durchgesetzt. Ich frage mich, was sie empfunden hat, sobald die Wogen der Untreue sich geglättet hatten und die glühende moralische Empörung den trüben Zwischentönen des Alltags gewichen war. Ist eine Art verschämte Reue in ihr emporgestiegen? Hat sie sich hin und wieder gefragt, ob sie und die Kinder nicht besser dran wären, wenn sie ihren Stolz heruntergeschluckt und um eine Versöhnung gekämpft hätte?
»Was ist mit eurer gemeinsamen Geschichte, euren gemeinsamen Werten, eurer Freundschaft?«, fragt Liz. Inzwischen hat sie die Feigen ganz verschmäht.
»Wenn das Vertrauen einmal zerstört ist, wäre es sehr schwer, wieder zusammenzufinden«, meint Fiona.
»Was ist mit einer emotionalen Bindung an jemand anderen?«, schlägt Liz nun vor. Sie lehnt sich mit verschränkten Armen auf ihrem Stuhl zurück.

»Noch schlimmer«, sagt Helen. »Sex ist eine Sache, aber wenn David eine richtige emotionale Beziehung zu einer anderen Frau hätte ... dann gnade ihm Gott. Und ihr auch.« Sie hebt das Käsemesser und hält es sich an die Kehle.

»Moment mal«, melde ich mich zu Wort. »Ich habe immer noch Gefühle für manche von den Männern, die ich früher mal geliebt habe. Ich habe nicht aufgehört, sie zu lieben, als ich Frank kennengelernt habe. Ich habe nur versprochen, dass ich nicht mehr mit ihnen schlafen werde ... Kannst du mir noch so eine Feige machen?«, bitte ich Helen. Sie tut es sofort.

»Und woher soll Frank dann wissen, dass du nicht an andere Männer denkst, während du mit ihm schläfst?«, fragt Liz.

»Das kann er nicht wissen«, sage ich.

»Hast du denn Fantasien über andere Männer?«, fragt CJ.

»Und Frauen, in deinem Fall.«

Ich antworte nicht direkt. »Das betrachte ich nicht als Untreue«, sage ich. »Jeder hat ein Recht auf eigene sexuelle Fantasien.«

»Und wenn Frank beim Sex mit dir an andere Frauen denken würde?«, fragt Liz.

Das halte ich für ziemlich unwahrscheinlich. »Solange er nicht ›Oh, Lucy‹ schreit, wenn er kommt, würde ich es ja nicht merken ...«

»Oder ›Oh, Patrick‹!«, wirft Helen ein.

»Ja, das wäre wohl ein ziemlicher Schock«, gebe ich zu. »Aber Hauptsache, er trägt keine Netzstrumpfhosen.«

»Also meinst du, was du nicht weißt, kann dich nicht verletzen?«, fragt Liz.

»Ja, ich denke schon …«, sage ich.

»Ich muss jetzt *wirklich* los«, sagt Tam, die ihren Tee ausgetrunken hat. Niemand beißt an. Sie rührt sich nicht.

»Und, worüber fantasierst du, wenn du masturbierst?«, frage ich CJ. Tams Blick folgt meiner Frage und richtet sich auf CJ. Sie geht nirgendwohin.

»Alles und jeden …«, sagt sie. »James Spader. Guy Sebastian. Eddie McGuire …«

»Du bist krank«, sagt Liz.

»Ich weiß nicht, woher du die Energie nimmst, überhaupt noch an Sex zu denken«, sagt Dooly zu CJ. »Ich denke kaum noch daran.«

»Ich denke ständig an Sex«, sagt CJ. »Wenn ich einen Zeugen ins Kreuzverhör nehme, wenn ich für einen Kaffee anstehe, wenn ich einkaufe … und Harvey ist nicht schlecht fürs Gröbste«, sagt sie. »Aber er kann mir nicht den Rücken streicheln. Und mir fehlt jemand zum Reden.«

»Ja, Rückenstreicheln und Reden wäre mir auch lieber als Sex, jederzeit«, sagt Helen.

»Zumindest brauchst du dich nicht wegen Verhütung zu streiten«, sage ich zu CJ.

»Warum benutzt ihr nicht einfach Kondome?«, fragt Fiona mich.

»Ich hasse den Gestank von Gummi. Sex sollte auch nach Sex riechen. Gerüche gehören zum Schönsten beim Sex«, sage ich. »Im ganzen Leben, um genau zu sein. Riecht nur mal diesen Käse, diesen Ingwer.« Damit atme ich praktisch die Feigenhälfte ein, die Helen mir eben gereicht hat.

»Ich nehme immer noch die Pille«, sagt Fiona.

»Ich auch«, sagt Ereka.

»Ich hasse es, jeden Tag daran denken zu müssen«, sagt Tam.

»Lasst euch doch eine Spirale einsetzen«, sagt Liz. »Dann ist die Sache gegessen, und niemand muss in letzter Minute an irgendetwas denken.«

»Auch dann bleibt die Verhütung immer noch uns überlassen«, sage ich.

»Wenn es darum geht, dass du schwanger werden könntest, wem würdest du die Angelegenheit dann lieber anvertrauen, einem unzuverlässigen Mann, oder dir selbst?«, fragt sie nüchtern. »Schaut euch doch an, wo das Helen hingebracht hat ...« Sie nickt in Helens Richtung.

»Ich dachte, ich wäre zu alt, um schwanger zu werden, und ganz ehrlich, wir schlafen inzwischen so selten miteinander«, sagt Helen.

»Wie oft denn?«, fragt CJ.

»Vielleicht einmal im Monat«, sagt Helen. »In einem guten Monat.«

»Was für eine Verschwendung, wo doch der Penis inklusive ist«, sagt CJ. »Und was ist mit dir, Liz?«

Liz holt tief Luft. »Immer, wenn Carl will«, sagt sie.

»Und wie oft ist das?«, bohrt CJ nach.

»Fast jede Nacht«, sagt sie.

Wir alle hören auf, Käse zu essen. Wir drehen uns zu Liz um. Helen bricht das Schweigen als Erste.

»Bist du von Sinnen?«, fragt Helen.

»Hast du denn Lust darauf?«, fragt Dooly mit großen Augen.

»Nach einem langen Arbeitstag? Du machst wohl Witze.

Ich will abends nur ein langes, heißes Bad, ein bisschen Zeitung lesen und eine Tasse Pfefferminztee …«
»Warum schläfst du dann mit ihm?«, frage ich.
Liz zögert, bevor sie antwortet: »Manche Leute müssen Pillen schlucken, um ihren Cholesterinspiegel im Griff zu behalten, und ich muss mit Carl schlafen, um ihn im Griff zu behalten. So ist es einfacher für mich.«
Wir alle blicken skeptisch drein. Ich bin ein bisschen schockiert, um ehrlich zu sein.
»Ich weiß, wie man Menschen führt«, sagt sie, »und ihn mit mir schlafen zu lassen ist eine Abkürzung, genauso, wie ich langwierige Verhandlungsprozesse im Büro am liebsten kurzfasse. Das ist einfach wesentlich effizienter. Und normalerweise ist es sehr schnell vorbei.« Sie blickt in die Runde. »Das solltet ihr alle mal versuchen …«
»Du meinst, du kommst dabei nicht?«, fragt Helen.
»Manchmal, das hängt von meiner Stimmung ab. Aber ich verrate euch allen einen kleinen Trick – Gleitcreme, und ehe ihr euch verseht, ist es vorbei, und ihr könnt weiter euer Buch lesen oder in Ruhe einschlafen.«
Vermutlich machen wir alle ein Gesicht, als hätten wir gerade einen Autounfall beobachtet. »*Was?*«, fragt Liz.
»Ich weiß nicht …«, sagt Fiona gedehnt. »Das hört sich einfach nicht so an, als sollte …«
»Mein Ehemann ist sexuell befriedigt, wir streiten sehr selten, und das ist das Rezept für eine glückliche Ehe«, sagt Liz. »Was ist mit dir, Ereka?«, fragt Liz auf der Suche nach einer Verbündeten. »Hast du nicht auch fast jeden Tag Sex mit Jake?«
Ereka lächelt. Sie und Jake waren schon als Kinder ineinan-

der verknallt. Er hat sich einer beständigen Liebe für sie hingegeben, als sie fast noch ein kleines Mädchen war, mit einer heranreifenden Sexualität, die er allein hegte, pflegte und zum Leben erweckte. Jake streichelt Ereka immer noch in aller Öffentlichkeit übers Haar oder hält ihre Hand. Für all jene, die nicht an Seelengefährten glauben, sind Jake und Ereka der unbestreitbare Beweis. Natürlich hat er ihren Wunsch nach einer Hausgeburt unterstützt. Und er verteidigt Ereka weiterhin seiner Familie gegenüber, die ihr die Schuld an allem geben, vor allem seine Mutter. Weil Ereka das Baby in Gefahr gebracht hat. Weil sie das Schicksal herausgefordert hat (als bräuchte es eine besondere Einladung, um zuzuschlagen). Weder Ereka noch Jake verharren in Selbstmitleid, trotz einer zutiefst menschlichen Sehnsucht nach dem Leben, das dem Rest von uns, mit »normalen Kindern«, geschenkt wurde. Der bequeme Weg.

Einmal habe ich Frank in einem intimen Augenblick gestanden, dass ich mich schuldig fühle, weil eine Frau wie Ereka in unserer Mitte praktisch die Statistik verkörpert, die uns anderen sicheres Geleit verspricht. Er hat gelächelt und gesagt: »Irgendjemand muss eben den kürzesten Strohhalm ziehen.« Ereka hat mir auch einmal gestanden, dass sie eine bizarre Erleichterung empfindet, Olivia bekommen zu haben. »Wenn deine schlimmste Angst Wirklichkeit wird«, hat sie gesagt, »ist es vorbei. Das ständige, ängstliche Warten darauf, dass etwas Schlimmes passiert, hört endlich auf, und du kannst mit deinem Leben weitermachen.«

»Wir schlafen oft miteinander«, sagt Ereka jetzt. »Nicht so oft wie am Anfang, aber ziemlich häufig. Manchmal liegen wir auch nur da und halten uns im Arm. Wir küssen uns viel.«

»Küssen?«, fragt Dooly. »Ich kann mich gar nicht erinnern, wann ich Max zuletzt geküsst habe. Ich meine, nicht nur ein Begrüßungsküsschen auf die Wange, sondern einen richtigen, tiefen Zungenkuss.«

»Wir küssen uns überhaupt nicht mehr«, sagt Helen.

»Ich will auch eigentlich gar nicht«, sagt Fiona.

»Ich brauche es nicht«, fällt Liz ein.

Wir seufzten. Wie sind wir nur alle an diesem Punkt angekommen, noch keine Vierzig und auf Schmuse-Entzug, in fanatischem Glauben an die Macht und die Herrlichkeit des Kusses vereint? Erst neulich bin ich an einem jungen Pärchen vorbeigefahren, das völlig in einen tiefen Kuss versunken war, und ich habe gehupt, aus dem Fenster gewinkt und ihnen zugejubelt. Sie blickten auf, bemerkten verwundert den vorbeifahrenden Wagen und hielten meine Reaktion für eine Zurschaustellung konservativer Abneigung gegen ihre öffentliche Zurschaustellung von Leidenschaft. Aber ich wollte sie feiern. Ich habe mich so gefreut. Ich war wahnsinnig vor Neid. Bei dem Konzert in Nebworth hat Robbie Williams eine junge Frau aus dem Publikum zu sich hochgezogen und angefangen, sie zu küssen. Ich weiß das, weil ich die DVD gekauft habe, und Frank hat mich schon mehrmals dabei ertappt, wie ich diese Stelle immer wieder zurückgespult habe. »Ein trauriger Tag«, habe ich ihn öfter brummen gehört, wenn er mit einem frischen Bier vom Kühlschrank zurückkommt, »wenn die eigene Ehefrau eine Affäre mit einem Videoclip hat.« Ich will kein Voyeur sein. Aber ich war auch einmal so leidenschaftlich. So küssenswert. So begehrenswert. Und ich vermisse das.

Ich erzähle den Mädels von Robbie Williams' Kuss.

»Du bist ein verdammter Teenager, Jo«, sagt Liz.

»Ich vermisse diesen Teil des Teenager-Seins«, sage ich.

»Warum versuchst du nicht mal, Frank so zu küssen?«, schlägt CJ vor.

»Er würde glauben, dass ich ihn betrüge«, sage ich. Aber insgeheim schwöre ich mir, dass ich ihn eines Abends überraschen werde, wenn ich nicht müde bin, wenn die Kinder schon schlafen und die Bügelwäsche gefaltet und das Geschirr abgespült ist: Dann werde ich ihn küssen. Ich werde ihn küssen, wie Robbie Williams dieses Mädchen geküsst hat.

»Leider ist normalerweise keine Zeit für ein ausgiebiges Vorspiel«, sage ich betrübt. »Ich vermisse diesen langen, gemächlichen, ausgedehnten Sex, den wir früher hatten, als wir noch jung waren ... bevor die Kinder kamen.«

Die Mädels nicken verständnisvoll. Das erotische Buffet von gestern ist Vergangenheit, heute gibt es nur noch schnelle Häppchen. Und wie wir das alles vermissen, dieses Hinauszögern, sich Zurückhalten, als man das Bett nur verließ, wenn man dringend pinkeln musste oder um über den Kühlschrank herzufallen, damit man frisch gestärkt wieder von vorn anfangen konnte. Heute ist Sex ein verstohlener, verschwörerischer Akt, der im Dunkeln hinter verschlossenen Türen stattfindet. Mit Zeitfenster. Wenn die Kinder im Bett sind, bevor *CSI* kommt. Zwischen halb sieben Uhr morgens und dem Tapsen kleiner Füße auf dem Flur. Mit Bleistift im Kalender notiert, neben Schwimmkursen,

Schulprojekten und Impfterminen. Aber ein Termin für Sex ist etwas für Männer, die zu Prostituierten gehen, und offen gestanden konnte ich damit nie etwas anfangen. Wenn das Vorspiel aus dem Satz »Wir haben zwanzig Minuten« besteht, verliert meine Libido irgendwie das Interesse und zieht stattdessen geheimnisvolle Andeutungen und freudige Erwartung des Unbekannten vor. Wenn man Kinder hat, ist Sex nur noch eine weitere Aufgabe, die als erledigt abgehakt werden will.

»Ihr seid alle nur missgünstige Biester«, schmollt CJ. »Für euch alle ist der Penis inklusive, und ihr benutzt ihn gar nicht. Nicht mal für einen Quickie. Ein Quickie ist immer noch besser als nichts.«

»Wir nehmen uns schon für mehr Zeit als für einen Quickie«, sagt Ereka. »Aber das hat uns schon einmal ganz schön in Schwierigkeiten gebracht. Kylie kam auf einmal rein, als wir gerade Sex hatten. Sie war damals drei, und plötzlich stand sie in der Tür und hat uns zugeschaut – weiß Gott, wie lange sie da schon stand. Als wir sie bemerkt haben, hatte ich schon einen Orgasmus gehabt, aber Jake war noch dabei. Ich habe ihn nur an den Schultern gepackt und mit meiner Mami-Stimme gesagt: ›Schätzchen, was ist denn, hast du schlecht geträumt?‹ Natürlich hat Jake mitten im Stoß aufgehört, er lag nur noch auf mir, hat den Kopf zu ihr herumgedreht und gelächelt.«

»Und was habt ihr dann getan?«, fragt Helen, die an einem Stück mit Honig kandiertem Ingwer nuckelt.

»Ich bin unter Jake hervorgerutscht, zu ihr gegangen und habe sie wieder ins Bett gebracht. Was hätte ich denn sonst tun sollen?«

»Ich frage mich, ob sie das eines Tages ihrem Therapeuten erzählen wird«, sagt Liz.

»Zweifellos«, entgegnet Ereka. »Hoffentlich hat es ihr keine Angst gemacht.«

»Ich würde sterben, wenn meine Kinder uns beim Sex erwischen würden«, sagt Dooly. »Ich weiß nicht, wie ich ihnen das erklären sollte. Ihr wisst doch, wie wir uns schon vor dem Gedanken ekeln, dass unsere Eltern Sex haben? Also, ich fände den Gedanken eklig, dass meine Jungs auch nur wissen, dass ich Sex habe.«

»Eines Tages wird der Groschen aber fallen«, sagt CJ. »Wenn ihnen klar wird, wie sie auf die Welt gekommen sind.«

»Luke hat mich danach gefragt, wo die Kinder herkommen, und ich habe ihm das Prinzip erklärt, aber ich glaube, dass er das innerlich noch nicht ganz auf die Reihe bekommen hat – ihr wisst schon, dass ich und sein Vater es miteinander getrieben haben. Ich will nicht, dass meine Jungs in einem sexuellen Kontext an mich denken. Ich bin ihre Mutter«, sagt Dooly.

»Jungen haben auch eine sexuelle Bindung an ihre Mütter«, doziert Tam.

»Ich kenne diesen ganzen Freudschen Kram, und mir wird ganz schlecht davon«, sagt Dooly.

»Cameron drückt gern meine Titten und spielt dabei mit seinem Pimmel«, sagt Helen.

»O Gott, das hätte ich lieber nicht gehört«, sagt Dooly.

»Das ist wirklich mehr, als ich wissen möchte«, stimmt Liz zu.

»Das ist ganz normal«, sagt Ereka. »Kinder haben auch eine Sexualität, und die ist völlig unschuldig.«

»Was tut ihr denn, wenn eure Söhne eine Erektion bekommen?«, fragt Helen Dooly und Liz. »Klopft ihr ihnen auf die Finger und befehlt ihnen, zehn Ave Marias aufzusagen?«

»Sei nicht albern. Ich achte einfach nicht darauf und hoffe, dass sie wieder weggeht«, sagt Dooly.

»Genauso gehe ich mit Davids Erektionen um«, sagt Helen lachend.

»Dein armer Mann«, sagt Fiona, aber sie kichert dabei.

»Kieran hat einen riesigen Penis«, sagt Tam. Hochbegabt *und* gut ausgestattet? Aus diesem Jungen wird ja mal was werden, eines Tages. Und dann, als hätte sie gerade gehört, was sie gesagt hat, fragt Tam: »O Gott, ist es in Ordnung, so etwas zu sagen?«

»Nein, du wirst in der Hölle schmoren, weil du die erste Mutter bist, die je den Penis ihres Sohnes betrachtet und dabei gedacht hat, du wirst eines Tages eine Frau sehr glücklich machen«, sagt Helen. »Alle Mütter gucken hin, du alberne Gans«, fügt sie hinzu. Tam wirkt übertrieben erleichtert. Sie nimmt sich ein Stück Greyerzer und isst, als genieße sie es tatsächlich.

»Wir haben Gabriel beschneiden lassen, weil wir dachten, das sei hygienischer, und jetzt bereue ich das schrecklich. Er hat einen sehr kleinen Penis«, sagt Fiona. »Ich glaube, die haben bei der Beschneidung zu viel weggeschnitten. Und ich mache mir Sorgen deswegen – ihr wisst schon, ich will auf keinen Fall, dass er später mal Komplexe wegen seiner Penisgröße hat.«

»Er ist doch noch klein«, beruhige ich sie. »Jetzt kann man doch noch gar nicht beurteilen, wie groß sein Penis sein wird, wenn er älter ist.«

»Wie klein?«, fragt Helen.
»Winzig, ungefähr so«, sagt sie und hält Daumen und Zeigefinger einen Zentimeter weit auseinander.
»Ach, der wächst schon noch«, versichert ihr Ereka.
»Mach dir deswegen keine Sorgen«, sagt Dooly. »Das ist nicht dein Problem.«
»Auf die Länge kommt es sowieso nicht an«, sagt Liz. »Einzig die Dicke zählt – die räumliche Verdrängung.«
Stimmt, nicken wir alle.
»Außerdem kannst du ohnehin nichts daran ändern«, sage ich. »Das liegt nicht in deinen Händen.«
»Auch wenn etwas nicht in unseren Händen liegt, machen wir uns doch trotzdem deswegen Sorgen«, sagt Fiona unschuldig.
Als hätte jemand diese mitfühlende Geste choreographiert, sehen wir alle Ereka an. Sie lächelt schwach. Schweigen macht sich breit.
Und dann sagt Ereka: »Ich mache mir Sorgen, dass Olivia vielleicht nie erfahren wird, wie schön Sexualität ist. Sex war eine solche Quelle von Freude in meinem Leben, und wer weiß, ob es jemals jemanden geben wird, der sie lieben und ihre sexuellen Bedürfnisse erfüllen wird ...«
Wir alle sind wie vor den Kopf geschlagen. Unsere Flippigkeit ist verpufft. Penisgröße – überflüssiger Luxus. Erekas Sorge um Olivia erstreckt sich unvorhersehbar weit in die Zukunft. Wird sie je zur Schule gehen können, Freundinnen haben, sich verlieben, jemandem Geheimnisse ins Ohr flüstern ... Für uns andere sind diese Dinge so selbstverständlich.
Eines Abends, als ich Jamie ins Bett brachte, hatten wir

eine kostbare Unterhaltung, die ich sicher aufbewahrt habe, wie einen Schatz aus ihrer Kindheit. Es ging um den ersten Kuss, der sie erwartet. Ich habe ihr den Kopf gestreichelt, und wir haben aufgeregt überlegt, wer denn der glückliche Junge sein könnte. Sie hat glücklich geseufzt und die Augen geschlossen, während sie sich Peter Pan und andere junge Helden vorstellte. Solche Augenblicke wird Ereka nie genießen.

Im selben Maße, wie das Schicksal der Mutterschaft uns entsexualisiert, tut das auch eine Behinderung. In einer Welt, in der die Verrenkungen magersüchtiger, gelifteter Blondinen als Schönheit verehrt werden, ist die unprätentiöse Sexualität behinderter Menschen nicht wahrnehmbar, versteckt unter dem Mäntelchen mitleidiger Reaktionen. Wir alle fühlen uns irgendwie klein nach Erekas Bemerkung. Helen legt Ereka eine Hand auf den Arm. Ich liebe sie dafür, dass sie jetzt nicht irgendeine dumme Plattitüde von sich gibt, wie: »Keine Sorge, irgendwo dort draußen gibt es auch jemanden für sie ...« Helen lässt einfach nur eine Hand auf Erekas Arm ruhen. Niemand beeilt sich, Ereka von dieser schmerzlichen, unausweichlichen Wahrheit abzulenken. Wir alle senken den Blick auf diese Traurigkeit und tragen sie gemeinsam, zumindest eine Weile.

18

Eine Überlebende unter uns

Tam ist immer noch nicht gegangen.
Auch nachdem die Tafel praktisch aufgehoben wurde und Fiona sich mit Ereka auf einen Joint nach draußen verzogen hat, aus Solidarität gegen die Ungeheuerlichkeit dessen, was hier zur Sprache gekommen ist. Arm in Arm kehren sie vom Balkon zurück.

»Also, wer möchte eine Fußmassage?«, fragt Fiona und nimmt ein Fläschchen Massageöl aus ihrer Tasche. »Das hier ist meine eigene Kreation – Geranie, Rosmarin und Zitrusöl.«

»Ich hätte gern eine«, sagt Ereka. Ich biete mich an, sie zu massieren.

Sie macht es sich in dem großen Sessel bequem, und ich setze mich mit einem Handtuch im Schoß vor sie auf ein kleines Sitzpolster. Ihre Füße sind, wie der Rest von ihr, schwer und kräftig, die Fersen rissig und trocken. Die Füße einer Mutter, die buchstäblich den ganzen Tag auf den Beinen ist und nie Zeit für eine Pediküre hat, oder dafür, diesen Latschenkiefer-Fußbalsam einzumassieren, den sie jedes Jahr zum Muttertag bekommt. An diesen Füßen ist die harte Arbeit des Mutterseins gnadenlos abzulesen.

»Wie geht es dir, Ereka?«, frage ich sie und reibe ihren linken Fuß mit einer öligen Hand ein. »Ich meine, wie geht es dir *wirklich*?«

»Ganz gut, glaube ich«, sagt sie und seufzt laut. Sie schließt die Augen und atmet tief durch.

»Und wie geht es Olivia?«, frage ich vorsichtig.

»Sie hat gute und schlechte Tage«, sagt Ereka, ohne die Augen zu öffnen. Ich sage erst einmal nichts mehr und konzentriere mich darauf, erst ihren großen Zeh zu massieren, dann die Haut zwischen den Zehen. Ihr Fuß in meinem Schoß wird schwerer. Ich habe es nicht eilig, das Schweigen zu brechen.

Dann sagt sie: »Manchmal, wenn sie schläft, schaue ich sie an und stelle mir vor, wie sie als normales Kind wäre, weißt du? Wenn sie schläft, sieht sie aus wie ein ganz normales Kind.«

Ich versuche das zu verdauen. So schwer es mir fällt, ihr zuzuhören, will ich großzügig genug sein, ihr Raum zum Reden zu geben, so wie sie gutmütig unser unablässiges Gejammer über unsere Kinder erträgt. Aber wenn Ereka von Olivia spricht, fühle ich mich hilflos, so ähnlich wie bei dem vergeblichen Versuch, ein unordentliches Zimmer aufzuräumen, in dem nichts seinen festen Platz hat. Ich taste mich voran, suche nach den passenden Fragen – ich will Interesse andeuten, nicht indiskret sein, ihr Unterstützung anbieten, ohne zudringlich zu wirken.

»Das muss dir sehr weh tun«, sage ich und überlege im selben Moment, ob sich das nicht lahm anhört.

Sie lächelt und hält die Augen weiterhin geschlossen. »Es hat lange wehgetan, akzeptieren zu müssen, dass es ihr nicht allmählich besser gehen wird, dass sie nicht eines Morgens aufwachen und gesund sein wird. Manchmal glaube ich, ich weiß gar nicht mehr, wie es sich anfühlt, wenn nichts weh tut.«

Meine Finger werden schwach. Ich umfasse ihren ganzen Fuß zärtlich mit beiden Händen.

»Liebst du sie?«, frage ich mutig.

»Oh ja«, sagt sie. »Es ist unmöglich, das eigene Kind nicht zu lieben. Aber ob ich mir manchmal wünsche, sie wäre nie geboren worden? Oder bei der Geburt gestorben? Ich müsste lügen, wenn ich nein sagen würde. Manchmal, im Park oder am Strand, sehe ich all diese glücklichen Familien, diese normalen Kinder, die herumrennen und groß werden, genau so, wie es sein sollte, und ich bekomme dieses Gefühl, wie früher als kleines Mädchen, wenn ich als Einzige nicht zu einer Geburtstagsparty eingeladen war. Dann will ich mit dem Fuß aufstampfen und sagen: ›Das ist gemein, ich will auch zwei normale Kinder, wie alle anderen!‹ Ich muss irgendeine gewaltige karmische Schuld zu begleichen haben«, sagt sie ironisch.

»Mein Leben ist keine Entscheidung, die ich getroffen habe«, fährt sie fort. »Auch wenn die Leute das manchmal denken. Ich habe mir keine Sekunde lang vorgestellt, dass ich für ein behindertes Kind sorgen müsste, als ich so um meine Hausgeburt gekämpft habe. Ich war ehrlich davon überzeugt, dass ich etwas Großartiges tat, indem ich mein Kind ohne Angst, ohne Medikamente und in unserem vertrauten Zuhause auf die Welt bringe. Das sollte so ein guter Anfang für uns alle werden. Ich habe sehr wohl gewusst, worauf ich mich da einließ, verstehst du? Und vielleicht zahle ich letzten Endes jetzt den Preis für meine eigene Stur-

heit.« Sie seufzt, und das Klimpern ihrer Armreifen stört das Schweigen.
Plötzlich ist es still im Raum. Mir wird bewusst, dass alle unsere Unterhaltung mit angehört haben.
»Du konntest ja nicht wissen, wie das ausgehen würde«, sage ich. »Du hast im Angesicht der Ungewissheit das einzig Richtige getan – dir vorgestellt, dass alles gut gehen würde. Man kann nicht leben, wenn man sich ständig auf irgendwelche Katastrophen gefasst macht«, sage ich.
»Ich weiß, das hört sich seltsam an, aber Olivia zu bekommen, hat mich für andere Katastrophen gewappnet«, sagt Ereka. »Wenn sie zum Beispiel sterben würde, dann weiß ich, dass ich es überleben würde. Ironischerweise hat sie mir die Kraft gegeben, alles zu überstehen, was das Leben mir bringen mag ...«
»Sie zu bekommen, hat dich stärker gemacht?«, frage ich.
Diese Frage ist zu viel für Liz, sie kann nicht mehr an sich halten. »Niemand wird durch Leid geadelt, Jo. Diese alberne esoterische Theorie über unsere Verletzungen und dass wir uns mit ihnen anfreunden müssen ist masochistischer Quatsch. Wir könnten ganz gut ohne Verletzungen auskommen.«
Zustimmendes Murmeln ist zu hören – von Helen und Dooly.
Aber Ereka gibt ihr nicht so leicht recht. »Kann sein«, sagt sie. »Ich meine, was würde ich manchmal dafür geben, nicht zusehen zu müssen, wie sie um die einfachsten Dinge kämpfen muss. Ich schaue zu, wie sie sich bemüht – zu laufen, zu sprechen, ein ganzer Mensch zu werden –, und immer wieder hinfällt, versagt, es nicht schafft. Und ich weiß,

dass sie dazu verdammt ist, dieses Muster für den Rest ihres Lebens zu wiederholen, immer wieder. An manchen Tagen kann ich einfach akzeptieren, dass sie ein ganzer Mensch *ist*, ganz *Olivia*, ein anderer Mensch als eine Kylie, eine Jamie oder auch eine Ereka. Und manchmal wünsche ich mir nur, sie könnte wie alle anderen sein. Aber das wird sie nie sein. Sie wird immer die sein, die sie ist. Bei Aaron und seinen Verhaltensproblemen, Jo, da weißt du zumindest, dass er irgendwann herauswachsen wird.«

»Oder auch nicht, je nachdem. Ich bete nur darum, dass er nicht einfach eine größere und beängstigende Version des Menschen wird, der er jetzt ist. Ein kleinkrimineller Schläger. Mitglied in einer Gang. Ein Drogendealer, oder, o Gott, meine größte Angst als Mutter eines Jungen, ein Vergewaltiger ...«

Gedämpftes Schweigen breitet sich über die Gruppe.

»Mütter von Vergewaltigern und Mördern stehen immer zu ihren Kindern, wisst ihr, jedenfalls hört man das oft in den Nachrichten«, sagt Ereka. Sie hat die Augen geöffnet und sieht mich an.

»Was würdest du tun, Jo?«, fragt CJ von der anderen Seite des Wohnzimmers aus, wo sie mit einer Zeitschrift sitzt, in der sie aber seit mehreren Minuten nicht weitergeblättert hat.

»Wenn aus Aaron ein Drogensüchtiger, Vergewaltiger oder Mörder werden würde?« Mich schaudert dabei, das auch nur auszusprechen.

»Ja«, sagt CJ.

»Ich weiß es nicht.«

»Würdest du ihn im Gefängnis verrotten lassen?«

»Kann sein«, sage ich. »Ich glaube, ab einem gewissen Punkt haben wir auch das Recht, uns von unseren Kindern abzuwenden.«

Ich denke an meine Freundin Matty, die häusliche Gewalt überlebt hat, Frauenrechtsaktivistin wurde und mit Tapferkeit und Geduld ihre drei Kinder allein großzog. Sie hat ihr Leben der Aufgabe gewidmet, anderen Frauen zu helfen. Sie hat in einem Krankenhaus in Johannesburg eine Beratungsstelle für Opfer häuslicher Gewalt aufgebaut. Jeden Tag kommen Frauen dorthin, um ihre körperlichen und seelischen Wunden behandeln zu lassen. Nachdem ihr Sohn im Teenageralter monatelang Randale gemacht, getrunken, sich nachts herumgetrieben und (so vermutete sie) Drogen genommen hatte, hat Matty kürzlich all seine Habseligkeiten vor die Haustür gelegt und das Schloss ausgewechselt. Und sie hat zu ihm gesagt: »Mein Sohn, du weißt, dass ich dir mein letztes Hemd geben und hungern würde, damit du zu essen bekommst; aber ich bin nicht bereit, für dich zu sterben. Ich habe zu hart darum gekämpft, noch am Leben zu sein. Und ich werde nicht zulassen, dass irgendjemand – nicht einmal du – mein Leben zerstört. Ich liebe dich. Aber mich selbst liebe ich noch mehr.«

»Ich könnte das nicht«, sagt Tam. »Sie sind doch meine Babys.«

»Wenn sie gegen alles verstoßen, was mir heilig ist und was ich ihnen beigebracht habe, dann verlieren sie das Recht, Anspruch auf mich als ihre Mutter zu erheben«, sage ich.

»Du bist ein sehr prinzipientreuer Mensch«, sagt Fiona.

Ich werde ärgerlich, weil ich mich ertappt fühle. »Ja, das kann sein ...«

»Du hast nur ein sehr starkes ethisches Bewusstsein dafür, was richtig und falsch ist«, sagt Ereka, um den Schlag zu mildern.

Ich weiß, dass sie sich damit auf meine kaum verhohlene Verachtung gegenüber Menschen bezieht, die Drogen nehmen; obwohl sie sicher weiß, dass ich in ihrem Fall eine Ausnahme mache. Leuten mit behinderten Kindern sollte jedes Laster erlaubt sein, das ihnen hilft.

»Was, wenn eine von uns etwas täte, das in deinen Augen absolut verabscheuungswürdig ist?«, fragt Liz. Irgendwann im Verlauf der letzten Stunde muss sie ihren schicken Hosenanzug ausgezogen haben, denn nun sitzt sie in einem dunkelbraunen Nachthemd auf dem Sofa.

»Was denn?«, frage ich.

»Na ja ... Kokain schnupfen zum Beispiel«, sagt Helen. Alle sehen mich erwartungsvoll an.

»Es stimmt, ich wäre nicht gerade beeindruckt.«

»Wärst du trotzdem noch unsere Freundin?«

»Ja, wenn das eine einmalige Sache wäre. Wenn es zur Gewohnheit würde, wahrscheinlich nicht.«

»Was, wenn eine von uns eine Affäre hätte?«, fragt Liz.

»Ich würde sie nicht dazu ermuntern«, sage ich in scherzhaftem Ton, um die Stimmung ein wenig aufzulockern.

»Was, wenn wir etwas ganz Furchtbares getan hätten, wie etwa einen Menschen zu töten?«, fragt CJ.

»Das kommt auf die Umstände an – war es ein Autounfall oder Mord?«

»Mord«, sagt Tam.

»An wem denn?«

»Carl«, sagt Liz.

»Das käme auch darauf an.« Jetzt stelle ich mir vor, dass Tam Kevin vergiftete Bohnen serviert, wie Mary-Anne und Wanda in dem Dixie-Chicks-Song »Goodbye Earl«. Ich bin ziemlich sicher, dass Kevin auch irgendwann als vermisst gelten würde, obwohl ihn gar niemand vermissen würde, abgesehen von seinen widerlich reichen, faltigen Patientinnen.
»Oder eines unserer Kinder«, sagt Fiona.
»Absichtlich?«
»Ja«, sagt Fiona.
Ich schweige. Die Atmosphäre im Raum ist sehr unbehaglich.
»Wie diese Frau, wie hieß sie noch? Folbigg?«, fragt CJ.
Ich lasse mir Zeit mit meiner Antwort. Ich will nicht missverstanden werden, und das Gebiet, auf das ich mich vorwagen will, ist mit Missverständnissen vermint. »Ich finde es abscheulich, was sie getan hat, aber irgendwie, na ja … äh … also, irgendwie tut sie mir leid.«
»Die unschuldigen Kinder, die sie getötet hat, die sollten dir leid tun«, sagt Tam bissig.
Wollte sie nicht nach dem Nachtisch schon gehen?
»Ich habe ja gesagt, dass ich es abscheulich finde, was sie getan hat«, fahre ich fort. »Aber keine von uns weiß, was sie wirklich durchgemacht hat …«
»Sie wollte die Kinder einfach nicht mehr«, sagt Dooly. Ich spüre, dass Dooly mir gern aus der Klemme helfen würde, aber sie hat sichtlich zu kämpfen.
Allmählich fühle ich mich auch zum Kampf bereit. »Folbigg ist ein schlechtes Beispiel, aber erinnert ihr euch noch an diese Amerikanerin … äh … Yates. Andrea Yates?«
»Ja, ich erinnere mich«, sagt Liz.

»Wer war das?«, fragt Helen.
»Sie hatte fünf Kinder. Nach dem dritten wurde bei ihr eine postpartale Depression diagnostiziert, aber ihr Mann bestand darauf, dass sie noch mehr Kinder bekommen sollte, und sie hat sie zu Hause selbst unterrichtet. Eines Tages hat sie alle in der Badewanne ertränkt.«
»Himmel!«, japst CJ.
»Worauf willst du hinaus?«, drängt Liz.
»Ich will sagen, dass sich niemand einen Dreck um sie geschert hat. Es hat niemanden gekümmert, wie absolut überfordert sie als Mutter war. Bei ihr war eine postpartale Depression festgestellt worden, aber die Gesellschaft hat sie einfach links liegen lassen. Warum überrascht es uns dann, dass sie letzten Endes ihre Kinder getötet hat?«, argumentiere ich. Ich bin jetzt hitzig und wütend.
»Sie hat ihre Kinder ermordet, Joanne«, sagt Tam in einem Tonfall, als sei ich geistig zurückgeblieben. »Sie hat sie getötet.«
»Ich weiß, und das ist abscheulich und schrecklich, und diese kleinen Seelen tun mir aus ganzem Herzen leid«, sage ich. Begreift denn nicht eine von den Frauen hier, worum es mir geht?
»Aber du hast Mitleid mit ihr«, fährt Ereka fort. Ich habe längst aufgehört, ihr die Füße zu massieren. Sie liegen wie bleierne Gewichte auf meinen Knien.
»Sie wurde im Stich gelassen und musste zusehen, wie sie zurechtkommt …«
»Also hat sie ihre Kinder ertränkt?«, sagt Dooly in einem Tonfall, der sich wenig hilfreich anhört. Ich argumentiere offenbar ziemlich lahm.

»Entweder sie, oder die Kinder, darauf lief es hinaus«, sage ich.

Im Raum herrscht eisige Spannung. Alle weichen vor mir zurück, ich sitze auf einer fernen, unerreichbaren Insel, und ihre Stimmen werden immer undeutlicher. Ich möchte schreien: »Lasst mich hier nicht allein, bitte versteht doch …« Plötzlich ist diese Gruppe meiner besten Freundinnen nur noch ein Haufen Fremder, und ich suche einsam und verloren nach einem bekannten Gesicht.

Das Schweigen dehnt sich. Ich sehne mich fast schon nach Erlösung. Nicht einmal Helen wirft mir einen Rettungsring zu. Ich werde hier ganz allein sterben.

»Ich hatte eine postpartale Depression«, sagt jemand.

Dankbar sucht mein Blick die Quelle dieser segensreichen Enthüllung. Fiona? Die ruhige, gelassene, sanfte Fiona?

»Wirklich?«, fragt CJ. Fiona nickt. Ein gewisses Zögern in Fionas Stimme warnt uns, hier vorsichtig aufzutreten.

»Wie war das denn?«, trampelt Helen mitten hinein.

Fiona holt tief Luft. Sie atmet langsam wieder aus und beginnt zu erzählen: »Ich hatte noch nie im Leben solche Angst. Ich wollte sterben, das weiß ich noch. Ich habe den ganzen Tag im Bett gelegen, während Gabriel in seinem Bettchen weinte und weinte. Wenn ich dachte, ich würde den Verstand verlieren, habe ich ihn manchmal ans andere Ende des Hauses gebracht, damit ich ihn nicht mehr hören musste. Ich habe wochenlang den Schlafanzug nicht ausgezogen, mich im Bett verkrochen und ferngesehen.«

»Wie hast du das überstanden?«, fragt Dooly, sichtlich bewegt.

»Also, Kirsty war damals elf, und sie war unglaublich. Sie ist

zu Gabe gegangen, wenn er geweint hat, und hat ihm die Windel gewechselt, und sie ist mit ihm spazieren gegangen, wenn ich nicht aus dem Bett gekommen bin. Sie war meine Rettung. Ehrlich, ich weiß nicht, was ich ohne sie getan hätte.« Fiona lächelt uns an. »Und meine Mutter hat mir auch sehr geholfen – sie ist für eine Weile bei uns eingezogen.«
Das ist ein erschütterndes Geständnis. Aber ich bin nicht mehr allein und verlassen. Der Wind hat gedreht, und sie treiben langsam wieder auf mich zu. Alle schweigen, denn sie wollen noch mehr hören.
»Ich habe Gabriel angesehen und absolut nichts gefühlt. Ich dachte, ich sei ein böser, schlechter Mensch, oder mit mir stimme etwas nicht. Als hätte ich weder ein Herz noch eine Gebärmutter. Ich wollte so unbedingt diese Mutterliebe empfinden, von der einem alle erzählen, aber jedes Mal, wenn ich in mich hineingehorcht habe, war da absolut nichts. Ich habe Gabriels Geschrei gehasst, es war wie ein Vorwurf, ich tauge nichts. Ich habe mir nur noch gewünscht, ich könnte das Haus verlassen, und wenn ich wieder käme, würde er schlafen.«
Einige Gesichter wirken schockiert. Tam hat sich sogar eine Hand vor den Mund geschlagen. Von unserem Entsetzen ermuntert, erzählt Fiona weiter.
»Manchmal habe ich ihn im Park spazieren geschoben, und Leute haben mich angesprochen, ob mir etwas fehlt, und ich habe gefragt: ›Nein, warum?‹, und sie haben gesagt: ›Weil Sie weinen.‹ Und ich hatte nicht einmal gemerkt, dass mir die Tränen übers Gesicht liefen ...«
»Du Ärmste«, sagt Ereka. »Wie ist Ben damit umgegangen?«

»Er konnte das überhaupt nicht verstehen. Ich meine, er hat versucht, mich zu unterstützen, aber er war in Gedanken bei seiner Firma und oft verreist. Er hat sich immer vergewissert, dass meine Mutter bei mir blieb, und dass Kirsty in der Nähe war. Aber ich glaube, manchmal wollte er nur noch weglaufen vor diesem Alptraum; der Alptraum war seine zweite Frau, die mit dem Kind, das er nur ihr zuliebe bekommen wollte, offensichtlich nicht zurechtkam.«

»Was erwartest du auch von einem Mann?«, bemerkt CJ.

»Ich muss sagen, er hat sich gut geschlagen. Ich glaube, die Tatsache, dass er bereits Vater war, hat ihm geholfen. Er hat mich zu einem Psychiater gebracht, der auf postpartale Depression spezialisiert war, und ich habe eine Therapie gemacht. Irgendwann war alles wieder in Ordnung. Da war Gabe allerdings schon fast zwei. Aber jetzt geht es mir gut …«

»Aber natürlich«, sagt Tam und wischt mit dieser Dümmlichkeit alles, was Fiona uns anvertraut hat, beiseite.

»Hast du deswegen keine weiteren Kinder bekommen?«, fragt Helen neugierig.

Fiona nickt. »Das kann ich einfach nicht noch einmal durchmachen. Das kann ich Gabriel nicht antun. Oder Ben. Aber vor allem mir selbst.«

»Du könntest Medikamente nehmen«, schlägt Helen vor.

»Das will ich nicht«, sagt Fiona. »Ich finde, ich bin mit ein paar Narben davongekommen, und jetzt ist alles wieder gut, aber ich will das nicht unbedingt wiederholen.«

Ich kann meine Erleichterung und Dankbarkeit nicht unterdrücken. Eine Überlebende der postpartalen Depression.

Eine wahrhaftige Überlebende. Mitten unter uns. Ein solches Geheimnis in unserer Mitte, wie ein gehütetes Ei, das aufgebrochen ist und seinen rohen Inhalt offenbart hat. Ich sehe Fiona voller Zuneigung an. Sie ist die Art von Mutter, die ich gern wäre, aber ich beneide sie nicht um die Schuldgefühle, die sie wegen dieser zwei kostbaren, verlorenen Jahre mit sich herumtragen muss. Ich halte die Erinnerungen an meine erste Zeit mit meinen Kindern gut fest, voll leidenschaftlicher Nostalgie hüte ich diese grenzenlose Nähe und reine menschliche Intimität zwischen Mutter und Kind, diese Berührung und Liebe, frei von den zynischen Beschränkungen des *Genug*.

Fionas kleines Geheimnis, verborgen hinter dem nächsten Geheimnis, dass sie raucht, das wiederum von all ihren ätherischen Ölen vernebelt wurde. Da hat sie ganz schön was zusammengebraut, aber wir alle müssen letzten Endes einen Weg finden, zu überleben. Jetzt empfinde ich hauptsächlich Traurigkeit, wenn ich Fiona ansehe, die Traurigkeit von jemandem, der zu viel weiß. Weiß sie wirklich, was sie verloren hat? Ja, natürlich. Sie verprügelt zweimal die Woche einen Boxsack.

»Aber du wärst nie auf den Gedanken gekommen, Gabriel etwas anzutun?«, fragt Tam.

»Ihm nicht, aber mir. Manchmal war ich schon suizidal...«

»Es ist ein großer Unterschied, ob man Selbstmord begeht oder seine Kinder umbringt. Wir haben das Recht, mit unserem eigenen Leben zu verfahren, wie wir es für richtig halten, aber wir haben keinerlei Recht, unseren Kindern etwas anzutun«, faucht Tam.

»Betrachten sich Mütter denn als von ihren Kindern getrennte Wesen?«, fragt Dooly sie vorsichtig. »Vielleicht verschwimmt bei Müttern die Grenze zwischen ihrem Selbst und dem ihrer Kinder ...«

»Aber wir *sind* getrennte Wesen, und ganz gleich, was wir uns selbst antun, wir haben nicht das Recht, das auch ihnen anzutun«, beharrt Tam.

»Was denn zum Beispiel?«, fragt Helen.

»Zum Beispiel Drogen nehmen. Ich werde furchtbar wütend, wenn ich schwangere Frauen sehe, die Kokain oder Heroin nehmen oder sich bis zum Leberversagen betrinken und damit praktisch ihre ungeborenen Babys zu Krüppeln machen.«

»Wenn du also während der Schwangerschaft unter einer Depression gelitten hättest, hättest du keine Medikamente genommen, weil sie dem Baby hätten schaden können. Aber jetzt, da deine Kinder aus dem Bauch raus sind, ist es in Ordnung, Pillen zu schlucken, weil die Kinder nichts davon abbekommen?«, fragt Liz. Tam muss das Prozac inzwischen bereuen.

»Genau«, sagt Tam, als hätte Liz gerade ihre gesamte Lebensphilosophie treffend zusammengefasst.

»Und wenn du während der Schwangerschaft so depressiv geworden wärst, dass du Selbstmord begangen hättest«, frage ich. »Hättest du dann warten sollen, bis das Baby geboren ist, bevor du dich umbringst?«

»Das ist doch lächerlich«, sagt Tam.

»Ich versuche nur, deine Logik nachzuvollziehen«, dränge ich sie.

»Mütter haben KEIN RECHT, ihren Kindern zu schaden«,

sagt Tam, und ihre Stimme wird ein wenig schrill. »Das ist ein unantastbarer Grundsatz. Ganz egal, was sie durchmachen.«
»Kinder sind also wichtiger als ihre Mütter?«, frage ich.
»Ja, das sind sie. Sie sind hilflos und unschuldig und haben ein Anrecht auf unseren Schutz«, sagt Tam.
Ich will ihr ja nicht aus Prinzip widersprechen, aber diese Ansicht der Mutterschaft hat etwas sehr Herausforderndes. Es ist diese zwingende Überzeugung, dass eine gute Mutter, trotz all des Geredes von wegen »auf sich achten«, eine selbstlose Mutter ist. Wir alle würden lieber zu unserem eigenen Schaden unsere Bedürfnisse verleugnen, um nur ja nicht als »egoistisch« verdammt zu werden. In Tams Augen stehen Kinder in der Hierarchie der Existenz über ihren Müttern. Aber auf einer solchen Hierarchie Mütter gegen Kinder auszuspielen, ist unaufrichtig. In symbiotischen Beziehungen bedeutet der Tod des Wirtes zugleich den Tod des Parasiten. Als ich vor vielen Jahren als Anwältin für misshandelte Ehefrauen tätig war, musste ich irgendwann einsehen, dass die einzige Garantie, Kinder vor Gewalt und Missbrauch zu schützen, darin bestand, die Mütter zu schützen. Denn sonst besteht immer die Gefahr, dass Kinder verletzt werden – nicht nur von tobenden Vätern, sondern auch von ihren eigenen verzweifelten, gebrochenen Müttern.
Wir Mütter sind von einem Zaun aus Erwartungen eingeschlossen, dass wir alles bewältigen, selbst, wenn wir es nicht können; dass wir verzichten, um für unsere Kinder sorgen zu können, selbst dann, wenn wir vor lauter Schmerz keine Luft mehr bekommen. Die Anweisung der Fluglinien für den Fall, dass der Kabinendruck plötzlich absinkt und Sauerstoffmasken von der Decke fallen, lautet: Setzen Sie

erst selbst eine Maske auf und kümmern Sie sich dann um die Kinder. Denn sonst schweben alle in Lebensgefahr. Wir könnten eine neue Theorie des Mutterseins gebrauchen, die auf diesem klugen Prinzip basiert. Manchmal verlangt das Überleben, dass man den Altruismus opfert. Nicht immer *du zuerst*, sondern manchmal auch *ich zuerst*. Ich will alle diese Gedanken meinen Freundinnen mitteilen, aber ich weiß nicht, wo ich anfangen soll. Tam versteht mich absichtlich falsch, oder sie will einfach nicht hören, was ich zu sagen habe. Ich versuche es noch einmal.

»Was wäre mit Gabriel geschehen, wenn Kirsty und Fionas Mutter nicht eingesprungen wären?«

Tam zuckt mit den Schultern. Fiona sagt: »Ben hätte sich um ihn kümmern müssen, oder ein Kindermädchen.«

»Was, wenn Fiona keinen Ben gehabt hätte? Was, wenn er den Tom gemacht und sie sitzengelassen hätte, als sie schwanger war? Was wäre dann mit Gabriel geschehen?«

»Pflegefamilie«, sagt Fiona.

»Mütter wie wir sind in der Minderheit – die meisten Frauen auf der Welt haben nicht unsere materiellen Möglichkeiten. Ich zum Beispiel habe hier kein Netzwerk, das mich unterstützen würde – abgesehen von euch –, falls ich in einer Depression versinken würde. Was ich damit sagen will: Es ist Verzweiflung, die eine Frau dazu treibt, sich oder ihre Kinder umzubringen. Und keine Frau sollte jemals so verzweifelt sein.«

Einige Köpfe nicken zustimmend. Nach dieser Konfrontation bin ich erhitzt und überreizt. »Ich brauche ein bisschen frische Luft«, sage ich.

Ich stehe auf, öffne die Balkontür, schließe sie hinter mir,

atme die kühle Nachtluft ein und umklammere mit beiden Händen die metallene Brüstung. Das Balkongeländer hat die Kälte der Nacht in sich aufgenommen. Umgeben von all den Insignien eines Erste-Welt-Landes glauben wir, Mutterschaft sei wie Grundbesitz – sie bedeute nur etwas, wenn sie einem exklusiv und ganz allein gehört. Die Ureinwohner dieses und anderer Länder haben ein besseres Verständnis von Land. Es ist für alle da, ein Raum, den wir alle nutzen und teilen. Mit gemeinsamer Verantwortung und gegenseitiger Unterstützung.
Hinter mir geht die Balkontür auf. Es ist Dooly.
Sie bleibt eine volle Minute lang stumm neben mir stehen, bevor sie fragt: »Und, hast du je daran gedacht?«
»Woran?«, frage ich.
»Na ja, du weißt schon … dich deiner Kinder zu entledigen?«
Ich lache. »Bist du verrückt? Ich kann ehrlich behaupten, dass ich noch nie daran gedacht habe. Ich habe davon geträumt, mal eine Woche Urlaub von ihnen zu machen, oder jemanden zu haben, der mir hilft, sie zu füttern und abends zu baden, aber mehr auch nicht.«
Sie lächelt schwach. »Wenn sie in diesem völlig wahnsinnigen, irrationalen Zustand sind – hast du dir da nie vorgestellt, wie es wäre … frei zu sein?«
Ich sehe sie an. Sie will mir irgendetwas sagen. Ich will sie nicht verurteilen. Also wähle ich meine Worte mit Bedacht.
»Nein … eigentlich nicht … Manchmal wünsche ich mir, eine Weile ohne sie zu verbringen, aber ich sehne mich nicht danach, sie loszuwerden. Und du?«

»Ich frage mich manchmal, ob es nicht leichter wäre, wenn wir einfach alle bei einem Autounfall ausgelöscht würden, oder bei einem Flugzeugabsturz. Du weißt schon, wenn einem manchmal alles zu schwer erscheint ...«

»Es ist schwer, ein Mensch zu sein«, sage ich. »Und noch schwerer, eine Mutter zu sein ...«

Sie antwortet nicht. Sie wirft mir nur einen Blick voll erschreckendem Flüstern zu.

Ich lege ihr eine Hand auf die Schulter. »Tu dir das nicht an«, sage ich. »Es ist normal, sich gefangen und in die Ecke gedrängt zu fühlen. Das ist es wirklich.«

Sie nickt.

»Sag kein Wort mehr«, sage ich leise. »Du wirst nur missverstanden. Sogar hier.«

»Ich habe gar nichts gesagt«, entgegnet sie.

Ich drücke ihre Schulter, und gemeinsam stehen wir da und blicken in die leere Nacht hinaus, die tolle Aussicht in Dunkelheit gehüllt, und spüren den Verlust von etwas, das wir beide kaum begreifen.

19

Der Terminator

Als Dooly und ich nach drinnen in die Wärme zurückkehren, ist das Wohnzimmer beinahe verlassen. Helen hat Fiona und CJ nach oben zu der riesigen Whirlpool-Badewanne (mit acht Düsen) gebracht, wo sie jetzt ein Bad einlaufen lassen. Liz ist auf die Toilette gegangen, obwohl ich nicht ganz verstehe, warum – sie hat kaum genug getrunken, als dass sie etwas auszuscheiden hätte. Dooly sagt, sie wolle sich mal »um die Betten« kümmern und verschwindet im Flur. Die Erschöpfung treibt uns alle zu unseren liebsten Tröstern. Ich frage mich, ob auch nur eine von uns noch die DVDs überstehen wird, die ich mitgebracht habe. Jetzt sehne ich mich nach meinem Bett zu Hause.

Ereka lächelt (sie hat nur noch *einen*) und klimpert hinaus auf den Balkon, den sie schon den ganzen Abend lang mit ihrer Cannabis-Asche unterhalten hat. Ein Rauchfähnchen weht hinter ihr davon wie ein Schal aus Spinnweben. Wir haben überall um uns herum viel aufzuräumen, aber ich hoffe, die anderen werden sich anbieten, genau wie Frank immer aufspringt, um das Geschirr in die Spülmaschine zu räumen, wenn ich den Tag damit zugebracht habe, ihm ein königliches Abendmahl zuzubereiten. Ein fairer Handel, das muss man zugeben. Und ich *hasse* Aufräumen.

Ich schlendere in die Küche, um nach den Resten zu sehen, die vielleicht in Tupper verpackt oder mit Folie abgedeckt werden sollten. Tam steht am Spülbecken und spült die Schüssel, in der sie ihre (unberührten) Beeren mitgebracht hat. »Ich habe sie euch in einem Tupper in den Kühlschrank gestellt«, sagt sie knapp. Sie nimmt es also doch persönlich. Es tut mir leid, dass ich nicht wenigstens davon gekostet habe, so wie man sich hinterher wünscht, man hätte jemanden nicht gepiesackt, wenn man sieht, wie traurig man ihn damit gemacht hat.

Tam ist still. Ich fühle mich ein wenig verantwortlich für den zarten, zerbrechlichen Ausdruck auf ihrem Gesicht. Sie wirkt immer so selbstsicher, doch nun sieht es so aus, als hätte Kevins Untreue – sofern sie denn vom Verbalen zum Körperlichen vorangeschritten ist – doch ihren Tribut gefordert. Prozac wird gegen Depressionen verschrieben, nicht gegen Selbsttäuschung. Und Tam ist nicht dumm.

»Ich gehe jetzt«, sagt sie leise. Sie erscheint mir distanziert, wie von der Außenwelt abgeschnitten. Ich hasse es, so falsch verstanden zu werden. Vorsichtig trete ich zu ihr.

»Tam«, sage ich, »es tut mir leid, falls dich das, was ich vorhin gesagt habe, beleidigt oder geärgert hat. Das wollte ich nicht ...«

»Ist schon gut, Jo, das weiß ich«, sagt sie.

»Ich wollte damit nicht sagen, dass es in Ordnung wäre, wenn Mütter ...«

Sie unterbricht mich. »Ich weiß, was du gemeint hast.«

Ich will meinen Satz trotzdem beenden. Ich bin nicht überzeugt davon, dass sie verstanden hat, was ich meinte, aber ich habe das Gefühl, dass sie längst entschieden hat, was sie

gehört haben will. (»Stellt euch mal vor: Joanne findet es völlig in Ordnung, wenn Mütter ihre Kinder umbringen. Der arme Aaron, was muss das Kind mit so einer Mutter nur durchmachen.«) Ich kann den Tratsch hinter meinem Rücken schon beinahe hören. Ich will nicht noch einen dickeren Keil zwischen uns treiben oder alles nur schlimmer machen. Wenn jemandem das Messer schon im Rücken steckt und man dann versucht, es herauszuziehen, blutet es nur umso heftiger. Aber ich kann nicht anders.
Ich versuche es noch einmal. »Ich finde es abscheulich, wenn Mütter ihren Kindern etwas antun«, sage ich. »Ich hasse mich selbst dafür, wenn ich meine anschreie, ihnen einen Klaps gebe oder die Geduld mit ihnen verliere. Mir ist nur bewusst, dass Frauen manchmal einfach durchdrehen, und dann sind sie verloren ...«
Jetzt dreht Tam sich zu mir um, die Schüssel an die Brust gedrückt, die Hände davor verschränkt – ich bin sicher, in Körpersprache heißt das so viel wie »hau ab und lass mich in Ruhe«. Irgendwie wirkt sie gequält, aufgerührt; in ihrem linken Augenwinkel zuckt ein Muskel. Wird sie gleich in Tränen ausbrechen? Plötzlich habe ich Angst.
»Ich weiß, was ihr alle von mir denkt«, sagt sie.
»Wie meinst du das?«, frage ich.
»Ich weiß, dass ihr alle glaubt, ich sei neurotisch, überfürsorglich und total von meinen Jungs besessen ...«
Unbehaglich trete ich von einem Fuß auf den anderen und kann ihrem Blick kaum standhalten. »Nein, so kann man das nicht sagen, Tam. Weißt du, jede von uns macht das so, wie sie es für das Beste hält ...«
»Erzähl mir keinen Quatsch«, sagt sie. »Ich weiß doch, was

ihr alle denkt, und es ist mir egal. Meine Jungs *sind* kostbar. Meine Jungs *bedeuten* mir alles. Wenn ihr mich deshalb verurteilen wollt, nur zu.«

»Niemand verurteilt dich«, sage ich schwach.

Tam lacht bitter. »Warum gibst du es nicht einfach zu?«

»Wir haben alle unsere Eigenheiten«, sage ich.

»Ja, die haben wir«, sagt sie und nickt. »Wir alle haben Dinge, mit denen wir leben und fertig werden müssen. Und jede von uns gibt ihr Bestes, um am Ball zu bleiben.«

Ich nicke. Ich will, dass wir wieder Freundinnen sind.

»Und ich wollte dir schon längst sagen, dass ich das Schmetterlingsnetz ersetzen werde, das Kieran kaputt gemacht hat, alles klar?«

»Was?«, frage ich, während ich im Stillen Helen dafür verfluche, dass sie ihren verdammten Mund nicht halten kann!

»Meine Jungs erzählen mir eben alles«, sagt sie.

»Das war doch nur ein albernes Schmetterlingsnetz«, sage ich. Aber es klingt jämmerlich.

»Ich werde es trotzdem ersetzen.«

»Bitte, vergiss es einfach«, sage ich. Wie klein und belanglos mir so ein Stab mit einem Stück Netz daran jetzt erscheint, und wie heimtückisch ich sie dafür bestraft habe. Ich weiß nicht, was ich tun soll, um noch etwas zu retten. Ich krame in meinem Vorrat angemessener Erwiderungen herum und suche nach einem versöhnlichen Ansatz.

Bevor ich etwas finde, sagt sie: »Kevin hat mich vor acht Jahren dazu gebracht, ein Kind abtreiben zu lassen.«

Jetzt kann ich ihr wieder in die Augen sehen. Ich rühre mich nicht. Ich sage kein Wort.

Sie fährt fort: »Ich wurde schwanger, und der Zeitpunkt kam ihm ungelegen. Er hat noch studiert. Er war noch nicht bereit für Kinder. Er hat mir versprochen, wenn ich es abtreiben ließe, könnten wir es ein Jahr später wieder versuchen.«
Ich sage immer noch nichts.
Scham flammt in mir auf. Ich bin nervös, und sie kann es spüren. Es war doch nur zweimal. Erotische Träume kann man nicht bewusst steuern. In der Sprache unserer Träume bedeuten sie vermutlich genau das Gegenteil. Davon habe ich nicht einmal Helen erzählt. Ich habe es einfach verdrängt. Es bedeutet gar nichts. Ich halte Kevin immer noch für einen Mistkerl. Ich beneide Tam nicht darum, dass sie mit dem Mann verheiratet ist, von dem ihre Freundinnen heimlich träumen. Mein momentaner Impuls ist, es ihr zu gestehen, aber ich tue es nicht. Etwas anderes entfaltet sich in mir wie saubere Wäsche, eine frische Erkenntnis – Falten glätten sich wie von selbst, und alles, was ich nicht weiß, breitet sich im kleinen Hinterhof meiner vorschnellen Urteile aus.
»Und weißt du, was das Schlimmste daran ist?«
Ich zucke mit den Schultern.
»Ich habe es getan. Ich habe tatsächlich abgetrieben – eine vollkommen normale, gesunde Schwangerschaft abgebrochen. Weil es meinem Mann *ungelegen* kam. Er hatte Prüfungen zu schreiben. Es passte ihm gerade nicht.« Ihre Worte klingen abgehackt und bitter.
»Willst du wissen, was es bedeutet, sich selbst zu hassen? Willst du wissen, wie es sich anfühlt, wenn du jeden Tag deines Lebens bereust, dass du ein solcher Feigling warst? Dann sieh mich an.«

Ich atme tief aus und schüttele den Kopf. »Tam, das tut mir schrecklich leid ...«

»Ich hätte ihm sagen müssen, er soll sich ins Knie ficken, und ich hätte mein Baby trotzdem bekommen sollen.« Das Gift in ihrer Stimme trifft mich wie ein Schlag ins Gesicht, und das Wort »ficken« klingt aus ihrem Mund schockierend. Tam sagt »Verflixt und zugenäht!« oder »Scheibenkleister!«, wenn sie wütend ist, wie immer das Vorbild, das beste Vorbild, für ihre Jungs. Aber in diesem Moment merke ich: Sie weiß selbst, dass das kaum verhohlene, alberne Beschönigungen für dreckige Kraftausdrücke sind, deren befriedigende Wirkung man auch mit noch so vielen »Ach, du meine Güte!« nie erreichen wird.

»Du hast getan, was du für richtig hieltest«, sage ich schwach.

»Aber das war nicht gut genug. Das war unverzeihlich.« Sie wird immer lauter.

»Ich finde, du solltest nicht so hart über dich selbst urteilen«, sage ich.

»Ich kann gar nicht hart genug über mich urteilen. Für das, was ich getan habe, sollte ich in der Hölle schmoren.«

»Da bin ich anderer Meinung«, sage ich.

»Und ich bin immer noch mit ihm verheiratet ... ist das zu glauben? Ich bin immer noch mit dem Mann verheiratet, der mich ein Kind abtreiben ließ, weil es ihm *ungelegen* kam.« Dieses Wort ist für sie offensichtlich zu dem geworden, was »Hysterektomie« für Dooly ist. Ein Etikett für alles, was unwiderruflich ausgelöscht wurde.

Ich gehe auf Tam zu und nehme sie in den Arm. Ich frage mich, warum so viele Frauen Grausamkeit bei Männern attraktiv finden. Wir sind wie Motten, die vom Versprechen einer hellen Flamme angezogen werden und nie damit rechnen, dass uns diese Wärme aus der Nähe zu Asche verbrennen wird. Sie erwidert meine Umarmung nicht.

»Wir haben alle Dinge getan, die wir bereuen«, sage ich.

»Hast du ein Kind abgetrieben?«, fragt sie an meiner Schulter.

»Nein«, sage ich leise.

»Dann kannst du nicht wissen, was das für ein Gefühl ist«, sagt sie.

Darauf habe ich keine Antwort. Sie hat recht. Ich weiß es nicht. Es gibt so vieles, was ich nicht weiß ...

»Vergib dir selbst«, flüstere ich ihr ins Ohr.

Sie sagt nichts und rührt sich auch nicht.

»Ich kann nicht«, sagt sie schließlich. »Das wäre ja, als würde ich die Schuld von mir weisen.«

Helen betritt die Küche. »Was ist denn hier los?«, fragt sie lauthals.

Ich werfe ihr mit hochgezogenen Brauen einen Blick zu und hoffe, dass sie so viel Verstand hat, uns in Ruhe zu lassen. Sie bemerkt meinen Blick, dreht sich um und sagt im Gehen: »Für das heiße Bad im Whirlpool sind noch Plätze frei.«

»Ich muss jetzt nach Hause«, sagt Tam und löst sich von mir.

»Möchtest du nicht doch über Nacht bleiben?«, frage ich.

Sie schüttelt den Kopf. »Ich muss morgen wirklich sehr früh raus.«

»Okay«, sage ich. »Es freut mich sehr, dass du heute Abend kommen konntest.«

Ich begleite Tam zur Tür und halte sie ihr auf. Dann stehe ich auf der Schwelle und sehe zu, wie sie in ihr Auto einsteigt. Ich drücke ihre Beichte an mich wie einen Stein. Ich denke daran, wie Helen reagieren wird, wenn ich es ihr erzähle – mit Hass und Rachegelüsten gegen Kevin. CJ wird ungläubig den Kopf schütteln und nicht verstehen, warum Tam trotzdem mit Kevin zusammengeblieben ist. Liz wird sagen: »Das ist doch keine große Sache – ich habe auch schon ein Kind abgetrieben, weil es mir gerade nicht gepasst hat, also vergiss es einfach, Schätzchen.« Fiona wird voller Mitgefühl sein und ein Öl heraussuchen, das gegen Schuldgefühle hilft. Ereka wird im Stillen traurig sein und Tam bemitleiden, ebenso wie Dooly. Und was mich angeht, ich plane bereits einen spektakulären, glutenfreien Kuchen, für den ich einen ganzen Tag lang in der Küche stehen werde.

»Willst du nicht wenigstens die Beeren und die Schokolade mitnehmen?«, rufe ich ihr nach. »Ich hole sie dir schnell.« Tam schüttelt den Kopf. »Nein, danke, teilt ihr sie doch morgen unter euch auf. Nehmt etwas für die Kinder mit nach Hause.« In ihrer Stimme schwingt keine Spur moralischer Überheblichkeit mit. Habe ich mir das die ganze Zeit über nur eingebildet?

Ich nicke. »Fahr schön vorsichtig«, rufe ich. Sie lässt den Motor an und lächelt zurückhaltend durch das Autofenster. Ich stehe da und sehe ihr nach, als sie aus der Auffahrt zurücksetzt, nicht ohne zu blinken, obwohl die Straße wie ausgestorben ist.

Selbsthass ist ein schreckliches Verlies des Verschweigens. Niemals zu vergessen, ist eine gewaltige Verpflichtung. Sie schließt uns von der Vergebung aus, die nur wir selbst uns gewähren können. Aber manche von uns entscheiden sich, gleich den Schlüssel wegzuwerfen, als sei ewige Bestrafung die einzig legitime Buße.

Mutter zu sein, ist keine Kleinigkeit. Es ist keine Frage von Zabaglione oder gefrorene Beeren mit geschmolzener Schokolade. Mutter sein ist das ultimative Bindeglied – zwischen Leben und Tod. Wenn man all die romantischen, verklärten Vorstellungen entfernt, erkennt man eine Wüste, die keinerlei Trost bietet für die Irrtümer, Missgeschicke und Fehler, mit denen wir uns unwissentlich versündigen, wenn wir uns entscheiden müssen, ob wir für jene »unser Bestes tun«, die wir auf die Welt gebracht haben, oder selbst überleben wollen.

Das Geräusch von Tams Wagen treibt noch durch die Nacht, als sie schon längst weggefahren ist.

20

Der Morgen danach

Eigentlich sollte es Rührei mit Schalotten, getrockneten Tomaten, Feta und Sauerteig-Toast zum Frühstück geben. Aber ich habe weder die Kraft noch den gesunden Magen, mich der Küche zu stellen, die mit den Überresten des Festmahls von vergangener Nacht übersät ist. Auf der Arbeitsplatte steht ein offener Becher Honig-Zimt-Joghurt – ich hasse so etwas und nörgle furchtbar an meinen Kindern herum, wenn sie Milch oder Butter über Nacht einfach draußen stehen lassen. Aber wer bin ich schon, dass ich hier anfangen würde zu nörgeln, unter Müttern, die es alle besser wissen sollten? Schwach stelle ich ihn in den Kühlschrank, aber wenn er jetzt verdorben ist, ist es ohnehin schon zu spät.

Mit brennenden Augen inspiziere ich das Frühstücksterrain. Meine »Steh-auf-und-koche«-Laune ist hundemüde, aber gebt mir eine halbe Stunde Zeit ... Ich schalte den Wasserkocher an, öffne ein paar Schranktüren auf der Suche nach einer Kaffeekanne und finde sie neben einer halb vollen Packung unverschämt teurem Luxuskaffee. Helens Eltern werden mir einen kleinen Schuss Koffein bestimmt nicht missgönnen. Der Wasserkocher schaltet sich dampfend ab. Mein Kopf ist schwerfällig, weil ich zu wenig geschlafen und zu viele Daiquiris getrunken habe. Liz kommt

in ihrem braunen Satinnachthemd und roten Lederslippern gähnend in die Küche geschlurft.
»Wie hast du geschlafen?«, frage ich sie.
»Ganz gut«, sagt sie. »Die Matratze war ein bisschen hart, aber ich habe ein paar Stunden geschlafen. Und du?«
»Es geht so«, sage ich, löffle eine doppelte Portion Kaffeepulver in die Glaskanne, und füge dann noch zwei Löffel hinzu. Wir brauchen das jetzt. »Das Sofa war ein bisschen zu weich, und ich konnte nicht einschlafen, aber irgendwann ging es. Ich fühle mich, als hätte ich die ganze Nacht wach mit einem kranken Kind verbracht.« Ich gieße das heiße Wasser in die Kanne und genieße den Duft – wenn das mein Liebhaber wäre, würde ich ihn jeden Morgen nach dem Aufwachen voller Begehren liebkosen. Wer auch immer eine Kaffeebohne sah und daraus die Vision eines rauchigen, langsam gerösteten doppelten Espresso entwickelte, war ein verdammtes Genie. Kaffee ist eine der wenigen Freuden, die das Muttersein mir nicht geraubt hat.
»Welche Ironie«, sagt Liz lächelnd. »Kann ich auch eine Tasse haben?«
Ich drücke den Filter herunter, schenke Liz einen Kaffee ein und schiebe Milch und Zucker zu ihr.
»Keinen Zucker, danke«, sagt sie.
»Natürlich nicht«, sage ich. »Hast du Hunger?«
»Ich bin jetzt noch satt vom Abendessen«, sagt sie.
»Selbst wenn das stimmen würde, Liz, gibt es gewisse Dinge, die du lieber für dich behalten solltest«, tadele ich sie.
Wir nehmen unseren Kaffee und gehen ins Wohnzimmer, wo uns der Morgen erwartet.
Wir setzen uns nebeneinander aufs Sofa mit Blick auf den

morgendlichen Hafen. Die Aussicht ist auf einmal scharf umrissen, wie entblößt von diesem nackten Licht. Ich genieße die Stille, die Ruhe, aber mir ist bewusst, dass dies vermutlich der erste Morgen seit Monaten ist, an dem ich kein Kind auf dem Schoß habe, das sich in meine Restbettwärme kuschelt. Ich habe das eigenartige Gefühl, etwas Wichtiges verloren zu haben. Ich schaue auf meine Armbanduhr – es ist acht Uhr fünfundzwanzig, Samstagmorgen. Sicher sind sie schon seit Stunden auf, nerven Frank, damit er ihnen den Fernseher einschaltet (was er auch tun wird), und fragen ihn vielleicht, wann ich nach Hause komme (aber nicht, wenn der Fernseher schon an ist). Es wird nur noch zwei, drei Stunden dauern, bis ich sie wiedersehe. Plötzlich sehne ich mich danach, ihre Stimmen zu hören, aber ich will nicht, dass diese besondere Zeit so schnell vorbeigeht. Ich fange gerade erst an, mich zu entspannen und sie zu genießen.

Um uns herum liegen ausgebrannte Teelichter, und da ist ein Aschenbecher mit den Überresten von nicht weniger als fünf Joints darin. Ereka hatte einen tollen Abend. Das Geschirr haben wir gestern einfach auf dem Couchtisch, einem Beistelltisch und dem Esstisch stehen lassen – wir haben nicht einen Teller in die Spülmaschine geräumt. Wenn ich eine Mutter wäre, und wir die Kinder, dann wäre ich jetzt stinksauer auf uns.

»Meinst du, Tam geht es gut?«, fragt Liz.

»Warum fragst du?«, entgegne ich und wende mich ihr zu. Ihr Gesicht sieht müde aus, aber es hat etwas Bezauberndes, denn ohne das perfekt aufgetragene Make-up und den zu starken Kontrast des harten, dunkelroten Lippenstifts, den sie immer trägt, sieht es längst nicht mehr so ernst aus.

»Mir ist nur aufgefallen, dass sie während unserer Unterhaltung sehr emotional geworden ist, und dann ist sie einfach gegangen, ohne sich zu verabschieden«, sagt Liz.
»Ich bin sicher, es geht ihr gut«, sage ich. »Ich glaube, sie musste nur eine Menge ... Kevin ist ein Arschloch, weißt du?« Ich will gerade sagen: »Er hat sie vor acht Jahren zu einer Abtreibung gezwungen«, aber meine Zunge hält sich im Zaum. Tams Geheimnis kriecht zurück in meine Kehle und von dort aus in meinen Bauch, wo es sich in eine neue, sichere Nische kuschelt, weit weg vom Strom müßigen Klatsches.
»Ich weiß«, sagt sie.
Sie und ich trinken schweigend Kaffee. Ich ziehe die Beine unter meinen Morgenmantel und dehne meinen Rücken über die Armlehne.
»Ich möchte nicht mit so einem Arschloch verheiratet sein«, sage ich und richte mich wieder auf.
»Du hast Glück«, sagt sie.
»Ich weiß. Frank ist ein guter Mann ...« Liebevoll denke ich an meinen Frank. Es gibt mir einen frischen Stoß der Erregung, wenn andere erkennen, was für ein guter Mann er ist. »Aber Carl ist auch kein Arschloch«, sage ich.
»Nein, ist er nicht. Aber er kann sehr launisch sein.«
»Südländisches Temperament?«, schlage ich vor.
»Kann sein.« Sie streicht mit den Fingern ihre Augenbrauen in Form.
Ich strecke die Beine aus und bedecke sie mit dem absurden Frotteebademantel, auf dessen Tasche mein Name gestickt ist – »Joanne« – ein Geschenk von meiner Mutter zu meinem dreißigsten Geburtstag.

Im Morgenlicht wirkt Liz weicher. Ich betrachte sie voller Zuneigung. Diese scharfe, spitze Autorität wirkt in Nachthemd und Hausschuhen beinahe zerbrechlich. Sie muss meine Gedanken erraten haben, denn als Nächstes sagt sie: »Ich hatte eine Affäre.«

Um ein Haar verschütte ich Kaffee auf meinen Morgenmantel. Aber ich rühre mich nicht. »Tatsächlich?«, sage ich nur. Ich frage mich, was sie in meinem Gesicht gelesen haben mag, das sie zu diesem Geständnis bewegt hat. »Mit wem?«

»Ach, nicht so wichtig ... jemand aus meiner Vergangenheit, aus Uni-Zeiten, der unerwartet wieder in meinem Leben erschienen ist«, sagt sie. Wird sie mir mehr erzählen? Ich will nicht zu viele Fragen stellen, um ja nicht neugierig zu erscheinen, obwohl meine Neugier schon die Hände ringt wie ein Vater, der es kaum erwarten kann, endlich zu erfahren, ob es ein Junge oder ein Mädchen ist.

»Jemand, der mich vergöttert – du weißt schon, so, wie wir von Menschen angehimmelt werden, die in eine Vorstellung von uns verliebt sind, nicht in die wirkliche Person.«

Ich nicke.

»Läuft die Affäre immer noch?«, frage ich.

»Nein, ich habe sie beendet. Vor etwa zwei Wochen.«

»Ist das gut oder schlecht?«, frage ich.

»An manchen Tagen ist es gut, und an manchen so beschissen schlecht, das kannst du dir gar nicht vorstellen.«

»Wie war es denn?«, frage ich.

Sie nippt an ihrem Kaffee und sieht mich nicht an, sondern genießt die Dreieinhalb-Millionen-Aussicht auf den Hafen, die stille, weite Wasserfläche und den Horizont, die sich vor uns ausbreiten.

»Es hat eine Sehnsucht in mir befriedigt, die schon seit Jahren danach geschrien hat.«
»Ich denke ... das kann nicht nur schlecht sein?«, wage ich zu sagen.
»Es war gut für mich«, sagt sie. »Jedenfalls hat es einen Teil von mir wiederbelebt. Ich vermisse diese Leidenschaft. Ein Ehemann kann einem einfach nicht dasselbe Gefühl vermitteln wie ein heimlicher Geliebter. Das ist ein Planungsfehler der Ehe.«
So etwas wie Erleichterung – jedenfalls ist es nicht nur Koffein – durchströmt mich jetzt. Ich habe mich immer vor dem Tag gefürchtet, an dem ein Liebhaber aus meiner Vergangenheit mir über den Weg laufen und das Gelöbnis, das ich Frank gegenüber abgelegt habe, zum Gespött machen könnte. Ich habe nicht den Wunsch, ihm untreu zu sein oder ihm das Herz zu brechen, aber ich fürchte, unter den falschen Umständen könnte ich zu beidem fähig sein. Vielleicht beruht eheliche Treue doch eher auf der zufälligen Tugend mangelnder Gelegenheit als auf der moralischen Überlegenheit dessen, was richtig ist.
»Hat Carl es herausgefunden?«, frage ich.
»Nein«, sagt sie. »Ich erzähle ihm nur Dinge, die er wissen muss. Das braucht er nicht zu wissen.«
»Wow«, sage ich.
»Ja, aber er hat schon gemerkt, dass irgendetwas nicht stimmt. Er will, dass wir zu einer Eheberatung gehen ...«
Ich trinke einen großen Schluck Kaffee. »Das ist doch in Ordnung, oder?«, frage ich zögerlich, unsicher, weil ich Liz' Gefühle nicht abschätzen kann.
»Findest du?«, fragt sie. »Warum?«

»Hm ...« Ich suche nach einer Antwort, die den Maßstäben von Liz' kompromissloser Logik genügen könnte. Sie hat keine Geduld für hohle Phrasen. »Ich glaube, alle Beziehungen können von einer psychologischen Beratung nur profitieren. Das ist eine Chance, einander besser kennenzulernen.«

Sie schnieft leise. Wenn sie mit dieser Antwort nicht zufrieden ist, lässt sie sich das nicht anmerken.

»Ich habe nur Angst, dass dabei alles herauskommen könnte, und dass Carl mich dann verlassen wird. Und dass er die Kinder mitnimmt«, sagt sie.

Ich hole tief Luft. »Liz, mal nicht den Teufel an die Wand«, sage ich. »So eine Therapie kann sich sehr positiv auswirken.«

»Ich weiß nicht, wie positiv Carl die Tatsache auffassen wird, dass ich ihn betrogen habe.« Sie lacht bitter und schaut an mir vorbei aus dem Fenster. Dann schließt sie die Augen und seufzt tief.

»Vielleicht wird er es verstehen«, sage ich. Und zögere. »Und wenn er dich verlassen und die Kinder mitnehmen würde, wäre das denn so schrecklich? Ich meine, du hättest doch immer noch deine Firma ...«

Sie öffnet die Augen und sieht mich an, als wäre ich der größte Dummkopf der Schule. »Ich bin vielleicht keine so alltäglich praktische Mutter wir du, Helen oder Tam, aber ich bin immer noch eine Mutter. Sie hüpfen auf meinen Schoß und geben mir nasse Küsse auf die Wange. Ich reiße mir den Arsch auf, damit sie eines Tages finanziell abgesichert sind und tun können, was immer ihnen gefällt – ob sie den Mount Everest besteigen wollen, oder diese Dinger, diese, wie nennt man die gleich … Traumfänger aus Federn und Kristallen basteln. Ohne diese Kinder … ich weiß nicht … Ich will sie nicht verlieren.« Zum allerersten Mal lugt ihre Verletzlichkeit hervor. Sie sieht genauso aus wie die von anderen Leuten.

»Du wirst sie nicht verlieren«, sage ich. »Lüg doch einfach in der Eheberatung. Lass es ihn nicht merken … streite es ab.«

Liz lacht. »Das werde ich versuchen, aber ich kann nichts versprechen. Manchmal ist die Wahrheit einfach stärker als wir …« Sie mustert mich mit schmalen Augen. »Ich soll also lügen, ja? Interessant, das aus deinem Mund zu hören. Sagst du das auch deiner Tochter?«

»Ach, lass den Scheiß, Liz«, sage ich. Und dann: »Wenn sie verheiratet wäre und eine Affäre hätte … ich weiß nicht, vielleicht … Es gibt eben nicht nur Schwarz oder Weiß … Alles ist ein einziges Durcheinander.«

»Würdest du Frank betrügen?«, fragt sie mich und sieht mir dabei direkt in die Augen.

Ich zucke mit den Schultern. »Ich hoffe nicht«, sage ich. »Aber man kann nie wissen …« Dann grinse ich breit. »Es würde mir verdammt schwerfallen, Robbie Williams von der Bettkante zu stoßen.« Ich weiß, dass das die Wahrheit ist; dass ich vor den Kindern vielleicht auf dem schmalen Grat zwischen Treue und Untreue entlangbalanciert bin; ein kleiner Stups hätte mich zu Fall gebracht. Aber jetzt, da ich Mutter bin, stehe ich fest auf der Seite der Treue. Ich bin zu müde, zu beladen, um auch nur nach den Kirschen in Nachbars Garten zu schielen. Aber das erzähle ich Liz nicht. Ich drücke nur ihre Hand. Sie reagiert nicht darauf.

»Weißt du, das Problem war nur, dass meine ganze Selbstachtung und mein Selbstbild durch den Schwangerschaftsdiabetes stark gelitten hatten. Ich habe mich jahrelang so unerwünscht und nicht begehrenswert gefühlt.«

Es entsteht eine längere Pause, während mein Verstand versucht, die Schlinge in diesen Worten zu fassen zu bekommen.

»Was?«, frage ich und sehe sie an.

»Ich habe Diabetes bekommen, während ich mit Brandon schwanger war, und ich war noch lange danach furchtbar krank. Deswegen muss ich aufpassen, was ich esse.«

Der Aufprall der Erkenntnis haut mich um wie ein Schlag in den Magen, und die Innereien meiner Dummheit quellen vor mir auf den Boden.

»Warum hast du keiner von uns je etwas gesagt?«, frage ich.

»Warum soll ich euch damit belasten? Das ist *mein* Problem. Ich will nicht, dass ihr irgendwelche speziellen Gerichte für mich kocht oder so. Ich komme schon zurecht.«

»Es wäre mir eine Freude, dir etwas Besonderes zu essen zu machen«, sage ich.

»Das ist sehr lieb von dir, aber ehrlich, das ist nicht nötig. Ich habe das Essen einfach hinter mir gelassen. Dabei habe ich früher so gern Süßes gegessen … Besonders Zitronenbaisertorte. Jetzt ist Essen für mich wie Steuern zahlen – ich tue es nur, weil ich es tun muss.«

Am liebsten würde ich jetzt irgendein wirres Geständnis stammeln und sie anflehen, mir zu verzeihen, dass ich sie jahrelang mit stummer kulinarischer Verachtung gestraft habe, dass ich so arrogant war und vorschnelle Schlüsse gezogen habe ... Aber hinter uns hören wir Doolys und CJs Stimmen. Meine blasse, schlappe Entschuldigung weiß nicht, wohin mit sich, und treibt verloren durch meinen Kopf ... zu spät.

Dooly schlurft in einem absurd flauschigen rosa Nachthemd herein, von der Sorte, die unsere Eltern uns aufzwangen, als wir noch klein waren, und auf ihren lächerlich großen, ebenso flauschigen Hausschuhen lächeln Micky-Maus-Gesichter, deren schwarze Nasen und Ohren das Gehen zu einer riskanten Angelegenheit machen. Irgendwie schafft sie es trotzdem. Dooly, warum machst du es dir immer so schwer – was ist an einem ganz gewöhnlichen Paar Hausschuhe vom Discounter auszusetzen? Aber heute Morgen sieht sie fröhlich aus, mädchenhaft. CJ geht in ihrem Männerschlafanzug aus kariertem Flanell auf und ab – den trägt sie bestimmt, um sich Männern wenigstens ein bisschen nahe zu fühlen.

»Verdammt, hätte ich jetzt gern eine Zigarette«, sagt sie. »Aber ich höre heute Morgen wieder offiziell mit dem Rauchen auf. Wie konntet ihr mich gestern Abend rauchen lassen? Und so etwas nennt sich Freundinnen!«

»Wir konnten dich nicht davon abhalten«, sagt Liz.

»Trink lieber einen Kaffee«, schlage ich vor.

»Und was für ein bescheuerter Film *Amys Orgasmus* war«, verkündet CJ. »Wer hat überhaupt die DVDs ausgesucht?« Lange nach Mitternacht, nachdem wir uns im Whirlpool geaalt hatten, haben wir uns alle zusammen aufs Sofa gequetscht und zwei Filme nacheinander angeschaut. *Amys Orgasmus* war besonders enttäuschend – kein Wunder, das ist es meistens, wenn man andere Leute über ihre Orgasmen reden hört.

»Schuldig«, sage ich. »Tut mir leid, ich hätte besser nur für das Essen zuständig sein sollen. Nächstes Mal überlasse ich die Filmauswahl jemand anderem.« Ich bin immer noch dabei, die letzten Jahre meiner Freundschaft mit Liz im Geiste zurückzuspulen und jede gemeine Bemerkung über ihre Essgewohnheiten aufzuspüren, die mir aalglatt über die ignoranten Lippen geschlüpft ist. Schwangerschaftsdiabetes, verdammt. Mir ist fast übel vor lauter schlechtem Gewissen.

»Hat überhaupt eine von euch schlafen können?«, fragt Dooly.

»Schon«, sage ich. »Aber nicht genug.«

»Ein bisschen«, sagt Liz.

»CJ schnarcht wie eine Kettensäge«, sagt Dooly.

»Gar nicht wahr«, verteidigt sich CJ.

»Woher willst du das wissen? Du schläfst doch, wenn du schnarchst«, beharrt Dooly. Sie kommt zu uns und quetscht sich zwischen Liz und mich aufs Sofa.

»Ich weigere mich, als Schnarcherin abgestempelt zu werden«, sagt CJ. »Das ist ja so demütigend.«

»Herrgott, was wird nur aus uns?«, fragt Liz.

»Eine erschreckende Warnung nach der anderen«, sage ich.

»Ich habe Schlamm aus dem Toten Meer gekauft, den wir uns alle gestern Abend ins Gesicht hätten schmieren sollen, aber dann habe ich ihn ganz vergessen«, sagt CJ.

»Das können wir doch jetzt machen«, sagt Dooly begeistert.

»Vergiss es«, sagt Liz. »Ich bin viel zu müde.«

»Ach, kommt schon«, sagt CJ. »Das wird lustig. Und dann können wir die anderen wecken gehen, mit schwarzem Matsch im Gesicht.«

»Mich nicht«, ertönt Fionas Stimme. Sie schwebt herein, gehüllt in einen aquamarinblauen, handgewebten Wollschal, zweifellos von der Frau irgendeines Bio-Bauern gefertigt, die den Erlös hungrigen Waisen in Indonesien spendet. »Macht das nicht eine furchtbare Schweinerei?«, fragt sie.

»Ach, na und?«, stachelt Dooly uns auf. »Kommt schon, wann haben wir zuletzt richtig etwas für uns getan?«

Mehr Ermunterung braucht CJ nicht. Sie verschwindet im Flur, um den Schlamm aus ihrer Tasche zu holen.

Es ist eine Szene wie aus einem modernen französischen Film. Wir sitzen alle am Frühstückstisch mit trocknendem schwarzem Matsch im Gesicht, die Augen groß und gespenstisch weiß vor diesem dunklen Hintergrund. Leider sind Helen und Ereka aufgewacht, bevor wir sie mit unseren beschmierten Gesichtern erschrecken konnten. Sogar Liz hat sich auf die Schlamm-Maske eingelassen, obwohl ihrer Meinung nach der Verpackungstext nicht gerade dazu einlud, der verkündete: »Auch die Heldinnen der Bibel müssen Schlamm aus dem Toten Meer im Herzen des Gelobten Landes verwendet haben – für einen himmlischen Teint.«

»Ich würde jemanden feuern, der so etwas schreibt«, höhnte sie.

Ich vermied geschickt eine hitzige Diskussion mit CJ über die Besetzung der West Bank durch das Gelobte Land, indem ich Biscotti mit gerösteten Mandeln und Aprikosen anbot, als kleinen Snack, während wir darauf warten, dass die Maske wirkt.

Es klingelt an der Tür.

»Wer zum Teufel soll das um diese Uhrzeit sein?«, fragt Helen.

»Vielleicht haben deine Eltern beschlossen, früher zurückzukommen?«, mutmaßt Ereka.

»Die haben einen Schlüssel. Außerdem wollten sie erst in zwei Wochen zurück sein«, sagt Helen und geht barfuß zur Tür.

Wir alle warten gespannt.

»Tam!«, hören wir Helen sagen.

»Du meine Güte, was hast du da im Gesicht?«, hören wir Tam ausrufen.

»Schlamm aus dem Toten Meer – und glaub ja nicht, du würdest ohne Gesichtsmaske davonkommen«, sagt Helen.

Tam kommt herein, gefolgt von Helen. Als sie uns sieben im Schlafanzug und mit beschmierten Gesichtern dasitzen sieht, bricht sie in Lachen aus. »Wenn ihr euch nur sehen könntet!«, kichert sie.

»Was machst du denn hier?«, fragt Fiona. »Was ist mit den Jungs, müssen sie nicht zum Cricket? Oder war es Schach?«

»Ich habe Kevin heute Morgen gesagt, dass er sie hinfahren muss«, erklärt sie. »Und bin einfach gegangen.«

»Na, wir freuen uns jedenfalls, dich so schnell wiederzusehen«, sagt Dooly.
»Aber du hättest schon im Schlafanzug kommen müssen«, sagt Helen.
»Möchtest du Kaffee?«, fragt Ereka.
»Nein, danke, ich habe mir Kamillentee mitgebracht, und davon hätte ich jetzt gern eine schöne Tasse.«
Sie schleicht sich in die Küche, um sich Tee zu kochen. Ich versuche, ihren Blick aufzufangen, aber sie weicht mir aus, mit einem seltsamen, halben Lächeln auf den Lippen.

Nun ist es an der Zeit, sich zu verabschieden. Abgesehen von Liz, die schon früh gegangen ist, um im Büro nach dem Rechten zu sehen, sind wir übrigen immer noch da und versuchen zu gehen. Wir haben widerstrebend gebadet oder geduscht und uns angezogen, den Geschirrspüler vollgepackt, den Tisch abgeräumt und den Aschenbecher und die Mülleimer geleert. Dann haben wir das restliche Essen aufgeteilt. Wir haben Helens Eltern ein Dankesbriefchen hinterlassen. Die Mädels haben gesagt, ich könne die Tulpen mitnehmen. Ich habe nicht widersprochen, die Stiele in eine Plastiktüte mit ein wenig Wasser gewickelt und das Ganze mit einem Gummiband gesichert.
Wir schleppen unsere Taschen nach draußen und warten, wer von uns als Erste Anstalten zum Aufbruch machen wird. Dooly ist trotz des warmen Vormittags in Lukes Schal eingewickelt. Es gibt keinen Grund, ihm zu erzählen, dass sein Schal die Nacht unter Erekas Stuhl auf dem Boden

verbracht hat – ich habe ihn beim Aufräumen dort gefunden. Aber Dooly wäre fähig, es ihm trotzdem zu gestehen, und es den ganzen Nachmittag lang zu bereuen. Helen trägt dieselben Kleider wie gestern – ich glaube, sie hat vielleicht sogar darin geschlafen und nur ihre Stiefel ausgezogen. Ereka hat im Garten von Helens Mutter zwei Gänseblümchen für ihre Mädchen gepflückt und sich je eines hinter ein Ohr gesteckt. Ich habe Tam überredet, ihre Beeren mit nach Hause zu nehmen und ihren Jungs einen Smoothie daraus zu machen. Fionas kleiner Korb ist voller Reste in Alufolie. CJ hat ihre Flasche Wein dabei – wir sind gar nicht dazugekommen, den zu trinken.

Wir absolvieren ein stummes Umarmungsritual, bis jede von uns jede andere zum Abschied an sich gedrückt hat. Die Bänder der Vertrautheit zwischen uns wirken im morgendlichen Sonnenschein zart und vergänglich. Eine Nacht wie die, die wir gerade zusammen verbracht haben, wird wohl so bald nicht wiederkommen, und ich denke jetzt schon mit leichter Nostalgie daran zurück. Ich will dieses Gefühl auffangen, es in einem bunten Marmeladeglas aufbewahren oder irgendwo niederschreiben, aber ich spüre, wie es mir entgleitet. Es war eine außergewöhnliche, ekstatische, herrliche, herzzerreißende Insel in der Zeit, ein Intervall der Bekenntnisse und Anekdoten, Geschichten und Geheimnisse. Ich winke meinen Freundinnen zu, die wie ein Sternbild am Straßenrand aufgereiht stehen, den großen und den kleinen, den dicken und den dünnen, einer Handvoll unbesungenen Heldinnen.

»Wann werden wir acht uns wiedersehn?«, fragt CJ.

»Mir fällt schon was ein«, sagt Helen. »Vielleicht fahren wir nächstes Mal zusammen übers Wochenende weg?«
»Das wäre fantastisch!«, sagt Fiona.
»Ein ganzes Wochenende – ich weiß nicht«, sagt Tam.
»Kommt darauf an, wann und wo«, sagt Dooly.
»Und wer kommt mit zu Weight Watchers?«, frage ich.
»Ich bin dabei«, sagt Ereka.
»Ich auch.« Dooly nickt.
»Habt ihr nichts Besseres zu tun?«, fragt Helen.
»Bis bald!«, rufe ich noch aus dem Autofenster, als ich davonfahre.
Zwanzig Minuten Fahrt in einem eigenartig stillen Auto liegen vor mir, ohne Streitereien und Geschrei vom Rücksitz. Ich rufe vom Handy aus zu Hause an, und Frank geht ans Telefon. »Kann ich von unterwegs etwas mitbringen?«, frage ich.
»Milch und grüne Äpfel«, sagt er. »Aber du brauchst dich nicht zu beeilen – hier ist alles unter Kontrolle«, sagt er.
»Was bedeutet, dass sie mit eckigen Augen vor der Glotze sitzen«, sage ich bedauernd.
»Na ja, nicht ganz, aber fast …«
»Du bist unmöglich!«, sage ich zu ihm.
»Danke, mein Schatz«, sagt er. »Wie ich sehe, hat eine wilde Nacht mit den Mädels dich so weich und liebevoll gemacht, dass man dich kaum mehr erkennt. Verrätst du mir, wie sie das angestellt haben?«
»Wir sehen uns nachher«, sage ich. »Ich muss Schluss machen, ich bin im Auto«, und damit lege ich auf. Sarkastischer Mistkerl.
Als ich an der Tankstelle die Milch und die grünen Äpfel

bezahlen will, bemerke ich meine Hände, die kaum als meine zu erkennen sind, mit diesen schrillen roten Fingernägeln. Ich muss unbedingt Nagellackentferner kaufen, zu Hause habe ich keinen. Ich strecke meine Hände aus und betrachte sie. Aaron wird sicher erschrocken fragen: »Was ist mit deinen Händen passiert?« Jamie wird mich anbetteln, ihr auch die Nägel zu lackieren, und wir werden uns dazu heimlich in mein Zimmer schleichen müssen – Frank kann es nicht sehen, wenn kleine Mädchen geschminkt sind. Plötzlich fällt mir auf, dass ich nie erfahren habe, welcher Promi denn nun über viertausend Paar Schuhe besitzt, verdammt. Das wird mich jetzt verfolgen. Vielleicht könnte ich das im Internet recherchieren. Vielleicht finde ich dort auch ein komplett zuckerfreies Rezept für eine Zitronenbaisertorte für Liz …

Joan Armatradings Stimme aus dem Radio schwebt als Hintergrundmusik durch den Shop der Tankstelle. »More … more than one kind of love … there is more … more than one kind of love.« Als ich an der Kasse in der Schlange stehe, denke ich daran, welche Art von Liebe nötig ist, damit man seinen Schmerz für sich behält, wie Liz es getan hat, damit wir sie nicht wegen ihrer asketischen Existenz bemitleiden; wie Ereka es mit ihrer immerwährenden Sorge um Olivia tut; wie Dooly es tut, der ihre ersehnte Tochter geraubt wurde. Ich denke an die Liebe jener Menschen, die immer versuchen, den Weg frei zu machen für die, die ihnen folgen, wie Tam, die sich nie auf elterlicher Faulheit ausruht. Oder an die Liebe, die es braucht, um den Kopf hochzuhalten und Mut zu beweisen, wie CJ es getan hat, als sie Tom rausgeworfen und damit ein Beispiel für unbestechliche Integrität gesetzt hat. Stumm schüttele ich den Kopf vor Verwunderung über die vielen Arten der Liebe, aus denen wir als Mütter schöpfen müssen – täglich, stündlich, von Minute zu Minute; Liebe, die leicht übersehen wird, aber unerlässlich ist, weil sie die Welt am rechten Platz hält, für unsere Kinder.

Ich will Jamil an der Kasse gerade meinen Zwanzig-Dollar-Schein reichen, als ich plötzlich noch zwei Kit-Kats für die Kinder, einen Mood Ring für Jamie und einen Dinosaurier-Schlüsselring für Aaron dazulege. Es ist fast vorbei. Diese Zeit ohne sie ist beinahe abgelaufen. Ich bin schon fast wieder eine Mami. Ich verlasse den Laden ohne Nagellackentferner, denn den habe ich vergessen.

Langsam lasse ich den Wagen vor unserem Haus ausrollen. Ich drehe den Rückspiegel so, dass ich mich darin betrachten kann. Ich sehe fertig aus. Eine Nacht ohne meine Kinder war nicht so erholsam, wie ich sie mir ausgemalt hatte. Ich hole tief Luft und öffne die Fahrertür. Mit meiner Tasche über der Schulter, den leeren Schüsseln in den Armen und den Tulpen ganz oben auf der *fayanza* gehe ich vorsichtig zur Haustür.

Ich bekomme keine Chance, anzuklopfen oder zu rufen: »Lasst mich bitte rein, ich habe keine Hand frei!«, weil die Tür aufgerissen wird und zwei kleine Körper gegen meine Oberschenkel prallen und sich an meine Hüfte klammern. »Mami ist wieder da!«, sage ich, obwohl es im Gehüpfe und Geschrei untergeht. Genau das, was mich wieder nach Hause gebracht hat.

Nachwort

Sechs Wochen nach unserem Mädels-Abend fand Fiona einen Knoten in ihrer linken Brust. Brustkrebs wurde diagnostiziert, und sie musste sich einer radikalen Mastektomie samt Bestrahlung und Chemotherapie unterziehen. Sie verlor ihr prächtiges Haar, aber die Prognose ist gut. Kevin, Tams Ehemann, hat Fionas Brust rekonstruiert und die neuesten Implantate gestiftet, kostenlos, was bedeutet, dass sie jetzt größere (und festere) Brüste hat als wir alle. So ist Kevin doch noch dazu gekommen, sich ganz umsonst die Brüste einer Freundin seiner Frau anzusehen.

Helens Baby müsste jetzt jeden Tag zur Welt kommen. Die Fruchtwasseruntersuchung hat ergeben, dass das Baby gesund ist; das Geschlecht konnte dabei allerdings nicht festgestellt werden. Aber sie hat mich noch sechsmal pendeln lassen. Immer noch »nein« für ein Mädchen.

Bei der Weihnachtsfeier ihrer Firma bekam CJ Gelegenheit, eine Frau zu küssen. Sie fand es zwar »ganz lustig«, hat aber weder Harvey weggeworfen noch die Hoffnung aufgegeben, eines Tages einen ganz normalen, anständigen Kerl kennenzulernen (»Gott allein weiß, ob es so etwas da draußen überhaupt gibt«). Auf Tams Drängen hin hat CJ Liam nicht mit Ritalin behandelt, sondern gibt ihm stattdessen hohe Dosen Omega-3-Fettsäuren. Über sein Verhalten wird noch diskutiert, aber er hat jedenfalls tolle Haut und glänzende Haare.

Doolys Mutter hat ganz unerwartet einen Schlaganfall erlitten und ist vor einem Monat verstorben. Max hat eine Putzfrau organisiert und Dooly mit einem pieksauberen Haus überrascht. Dooly ist zwar noch in Trauer, sagt aber, Max sei ihr noch nie eine solche Stütze gewesen. Sie hatte keine Zeit, mit zu den Weight-Watchers-Treffen zu kommen, aber sie liest jetzt *Warum französische Frauen nicht dick werden* – »es muss doch irgendeine Diät geben, bei der man Schokolade essen darf«.

Tam hat ihren Teilzeitjob aufgegeben, um noch mehr für ihre Jungs da zu sein. Sie nimmt immer noch Prozac und hat beschlossen, eine Zusatzausbildung als Lehrerin für hochbegabte Kinder zu machen. Sie versucht, Kevin zu einem weiteren Kind zu überreden, und obwohl sie nichts gegen einen dritten Jungen hätte, »wäre es schon schön, ein Mädchen zu haben ...«

Als Liz von ihrer letzten Geschäftsreise zurückkam, entdeckte sie einen blauen Fleck an Brandons Arm und bekam schließlich aus ihm heraus, dass Lily ihn geschlagen und mit Lutschern bestochen hatte, damit er sie nicht verriet. Liz hat Lily auf der Stelle gefeuert. Nun sucht sie verzweifelt ein neues Kindermädchen, das bereit wäre, bei ihr einzuziehen, nachdem sie es mit unzähligen Aushilfen probiert hatte, aber »Herrgott, es ist wirklich schwer, gutes Personal zu finden«. Nach Fionas Krebsdiagnose ist sie nun doch zur Mammographie gegangen, und es ist alles in Ordnung.

Ereka hat Kylie endlich abgestillt. Und sie und Jake sind für eine Woche nach Bali geflogen – ganz allein –, um ihren zehnjährigen Hochzeitstag zu feiern; die Kinder waren währenddessen bei Erekas Mutter. Ereka und Jake haben die ganze Woche nur gegessen, sich geliebt und gelesen. Als sie nach Hause kamen, ging es Olivia prächtig, nur Kylie hatte unter Trennungsängsten gelitten. Ereka hat mit Weight Watchers schon fast zwei Kilo abgenommen.

Und ich? Ich habe ein Buch über unseren gemeinsam verbrachten Abend geschrieben, von dem ich stark hoffe, dass es sich trillionenfach verkaufen wird, damit ich endlich mit Frank diese Flitterwochen in Paris nachholen kann, zu denen wir nie gekommen sind. Natürlich müssten wir wohl die Kinder mitnehmen, aber hey, so ist das eben, wenn man Mutter ist. In der Zwischenzeit gilt es erst einmal, die Hausarbeit zu erledigen. Aaron hat angefangen, Bananen zu essen, und ich stehe nicht mehr auf Robbie Williams, weil Jamie gesagt hat, wenn er tanzt, sehe er aus wie ein Huhn. Es ist der alltägliche Trott mit Fahrten zur Schule und zurück, Lunchboxen, Schwimm- und Karatekursen, unterbrochen von Gejammer und Streiterei, erträglich gemacht von Umarmungen und Küssen, die schneller ausgehen werden, als ich wahrhaben möchte, nun, da die Pubertät drohend näherrückt.

Aber alles verändert sich so schnell – die Belastungen von heute werden die Leere von morgen sein. Im Augenblick würde ich behaupten, dies ist wahres Glück. Oder zumindest nahe dran.

Danksagung

Ich schulde so vielen großzügigen Frauen meinen tief empfundenen Dank:

Jane Ogilvie, weil sie mich entdeckt, an mich geglaubt und die Idee für dieses Buch in mir kultiviert hat, für die vielen Geschenke ihrer Freundschaft und ihre Großzügigkeit;
Jo Paul, weil sie »Ja« gesagt hat, und weil es so viel Freude gemacht hat, mit solch einer brillanten, scharfsinnigen verwandten Seele zusammenzuarbeiten;
Jeanmarie Morosin, weil sie sich so ruhig, sorgfältig und voller Hingabe um mein Manuskript gekümmert hat;
Belinda Lee für ihr kluges Lektorat;
und allen bei Allen & Unwin für ihre unglaubliche Unterstützung und Begeisterung für dieses Buch;
meinen großartigen Freundinnen – ihr wisst, dass ihr gemeint seid –, die an »jenem« Abend und vielen ähnlichen mit mir zusammen waren; den »Bootsfrauen« und anderen geliebten Freundinnen, über die halbe Welt verstreut, die mit der heiligen Aufgabe der Mutterschaft betraut sind. Ich schulde euch meinen Dank dafür, dass ihr die Weisheit, das Lachen und eure Geschichten mit mir geteilt und mich mit köstlichem Essen und eurer Freundschaft in harten Zeiten genährt habt. Vor allem Katrina, die ich ungeheuer lieb

habe, dafür, dass sie die Freuden des Essens und die Abenteuer des Mutterseins mit mir teilt;

meiner Seelenverwandten Tracey Segel für die Sanftheit, die sie in diese Welt bringt, und für die Güte und Nachsicht ihrer Kameralinse;

meinen wundervollen Kindern Jesse und Aidan dafür, dass sie Geduld mit mir haben und mich lieben, trotz all der Fehler, die ich gemacht habe;

Und Zed – ich bin voller Ehrfurcht vor den Segnungen deiner Treue und Liebe.

Joanne Fedler

Haben Sie sich wiedererkannt?

Haben Sie mit Joanne und ihren sieben Freundinnen gelacht, gelästert und geschlemmt?
Haben Sie Lust auf noch eine Geschichte wie aus dem echten Leben: aufregend, ehrlich, lustig und traurig zugleich?

Dann freuen Sie sich auf Joanne Fedlers neues Buch

HEISS-HUNGER

Genießen Sie auf den nächsten Seiten eine appetitanregende Leseprobe aus Joanne Fedlers hinreißend komischer Schilderung einer Frau auf Diät!

Joanne Fedler

HEISS-
HUNGER

Roman

Aus dem Englischen
von Katharina Volk

KNAUR

LESEPROBE

1 Die Diät-Domina

Der Hunger treibt das Nilpferd aus dem Wasser.
SPRICHWORT DER LUO

Ich wünschte, ich hätte diesen Termin sausen lassen. Aber meine Reue kommt zu spät. Eine Stabheuschrecke in einem Minirock hat mir soeben sehr schlechte Neuigkeiten mitgeteilt: Ich bin »fettleibig«. Ja, exakt dieses Wort hat sie gewählt, aus einem reichen Schatz von Adjektiven, mit denen man jemanden beschreiben könnte, der ein paar Pfunde zu viel mit sich herumträgt, vor allem an Oberschenkeln, Bauch und Po. Adipös! Ich hoffe, das ist Ernährungswissenschaftler-Chinesisch für »Sie könnten ruhig ein paar Kilo abnehmen«.

Die Heuschrecke hat eine Kalorientabelle in Buchform und ein Ernährungstagebuch vor sich. Darin muss ich, wenn ich *wirklich ernsthaft abnehmen* will, jeden einzelnen Krümel, der mir über die Lippen kommt, so genau notieren, als handelte es sich um Beweismittel in einem Mordfall.

Denn offenbar *geht es nur so.*

»Wollen Sie jetzt abnehmen oder nicht?«, fragt sie.

Sie interessiert sich nicht für irgendwelche Ausflüchte. Sie hat sie alle schon mal gehört. Ihre Herangehensweise mag hart sein, aber sie ist effektiv. Diese Frau will nicht mit mir befreundet sein, sondern etwas erreichen. Ich bin ja so froh, dass sie das alles gleich zu Anfang geklärt hat.

Als wäre das noch nicht demütigend genug, soll ich auch noch einen Schrittzähler tragen und mindestens zehntausend Schritte pro Tag gehen. Nicht einen einzigen weniger. Damit mein träger Stoffwechsel in Gang kommt. Ich verabscheue das Wort träge, weil es so dröge und müde klingt, dass ich mich als ganze Person fühle wie diese Speckröllchen, die man um jeden Preis loswerden will.

Bis zu diesem Moment hatte ich kein Problem mit dem Begriff »fettleibig«. Er hat mich nie gestört, da er nicht auf mich zutraf.

Sie übertreibt bestimmt – dieser dürre Übereifer in Person –, um des Schockeffekts willen. Als wäre ihr exorbitantes Honorar nicht schon erschreckend genug. Ihrer Erklärung zufolge muss man für etwas bezahlen, und zwar so viel, dass es weh tut, um dessen Wert richtig zu schätzen. In ihren Vortrag streut sie auch noch ein bisschen Terminologie des Selbstwertgefühls ein.

Ich blicke auf meinen schwabbeligen Bauch hinab, vor dem meine Hände gefaltet sind. Meine Großmutter Granny Bee hat mir früher immer eingeschärft: »Sag am besten gar nichts, wenn du nichts Nettes zu sagen hast.« Also verbeiße ich mir die unreifen Erwiderungen, mit denen ich gern deutlich gemacht hätte, wie begehrenswert auch ich vorher war – ich denke nur an gewisse Momente in der Damengarderobe oder auf der Motorhaube meines Autos im Mondlicht. Meinetwegen haben Männer schon den Verstand und obendrein sämtliche Hemmungen verloren. Ich war sexy. Wirklich.

LESEPROBE

Es ist noch gar nicht so lange her, dass ich mich in eine feministische Raserei hineingesteigert und jemanden verbal guillotiniert hätte, der einer Frau das Gefühl gibt, wegen ihrer Figur oder ihres Gewichts als Mensch weniger wertvoll zu sein. Ich bin ein großer Fan von *Der Mythos Schönheit*, obwohl mir nicht entgangen ist, dass die Autorin Naomi Wolf mit höchstens Größe 38 recht knackig ist. Hässlichkeit kann man wunderbar tolerieren, wenn man nicht selbst damit geschlagen ist.

Aber seither hat sich viel verändert. *Ich* habe mich verändert. Ich kann mich kaum mehr an die Kriegerin erinnern, die ich einmal war. Die habe ich vor vier Jahren hinter mir gelassen, zusammen mit allem anderen, was ich je über mich zu wissen glaubte. Damals haben Zed und ich die qualvolle Entscheidung getroffen, unsere beiden Kinder vor den ständig zunehmenden Gewaltverbrechen in Südafrika in Sicherheit zu bringen – in ein fremdes Land, das mit anderen Gefahren aufwartet, beispielsweise den giftigsten Spinnen, Schlangen und Quallen auf dem ganzen Planeten.

Da sitze ich nun, in vornehmen Räumlichkeiten am North Shore in Sydney, ein Universum von meiner Heimat entfernt, Auge in Auge mit einer Diät-Domina.

»Ich habe es ziemlich schwer gehabt, seit wir aus Südafrika ausgewandert sind«, wimmere ich.

Gelangweilt erwidert sie meinen Blick. Sie verbringt den ganzen Tag damit, mit geschürzten Lippen korpulente Menschen wegen ihres Specks zu geißeln. Die Welt ist voller

Dickerchen. Übergewicht ist ein großes Problem in Australien. Damit bin ich nicht allein. Aber im Augenblick fühle ich mich so – absolut, vollkommen allein.

»Ist das die Ausrede, die Sie den Rest Ihres Lebens vorschieben wollen? ›Ich bin dick, weil ich ausgewandert bin‹?« Sie gibt einen Laut zwischen Kichern und Schnauben von sich. »Ich habe wirklich alle Ausflüchte schon gehört. Haben Sie vielleicht noch welche parat, wo wir gerade dabei sind?«

Ich blicke auf meine Hände hinab. Als wäre sie ach so perfekt mit ihrem ordentlichen Büro, dem Foto ihrer lächelnden Familie auf dem Schreibtisch – all diese dünnen, hübschen Mädchen im Teenageralter, die sich richtig ernähren und genug Sport treiben. Gleich daneben stehen diese Klumpen aus Plastikfett, beschriftet mit 1 kg, 5 kg, 10 kg, die den Leuten mal vor Augen führen sollen, wie abstoßend es ist, dass sie all das an ihrem Körper mit sich herumschleppen.

»Ich war früher auch dick«, sagt sie. »Und unglücklich. Glauben Sie mir, *nichts schmeckt so gut, wie sich dünn sein anfühlt.*«

Die Diät-Domina war mal dick? Ja, sie hat tatsächlich diese unbarmherzige Strenge der Bekehrten an sich. Mir wird ein wenig schwindelig. Ich kann mich nicht erinnern, wann ich zuletzt etwas gegessen habe. Das sind die drohenden Entbehrungen. Meine Familie und ich mussten extrem große Verluste verdauen, als wir in diese teure, erbarmungslose Stadt am anderen Ende der Welt gezogen sind. Ich will endlich gehen, aber sie ist noch nicht fertig. Da kommt noch mehr, noch viel mehr.

Sie befiehlt mir, nicht ständig ans Essen zu denken und meine Essgewohnheiten unter Kontrolle zu bringen, als handele es sich um Kleinkinder in der Trotzphase. Aber das sagt sich so leicht und ist so schwer zu bewerkstelligen.

Übergewichtig zu sein ist schon an sich demütigend. Daran hängt eine ganze Kultur an Emotionen – Scham, Schuldgefühle, Angst, Machtlosigkeit. In den vergangenen Jahren wurde mir jedes Wort entrissen, mit dem ich mich je selbst beschrieben habe. Zu Hause in Südafrika galt ich als erfolgreich, kompetent, eine Expertin. In jenen Tagen, als ich meine eigene Organisation führte und im landesweiten Fernsehen mit Politikern diskutierte, hätte ich mir nie träumen lassen, dass ich mich wegen eines Strandfotos von Jordans fünftem Geburtstag einmal wie eine Versagerin fühlen würde.

Ich wusste ja, dass ich bei Hosen etwa Größe 46 brauchte. Aber eine Hosengröße ist nur eine Zahl; diese Speckrollen waren ein geografisches Phänomen. Das Doppelkinn – als bräuchte irgendjemand zwei davon. Ich habe dieses Foto betrachtet und laut gesagt: »Das bin nicht ich«, als trüge jemand anderes meinen blauen Badeanzug und zündete meinem Kind die Geburtstagskerzen an. Ich schwöre, dass ich mich bis zu diesem Augenblick noch nie von Eitelkeit dazu habe treiben lassen, ein Foto von mir zu zerreißen. Aber diese Aufnahme habe ich zerrissen. In winzige Fitzel. Aber wenn das auf dem Foto gar nicht ich war, wer dann?

Jemand, zu dem ich geworden war, unbeabsichtigt, nach und nach, im Nebel der Jahre nach der Geburt meiner Kinder und der Umsiedelung. Während mein wahres Ich gerade nicht aufpasste und sich im Mitleid für mein jämmerliches Selbst im Exil wälzte, das alle Errungenschaften und Träume zusammen mit einem ganzen Leben hatte aufgeben müssen.

Doch all diese intimen Gedanken kann ich unmöglich mit der Diät-Domina besprechen. Erstens ist es ihr offenbar piepegal. Zweitens ist meine Zeit fast um. Da draußen wartet noch ein ganzes Vorzimmer voll anderer fettleibiger Menschen darauf, sie für ihre höhnische Überlegenheit zu entlohnen.

Ich bin den Tränen nahe, aber ich will nicht vor ihr weinen. Eine fettleibige Person, die weint, ist nämlich noch jämmerlicher als eine Dicke mit trockenen Augen. Zugegeben, ich bin aus eigenem Antrieb hier. Ich möchte wirklich gern meine Wangenknochen wiedersehen, ebenso meine Schlüsselbeine und meine Hüftknochen (diese längst verlorenen Jugendfreundinnen), die alle im Treibsand meiner Schwangerschaften versunken sind. Ich möchte nicht fett und vierzig sein.

Aber ich will mir auch nicht sagen lassen, dass ich fettleibig sei oder überhaupt irgendetwas anderes als bezaubernd – und mutig, weil ich diesen Termin ausgemacht habe. Ich weiß, dass ich vierundzwanzig Kilo schwerer bin als vor der Geburt meiner Kinder. Damals durfte »schlank« noch neben meinem Namen sitzen, ohne ein Visum zu brauchen, um überhaupt in meine Nähe zu gelangen. Natürlich hätte ich es nie so weit kommen lassen dürfen, dass ich jemanden dafür bezahlen muss, mir a) etwas zu sagen, das ich sowieso bereits weiß, und mich b) zu beleidigen, weil ich das Problem nicht allein lösen kann.

Ich sehe das so: Bis wir aufhören, immer wieder dieselben Fehler zu machen, wird das Universum uns mit schöner Regelmäßigkeit Gelegenheiten liefern, die notwendigen Lektionen zu lernen, wie ein Pop-up-Fenster, das man einfach nicht wegklicken kann. Aber im Augenblick denke ich nicht an all das. Ich denke mir, dass die Diät-Domina wahrscheinlich sexuell gehemmt und deswegen so ein Miststück ist.

Ich frage mich, ob sich die Schuld vielleicht auf irgendein gesundheitliches Problem schieben ließe. Bedauerlicherweise ist mit meinem Stoffwechsel jedoch alles in Ordnung, und auch meine Schilddrüse ist in bester Verfassung. Ich bin weder schokoladensüchtig, noch esse ich heimlich. Ich ernähre mich hauptsächlich von Salaten, frischen Fruchtsäften, Sushi und Wok-Gerichten. Na ja, in rauen Mengen. So haben sich jedes Jahr eben ein paar Kilo mehr hinzugemogelt, und weil ich recht groß bin, war das kaum zu sehen. Bis jetzt.

Das Problem ist: Ich liebe es das Essen. Das ist weder eine neurotische Essstörung, die ich als Teenager erworben hätte, noch habe ich irgendwelche Schwierigkeiten mit meinem Selbstbild. Mein Mann Zed liebt mich, und er hat mich nie – auch nicht zu meinen dicksten Zeiten – weniger als absolut begehrenswert gefunden (Gott segne ihn). Ich

esse einfach nur für mein Leben gern. Ich lese Kochbücher wie andere Leute Stephen-King-Romane. Sabbern gehört zu meinen Hobbys. *Was koche ich heute Abend?*, ist einer meiner Lieblingsgedanken. Was andere dir zu essen geben, ist ein Maßstab dafür, wie sehr sie dich mögen.
Menschen, die einen lieben, sagen nie: »Du hast schon zu viel gegessen.« Sie sagen immer: »Nimm dir doch noch.« Mehr ist Liebe. Weniger ist Zurückweisung.
Die Diät-Domina unterbricht meine Träumereien mit den Worten: »Stellen Sie sich das Ganze nicht als Diät vor, sondern einfach als Ernährungsplan.«
»Aber das *ist* eine Diät«, wimmere ich.
»Vermeiden Sie dieses Wort – verbannen Sie es ab sofort aus Ihrem Wortschatz.«
Jetzt soll ich also auch noch aufpassen, was aus meinem Mund herauskommt, und nicht nur darauf, was hineingelangt? Das kann doch kein Mensch ertragen.
»Ich will, dass Sie Hunger haben«, sagt dieser kalorienzählende Windhund allen Ernstes zu mir.
Hunger? Das Wort assoziiere ich mit dem Hilfswerk World Vision, doch abgesehen davon könnte ich nicht sagen, wann ich dieses Gefühl zuletzt hatte.
»Aber ich liebe Essen«, protestiere ich und höre ein leises Winseln in meiner eigenen Stimme.
»Dann lieben Sie es eben etwas weniger«, erwidert sie streng.
Während ich ihr da gegenübersitze, empfinde ich auf einmal etwas vage Vertrautes. Es ist, als würde jemand mit mir

Schluss machen. Wieder treten mir Tränen in die Augen, und diesmal kann ich sie nicht aufhalten. All die Verluste, die ich in den letzten Jahren erlitten habe, laufen mir über die Wangen. Ich hasse Abschiede. Ich habe schon viel zu viele davon hinter mir. Um hungrig zu sein, muss ich mich wieder einmal von vielen liebgewonnenen Freunden verabschieden: Oliven-Ciabatta, Thai-Curry, Ferrero Rochers, Cabernet Sauvignon …

Als ich ihr das Honorar in Höhe von einhundertsechzig australischen Dollar über den Tisch reiche, was meinem Einkaufsbudget für eine ganze Woche entspricht – für die halbe Stunde, die ich mit dem Gefühl der Demütigung und vergeblichen Versuchen der Rechtfertigung verbracht habe –, wird mir klar: Eigentlich wollte ich nur, dass jemand nett zu mir ist. Mir sagt, dass ich eigentlich gar nicht so dick bin. Dass alles gut wird. Dass es die richtige Entscheidung war, unsere kleine Familie zu entwurzeln und nach Australien überzusiedeln. Dass ein paar zusätzliche Pfunde wirklich nichts Schlimmes und ganz leicht wieder loszuwerden sind. So wie mein Heimweh, mein Kulturschock, mein Kummer.

Doch solcherlei Trost wird mir nicht geboten. Stattdessen reicht sie mir eine Quittung. »Einen Teil davon können Sie sich von Ihrer privaten Krankenkasse erstatten lassen.«

Ich falte die Quittung zusammen und stecke sie in meine Handtasche. Der kleine Schrittzähler beginnt zu ticken. Ich habe Angst. Vor dem Hunger. Vor dem Loslassen. Davor, Dinge zu verlieren.

»Freunden Sie sich mit dem Hunger an«, sagt sie mit ein wenig mehr Menschlichkeit in der Stimme, als sie mich aus ihrem Büro schiebt.

Später werde ich erkennen, dass alles, was ich hasse, alles, was mich schmerzt und wütend macht, die Stellen sind, »wo das Licht in dich eintreten kann«, um es mit den Worten des von mir hochverehrten Sufi-Dichters Rumi auszudrücken.

Ohne es zu ahnen, vermittelt mir die Diät-Domina eine bedeutende Botschaft, die ich in diesem von Selbstmitleid geprägten Augenblick nicht hören kann. Im Lauf der nächsten Monate und Jahre wird sie in mich einsickern, erst in meinen knurrenden, leeren Magen, später dann in andere Teile meines Selbst, die sich danach sehnen, einen viel tieferen Hunger zu stillen.

Der Hunger wird sich als einer meiner gütigsten Lehrer erweisen. Und die Diät-Domina als Engel. Wenn auch in einer fabelhaften Verkleidung.

2 Die Talsohle

Nichts ist so leicht getan wie gesagt.
Jüdisches Sprichwort

Okay, dies ist vermutlich ein günstiger Moment, um dir zu versichern, dass es in diesem Buch nicht darum geht, wie man Gewicht verliert. Ich habe im Allgemeinen nichts gegen Ratgeber, aber das hier ist keiner. Außerdem werde ich dich weder mit den Details meiner täglichen Kalorienaufnahme langweilen noch damit, wie viele Liter Wasser ich getrunken, ausgeschieden oder aufgenommen habe. Für so etwas sind Personal Trainer zuständig.
Nein, dies ist eine Geschichte über »den Verlust (im Allgemeinen) in Relation zum Sinn des Lebens«, sozusagen. Zu meinem Erstaunen habe ich festgestellt, dass es da doch einige unerwartete Überschneidungen mit Kalorienfragen gibt.
Als gewissenhafte Waage und Typ-A-Persönlichkeit habe ich seit einer halben Ewigkeit auf die spirituellen Gebote von Gesundheit, Wohlstand und Glück hingearbeitet. Auf einem dieser Felder zu versagen kam mir damals vor wie ein Eingeständnis von Dummheit oder mangelnder Bildung oder einer tragischen Kombination aus beidem. Ich habe in meinem Leben genug Selbsthilfebücher gelesen, um zu wissen, dass die Grundlagen eines gesunden, glücklichen Lebens weder unendlich kompliziert noch ein Geheimnis

sind. Wir müssen weniger essen, uns mehr bewegen und fettige Speisen meiden, um abzunehmen. Wir müssen vergeben, uns um unseren eigenen Mist kümmern sowie großzügig und dankbar sein, um glücklich zu werden. Das wissen wir alle, nicht wahr? Allerdings gab es schon immer eine Lücke – sozusagen ein Bermuda-Dreieck – zwischen dem, was ich intellektuell weiß, und dem, was ich in meinem Alltag tue. Dieser Kampf, vielleicht *der* menschliche Kampf überhaupt, dreht sich zeit meines Lebens darum, das, was ich »weiß«, in das umzusetzen, was ich bin.

Offenbar spielt es keine Rolle, wie schnell ich die nächsten »Fünf Schritte zur emotionalen Gesundheit« oder etwas über »Die Macht des erwachten Bewusstseins« lese – die Schildkröte namens Herz bewegt sich in ihrer ganz eigenen Geschwindigkeit. Der Sprung zwischen Reden (oder Denken) und Handeln ist vermutlich so mikroskopisch wie eine Synapse, aber er stellt auch einen mysteriösen Austausch zwischen Geist, Seele und Oberschenkelmuskeln dar, und *diese* Kommunikation ist das, was mich neugierig macht.

Überall in meinem Haus stehen kleine Buddhas herum, die ich im Lauf der Jahre gesammelt habe, mit geschlossenen Augen und einem faszinierenden Lächeln auf den Lippen. Ich liebe diese kleinen Statuen, a) weil ich mich bei ihrem Anblick gleich viel wohler fühle, was meinen eigenen Bauchumfang angeht, und b) weil dieses Lächeln einem Zustand entspringt, den ich sehnsüchtig zu erreichen versuche – in dem man weder dem Leid noch den Freuden verhaftet ist. Ich *weiß*, dass an jenem Ort die geheimnisvolle Kommunikation zwischen Geist, Seele und Körper stattfindet.

Der Legende nach verbrachte Siddhartha Gautama, besser bekannt als Buddha, viele Tage und Nächte in Kontemplation unter dem Bodhi-Baum. Als er schließlich in einem Zustand der Erleuchtung aufstand, um sich die Beine zu vertreten, erklärte er, die Meditation sei einer der Pfade zum höchsten, ewigen Glück, wobei man bedenken muss, dass Buddha nicht gerade die wichtigste Bezugsperson von kleinen Kindern war.

Trotzdem bin ich der Meinung, dass eine Einsicht, die während einer so langen Zeit ohne Gerede gewachsen ist, durchaus einen Versuch wert ist. Also habe ich über Jahre hinweg immer wieder still dagesessen und meinem Atem gelauscht, in der stummen Hoffnung, ein bisschen was von diesem Nirwana zu Gesicht zu bekommen. Buddha hat wirklich keinen Quatsch geredet – manchmal tun sich kleine Spalten der Leere zwischen unseren Gedanken auf, Augenblicke puren Bewusstseins, die unsere Seele beruhigen und den Müll der Trauer und Sehnsucht beiseiteräumen, mütterliche Schuldgefühle, Begierde, Reue, Aufgeblasenheit, Hunger und, ja, auch Selbsthass wegen eines Schwabbelbauchs.

Bei mir dauern diese Augenblicke meist nicht sehr lang, weil im Grunde ständig jemand nach mir schreit, damit ich Nudeln koche, Katzenkotze aufwische oder einen Kakerlakenkadaver entsorge. Die mystischen Praktiken vermitteln uns, dass diese Bewusstheit der Gestaltlosigkeit, diese

Formlosigkeit unser *wahres* Selbst sind, nicht etwa die Körperkonturen, Falten und Makel, die wir im Spiegel erblicken, was für mich persönlich eine gewisse Erleichterung ist.

Wenn es mir gelingt, diese goldene Lichtung der Bewusstheit zu erreichen, fühle ich mich tatsächlich frei von den unzähligen Sorgen in meinem Leben. Buddha sagte, die kämen davon, dass wir die Dinge anders haben wollten, als sie seien. In jenen Augenblicken bin ich absolut frei von Sehnsucht, Gier und Hoffnung oder davon, mehr oder etwas anderes zu wollen. Ich glaube, immer dann bin ich glücklich.

Es ist etwas lästig, dass dieser Zustand offenbar der grundsätzlichen Bauweise unserer menschlichen Persönlichkeit widerspricht, die sich von Natur aus Sorgen macht, ein Träumer und ein Weichei ist und jeden Verlust fürchtet – vor allem den größten, den Tod. Doch ob es uns nun gefällt oder nicht, es ist unvermeidlich, dass wir alles Mögliche verlieren. In der Sprache von Erziehungsratgebern gehört der Verlust quasi zum »Pflichtprogramm« (ebenso wie Schlafenszeiten, Hausaufgaben oder Zähneputzen). Im Leben kommt es immer mal wieder vor, dass wir uns für den Verlust entscheiden, und manchmal entscheidet der Verlust auch für uns. In jedem Fall ist das eine elendige Angelegenheit. Ich habe miterlebt, wie Menschen den Verstand, die Brieftasche und ihre Unschuld verloren haben, und all das sind furchtbar deprimierende Erfahrungen. Irgendetwas aufzugeben – das Rauchen, Glücksspiel oder eine miese

Ehe – ist herzzerreißend schwierig, selbst dann, wenn die betreffende Lebensgewohnheit unsere Antioxidantien, die Leber oder jegliche Selbstachtung zerstört.

Ich persönlich habe keine beeindruckenden Erfolge vorzuweisen, was den Umgang mit Verlust angeht. Ich breche einfach zusammen, leicht und lautstark, genauso, wie ich im Kino immer schreie, wenn der Fiesling hinter der Tür hervorspringt.

Joanne Fedler

HEISS-HUNGER

Roman

Ganze vierzehn Fusilli – damit wärmt Joanne normalerweise ihre Kaumuskeln auf oder prüft, ob noch Salz ans Essen muss. Und das soll auf einmal ihr ganzes Abendessen sein? Ja, denn wer schlank sein will, muss leiden! Käsekuchen und Chips war gestern – jetzt hat die Stunde der Reiscracker geschlagen. Allerdings erweist sich das Hüftgold als zäher Gegner, das Fleisch ist schwach, und die Versuchung lauert überall. Doch eine Ernährungsberaterin, die aussieht wie eine Stabheuschrecke im Minirock, ihr Ehemann, der mit ihr schon durch dick und dünn gegangen ist, und zwei Kinder, die sie täglich auf Trab halten, werden zu Joannes Verbündeten ...

KNAUR